CONTE verlag

FRANK P. MEYER

VOM ENDE DER BUNDESKEGELBAHN

CONTE

ROMAN

Bibliografische Information der Deutschen Nationalbibliothek
Die Deutsche Nationalbibliothek verzeichnet diese Publikation in der Deutschen Nationalbibliografie; detaillierte bibliografische Daten sind im Internet über http://dnb.d-nb.de abrufbar.

ISBN 978-3-95602-268-5

1. Auflage 2022 (Hardcover)
1. Auflage 2023 (Paperback)

Am Rech 14
66386 St. Ingbert
Tel: (06894) 1664163
E-Mail: info@conte-verlag.de
Verlagsinformationen im Internet unter www.conte-verlag.de

Lektorat: Angela Enderlein
Umschlaggestaltung und Satz: Markus Dawo
Druck und Bindung: Conte, St. Ingbert

Wenn man bei einem Rennen mit einem Traktor
gegen einen Porsche antreten soll, muss man dafür sorgen,
dass das Rennen auf einem Acker stattfindet. WANG FEI

PROLOG

Rückblickend wissen wir, dass der erfolgreiche Start der Bundesrepublik Deutschland nicht zuletzt folgenden Errungenschaften zu verdanken ist: der Einführung der D-Mark 1948, dem Inkrafttreten des Grundgesetzes 1949 sowie dem Erlass des Bundeskegelbahngesetzes 1950.

Es war kein leichter Neuanfang. Schon kurz nach der Bildung des ersten Kabinetts im September 1949 bahnte sich eine ernsthafte Regierungskrise an, als der damalige Verkehrsminister, ein bekennender Feierabendkegler, den Vorschlag machte, den deutschen Kegelsport und die Beschaffenheit von Kegelbahnen bundesweit gesetzlich zu reglementieren. Der Innenminister, ein gewisser Gustav Heinemann, stemmte sich nachdrücklich gegen den Gesetzesvorschlag seines Kollegen – nicht, weil er etwas gegen festgeschriebene Regeln beim Kegeln oder gegen die Normierung der Bahnanlagen einzuwenden hatte, sondern weil er sich darüber ereiferte, dass ein Bundeskegelbahngesetz nicht in das Ressort des Verkehrsministers fiel und dessen Initiative somit einen Angriff auf den Zuständigkeitsbereich des Innenministeriums darstellte. Auch der Bundesminister für die Angelegenheiten des Bundesrates und der Länder schaltete sich in die aufgeheizte Debatte ein: Er machte geltend, dass die Bundesländer bezüglich der Detailregelungen zur Beschaffenheit der Kegelbahnen doch wohl ein Mitbestimmungsrecht hätten. Der Streit drohte endgültig zu eskalieren, als der Justizminister sich zu der unsensiblen, die Grundstimmung der Bevölkerung ignorierenden Äußerung hinreißen ließ, ein Bundeskegelbahngesetz sei völlig überflüssig und besagten Verkehrsminister schnippisch fragte, ob denn die Rodenkirchener Brücke zu Köln inzwischen schon fertig sei. Vermutlich standen die Konfliktgegner kurz davor, von den verbalen Invektiven zum handfesten Faustkampf zu wechseln, da sah sich der Kanzler höchstselbst genötigt, ein Machtwort zu sprechen. Dieses bestand darin, dass Adenauer den Innenminister Heinemann beauftragte, möglichst rasch einen Entwurf zu einem ordentlichen Bundeskegelbahngesetz vorzulegen. Als der Innenminister missmutig auf diese Anweisung reagierte, soll der alte Adenauer ihm zugeflüstert haben: »Herr Heinemann, seh'n Se dat doch locker, vielleicht kommen Se für dat Jesetz später mal auf ein Jeldstück oder auf ne Briefmarke.« Es heißt, damals sei etwas in der Vertrauensbasis zwischen Heinemann und seinem Kanzler zerbrochen, und der Bundeskegelbahngesetz-Konflikt sei der erste Schritt zum wenige Monate später erfolgenden Rücktritt des Innenministers gewesen. Der aber warf die Brocken nicht hin, ohne den dritten Pfeiler der noch jungen Republik zu errichten und das Bundeskegelbahngesetz – das BuKeG – vorzulegen. Hierin wurden sämtliche Details des Kegelsports festgelegt, von der Anzahl, Größe, Form sowie des Gewichts der Kegel über die Länge und Beschaffenheit der Kegelbahn, den Umfang der Kugeln bis hin zu detaillierten Regeln zum Benehmen der Kegler auf der Bahn. Selbst Fachbegriffe wurden normiert, wie zum Beispiel die Namen aller neun Kegel – vom linken und rechten Bauern übers Vorderholz, den König zu den Vorder- und Hinterdamen.

Es wurden auch regionale Varianten zugelassen, bei denen die Kugeln als »Scheiben« bezeichnet werden durften.

Mit der Vorlage des BuKeG-Entwurfs war die Krise keineswegs überwunden. Einige Minister ließen nicht von der Forderung ab, ein Bundeskegelbahngesetz falle in die Zuständigkeit der Länder. Die Tatsache aber, so fanden Innen- und Verkehrsminister nun einträchtig, dass die Kegelbahnen sich in der Regel in oder hinter Schankwirtschaften befanden, berühre versammlungsrechtliche Fragen, für die wiederum eindeutig der Bund zuständig sei. Heinemanns BuKeG wurde im Bundesrat abgeschmettert und musste im Vermittlungsausschuss überarbeitet werden. Dabei wurden sämtliche Detailregelungen zum Verhaltenskodex für Kegler auf und neben der Bahn gestrichen – man hoffte auf eine funktionierende ethisch-moralische Selbstkontrolle dieser Millionen Sportsleute umfassenden Bevölkerungsgruppe – und konzentrierte sich stattdessen auf die Ausgestaltung der Bahnen selbst. Anfang 1950 erschien das Bundeskegelbahngesetz im Bundesgesetzblatt Nr. 12, eingerahmt von der »Bekanntmachung über den Schutz von Erfindungen, Mustern und Warenzeichen«, dem »Notgesetz für die deutsche Hochseefischerei« sowie den »Normierungsrichtlinien für Müllentsorgungsbehältnisse«. Am 1. April 1950 war es endlich soweit: Das BuKeG trat in Kraft. Neben einer Verfassung und einer neuen Währung herrschte nun auch Gesetzesklarheit auf den Kegelbahnen. Und Heinemann schaffte es, wie wir wissen, nicht nur aufs Zweimarkstück, sondern sein Konterfei zierte obendrein eine Briefmarkenreihe.

Einheitliche, genormte Anlagen, in manchen südwestdeutschen Regionen auch »Scherenbahn« genannt, wurden im ganzen Land errichtet, bis in die entlegensten Winkel, ja sogar in Regionen, die zum Inkrafttreten des BuKeG der Bundesrepublik noch gar nicht beigetreten waren.

Und schließlich wurden auch in dem Dorf, in dem Johann fast sein ganzes Leben verbringen sollte, zwei Exemplare besagter Anlagen mit dem offiziellen Qualitätssiegel »Bundeskegelbahn« eröffnet – eine Bahn im nördlichen, eine im südlichen Ortsteil. Beide Kegelanlagen wurden als längliche Anbauten an Gasthäuser drangeflickt, deren Eingänge Leuchtreklamen zierten, die stolz verkündeten: Hier wird nicht barbarisch drauflosgekegelt, hier befindet sich eine ordentliche, vorschriftsmäßige Bundeskegelbahn. Das bedeutete, theoretisch zumindest, dass hier Kegelsport auch in allerhöchsten Ligen bis hin zur Kegelbundesliga betrieben werden durfte.

Johann erinnert sich gerne daran, wie er als Kind mit zum Familienkegeln durfte und schon als Sechsjähriger – mit einer speziell dafür vorgesehenen kleinen, leichteren Kugel für Kinder – seine ersten Würfe probierte. Er sah gerne seinen Großeltern, Onkeln und Tanten dabei zu, wie sie alles vergaßen: den schweren Alltag, die ungewisse Zukunft, die noch gar nicht so weit zurückliegende Vergangenheit und nicht zuletzt die ständigen kleinen Streitereien. Solange sie sich aufs Kegeln konzentrierten, rückten die Uneinigkeiten in den Hintergrund. Johanns Onkel Joseph, das wusste jeder, war ein überzeugter Nazi gewesen, Mitglied der Partei. Onkel Karl dagegen war Kommunist. »Eine echte Familie bringt alle möglichen Sorten von schwarzen Schafen hervor«, sagte Johanns Großvater einmal. Onkel Joseph und Onkel Karl hatten zwei Dinge gemeinsam: Beide waren leidenschaftliche Kegler und beide ließen, jeglichem gesellschaftlichen Wandel zum Trotz, ein Leben lang nicht von ihrer einmal verinnerlichten Weltanschauung ab. Onkel Karl träumte Zeit seines Lebens von einem volkseigenen Kegelbetrieb, während Onkel Joseph bis zu seinem Tod in den Siebzigern am liebsten eine Reichskegelanlage im Dorf gesehen hätte. Wurden die beiden jedoch zu Beginn eines Familienkegelabends in dasselbe Team gewählt, ruhten die politischen und weltanschaulichen Grabenkämpfe. Wenn Johann jetzt, da sich das 21. Jahrhundert bereits in seinem zweiten Jahrzehnt befindet, die Bundeskegelbahn des Gasthaus Zeggels gelegentlich betritt, kann er noch immer die brüllenden Stimmen von Onkel Karl und Onkel Joseph hören, das schrille Lachen von Tante Helga sowie das Geräusch, wenn die im Kegelkasten einschlagende Kugel alle Neune abräumt – ein Geräusch, das er als Kind mit irgendetwas zu vergleichen versuchte, aber in seiner damaligen Welt nichts fand, was ähnlich klang. Johann sieht die milden Augen seiner Großmutter, die den Geruch des frischgebohnerten Kegelbahnholzes liebte, und er glaubt sogar den Geruch seines Großvaters wahrzunehmen. Ja, bestimmt schwebten einige Moleküle des äußerst preisgünstigen Aftershaves, das sein Opa zu benutzen pflegte, noch immer über der Kegelbahn, wirbelten auf, ohne jemals den Weg hinaus zu finden – was auch daran lag, dass es sich um einen fensterlosen Raum handelte, der nicht gelüftet werden konnte.

Heutzutage wirkt die Bahn verschlissen, schleppt, wie die bundesrepublikanische Demokratie selbst, Vorerkrankungen mit. Aber anders als die D-Mark ist sie noch da, kann noch benutzt werden. Vielleicht bräuchte sie nur, wie mit dem Grundgesetz an manchen Stellen bereits geschehen, die eine oder andere Modifikation, die sie an die neuen Zeiten und das sich wandelnde Leben anpasst.

Als der Chinese ins Dorf kam, war eine der beiden Bahnen schon seit Jahren geschlossen – sie diente einem kleinen Familienunternehmen als Warenlager – und die andere wurde nur noch gelegentlich genutzt. Der Chinese konnte nicht wissen, welch wertvolle gesellschaftliche Integrationsdienste die Bundeskegelbahnen der jungen Republik und auch dem Dorf etliche Jahrzehnte lang erwiesen hatten.

TEIL I
VOR WANGS TOD

1

Wagners Ben, genannt Benny, entdeckte den Chinesen als Erster. Wang parkte seinen Mercedes, ein gepflegtes Modell der S-Klasse aus den späten Achtzigern, für das er bald ein »H« auf dem Nummernschild bekommen konnte, direkt am Ortseingang – oder am Ortsausgang, je nachdem in welche Richtung man unterwegs war. Benny konnte nicht wissen, dass der Chinese nirgendwohin unterwegs war, sondern seinen Bestimmungsort gefunden hatte. Mit zwei frisch gefangenen Forellen, die er in einem Plastikeimer trug, war Benny auf dem Weg von seinem Fischweiher nach Hause, als er Wang aussteigen sah. Damals wusste Benny noch nicht, dass Wang Wang hieß und dass er selbst dafür verantwortlich werden sollte, dass wir den Chinesen später fälschlicherweise mit diesem Namen riefen, statt mit seinem Vornamen. Es war nicht so, dass Benny noch nie einen Chinesen gesehen hätte, immerhin fuhr er einmal im Monat nach Trier einkaufen. Aber er hatte noch nie einen Chinesen hier im Dorf gesehen. So wie er noch nie einen Pinguin hier im Dorf gesehen hatte, oder einen Pygmäen. Also näherte er sich dem fremden Wesen vorsichtig bis auf wenige Meter und betrachtete es. Der Chinese schaute über die Straße, auf das gegenüberliegende Gebäude. Er hatte Benny bereits bemerkt, hatte gehört, wie das Wasser im Eimer schwappte. Das Geräusch kam vom schwächer werdenden Flossenschlagen der gefangenen Forellen. Der Chinese wandte sich nicht gleich dem Eingeborenen zu, sondern ließ sich eine Weile geduldig von ihm anstarren.

»Ich wünsche Ihnen einen guten Morgen«, sprach Wang schließlich. Seine Stimme klang freundlich.

»Es ist schon zwölf durch«, entgegnete Benny, »da sagt man guten Tag.«

»Guten Tag, denn.«

So gefiel es Benny, er hatte gleich den Eindruck, er könne sich mit dem Mann vertragen. »Haben Sie sich verfahren?« Eine andere Erklärung für die Anwesenheit des Chinesen wäre Benny nicht eingefallen.

»Keineswegs, mein Herr. Ich wollte in dieses Dorf. Genau hierher. Ich bin doch hier richtig in der«, er sah auf das Display seines Smartphones, »Mühlfelder Straße, oder?«

»Da bist du genau richtig. Das hier ist der Ortsteil Mühlfeld.«

Da Benny den Chinesen ungeniert von oben bis unten musterte, traute der sich wiederum, Benny zurück zu mustern. Beide waren gleich groß, aber das war auch schon das Einzige, was nicht im Kontrast zueinander stand. Man hätte vermuten können, es sei der Situation geschuldet, dass die beiden in so unterschiedlichen Aufmachungen aufeinandertrafen: Der Chinese war in einen perfekt passenden, dunkelblauen Anzug und ein blendend weißes Hemd gekleidet, während Benny ein Holzfällerhemd trug, dem die Bezeichnung fadenscheinig schmeichelte, sowie eine fleckige, zerschlissene Hose. Wang erzählte mir später, dass er sich darauf konzentrieren musste, nicht auf das Loch zu schauen, das Bennys linkes Hosenbein in Kniehöhe zierte. Glücklicherweise hatte er Benny nicht im Hochsommer getroffen, denn wenn die Witterung es zuließ, lief der lediglich in seiner knappsitzenden Tante-Käthe-Gedächtnis-Turnhose herum, einer Art westeuropäischen Variante des Lendenschurzes. Während Benny Gummistiefel trug, die zwar beide einen wasserdichten Eindruck machten, aber offensichtlich nicht aus derselben Kollektion stammten (der eine war grün, der andere gelb), glänzten an Wangs Füßen edle Lederschuhe einer nicht ganz billigen britischen Marke. Der optische Abstand zwischen Benny und dem Chinesen war enorm und, soviel kann ich vorwegnehmen, er sollte sich in der nachfolgenden Zeit nicht wesentlich verringern, denn unser Benny legte beim Auftragen von Hosen, Hemden und Schuhen selbst bei offiziellen Anlässen wie dem Kneipenbesuch oder dem Kirchgang, eine klimafreundliche Nachhaltigkeit an den Tag. Er besaß Pullover aus Zeiten, zu denen Billigproduktionen in Bangladesch noch vage Visionen der Bekleidungsindustrie gewesen waren.

Benny war fast völlig kahlköpfig. Er klebte die verbliebenen Haarreste fest, indem er sie mit seinen schwitzigen Händen vom linken zum rechten Ohr über die Platte strich. Hierdurch versuchte er auch die Rötungen auf seiner Kopfhaut zu kaschieren. Es war kaum nachzuvollziehen, woher bei den wenigen Haaren die vielen Schuppen kamen, so groß wie Haferflocken der Marke Kölln, die Bennys Kragen zierten. Der Chinese dagegen hatte dichtes, pechschwarzes Haar, das offensichtlich erst kürzlich einen Friseursalon gesehen hatte, dessen Dienste nicht für zwölf Euro fünfzig zu kriegen waren.

Seine Gesichtszüge waren ebenmäßig und wirkten männlich und jungenhaft zugleich. Bennys Gesicht dagegen konnte nur bei flüchtigem Hinsehen die Vermutung erlauben, es sei von den Mühen des Lebens gezeichnet. Bei genauerer Betrachtung drängte sich eher der Eindruck auf, die faltigen Gesichtszüge seien dem Nikotin und Alkohol geschuldet.

Da die Natur bei Benny an einem ordentlichen Hals gespart hatte, ging der rundliche Kopf ansatzlos in die fleischige Schulterpartie über. Um ehrlich zu sein, hatte Benny schon seit seiner Kindheit etwas Froschhaftes, das sich mit fortschreitendem Alter ins Krötenhafte verwandelte – und es war klar, da konnte man so viel küssen wie man wollte, aus unserem Benny würde kein Prinz mehr werden. Der Chinese dagegen müsste nur den Benz gegen ein weißes Ross eintauschen, schon wäre er, rein optisch, als fernöstlicher Märchenprinz durchgegangen.

»Wissen Sie zufällig, mein Herr«, richtete Wang das Wort an den Einheimischen, »ob es sich bei dem Gebäude dort drüben um das Objekt handelt, das zum Verkauf steht?« Er deutete auf das Haus mit der angebauten Halle auf der gegenüberliegenden Straßenseite.

»Die Fleischkonservenfabrik? Willst du die etwa kaufen?« Wang reagierte nicht auf die Frage. »Woher weißt du, dass die verkauft werden soll?«

»Aus dem Internet. Dort wird das Gebäude seit geraumer Zeit feilgeboten. Ich wollte mir einen Eindruck von der Lage verschaffen, bevor ich Kontakt zum Makler aufnehme. Aus dem Verkaufsdossier ging nicht hervor, dass es sich um eine ehemalige Fleischfabrik handelt.«

Die Art des Chinesen zu reden, rief bei Benny Erinnerungen an Bücher hervor, die zu lesen er im Deutschunterricht gezwungen worden war. Er wunderte sich, dass dieser Fremde fast ohne Akzent sprach. »Die gibt's schon lange nicht mehr«, sagte Benny, »Dosenwurst wurde hier hergestellt. Fleischkonserven Scheuer hieß der Betrieb anfangs, nach dem Krieg. Etliche Leute haben hier gearbeitet. Als der Dosenwurst-Scheuer Pleite machte, folgte der Wildkonserven-Hubert. Aber der hat auch schon vor Jahren dichtgemacht. Die Zeiten, in denen es immer nur bergauf ging, sind vorbei.«

»Sehr klare, saubere Luft hier. Überhaupt alles sehr sauber hier«, sagte der Chinese, eher zu sich selbst als zu Benny. »Ich kann mir vorstellen, dass hier gute Hygienebedingungen für die Nahrungsmittelproduktion vorzufinden sind.«

»Darauf kannst du wetten, zwei Dörfer weiter stellen sie Tiefkühlpizzas her.«

»Pizzas sind in China nicht sonderlich populär.«

»Und was ist mit Fleisch und Wurst?«

»Schon eher.«

»Wie heißt du?«

»Fei, Wang Fei. Und mit wem habe ich die Ehre, mein Herr?«

»Wagner. Wagners Benjamin. Kannst Benny zu mir sagen.«

Benny hatte einige Leute bereits über WhatsApp informiert, es gab jedoch eine Methode, die Neuigkeit zuverlässiger zu verbreiten: den persönlichen Mund-zu-Ohren-Kontakt. Benny machte sich nicht die Mühe, erst die Forellen nach Hause zu bringen, sondern ging mit dem Eimer in der Hand gleich ins Café Mörsdorf, dann ins Café Kastanienbaum und danach zum Kaufhaus Mechels. Und schon wussten alle: Die Chinesen bringen die Dosenwurstindustrie zurück ins Dorf.

»Fei, Wang Fei?«, fragte Mechels Christoph bei Benny nach. »Wie: ›Bond, James Bond‹?«

»Glaub schon, dass er es so gemeint hat. Eingedeutscht für hier wäre das: Feis Wang.«

»Ist es bei den Chinesen nicht so, dass immer erst der Familienname kommt«, fragte Klempnersch Pitt, »und dann erst der Vorname?«

»Wie verrückt wäre das denn«, lachten Müllers Erwin und Zöhlers Susi, und Mechels Christoph fügte hinzu: »Wang klingt doch nach einem ordentlichen Vornamen und lässt sich problemlos aussprechen. Er will tatsächlich die Fleischkonservenfabrik wiedereröffnen?«

»Nun ja, für mich klang es jedenfalls so, als ob er sie unbedingt kaufen will.«

»Ist die Halle nicht längst komplett leergeräumt, ich meine, da sind doch sicher keine Maschinen zur Wurstherstellung mehr drin?«, mischte sich Drehers Heiko ins Gespräch ein.

»Nun, der Chinese meinte vorhin, er suche vor allem etwas, wo man eine Menge Ware lagern könne.«

»Ware? Was für Ware?«

Benny zuckte mit den Schultern.

»Der Chinese an sich«, hörte ich Mecki im Gasthaus Zeggels sagen, nachdem ohrenscheinlich feststand, dass Wang die ehemalige Fleischfabrik gekauft hatte, »tritt meistens in größeren Mengen auf. Soviel ich weiß, lautet ein chinesisches Sprichwort: ›Wo ein Chinese ist, ist der nächste gewöhnlich nicht weit.‹«

»Auf Deutsch gibt es ein ähnliches Sprichwort«, warf Heiko ein. »›Ein Unglück kommt selten allein.‹« Heiko meinte das nicht böse, er hatte einfach einen Scherz machen wollen. Heiko hatte anfangs nichts gegen den Chinesen.

Aber es kamen keine weiteren Chinesen in unser Dorf, jedenfalls nicht, um länger zu bleiben oder sich gar niederzulassen. Zwanzig Kilometer weiter östlich entstand gerade eine chinesische Handelsniederlassung, die so schnell wuchs, dass dort in der Gegend sämtliche Häuser, die seit Jahren leer gestanden hatten, in kürzester Zeit verkauft wurden, für sehr ordentliche Preise. Aber so viel Glück hatte unser Dorf nicht. Wir mussten mit einem einzigen Chinesen auskommen. Er brachte keine Familie oder Verwandte mit, keine Geschäftspartner, nicht einmal die chinesische Mafia, wie Mecki geunkt hatte. Er kam allein. Er war ein untypischer Chinese, entschieden wir, obwohl wir keine Vergleichsmöglichkeiten hatten.

2

Ich wusste nicht, warum Wang ausgerechnet mich auswählte. Als Vertrauten? Als Freund? Ich finde nicht das treffende Wort für unsere Beziehung. Vielleicht entstand auch nur eine Zweckgemeinschaft, die sich so ähnlich wie Freundschaft anfühlte. Ob seine Wahl auf mich fiel, weil er in den Vereinen, denen er beitrat, jedes Mal mich wieder traf? Wang behauptete einmal, er schätze meine Gesellschaft, weil ich alt und weise sei. Gegen das »alt« protestierte ich nicht, versuchte ihn aber davon zu überzeugen, nicht auf »weise« zu bestehen. »Lebenserfahren« allenfalls, aber selbst das schmeichelte mir. Was hatte ich schon für Erfahrungen? Das Übliche. Wang hatte bestimmt schon mehr erlebt, und er war wohl an die dreißig Jahre jünger als ich. Ob Jasmin Wangs genaues Alter kannte? Sie war wenige Jahre älter als er, schätzte ich.

»Der Chinese an sich ist schwer einzuschätzen«, lautete eine von Meckis Thesen, die mit »der Chinese an sich« anfingen. »Das gilt auch für das Schätzen seines Alters«. Wang war noch jung, aber kein Jungspund mehr. Und genau das strahlte er aus. Das reichte. Er war alt genug, um zu wissen, was er tat.

Ich genoss es, wenn er zum Kaffee und Kuchen oder auf ein Bier vorbeikam, um mit mir zu plaudern. Und ich bin mir sicher, er erfreute sich ebenfalls daran. Zumindest brachte es ihm etwas, mich zu besuchen. Wäre er sonst immer wieder vorbeigekommen? In unserem Dialekt gibt es ein Wort fürs gemütliche Beieinandersitzen und Tratschen: das Maaien. Wahrscheinlich hatte Wang das Konzept des zwanglosen, gemütlichen Besuchs zuvor noch gar nicht gekannt. Ich brachte ihm das Wort bei. Einmal fragte Mohrsch Wilma, als sie Wang auf der Straße traf, wo er hinwolle, und er antwortete, als gehörte er seit Generationen zum Dorf: »Ich bin auf dem Weg zu Johann, zum Mah Yen.« Wilma lachte, klopfte ihm auf die Schulter, dass er zusammenzuckte, und meinte: »Mach mal. Maa-ien ist immer eine gute Idee.«

Seine Besuche bei mir begannen wenige Wochen, nachdem er das alte Fabrikgebäude in der Mühlfelder Straße gekauft hatte, und seinen letzten Besuch machte Wang an dem Tag, an dem er tot auf der Kegelbahn gefunden wurde. Bei diesem letzten Besuch meinte er, es habe ihn weitergebracht, dass er so oft bei mir »Mah Yen« durfte – als wollte er mir dafür danken. Abschließend danken. Vielleicht war es nur ein Zufall, dass er nicht »bringt mich weiter« sagte, sondern »hat mich weitergebracht«, als ob er mit einer Lebensphase abgeschlossen hatte.

Dass er ausgerechnet Jasmin auserwählte! Als seine Geliebte. Seine Freundin? Partnerin? Ab wann wusste Jasmin selbst, welches Wort das richtige für ihre Beziehung mit Wang war? Ausgerechnet Jasmin. Wang hatte mehr Glück als ich. Jasmin war genauso wunderschön wie ihre Mutter damals. Ich konnte Wang nicht verdenken, dass er nicht lange fackelte. Er sprach Jasmin »Ya Si Min« aus, als genieße er jede einzelne Silbe des Namens. Ich verriet Wang nie, dass Jasmins Mutter, genauer gesagt deren grüner Bikini, schuld daran gewesen war, dass bei mir damals der Bartwuchs verfrüht einsetzte.

3

»Sie sind in einem lebenswerten Dorf gelandet, es hat noch zwei Metzgereien«, sagte der Immobilienmakler aus der Kreisstadt zu Wang. Dabei bedurfte es keiner Überredungskunst, um den Chinesen zum Kauf des Gebäudes zu überzeugen. Wang hielt den Preis für günstig. Er kannte sich anfangs mit den Immobilienpreisen in unserem Dorf noch nicht aus. Der Immobilienmakler freute sich, dass er den alten Kasten endlich los war. Er fand den Preis, den er dafür erzielte, recht ordentlich. Er kannte die Immobilienpreise am Jangtsekiang nicht, wo Wang herkam. Beide hatten es eilig gehabt, der eine mit dem Kaufen, der andere mit dem Verkaufen. Wahrscheinlich hätte der Makler auch für weniger verkauft, wenn Wang hart geblieben wäre. Und bestimmt hätte Wang noch etwas draufgelegt, wenn der Makler ordentlich gepokert hätte. Es war also ein Geschäft, mit dem beide Seiten zufrieden waren. Wang wusste da noch nicht, dass viele alte Fabriken, Hallen und Werkstätten in der Gegend leer standen, so dass das, was er für spottbillig hielt, gemeinhin als guter Verkaufspreis galt. Und niemand von uns wusste damals, dass Wang wenige Jahre zuvor sein von einem Onkel geschenktes Apartment in Nanjing so gewinnbringend veräußert hatte, dass er mit dem erzielten Gewinn in unserer Gegend problemlos zwei alte Fleischfabriken hätte kaufen können.

Man sieht dem Gebäude nicht an, dass es einmal der Herstellung von Fleischkonserven gedient hatte. Es besteht aus zwei Teilen: der vordere, zur Straße hin, weist einen quadratischen Grundriss auf und wirkt wie ein zu groß geratenes Stadthaus mit einem soliden schwarzen Schiefer-Walmdach. Im Erdgeschoss richtete Wang Büros und einen Empfangsraum ein. Im Obergeschoss wohnte er. Es dauerte ein Jahr, bis jemand seine privaten Wohnräume sehen durfte.

Direkt an das große Haus ist ein fünfundzwanzig Meter langes, hallenartiges Gebäude mit nur wenigen kleinen, quadratischen Fenstern angebaut. Es macht den Eindruck, als solle verborgen bleiben, was hinter den Mauern vor sich geht.

»Warum brauchst du mehrere Büros?«, fragte Kurzschluss Marko, der Wangs Elektrik auf den neuesten Stand brachte.

»Ich fürchte, die werden auf Dauer nicht reichen«, antwortete Wang ihm.

Für die Renovierung des Hallenteils und der unteren Etage – Wang ließ zunächst nur das Allernötigste reparieren, und optisch aufpoliert wurden nur der Eingangsbereich und zwei Büros – heuerte er ausnahmslos Handwerker aus dem Dorf oder den Nachbardörfern an. Es sprach sich herum, dass er fundierte handwerkliche Kenntnisse besaß und sämtliche Arbeiten eingehend überprüfte, und dass er prompt zahlte, wenn eine vereinbarte Leistung erbracht war. Ins obere Stockwerk ließ er nur Handwerker rein, wenn es sich nicht vermeiden ließ. Seine Privaträume brachte er weitgehend ohne fremde Hilfe in Schuss. Später gestand er mir, die schönste Arbeit von allen sei gewesen, sich im Obergeschoss seiner Firma sein eigenes Nest zu bauen. Er liebte die Wohnung, weil es nach allen vier Himmelsrichtungen Fenster gab, was ihm sowohl einen Blick auf die Straße als auch auf das nicht weit entfernt stehende Nachbarhaus und auf den gegenüberliegenden Hügel erlaubte. Vor allem aber konnte er in südwestliche Richtung, von einer Galerie mit Dachgaubenfenster aus, über die angebaute Halle hinweg auf die saftig grünen Flussauen schauen.

Wenige Wochen nach dem Kauf – die Renovierungsarbeiten waren in vollem Gange – standen vorm Eingang der ehemaligen Fleischkonservenfabrik zwei Lieferwagen, beides ältere Modelle, die noch kurz zuvor, in etwas vernachlässigtem Zustand, auf dem Hof vor Scherers Max' Werkstatt gestanden hatten. Beide Lieferwagen zeigten sich nun in frisch lackiertem Rot und trugen in sattem Gelb chinesische Schriftzeichen sowie die deutsche Aufschrift: »Wangs Welthandel«.

»Wieso brauchst du zwei Lieferwagen?«, fragte Klempnersch Pitt ihn, der ihm neue Heizkörper lieferte.

»Weil ich es bald nicht mehr alleine schaffen werde, die Waren zu transportieren.«

Jedes Mal, wenn Benny auf dem Nachhauseweg von seinem Fischerweiher kam, überquerte er, obwohl er dies nicht musste, die Straße. Er tat das, weil er den Chinesen als Erster entdeckt hatte und daher für sich in Anspruch nahm, gelegentlich nachschauen zu dürfen, was der Fremdling so trieb. »Wann geht's denn los mit der Fleischkonservenproduktion, Wang?«

»Fleisch? Ich habe nicht vor, Fleisch herzustellen. Jedenfalls momentan nicht, Herr Wagner.«

»Lass den Herrn ruhig weg. Hab doch gesagt, du kannst mich Benny nennen.« Darauf sagte der Chinese nichts, aber Benny meinte gesehen zu haben, wie er nickte. »Möchtest du eine Forelle haben?« Benny zeigte in seinen Eimer. Diesmal hatte er nur eine einzige Forelle gefangen.

»Das wäre tatsächlich wunderbar. Ich hätte nicht zu fragen gewagt, da ich annahm, die Forelle sei für Sie ... für dich selbst. Was kostet sie denn?«

»Was sie kostet? Nichts. Ein einziger Fisch reicht sowieso nicht für meine Frau und mich, und da dachte ich ... ich will sie dir schenken. Soll ich sie für dich ausnehmen?«

»Das ist ein sehr freundliches Angebot. Aber ich kann das selbst tun. Ich esse sehr gerne Fisch.«

Benny reichte ihm den Eimer. »Stell den Eimer morgen einfach vor die Tür, ich hole ihn dann wieder ab. Oder ich schaue mal rein, um zu sehen, wie die Bauarbeiten laufen.«

»Das ist wirklich sehr nett von Ihnen ... dir, Benny«, sagte Wang und reichte ihm einen Zehneuroschein, ohne dass zu sehen gewesen war, von wo er den hervorgeholt hatte.

»Bei uns musst du ein Geschenk nicht bezahlen«, sagte Benny, steckte den Schein aber trotzdem ein und schämte sich später ein wenig, weil er zehn Euro für zu viel für eine einzige Forelle hielt, zudem für eine, die noch getötet, ausgenommen und geschuppt werden musste.

»Das weiß ich, aber ich habe gerade nichts zur Hand, was ich dir sonst schenken könnte. Eine Flasche Wein zum Beispiel. Daher schenke ich dir einfach einen Geldschein.« Wang erzählte mir später, dass er sich unbehaglich dabei gefühlt hatte, Benny für eine so schöne, frisch gefangene Forelle nur zehn Euro zu schenken.

Dafür, dass von unserem Dorf ausgehend bald deutsch-chinesischer Welthandel betrieben werden sollte, wussten beide Seiten noch recht wenig darüber, welche Preise für welchen Gegenwert allgemein als angemessen erachtet wurden.

»Die Forelle brate ich mir gleich zum Abendessen, sie wird bestimmt schmackhaft sein«, sagte Wang, als er sah, dass Benny noch keinerlei Anstalten machte zu gehen.

»Schmackhaft? Ja, bestimmt. Was produzierst du denn, wenn kein Dosenfleisch?«, bohrte Benny weiter und wir bohrten bei Benny nach, als der uns im Gasthaus Zeggels von seinen Recherchen beim Chinesen Bericht erstattete.

»Was hat er darauf gesagt?«, drängte Mecki.

Benny nahm einen Schluck Bier. Er verstand sich darauf, die Spannung zu erhöhen. »Er meinte, er produziere gar nichts, er treibe Handel.«

»Warum hat er dann eine Fabrikhalle gekauft?«

»Das habe ich ihn auch gefragt. Er hat nicht richtig darauf geantwortet, sondern nur gesagt, eine Fabrikhalle könne man auch als Lagerhalle verwenden.«

»Was soll das denn heißen? Mir kann der nichts vormachen«, meinte Mittelscheitels Junior, »bestimmt stellt er Opium her, oder andere Drogen. Vielleicht sollten wir ihn mal mit Steines Frank zusammenbringen. Hat der nicht bald wieder Cannabisernte?«

»Die paar Blätter. Damit kannst du doch keinen Welthandel aufziehen.«

»Ich tippe auf Hundefleischkonserven«, warf Mecki ein. »Damals, als der Ami kam, so hat es mir mein Opa erzählt, und vor allem als danach der Franzose aufkreuzte, hieß es: ›Sperrt eure Töchter ein.‹ Jetzt, wo der Chinese kommt, muss es wohl heißen: ›Sperrt eure Hunde ein.‹« Wir lachten. »Mopsfilet süß-sauer in Dosen«, reizte Mecki seinen Scherz aus. Ich hoffte jedenfalls, er meinte es als Scherz.

4

»Was würden Sie mir raten, Herr Mechels, um mich möglichst gut zu vernetzen hier im Dorf?«, fragte Wang den Besitzer des Kaufhaus Mechels.

»Ich heiße nicht Mechels, sondern Becker, Christoph Becker. Aber niemand sagt ›Beckers Christoph‹, sondern ›Mechels Christoph‹. Mechels ist der Hausname, also das Haus, aus dem ich stamme. Wenn du Schotte wärst statt Chinese, könnte ich es dir so erklären, dass das eine Art Clan-Name ist. Bei manchen wird der Hausname verwendet, bei manchen der richtige Familienname und manchmal gibt es lustige Spitznamen, die bis in die nächste oder übernächste Generation vererbt werden. Es ist kompliziert. Aber wenn man es einmal verstanden hat, weiß man, wen man wo einzuordnen hat.«

»Das ist bei uns in China ganz ähnlich. Aber, Herr Becker …«

»Hör bloß mit dem Herr Becker auf, das macht mich nervös. Einfach Christoph. Ich weiß, ich habe deine Frage nicht beantwortet. Also vernetzen willst du dich? Soziale Kontakte? Du suchst Anschluss? Das ist einfach. Geh in zwei oder drei Vereine, dann hast du nie wieder deine Ruhe. Am besten streust du die Mitgliedschaften ein bisschen: Such dir etwas mit Sport, etwas Kulturelles und irgendwas, das dich beruflich weiterbringt.«

Keine zwei Wochen später war Wang Mitglied im Fußballverein, im gemischten Chor sowie im Obst- und Gartenbauverein, obwohl er keinen Garten hatte. Er spielte auch nicht selbst Fußball, konnte aber glaubhaft versichern, er sei ein großer Fußballfan. Und tatsächlich verpasste er kein einziges Heimspiel des VfL. Ich traf ihn jedes Mal vorm Anpfiff bei Didis Rostwurstbude, danach gingen wir gemeinsam zu einer der Sitzbänke der Gegengerade. Wang schwärmte mir vor, wie praktisch er es findet, dass man die Bratwurst einfach in ein aufgeschnittenes Brötchen klemmt, Senf draufschmiert und fertig. Kein Besteck nötig, einfach aus der Hand essen. »Und dann hast du immer noch eine Hand frei für die Bierflasche«, versuchte ich einen Scherz zu machen.

Aber Wang lachte nicht. »Ja, das ist genial, darauf muss man erst einmal kommen.«

Ab dem dritten Heimspiel hatte es sich eingespielt, dass Wang kurz vorm Anpfiff an Didis Grillbude zwei Rindsbratwürste besorgte und ich am Bierstand für jeden ein Pils. In der Halbzeitpause machten wir es genau umgekehrt.

»Dein neuer Kumpel ist jedenfalls kein Vegetarier«, meinte Didi, als ich die Zweite-Halbzeit-Wurst besorgte, während Wang Bier holte, »und er schafft immerhin zwei Pils pro Spiel. Also wenn du mich fragst, der scheint in Ordnung zu sein.«

»Hat denn irgendwer etwas anderes behauptet?«

Beim VfL waren wir beide inaktive Mitglieder, jedenfalls blieb Wang zunächst inaktiv. Aber im gemischten Chor sang er sehr aktiv.

»Ich wusste gar nicht, dass der Chinese an sich singt«, meinte Basskollege Mecki zu mir. »Oder hast du schon mal einen singenden Chinesen gesehen … gehört? Ich dachte, die spielen höchstens Kontrabass.«

Wang hatte eine glockenhelle Tenorstimme und sang mit Leidenschaft. Der komplette Sopran schwärmte von ihm. Und der Alt erst recht. Aber Wang hatte nur Ohren und Augen für Jasmin. Das merkte allerdings zunächst niemand, und ich hätte es auch nicht mitbekommen, wenn er es mir nicht selbst erzählt hätte.

Wang und ich lachten beide, als wir uns dann auch noch beim Familienfest des Obst- und Gartenbauvereins trafen. »Das nenne ich Zufall, Wang, dass wir in denselben drei Vereinen sind. Ich bin übrigens nur wegen des Schnapsbrennens im OGV.«

»Ich auch«, erwiderte Wang, »aber glaubst du wirklich, dass das nur Zufall ist?«

»Nein, bestimmt nicht. Wahrscheinlich besteht zwischen uns eine Seelenverwandtschaft.« Ich versuchte, aus Wangs Gesicht herauszulesen, ob er mitbekam, wenn ich etwas, das ich sagte, nicht ganz ernst meinte.

Kein halbes Jahr später war Wang sowohl beim VfL als auch beim Obst- und Gartenbauverein Vorstandsmitglied. Er wollte, dass ich mit ihm zusammen ebenfalls in beiden Vereinsvorständen aktiv werde. Ich musste schließlich auf mein fortschreitendes Alter und meine nicht mehr ganz frische Gesundheit verweisen, um ihn von seinem Drängen abzubringen. Ihm zuliebe ging ich allerdings zu den Vereinsversammlungen, die ich zuvor stets versäumt hatte. Abgesehen von Wangs häufigen Besuchen bei mir zuhause trafen wir uns also alle zwei Wochen beim Fußball und jeden Freitag beim Singen. Und später dann auch regelmäßig auf der Kegelbahn.

Anfangs war Wang gar nicht bewusst, dass wir praktisch direkt über der Kegelbahn sangen. Die Chorproben fanden im Gasthaus Zeggels oben im Saal statt. Wang mochte den Saal und fand, der habe Potenzial. Ich vermutete, das sollte bedeuten, der Raum bedürfe dringend einer gründlichen Sanierung – mit der Heizung und den Fenstern hätte man anfangen und mit dem abgewetzten Holzfußboden und dem Mobiliar weitermachen können. Die Leuchtreklame über dem Tresen warb für eine Biermarke, die es seit Jahrzehnten nicht mehr gab. Ich konnte mich kaum noch erinnern, wie Saarfürst-Bier schmeckte, obwohl ich als Dreizehnjähriger mit meinen gleichaltrigen Cousins auf Hochzeitsfeiern bei Zeggels im Saal die Saarfürst-Reste aus den Gläsern trank, die die erwachsenen Männer stehengelassen hatten, bevor sie zum Tanzen aufgefordert wurden oder runter zum Kegeln gingen. So tasteten wir uns mit verkraftbaren Mengen ans Biertrinken heran und sammelten dabei, als positiven Nebeneffekt, die Bakterien und Viren aller männlichen Gäste ein. Wer das überlebte, und das taten die meisten, war hervorragend basisimmunisiert. Diese Herdenimmunität bestand zumindest solange man das Tal nicht verließ und nicht mit fremden Erregern in Kontakt kam.

Die Saarfürst-Leuchtreklame funktionierte noch. Als ich Wang erzählte, dass ich diese Biersorte, die aus einem nahegelegenen Städtchen stammte, zum letzten Mal auf der Hochzeit meiner Cousine Annegret Anfang der Achtziger Jahre getrunken hatte, fragte er, ob das bedeute, der Markenname und das Logo seien jetzt frei.

Unten, in der Kneipe, herrschten ebenfalls Designelemente aus der Zeit vor, als der Kapitän der Nationalmannschaft noch Uwe Seeler hieß und die Bundeskegelbahn an sechs Tagen in der Woche ausgebucht war.

Nach dem Singen tranken die meisten Chormitglieder unten in der Kneipe gemeinsam ein paar Bier. Niemand hatte Wang gesagt, dass es neben der Toilette eine Kegelbahn gab. Warum auch? Die Bahn wurde nur noch selten genutzt. Aber einmal im Monat trafen sich freitags ein paar alte Kegelfreunde zu genau derselben Zeit, in der unsere Chorprobe stattfand. Das Kegeln dauerte länger als das Singen, und als Wang von einem Gang zur Toilette zurückkam, zeichnete sich in seinem Gesicht so etwas wie Verunsicherung ab.

»Auf dem Weg zur Toilette«, flüsterte er mir ins Ohr, »habe ich von hinter der Tür links im Flur sonderbare Geräusche vernommen, wie ich sie noch nie gehört habe und nicht zuordnen kann: einen kurzen dumpfen Knall, dann ein rollendes Grollen und dann noch einmal einen Knall, aber länger und vielfältiger als der erste, als ob jemand mit einem Holzstock an einem Bambuszaun entlangschlägt, nur krachender. Wird hinter dieser Tür irgendetwas maschinell produziert? Ich glaube allerdings, ich habe auch jemand lachen gehört. Und beim Arbeiten lacht man nicht.«

»He Leute«, rief ich im Bewusstsein in die Runde, dass es Wang peinlich war, vor einem Rätsel zu stehen, »unser chinesischer Chorbruder hat von hinter der Tür vorm Klo undefinierbare Geräusche gehört.«

»Oh nein«, ergriff Mittelscheitels Junior, einer unserer Tenöre, die Gelegenheit, daraus eine langlebige Dorfanekdote zu machen, »wo ist Mecki? Der wird doch nicht schon wieder mit Willems Monika geräuschvoll Unzucht treiben?«

»Wang meint, es klinge, wie eine Maschine. Und dann wie ein Holzstock, der an Bambusstäbe schlägt.«

»Komm, ich zeige dir, was sich hinter dieser geheimnisvollen Tür abspielt«, sagte Jasmin zu Wang.

»Au ja«, rief jemand, und ein anderer: »Das Gesicht will ich sehen.«

Jasmins Hand umfasste Wangs Oberarm. Wang sah auf ihre Hand, als wolle er sich davon überzeugen, dass sie tatsächlich seinen Arm umschlang. Jasmin zog Wang in Richtung Kegelbahn. Wir sprangen auf und folgten den beiden. Auch die Männer an der Theke, die nicht zum Chor gehörten, erkannten, dass sich hier eine Geschichte anbahnte, die man nicht verpassen wollte. Sie ließen ihre halbgeleerten Biergläser stehen und eilten dem Pulk um Wang und Jasmin hinterher. Auch Rosi hielt es nicht hinterm Tresen. Sie schaffte es sogar, sich im Flur an der Truppe vorbeizudrängeln und war schließlich als Erste an der ominösen Tür. Einige Sekunden lang war kein Laut zu hören ... und da war das Geräusch wieder: Wie wenn man mit einem Stock an einem Zaun aus Bambusstäben entlangschlägt. Niemand von uns hatte bisher gewusst, wie sich das anhört, aber jetzt hörten wir es auch.

Vorsichtig, als wolle sie beim Eintreten niemanden erschrecken, drückte Rosi die Türklinke runter, öffnete die Tür einen Spalt. Wir hörten jemanden jubeln, jemand anderen »hat der einen Dusel« rufen. Rosi öffnete die Tür ein Stück weiter, steckte den Kopf durch. »Rosi! Du kommst wie gerufen: drei Pils, zwei Radler, zwei Weizen, einen Rotwein und 'ne Cola, bitte, und bring uns auch noch neun Klare.«

»Gleich«, sagte Rosi, »aber dürfen wir kurz reinkommen? Der Chinese hat noch nie eine Kegelbahn gesehen.«

Ich war selbst eine Ewigkeit nicht mehr in dem Raum gewesen und hatte die Kegelbahn viel größer in Erinnerung. Und ich hatte völlig vergessen, wie abgestanden die Luft in dem schmalen, langen Raum roch. Einen Moment glaubte ich, wieder einen Hauch des strengen Duftes meines Großvaters zu riechen, genauer gesagt den seines stets üppig aufgetragenen Rasierwassers der Marke Hattrick.

Jasmin nahm Wangs Hand und zog ihn in den Raum hinein. »Das ist unsere Kegelbahn.« »Bundeskegelbahn!«, korrigierte Rosi.

»Ich habe früher auch gespielt«, fügte Jasmin hinzu. Das hätten die meisten von uns auch sagen können.

Wang war geistesgegenwärtig genug, Rosi zu bitten: »Die Runde für diese netten Bundeskegelbahnspieler geht auf mich, und bring bitte auch allen anderen noch ein Getränk.«

Es wurde applaudiert und keine Minute später stand Wang, flankiert von Jasmin und Zecks Evi, vor dem Absperr-Gummiband, das die Anlaufgrenze markiert. Während Evi ihm die Theorie erklärte und vormachte, wie er beim Abwurf locker in die Knie gehen muss, führte Jasmin seinen Arm und seine Hand, in der er die Kugel hielt. Die Männer der Kegelrunde wollten Wang eine der großen, schweren Kugeln geben, aber Evi und Jasmin sorgten dafür, dass er es erst einmal mit einer der leichteren Kinderkugeln probierte. »Die Kugel nennt man eigentlich Scheibe«, dozierte Evi, »aber das ist jetzt egal. Versuch einfach einmal einen Wurf. Da schau, bis dahin darfst du vortreten, bis zur Gummischnur. Die befindet sich genau 35 cm über dem Boden, das ist so genormt.«

Obwohl Jasmin ihm dann zeigte, wie er den Arm und die Hand bewegen muss, schoss die erste Kugel im vorderen Bahndrittel über den Graben hinaus und donnerte gegen die Wand. Von dort sprang sie quer über den Graben zurück auf die Bahn und erwischte gerade so eben noch den linken Bauern. Es wurde gejubelt. »Wir spielen gerade ›kleine Hausnummer‹, also lass dir die ›Eins‹ am besten vorne hinschreiben«, meinte einer der Kegler und jemand aus unserem Chor rief: »Nicht schlecht fürs erste Mal – die Delle an der gegenüberliegenden Wand stammt übrigens von meinem ersten Versuch, das war Ende der Achtziger.«

»Bun-des-ke-gel-bahn«, sagte Wang, als wolle er das neue Wort ausprobieren. Später gestand er mir, er finde das Wort so wunderschön wie Mer-ce-des-Benz, oder sogar wie: Wer-bungs-kos-ten-rück-er-stat-tung. Die meisten Schaulustigen hatten genug gesehen und kehrten lachend zum Schankraum zurück. Wang, Jasmin und ein paar weitere Chorsänger blieben noch eine Weile bei der Kegelrunde und wir durften ein paar Würfe versuchen. Wang war beeindruckt, dass Jasmin mit zwei Würfen alle Kegel abräumte und dass auch bei mir nur ein einziger stehenblieb. Wangs vierter Versuch blieb immerhin auf der Bahn, warf aber nur zwei Kegel um. »Du musst noch viel lernen«, sagte Evi zu ihm, »aber genug Schmackes im Wurf hast du.«

»Schmackes?«, wiederholte Wang fragend und ich riet ihm: »Such das nicht im Wörterbuch.«

Wang, Jasmin und ich blieben, bis die Kegler Schluss machten und in den Kneipenraum gingen. Wir drei machten noch ein paar Würfe. »Wann habt ihr das zum letzten Mal gemacht, das Kegelspielen?«, fragte Wang.

»Was weiß ich, ist eine Ewigkeit her. Oder länger.«

»Und bei mir«, überlegte Jasmin, »war das bei der Hochzeit meiner jüngeren Schwester, glaube ich, das ist schon einige Jahre her.«

»Dafür beherrscht ihr es noch außerordentlich gut.« Wang war beeindruckt.

»Ach was«, zeigte Jasmin sich bescheiden, »mit dem Kegeln ist es wie mit dem Fahrradfahren oder mit dem … also das verlernst du nicht, wenn du es einmal draufhast.«

Rosi brachte uns noch eine Runde und fragte Wang: »Wie findest du sie?« Ich bin sicher, Rosi meinte ihre Kegelbahn.

»Sie ist wunderschön«, sagte Wang. Dann erklärte Jasmin Wang an der Wandtafel, wie welche Spielergebnisse aufgeschrieben werden. Rosi erläuterte, das Anbringen einer Wandtafel im Kegelraum sei vorgeschrieben und die Größe genormt. Und nur wenn bei der Tafel ständig Kreide sowie ein Schwamm oder Lappen zum Wischen vorhanden seien, dürfe das Prädikat »Bundeskegelbahn« verwendet werden. Als Rosi mit dem leeren Tablett wieder ging, folgte ich ihr zurück in die Kneipe und ließ die beiden alleine auf der Kegelbahn zurück.

5

Ich wurde auserkoren, in zweierlei Angelegenheiten für Klarheit zu sorgen, die bislang noch den Status von Mutmaßungen hatten. Nämlich herauszufinden, was Wang wirklich mit der alten Fleischkonservenfabrik vorhatte und außerdem nachzuforschen, wieso er so gut Deutsch sprach. Es wurde bereits gemunkelt, er sei gar kein astreiner Chinese, sondern ein Elternteil sei deutsch gewesen und er sei zweisprachig aufgewachsen.

»Der Chinese an sich kann kein ›R‹ sprechen«, schwadronierte Mecki einmal abends im Gasthaus Zeggels. Das war in der Woche nach der Entdeckung der Kegelbahn. Wang, der ab dann öfters abends nach der Arbeit auf ein Bier vorbeikam, stand direkt neben Mecki, als der dies sagte.

»Der Reinhards Robert kann auch kein ›R‹ sprechen, und der ist kein Chinese, sondern ein waschechter Einheimischer«, gab Heiko zu bedenken.

»Waschecht? Das wage ich zu bezweifeln. Bei dem katastrophalen ›R‹ ist da bestimmt noch irgendwo Eiweilerer Erbgut drin.«

»Wie kann man einem Kind mit so einem Sprachfehler einen Namen mit so vielen ›Rs‹ drin geben?«, meinte Heiko, der weiter überlegte: »Andererseits: Die Eltern konnten das gleich nach der Geburt noch nicht wissen, das ist ja das Tückische an dieser Behinderung, dass man sie einem Säugling noch nicht anmerkt. Und später können die Eltern dann nur hoffen, dass sich so ein Sprachfehler mit der Pubertät auswächst.«

»Aber ich will es jetzt doch wissen«, sprach Mecki ein Machtwort. »Wang, sag mal: Rosi, die rotierende Wirtsfrau.«

Wang wiederholte es fast akzentfrei. »Und jetzt: dem Reinhards Robert sein Bruder Friederich.« Auch diesmal rollte er sämtliche »Rs« genau wie Mecki es vorgemacht hatte. »Tipptopp«, bestätigte der verwundert.

»Das kriegt Wang eindeutig besser hin als der Reinhards Robert.«

»So viel ist sicher«, meldete Rosi sich von hinterm Tresen »falls der Chinese einen deutschen Elternteil hat, kommt der keinesfalls aus Eiweiler.« Sie sprachen über Wangs Sprache, als ob der gar nicht im Raum sei. Ich musste Wang erklären, dass zwischen unserem Dorf und dem Nachbarort eine Dialektgrenze verlief, und wir, auf der gesegneten Seite, das »R« wunderbar rollten, wie die Franken oder Spanier, während die Leute aus Eiweiler anstelle eines ordentlichen »Rs« einen fürchterlichen Rachenlaut schlärrten.

Danach wechselte irgendjemand das Thema und erst als Wang sein Bier bezahlt und sich höflich verabschiedet hatte, meinte Heiko zu mir: »Du kennst ihn doch schon ein bisschen besser. Frag ihn doch mal, wie er zu diesem guten Deutsch kommt. Und finde dabei gleich mit heraus, womit Wangs Welthandel eigentlich handelt.«

Bei Wangs nächstem Besuch bei mir versuchte ich gar nicht erst, ihn geschickt auszufragen, sondern gestand ihm frei heraus, was alle über ihn wissen wollten, sich aber nicht zu fragen trauten. Was ich ihm nicht verriet, war, dass ich genauso neugierig war, wie alle anderen.

»Das hätten die mich doch gerne selbst fragen können. Um der Wahrheit die Ehre zu erweisen, kann ich ganz einfach sagen: Mein Onkel Chongan hat dafür gesorgt, dass ich schon früh auf eine außerordentlich gute Schule gehen konnte. Meine Eltern hätten sich das nicht leisten können. Nicht für mich. Deshalb bin ich Onkel Chongan zu großem Dank verpflichtet. In der Schule konnte man zwei Fremdsprachen lernen, Englisch und Deutsch. Beide Sprachen bei demselben Lehrer, bei Herrn Ködnitz. Der stammte aus der Nähe von Nürnberg und sprach mit einem fränkischen Akzent. Euer Dialekt hier erinnert mich manchmal an Herrn Ködnitz. Auch er rollte das ›R‹ so allerliebst wie ihr hier. Das hat gedauert, kann ich dir versichern, bis wir das Herr-Ködnitz-R hinbekamen. Heute kann man übrigens in vielen Schulen in China Deutsch lernen, jedoch oft bei Leuten, deren Muttersprache gar nicht Deutsch ist. Acht Jahre lang hatte ich Deutschunterricht. Im ersten Jahr hat Herr Ködnitz viel mit uns gesungen. ›Ein Männlein steht im Walde‹, ›Hoch auf dem gelben Wagen‹ und zu Weihnachten ›Oh Tannenbaum‹, obwohl es dieses Fest in China nicht gibt. Man lernt viel durchs Liedersingen. Vor allem die Aussprache. Erst ab dem zweiten Jahr haben wir Grammatik gepaukt. Im letzten Jahr haben wir dann Goethes Faust gelesen und Heines Loreley gesungen.«

»Hast du ein deutsches Lieblingslied?«

»Oh ja: ›Die Gedanken sind frei‹. Vielleicht könnten wir vorschlagen, das einmal im Chor zu singen.«

»Ich bin nicht sicher, ob das in unser Repertoire passt.«

»Und dann habe ich, bevor ich hierherkam, ja schon ein paar Jahre in Deutschland gelebt. Nach dem Masterstudium in Berlin war ich erst für ein Jahr in Frankfurt, danach noch kurz in der Handelsniederlassung Orchid Park, gar nicht weit weg von hier.«

»Hattest du dort viel Kontakt zu deutschen Muttersprachlern?«

Er dachte nach. »Nicht so viel wie hier. Aber ein bisschen schon. Und ich habe weiter die deutschen Klassiker gelesen. Und Zeitung. Und viel Radio gehört, auf Deutsch. Außerdem meinte mein alter Deutschlehrer, Herr Ködnitz, ich sei sprachbegabt. Ob das zutrifft, wage ich nicht zu beurteilen, aber offensichtlich lerne ich recht schnell.«

»Aber du warst in diesem Orchid Park doch sicher sozial gut mit deinen Landsleuten vernetzt, und da wird doch sicher nur Chinesisch gesprochen.«

»Kommen wir zu deiner zweiten Frage. Womit handele ich? Das ist ganz einfach: Ich habe mich auf Weine spezialisiert.«

Als ich das am nächsten Tag im Gasthaus Zeggels erzählte, meinte Mecki: »Wein? Was macht er dann hier? Will er Wein hier im Hochwald anbauen?«

»Quatsch. Er will nichts anbauen. Er kauft edle Weine auf und verkauft sie mit ordentlichem Gewinn an reiche Chinesen.«

»Und dafür braucht er eine Fleischfabrik?«

Wang kam der Nachfrage aus China kaum hinterher, so wusste ich im Gasthaus Zeggels zu berichten: »Er könnte auch die dreifache Menge edler Weine verkaufen, meint er. Jeder reich gewordene Chinese im Perlflussdelta sei heutzutage erpicht darauf, seinen Gästen noble Moselrieslinge oder andere deutsche Weißweine anbieten zu können, oder Weine aus dem Elsass oder Burgund. Es geht dabei nicht um Sammlerweine, sondern um ›frischen Stoff‹, wie Steines Frank sagen würde, um Wein, der nach der Ankunft in China bei der ersten sich bietenden Gelegenheit – also, wenn man damit vor anderen Chinesen angeben kann –

entkorkt und getrunken wird. Wang hat gerade gestern in Trier etliche Kisten Josephshöfer Riesling gekauft sowie einige Kisten Beerenauslese und bereits alles für den Weiterversand nach China fertig gemacht.«

»Josephs ... was? Ist das ein guter Wein?«

»Woher soll ich das wissen? Ich bin Biertrinker.«

Die Details, die Wang mir dargelegt hatte, erzählte ich nicht weiter, nämlich dass Chinesen, die zu Geld gekommen sind, gerne einen Wein auf den Tisch stellen, der deutlich über fünfzig Euro pro Flasche kostet. Der Unterschied zwischen einem Weinschnösel und einem Nicht-Weinschnösel, so hatte ich von Wang erfahren, betrug an der Mosel fünf Euro, in Frankreich dagegen schon zwanzig und in China mindestens fünfzig Euro. Er habe sogar schon eine Ladung verschickt, bei der jede Flasche einen Hunderter einbrachte. »Manche meiner Landsleute schauen im Internet nach«, hatte er mir erzählt, »welche Weine in Europa bei echten Gourmets en vogue sind, und dann wollen sie genau diesen Tropfen auch haben. Leider reicht es nicht aus, wenn ich einfach behaupte, die Weine seien besonders edel. Die müssen wirklich echt sein, sonst könnte ich ja auch Wein im Discounter kaufen und umetikettieren. Die Abnehmer in China kennen sich inzwischen aus und wissen genau, wie bestimmte Originaletiketts aussehen müssen und auf welche Flaschenformen die gehören. Moselriesling in schlanken, grünen oder braunen Flaschen ist derzeit besonders beliebt. Und am Ende gibt es noch den einen oder anderen Chinesen, der Qualitätsunterschiede sogar schmecken kann. Meinen Landsleuten ist alles zuzutrauen.«

»Und warum verkaufen die Moselwinzer dann nicht direkt nach China?«

»Dazu müssten sie erst einmal wissen, an wen genau? Außerdem kaufen Chinesen lieber bei Chinesen. Selbst beim Weinkauf traut der Chinese an sich einem ehrlichen deutschen Winzer nicht halb so sehr über den Weg wie einem bekennenden chinesischen Biertrinker.«

»Du verkaufst edle Weine nach China, obwohl du keine Ahnung von Wein hast?«

»Na und? Allein mit der Ladung, die ich gestern verschickt habe, konnte ich 1.200 Euro verdienen. Morgen fahre ich zu einem Weingut an der Saar und hoffe, dem Winzer genügend Flaschen abkaufen zu können, um gleich nochmal für 900 Euro Gewinn Wein zu versenden. Das wären dann schon gut 2.000 Euro, die ich diese Woche mit deutschem Weißwein verdient habe, und es ist erst Mittwoch. Am Freitag könnte ich Riesling von der Ruwer bekommen aber auch Auxerrois von der Obermosel. Eigentlich bräuchte ich jemanden, der eine der beiden Fahrten für mich übernimmt.«

Ich hoffte, er dachte dabei nicht an mich. Sicherheitshalber wies ich ihn darauf hin, dass ich wohl noch weniger Ahnung von Wein habe als er selbst.

»Siehst du, und genau deshalb, weil ich davon nicht so viel Ahnung habe, will ich meinen Welthandel schon bald auf weitere Säulen stellen. Unter anderem kaufe ich für meinen Onkel elektronische Komponenten in Deutschland auf – er mailt mir, was ich besorgen soll, ich kaufe und ich leite die Ware dann an ihn weiter. Im Elektronikkomponenten-Handel bin ich also nur eine Art Sendbote und muss mich mit fünf Prozent Gewinnbeteiligung begnügen. Aber Kleinvieh macht auch Mist, wie der Deutsche an sich zu sagen weiß. Ganz gut nebenbei verdiene ich auch damit, dass ich jeden

Morgen gleich nach dem Frühstück zu einem der Drogeriemärkte in der näheren Umgebung fahre und dort so viel Babybrei und Milchpulver kaufe, wie ich kriegen kann. Die Ware lagere ich dann in meiner Halle, bis ich genug davon zusammen habe, dass sich der Versand lohnt. Auch dafür hätte ich mehr Direktabnehmer in China als ich hier Ware kriegen kann. Schau nicht so verblüfft: Wenn ihr klug wärt und Geschäftssinn hättet, hättet ihr – ich meine ein paar Leute aus dem Dorf – die Fleischfabrik selbst kaufen und mit der Herstellung von Milchpulver für den chinesischen Markt beginnen sollen. Noch wird in China kein völlig reines Milchpulver oder keimfreie Babynahrung hergestellt.«

»Ja, aber in ein paar Jahren werden sie sicher auch das hinkriegen, und dann müssten wir die Fabrik wieder dichtmachen.«

»Bestimmt werden sie das irgendwann selbst bewerkstelligen, aber bis dahin hättet ihr zumindest ein kleines Vermögen gemacht. Ich habe den Eindruck, ihr denkt hier bei jeder Geschäftsidee immer gleich in Generationen. Ich dagegen habe nur im Auge, was sich am nächsten Markttag am besten verkaufen lässt.« Wir schwiegen eine Weile, bis Wang schließlich fragte: »Ich komme mit dem Verkaufen kaum nach und beabsichtige, wie gesagt, das Portfolio von Wangs Welthandel zu erweitern. Ich brauche jemanden, der bestimmte Arbeiten für mich übernimmt.« Ich wollte gerade Einspruch erheben, aber bevor ich etwas sagen konnte, meinte Wang: »Ich hatte da an Benny gedacht, der scheint Zeitreserven in seinem Tagesablauf zu haben, jedenfalls sieht man ihn täglich mit einem Eimer zu seinen Fischweihern schlendern.«

»Wagners Ben? Benny ist, wie soll ich's sagen, nun, er ist

nicht gerade die hellste Kerze am Weihnachtsbaum, wenn du verstehst, was ich meine.«

»Der muss nicht überdurchschnittlich vernunftbegabt sein, alles was er sein muss, ist zuverlässig. Und vertrauenswürdig.«

»Nun, vertrauenswürdig sind hier wohl alle, na ja, sagen wir die meisten.«

»Gut, trotzdem bitte ich dich, da deine Freunde im Gasthaus eine Antwort von dir erwarten, lediglich preiszugeben, dass ich mit teuren Weinen handle, und vielleicht kannst du auch das mit den Elektronikkomponenten erwähnen. Aber berichte bitte noch nicht, dass ich schon bald gehörig zu expandieren gedenke. Bist du mit meinen Antworten auf deine beiden Fragen zufrieden?« Ich nickte. »Gut. Darf ich dir dann ebenfalls eine Frage stellen, mein Freund?« Ich gewöhnte mich nur schwer daran, dass er mich seinen Freund nannte, vielleicht, weil ich nicht wusste, was »Freund« für ihn bedeutete. Ich nickte und war gespannt, was kommen würde. Erwartet hatte ich am ehesten etwas, das mit Jasmin zu tun hatte. Aber Wang wollte wissen: »Gibt es noch weitere überraschende Räume im Gasthaus Zeggels?«

»Aber sicher,« nutzte ich die Gelegenheit, Wang zu beeindrucken. »Im Gasthaus Zeggels gibt es noch viele verborgene Räume. Hinter der Tür oben links, bevor es in den Saal geht, befindet sich eine große Küche, die man dort gar nicht vermuten würde. Die wurde früher bei Hochzeiten gebraucht und auch wenn ein Ims, so hieß bei uns der Leichenschmaus, stattfand. Durch die Küche gelangst du in einen Raum, in dem alte Instrumente gelagert werden, und Notenständer, und alte Fahnen von was weiß ich welchen Vereinen, und in diesem Raum führt eine Dachluke direkt in eine vollständig erhaltene Luftgewehrschießanlage. Mit mehreren Schießbahnen, die bis zum Ende des Dachgeschosses reichen. Dort gibt es einen abschließbaren Gewehrschrank, der einstmals dem Schützenverein Edelweiß gehörte. Apropos schießen: in den 1920ern wurde unten in der Kneipe jemand erschossen, nicht mit dem Gewehr, sondern mit einer Pistole. Ein Eifersuchtsdrama, soviel ich weiß. Der Täter entkam der Polizei über die Grenze nach Frankreich, die damals nur wenige Kilometer entfernt von hier verlief. Und einmal fand Rosi morgens in der Kneipe einen fast Nackten schlafend auf der Sitzbank an der Theke, bei dem Mann handelte es sich um … ach, da gäbe es so viel zu erzählen. Einen großen Keller hat das Gebäude auch, und ein extra Treppenhaus, von dem aus man von der Kneipe direkt hinter den Tresen im Saal gelangt. Ich kann dir sagen, Wang, dieses Gebäude birgt zahlreiche Geschichten, die meisten davon schauerlich. Ich schätze, die Geheimnisse der Pyramiden und Pharaonengräber sind besser erforscht als die des Gasthaus Zeggels.«

»Ich glaube«, sprach Wang, »ich habe mich zweifach verliebt. In Ya Si Min und in Zeggels.«

In genau der Reihenfolge hoffentlich, wollte ich sagen, ließ es aber, weil er sonst vielleicht gemerkt hätte, dass ich ihn in diesem Moment nicht ganz ernst nahm. Aber ihm war es ernst. Er hatte sich in eine nicht mehr ganz junge Frau verliebt und in ein altes Gasthaus. Mir war damals noch nicht klar, dass das bedeutete, dass er beides haben wollte.

6

Benny war also der Erste, der für Wang arbeitete, aber niemand durfte das so sagen. Genau genommen war Benny tatsächlich kein Angestellter des Chinesen. Benny war Zeit seines Lebens noch nirgendwo angestellt gewesen. Er hatte sich, mit wechselndem Erfolg, schon mit verschiedenen Geschäftsideen selbständig gemacht, wobei der Wechsel zumeist so vor sich ging, dass Teilerfolge, die sich anfangs einstellten, früher oder später schrumpften, genau wie Bennys Enthusiasmus für die jeweilige Idee. Zu der Zeit als Wang einen Transportdienstleister suchte, lief es bei Benny schon seit einer Weile nicht so recht mit neuen Ideen, und nur weil seine Frau eine feste Stelle bei der Gemeindeverwaltung hatte, konnte Benny sich beim Entwickeln von Geschäftsideen Zeit lassen.

Mit dem Chinesen verabredete Benny – Wang musste diesen Vorschlag nicht selbst unterbreiten, sondern konnte ihn mit einem Kopfnicken annehmen –, dass »Wagners Eiltransporte« ein eigenständiges Kleinunternehmen sei und Benny bei Bedarf mit einem der beiden vorhandenen Welthandel-Lieferwagen ein paar Kisten Wein abholen fuhr. Benny wurde pro Fahrt bezahlt, und das recht fair. Wang kam es zupass, dass er Benny nicht fest einstellen und ihn daher nicht bezahlen musste, wenn ein oder zwei Tage mal keinerlei Warentransporte fällig waren; allerdings kam das bald kaum noch vor. Eher musste Benny immer öfter auch samstags noch Fuhren erledigen.

Benny war damit zufrieden, sein Ein-Mann-Transportunternehmen eröffnen zu können, ohne dafür eigene Transportmittel anschaffen zu müssen. Einer der beiden roten

Welthandel-Lieferwagen stand meistens bei Benny in der Garageneinfahrt oder vor Zeggels oder bei den Fischweihern, je nachdem wo Benny sich gerade aufhielt. Eine kurze WhatsApp-Nachricht genügte, und Benny machte sich zuverlässig dahin auf den Weg, wo Wang ihn hinschickte.

Durch das Outsourcen der aufwändigen Fahrten gewann Wang Zeit, die er nutzte, um zusätzliche Handelsmöglichkeiten auszuloten. Benny, der gerne für ein paar Stunden zum Weinholen an die Mosel fuhr, gewann das Gefühl, wieder am Arbeits- und Geschäftsleben teilzuhaben, ohne dass er eigenständig Ideen entwickeln oder Organisations- und Planungsarbeiten übernehmen musste.

Er investierte seine ersten Gewinne aus dem Welthandel-Eiltransportgeschäft in eine nagelneue Angelausrüstung, inklusive Anglerstuhl mit Bierflaschenhalter. Wang steckte das zusätzliche Geld, das dadurch reinkam, dass er nun an den meisten Tagen zwei Weinladungen gleichzeitig versandfertig machen konnte, in einen weiteren Lieferwagen und in die Einrichtung eines weiteren Büros.

Ich muss noch einmal auf den grünen Bikini zurückkommen: Wenn Jasmins Mutter wüsste, dass ich mich immer noch an ihr Schwimmbadoutfit der 70er Jahre erinnere! Die Farbe war dabei nebensächlich. Bei dem, was der raffinierte Schnitt verhüllte – oder sagen wir lieber: was er zeigte –, störte es nicht, dass der Stoff vorgartenrasengrün war. Ich erwähnte bereits, dass der Bikini bei mir die Hormonproduktion dermaßen in Schwung brachte, dass ich ein Jahr vor meinen Klassenkameraden einen veritablen Oberlippenflaum zur Schau stellen konnte.

Anfangs war es Zufall, dass wir Jungs unsere Decken in

der Nähe von ein paar älteren Mädels aus dem Nachbarsdorf ausbreiteten. Oder es war kein Zufall gewesen und wir haben uns das bloß niemals eingestanden. Jedenfalls hatten alle Gruppen, die sich im Freibad trafen, ihren Stammplatz. Wie die Männer in den Kneipen oder die Frauen in der Kirche. Meine Kumpels schielten gelegentlich zu den Mädchen rüber, die eigentlich schon junge Frauen waren, aber keiner sonst verliebte sich so stumm leidend wie ich.

Die anderen waren Realisten und wussten, dass wir uns bei Mädchen, die zwei Klassen über uns waren, keine Erfüllung unserer Sehnsüchte erhoffen durften. Also schauten die anderen nur kurz zu den Bikinis rüber, machten über Brüste oder andere Körperzonen Bemerkungen, die sie als Experten ausweisen sollten, und gingen dann Wasserball spielen oder zockten Karten. Ich dagegen brachte ein Buch mit, um über eine glaubwürdige Ausrede zu verfügen, warum ich auf meiner Wolldecke stundenlang auf dem Bauch liegen blieb. Wenn sie aus dem Schwimmbecken zurückkam war es am Schlimmsten. Dann fielen Tropfen aus den rotblonden Locken auf ihre Schultern und rannen über die helle, sommersprossengesprenkelte Haut.

Und der grüne Bikini lag dann so eng an, dass sich ihre Brustwarzen deutlich unter dem Stoff abzeichneten. Der Bikini hatte keine normalen Träger, die über die Schultern gingen, sondern er hielt offensichtlich dadurch, dass sich der grüne Stoff so straff spannte, dass der Bikini auch ohne den raffinierten Spezial-Träger gehalten hätte. Der war vorn, am Ausschnitt, wo der grüne Stoff zusammengerafft wurde, so angebracht, dass von zwischen den apfelgroßen Brüsten (und ich spreche hier nicht von kleinen, sagen wir Cox Orange-Äpfelchen, sondern vom Umfang eines ordentlich ausgereiften Boskops oder gar eines Winterrambur) zwei Trägerriemchen V-förmig auseinanderlaufend zum Hals gingen. Hinten am Nacken wurden die dünnen Riemchen mit einer Schleife zusammengebunden.

Man hätte in Versuchung geraten können, an dem Schleifchen zu ziehen, aber ich machte mir nichts vor: Das wäre weder bei der Angebeteten noch bei sonst irgendwem im Dorf gut angekommen, außer bei meinen Kumpels vielleicht, aber die hätten mir auch nicht helfen können, wenn ich in eine Besserungsanstalt geschickt worden wäre – oder ins Kloster. Es bestand also die Gefahr, lebenslang in die direkte Obhut der katholischen Kirche zu geraten, nur um für einen kurzen Augenblick den Busen von Jasmins Mutter in seiner natürlichen Schönheit sehen zu dürfen. Von Anfassen will ich gar nicht erst reden.

Das war das Ungerechte an den Siebziger Jahren: Es wurden Klamotten für sinnesfrohe, swinging Teens und Twens in Paris und London entwickelt, Bademode im Dienste der sexuellen Revolution, und wir in der Provinz mussten zusehen, wie wir die dadurch hervorgerufenen Phantasien mit dem Moralkodex des ländlichen Konservatismus in Einklang brachten. Ein Wunder, dass die meisten von uns das weitgehend unbeschadet überstanden haben. Ich glaube übrigens nicht, dass der Bikini explizit erotisch gemeint war. Jasmins Mutter jedenfalls schien keine Ahnung zu haben, welche Wirkung sie mit diesem Bikini hervorrief.

»Jetzt lieg doch nicht ewig auf der Decke«, sagte Steff einmal zu mir. »Los, komm mit ins Wasser. Oder kannst du nicht aufstehen, weil du einen Steifen hast?« Vielleicht war Steff aufgefallen, dass in der Orwell-Taschenbuchausgabe, die zur Tarnung vor meiner Nase lag, nur selten eine Seite umgeblättert wurde.

Niemand sonst schien zu sehen, wie perfekt Jasmins Mutter war. Ich wusste noch nicht einmal, wie sie hieß, traute mich nicht, sie zu fragen und machte nicht den Fehler, über einen meiner Kumpels herauszubekommen, wer sie war.

Im darauffolgenden Jahr zogen die älteren Mädchen gleich zu Beginn der Badesaison in einen anderen Bereich des Schwimmbades, näher zu den jungen Männern, und ich sah den grünen Bikini nur noch gelegentlich und von weitem. Ich verlor Jasmins Mutter aus den Augen, sah sie in den Jahren danach allenfalls auf der Dorfkirmes und schaute dann heimlich zu ihr hinüber. Sie tauchte jedes Jahr mit einem anderen Typen auf der Kirmes auf.

»Jetzt starr doch nicht so zu der da rüber!«, riet Hecks Mike mir, mit dem ich mich traditionell am Kirmessonntag zum Frühschoppen traf.

»Ich starre doch gar nicht.«

»Und ob du starrst. Du bist so scharf auf die Sommersprossige da, dass du gleich hier im Kirmesplatzschotter eine Brunftkuhle scharrst.«

Einige Jahre später, wieder auf der Dorfkirmes, schob sie einen Kinderwagen vor sich her. Da war sie schon Jasmins Mutter. Ich hörte, wie sich jemand »dududu« gurrend über den Kinderwagen beugte und fragte: »Wie heißt die Süße denn?«

»Jasmin.«

Bis dahin hatte ich immer noch kein einziges Wort mit Jasmins Mutter gewechselt, jahrzehntelang nicht. Und das sollte auch so bleiben, bis kurz nach Wangs Tod.

7

Zu der Zeit, als Wang Mitglied in unserem Chor wurde, war Jasmin noch mit Drehers Heiko liiert. Porno-Heiko. So nannten wir ihn natürlich nur, wenn er selbst nicht anwesend war. Das war anders als zum Beispiel bei Buonasera-Hans, der stolz auf seinen Spitznamen war und sich gelegentlich selbst damit vorstellte. Heiko habe, so wurde kolportiert, als junger Mann einmal eine kurze Nebenrolle in einem billigen Sexstreifen bekleidet – wobei ich nicht sicher bin, ob der Ausdruck, in so einem Film eine Rolle zu bekleiden, passend ist. Ich bezweifele, dass die Sache mit diesem Kurzauftritt der Wahrheit entspricht – und falls doch, wäre ein Kurzauftritt in einem Sexfilm nicht doppelt fragwürdig? Warum war der Auftritt, so es ihn je gegeben hat, nur kurz? Unleugbar wahr allerdings ist, dass Heiko ein paar kürzere erotische Groschenromane verfasst hat, von dem der eine oder andere, dafür verbürgen sich Mittelscheitels Junior und Mecki aufgrund eigener Anschauung, filmisch umgesetzt worden waren.

Heiko war einer jener Bergleute, die nach einer überschaubaren Anzahl an Jahren unter Tage, also noch als recht junger Mann, von der Deutschen Steinkohle AG ein Angebot gemacht bekamen, das abzulehnen unvernünftig gewesen wäre. Das endgültige Aus des Kohlebergbaus stand absehbar in nur noch wenigen Jahren bevor – auch das der Grube Warndt, wo Heiko damals arbeitete. Der Abfindungssumme wurde der Ausdruck »goldener Handschlag« einigermaßen gerecht, und Heiko meinte, noch zahlreiche Optionen im Leben zu haben. Als eine davon betrachtete er eine Karriere als Autor erotischer Gebrauchsliteratur.

Schon während seiner Zeit als Bergmann hatte er, wie gesagt, ein paar einschlägige erotische Storys entworfen, die sich dadurch auszeichneten, zwar kurz zu sein, aber alles Wesentliche zu beinhalten und explizit darzustellen, was einen Porno im Kern ausmacht. Man könnte auch sagen, Heiko bediente sich eines Stils, der das Erotische von jeglicher störender Rahmenhandlung befreite. Vor allem aber war Heikos Markenzeichen, dass seine sämtlichen Werke im Kohlegruben- und Bergmannsmilieu spielten. So zum Beispiel die von Mecki gelegentlich zitierten Kurzpornos »Manni fährt ein«, »Glück auf, der Steiger kommt« oder »Stollenvortrieb.« Angeblich schrieb Heiko gerade an einem Kurzporno mit dem Titel »Mit der Hanne auf der Lore«.

Heiko ist harmlos. Das würde niemand prompter bestätigen als Jasmin, und um der Wahrheit Genüge zu tun: Für Jasmins Entscheidung, mit Heiko Schluss zu machen, bedurfte es keiner plagenden Überlegungen. Sie hatte sich mit Heiko zu einer Zeit zusammengetan, als sich das Angebot an brauchbaren Geschlechtspartnern recht überschaubar gestaltete. Dass sie dachte, Heiko sei vielleicht ihre letzte Chance zur Familiengründung, zeigt, wie verzweifelt Jasmin gewesen sein musste.

Jetzt aber bot der Markt unverhofft neue Optionen. Jasmin setzte dem ohnehin seit einer Weile mit unbestimmtem Beziehungsstatus dahindümpelnden Verhältnis ein unmissverständliches Ende, und zwar genau einen Tag nachdem sie Wang Arm in Arm zur Kegelbahn gezogen und dort seine Hand geführt hatte.

Und um weiterhin ehrlich zu bleiben: Auch Heiko verzehrte sich nicht eben vor Liebeskummer. Ausgeprägte emotionale Bindungen waren nicht seine Sache, vor allem nicht zu Frauen. Dennoch war er sauer, dass sie »ausgerechnet zum Chinesen übergelaufen war«, wie er es am Tresen einmal formulierte.

»Wieso übergelaufen? Sind wir mit China im Krieg?«, fragte Steff.

»Ja, im Wirtschaftskrieg.« Niemand widersprach Heiko, nennenswerte Zustimmung rief er damit aber auch nicht hervor.

»Der Chinese an sich lässt nichts anbrennen«, sagte Mecki.

»Natürlich nicht, der kocht ja im Wok.«

»Wäre es dir lieber gewesen, sie hätte dich zum Beispiel wegen Helmut verlassen?« Alle lachten. Helmut galt nicht eben als Frauentyp.

»Ehrlich gesagt«, versuchte Heiko seine Niederlage herunterzuspielen, »bin ich froh, sie los zu sein. Stellt euch vor: Die verlangte immer ein ordentliches Vorspiel und dass ich mich dusche, schon vorm Sex.«

»Ihr werdet noch sehen«, orakelte Mecki, »der Chinese an sich ist nicht nur an unseren deutschen Robotern interessiert.«

Kaum war das ausgesprochen, kam Wang zur Tür herein. Im Schlepptau hatte er Benny sowie das Duo Helmut und Schnucki. Wang bestellte vier Bier und prostete den dreien, die mit ihm hereingekommen waren, zu: »Auf gute Zusammenarbeit!«

Helmut und Schnucki haben zusammen zwar vier Arme und vier Beine, denken aber mit nur einem Kopf, nämlich dem von Helmut. Das erweist sich nicht immer als günstig, denn Helmuts Hirn hat bisweilen Mühe, für Helmut selbst vernünftige Einsichten hervorzubringen. Helmut trägt sein

Portemonnaie nicht, wie ein Mann das tun sollte, in der Hosentasche, sondern deponiert es, wie auch sein Handy oder was man sonst noch mit sich herumträgt, in einem Herrenhandtäschchen – mit Schlaufe dran, damit er sich das Täschchen ums Handgelenk hängen kann.

Die Herrenhandtasche heißt Horst. Nicht, dass Helmut sie so getauft hätte, er ruft sie natürlich auch nicht bei diesem Namen. Die Herrenhandtasche heißt tatsächlich so. Helmut hat eine Herrenhandtasche der Marke Horst. Mehr muss zu Helmut nicht gesagt werden. Oder doch noch dies: Helmut redet, dass einem schwindlig wird. Zumeist hat er nichts Substanzielles zu sagen, er produziert einfach in großem Umfang Gesprochenes. Ein geflügeltes Wort, das jedes Kind im Dorf kennt, lautet: »Ein Helmut sagt mehr als tausend Worte«.

Schnucki dagegen redet kaum. Nicht gerade großgewachsen ist er, jedoch stämmig und muskulös. Und so stabil wie seine Figur ist auch seine Lebenseinstellung: keinen unnötigen Streit provozieren, sich aber auch von niemandem etwas gefallen lassen. Und vor allem: Traue keinem, den du nicht kennst. Schnucki ist bärenstark, was er zum Glück nur bei wenigen Gelegenheiten unter Beweis stellt. Helmut übernimmt es meistens, rechtzeitig davor zu warnen, Schnucki zu reizen: »Fang mit dem lieber keine Schlägerei an, der kriegt jeden Tag Fleisch!«

Mit richtigem Namen heißt Schnucki Thomas Müller, also ist es im Grunde vorteilhaft, dass sich ein Spitzname für ihn etabliert hatte. In jungen Jahren hatte er einmal eine Freundin gehabt, die ihn Schnucki nannte, auch in der Öffentlichkeit. Die Freundin war längst weg, der Kosename war geblieben. Selbst seine Mutter rief ihn so, bei der er zu wohnen gezwungen war – obwohl er 46 war, hatte er bislang weder kochen noch waschen gelernt.

Zu den wenigen Fähigkeiten, die Schnucki besaß, gehörte, dass er die erste Strophe von »Das Wandern ist des Müllers Lust« rülpsen konnte (den Text und halbwegs wiedererkennbar auch die Melodie; beim dritten »Wa han dern« ging ihm allerdings zuverlässig stets die Luft aus). Er war nicht stolz darauf, ein Volkslied rülpsen zu können, dennoch entblödete er sich nicht, gelegentlich eine Vorstellung dieser Fähigkeit zu geben, von der leider nicht überliefert ist, wann und unter welchen Umständen sie entdeckt wurde. Heiko und Zoppo hatten Schnucki schon öfter vorgeschlagen, er solle bei solcherlei Darbietungen doch lieber eine andere bekannte Melodie wählen, »Frère Jacques« zum Beispiel, oder »Oh when the saints go marching in« vielleicht. Aber zu vorgerückter Stunde, wenn der der Patriotismus der Mahner erlahmte, der Bierkonsum Schnucki auflockerte und sein Mentor Helmut zustimmend nickte, gab er dann doch wieder das traditionelle Wanderlied in gerülpster Form zum Besten.

Thomas »Schnucki« Müller und Leuchtners Helmut tauchten ausschließlich als Zweierpack auf, und als solches hatte Wang sie auch eingestellt. Ich zog Wang bei der ersten sich bietenden Gelegenheit beiseite und brachte meine Hoffnung zum Ausdruck, er habe nicht vor, die beiden im direkten Kundenkontakt einzusetzen.

»Selbstredend nicht«, antwortete Wang, »das sind meine neuen Lageristen.«

Das mit dem Weiterversenden der Elektronikkomponenten hatte deutlich zugenommen und auch der Spitzenweinhandel lief hervorragend, aber Wang hatte einige zusätzliche Handelsmöglichkeiten aufgetan, von denen ich, als Wang mir davon erzählte, zuerst annahm, es handele sich um einen Scherz, wie zum Beispiel bei Wangs Welthandel-Sonderedition »Häkelhänger«. Davon gab es sicher hunderte im Dorf, aber niemand von uns wäre auf die Idee gekommen, dass es sich dabei um ein Kulturgut handelte – noch dazu um eins, das sich in China verkaufen ließ.

Der Produktname Häkelhänger war eine Erfindung Wangs, denn die Dinger hatten bei uns keinen Namen. Dazu waren sie zu unwichtig. Es handelt sich dabei um Kleiderbügel aus Holz, die mit dicker, meist farbenfroher Restwolle umhäkelt waren. Früher einmal waren sie ein beliebtes kleines Geschenk oder Mitbringsel gewesen. Das war inzwischen aus der Mode geraten, aber es gab noch Frauen, die der Kunst des Kleiderholzumhäkelns mächtig waren.

Wang entdeckte zwei oder drei Exemplare davon, als er Jasmin einmal abends zur Chorprobe abholte und ihr, obwohl sie spät dran waren, einfiel, dass sie doch ein anderes Kleid tragen wollte. Sie zog sich bei offener Schlafzimmertür – in deren Rahmen Wang lehnte – in aller Ruhe um, streckte sich dabei, nur in Unterwäsche bekleidet, nach verschiedenen Kleidern, drehte sich dabei immer wieder in Wangs Richtung, dann wieder zum Kleiderschrank, damit auch ihre vorteilhafte Rückansicht zur Geltung kam, hielt verschiedene Kleider hoch und sah Wang fragend an. Der enthielt sich – was Jasmin recht war, denn sie wusste bereits, welches Kleid sie tragen wollte – jeglichen Kommentars und schaute nur.

Hätte Heiko dort im Türrahmen gestanden, hätte sie den gleichen Blick als Anstarren empfunden, bei Wang dagegen meinte sie – und sie ahnte nicht, wie recht sie damit hatte –

ein fast kindliches Staunen zu erkennen. Wang sah Jasmin an, sah aber auch an ihr vorbei in den Kleiderschrank, was Jasmin für Verlegenheit hielt. Sie fühlte sich geschmeichelt, und zwar davon, dass Wang, anders als Heiko es in so einem Moment getan hätte, nicht darauf bestand, etwas später zur Probe zu kommen und noch ein rasches Nümmerchen einzuschieben (mit der Betonung auf »rasch« – in einem Fall, in dem das genau so passiert war, kam Jasmin noch rechtzeitig zum Warmsingen).

Wang schaute und staunte nur, und er tat gut daran, sie nicht gleich zu fragen, auf welch sonderbaren Wollbügeln ihre Kleider da baumelten. Jasmin glaubte ein Begehren in Wangs Blick zu erkennen. Nur kurz zweifelte sie daran, dass ausschließlich Ritterlichkeit ihn daran hinderte, die Türschwelle zum Schlafzimmer zu überschreiten, und sie verwarf die Vorstellung, es mangele ihm an Wagemut. Sie dachte daran, wie Heiko reagiert hatte, als sie bei ihm das gleiche Schauspiel aufführte. Er hatte sie aufs Bett gedrängt und sich nicht einmal die Zeit genommen, seine Hose weiter als bis zu den Knien herunterzuziehen. Schön war das nicht. Also genoss sie es in diesem Augenblick, sich begehrt zu fühlen, auch wenn sie einer vorsichtigen Annäherung nicht abgeneigt gewesen wäre.

Zu Wangs Ehrenrettung, falls es einer solchen bedarf, muss gesagt werden, dass er nach dieser Kleiderschrankszene erst einmal anderthalb Stunden tapfer sang, danach anstandshalber zwei Gläser mit den Chorfreunden trank, um dann endlich, später am Abend, nachdem alle nach Hause gegangen waren, vom Garten aus Kieselsteinchen gegen Jasmins Schlafzimmerfenster zu werfen, was sie unbeschreiblich romantisch fand.

Und auch nachdem sie ihn wie einen heimlichen Verschwörer durch die Hintertür hineingelassen hatte, war Wang umsichtig genug, sich zunächst um das Private zu kümmern und viel später erst ums Geschäftliche: Im Morgengrauen, als Jasmin ein Nachthemd aus dem Schrank holte, erkundigte er sich möglichst beiläufig nach den umhäkelten Kleiderhaken. Wang hatte, was wir damals noch nicht wussten, ein Gespür oder die erlernte Fähigkeit dazu, auf den richtigen Moment zu warten. »Der Chinese an sich ist viel geduldiger als der Deutsche«, meinte Mecki einmal und machte sich nicht klar, wie richtig er mit diesem Gemeinplatz ausnahmsweise lag.

Jedenfalls fragte Wang im Morgengrauen, als es Jasmin trotz Wangs wunderbar warmen Körpers, an den sie sich schmiegte, ein wenig zu frösteln begann und sie sich ein Nachthemd über ihre nackte Haut streifte: »Was baumelt denn da Lustiges in deinem Schrank? Wieso hast du Kleiderbügel aus Wolle?«

Sie brachte ihm eins der umhäkelten Hölzer, sie hatte mehrere davon, und verriet ihm, von wem sie die geschenkt bekommen hatte, nämlich von ihrer Freundin Mohrsch Wilma, und dass deren sämtliche Tanten und Cousinen, überhaupt alle Frauen dieser Familie, die Technik beherrschten und den alten Brauch noch ausübten, Kleiderhölzer auf so kunstvolle Weise zu umhäkeln.

»Ja, aber warum? Warum machen sie das?«

»Wieso, gefallen sie dir nicht?«

»Ich finde sie allerliebst.«

Jasmin lachte, sie mochte es, wenn er solche altmodischen Wörter benutzte und wünschte, er täte dies öfter, vor allem, wenn er über sie selbst sprach.

»Aber dient das auch einem praktischen Zweck?«

»Oh ja! Man benutzt diese Kleiderbügel für besonders feine Kleider, für die aus Seide oder Samt zum Beispiel. Die Wolle verhindert, dass der empfindliche Stoff am Holz aufraut.«

»So? Für besonders feine Kleider?«

»Das braucht man natürlich heute kaum noch, bei der billigen Massenware aus Chi... aus Asien ... Bangladesch. Die Klamotten stopft man eh in den Rotkreuz-Kleidersack für Afrika, nachdem sie dreimal getragen wurden. Aber als man noch Kleider für besondere Gelegenheiten hatte, die jahrelang halten mussten ...«

»Wie viel Zeit benötigt man, um so ein Kleiderholz zu umhäkeln?«

»Mohrsch Wilma etwa drei Gläser Kirschlikör lang«, antwortete Jasmin wahrheitsgemäß.

Und so kam es, dass Wang einem der monatlich stattfindenden Häkelkränzchen des Mohrsch-Clans, genauer gesagt des weiblichen Teils desselben, beiwohnen durfte. Jasmin, zwar nicht verwandt aber befreundet mit den Mohrsch-Frauen, ging sowieso zu diesen Kränzchen, wenn auch nicht zum aktiven Häkeln, sondern zum Likörtrinken und zum Plaudern.

Die schiere Verwunderung aller Teilnehmerinnen darüber, dass ein ausgewachsener Mann, vor allem ein so elegant aussehender, sich für umhäkelte Kleiderbügel interessierte, veranlasste die Mohrsch-Frauen dazu, ihn zu einem Häkelabend einzuladen.

»Er ist doch nicht schwul?«, hatte Wilma Jasmin gefragt, denn das schien die naheliegende Erklärung für Wangs Interesse am Verwerten von Restwolle zu sein, und – etwas zu schnell – hatte Jasmin mit einem entschiedenen »Ganz bestimmt nicht« geantwortet, sich dann aber mit genaueren Erläuterungen oder gar mit dem Vorbringen von »Beweisen« zurückgehalten, und Wilma ließ es gut sein, fürs erste.

Es war ein lustiger Abend, zu dessen Gelingen Wang dadurch beitrug, dass er eine Flasche Mirabellenschnaps zum allgemeinen Verzehr mitbrachte sowie dadurch, dass er knapp aber eindrücklich berichtete, wie in China ein traditionelles Hochzeitsfest abläuft. Das war weiß Gott ein interkulturelles Thema, über das sich alle Anwesenden gerne weiterbilden wollten.

Wang lernte an diesem Abend seinerseits, dass Häkelabende eigentlich Tarnveranstaltungen waren, die dem Austausch von Dorfklatsch, aber auch der ernsthaften Diskussion über Lebens- und Beziehungsfragen sowie dem ungehemmten Verzehr süßer Liköre (oder gerne auch klarer Schnäpse) diente. Und wenn der Abend vorüber war, hatte immerhin ein Teil der Frauen einige Kleiderhölzer fertig umhäkelt und somit – über einen Schwips hinaus – etwas Brauchbares produziert.

Wilma zum Beispiel benötigte nicht einmal eine Stunde, um ein Kleiderholz kunstvoll zu umhäkeln, und währenddessen konnte sie hanebüchene Geschichten erzählen (wahre Geschichten mit erfundenen Ausschmückungen) sowie Witze machen, die Wang zur Freude aller anwesenden Frauen die Schamesröte auf die zarten aber dennoch männlichen Wangenknochen trieb.

Auch amüsierte man sich darüber, dass Wangs Blick Mohrsch Wilma aufmerksam folgte, als diese zu Beginn des Häkelabends rasch ihren Wäschekorb wegräumte, und Wang Wilma anbot, ihr den Korb zu tragen und ihn im Hauswirtschaftsraum aufzustellen. Selbst bei dieser unspektakulären Tat erweckte der Chinese den Eindruck, als erfülle er diese mit höchster Aufmerksamkeit und aufrichtigem Interesse. Der Korb enthielt größtenteils unverfängliche Wäschestücke, obenauf lagen allerdings zwei Büstenhalter, wie Wang sie, so mutmaßten die Frauen später, in seinem Leben noch nicht zu sehen bekommen haben dürfte, nicht einmal bei Jasmin, und deren Brüste waren schon nicht von schlechten Eltern – also mütterlicherseits. Die Mohrsch-Cousinen aber, das darf ohne den geringsten Anflug von Schlüpfrigkeit bemerkt werden, waren genetisch außerordentlich gesegnet, was die Oberweite anging, und Mohrsch Bärbel vermutete, dass man mit dem Material, so drückte sie sich aus, das die Natur für einen einzigen Mohrsch-Busen verwendete, locker drei bis vier Chinesinnen mit Brüsten ausstatten könnte, die dann immer noch über dem Landesschnitt lägen.

Mir erzählte Wang am darauffolgenden Tag begeistert von einem Wäschekorb mit ausfahrbaren Beinen: »Per Klick, geht ganz einfach, und das Gestell wiegt kaum etwas, alles aus Leichtmetall. Ich habe den Korb selbst getragen und aufgestellt, ging ganz einfach, so etwas hat man in China noch nicht gesehen. Da zeigt sich der deutsche Erfindergeist.« Er war ganz aufgeregt von der genialen Einfachheit dieses Haushaltsgegenstandes.

Den Inhalt des Wäschekorbes würdigte er keiner Erwähnung. Dabei kann ich mir vorstellen, dass die Mohrsch Cousinen zu Wangs Hilfe beim Wegräumen der Büstenhalter Kommentare losließen wie: »Das ist der Bub von zuhause in China doch gar nicht gewöhnt, mit so großen Körbchen konfrontiert zu werden. Mich würde mal interessieren, ob es auch so bei chinesischen Männern ist, also dass die Geschlechtsmerkmale etwas zierlicher ausfallen.« »Es kommt nicht auf die Größe an«, würden die Frauen darauf im Chor antworten und lachen.

Solche Themen würden sie natürlich nicht besprechen, während Wang zu Gast beim Häkelclub war. Bei einem der nachfolgenden Treffen aber, als die Frauen bereits für Wang arbeiteten, rückten durchaus wieder erotische Themen in den Fokus der Unterhaltung, wie Mohrsch Annhild mir einmal vertraulich im Café Kastanienbaum erzählte, als ich sie zu einem Stück Kaffee und Kuchen einlud.

Es war kein Geheimnis, dass an jenem Abend, als Wang den ganzen Abend bei der Häkelrunde zu Gast war, keine der Frauen umhinkam, den Chinesen aufgrund seiner zugleich jungenhaften und höflichen Art ins Herz zu schließen. Selbst Mohrsch Berta, die Wang bis dahin noch nicht persönlich kennen gelernt und sich bislang verunsichert über die Anwesenheit eines Asiaten im Dorf geäußert hatte, prostete ihm schließlich mit der überzeugten Erkenntnis zu: »Kirschlikör heilt alles, sogar Vorurteile. Hätte nie gedacht, dass man mit einem Chinesen einen so unterhaltsamen Abend verbringen kann.«

Daraufhin traute Wang sich, den Frauen einen Vorschlag zu unterbreiten: »China baut die Seidenstraße wieder auf«, begann er mit einem Pathos, das niemanden im Raum störte. »Wir aber, wir bauen die neue Wollstraße. Die Wollstraße Mühlfeld – Nanjing.« Die Frauen begriffen nicht gleich, dass Wang es ernst meinte. Er bot zehn Euro für einen fertig umhäkelten Kleiderhaken, und Wilma dachte erst, er meine wirklich: *einen*. Einen für sich selbst, oder vielleicht als Geschenk, als Mitbringsel für zuhause, für die Mutter oder die Oma, also bot sie natürlich an, ihm einen Häkelbügel kostenlos anzufertigen: »Das mache ich beim nächsten Treffen nebenbei«. Aber Wang stellte richtig, dass er nicht »für einen« meinte, sondern »pro Einzelstück«. Er brauche hundert davon, besser hundertfünfzig, zunächst.

Um der Wahrheit Genüge zu tun, muss gesagt werden, dass nicht nur Wilmas Mundwerk sondern auch ihr Verstand blitzschnell arbeitete, selbst nach – oder gerade mithilfe von – mehreren Gläschen Kirschlikör. Und noch während die anderen Frauen Wang anstarrten und nicht wussten, was sie davon halten sollten, antwortete Wilma ihm: »Fünfzehn.«

Da wusste Wang, dass er es mit einer gewitzten Frau zu tun hatte und erläuterte mit wenigen Sätzen, dass er bei so einem Pilot-Produkt vorsichtig kalkulieren müsse, beobachtete dabei Wilma genau, wagte aber nicht, aus deren sich rötenden Wangen etwas herauszulesen (und das zurecht, da die Rötung lediglich der Kombination aus Mirabellenschnaps und Kirschlikör geschuldet war). Er wusste, dass er sich mit Wilma irgendwo in der Mitte treffen musste. »Zwölf«, schlug er vor, und da die anderen Frauen jubelten, war Wilma der Wind aus den Segeln genommen, noch einen Euro mehr herauszuschlagen. Sie konnte ihm immerhin noch die Vereinbarung abringen, dass er die Kleiderhölzer besorgte, dafür sei die Wolle im Stückpreis inbegriffen. Wang wusste von Jasmin, dass sowieso ansonsten unbrauchbare Wollreste verwendet wurden. Aus Respekt vor Mohrsch Wilma aber, und weil er innerlich einen Strich unter eine Kalkulation zog und dabei ein Ergebnis herausbekam, das er für befriedigend hielt, schlug er ein.

Die Häkelabend-Frauen beschlossen daraufhin, ihre Jahresfahrt, die sie bislang jeden Mai in ein Party-Hotel im Westerwald geführt hatte, endlich einmal auf einer sonnigen Insel im Mittelmeer zu verbringen. Die Aktion »Wollstraße – Häkeln für China« sollte dazu den finanziellen Grundstein legen.

Sie trafen sich ab dann einige Monate lang vierzehntägig statt monatlich, und Wilma, Annhild sowie einige andere Cousinen, die über das Mohrsch-Häkelgen verfügten, schafften je zwei bis drei umhäkelte Kleiderhölzer pro Treffen (ohne dabei das Likörtrinken vernachlässigen zu müssen). Einmal trafen sie sich sogar an einem Samstagmittag, was sie normalerweise nie taten, aber Mohrsch Annhild hatte eingeladen, um eine königliche Hochzeit im Fernsehen zu schauen. Ein lustiger Nachmittag, dessen rührendsten Moment Wilma dadurch auflockerte, dass sie, kurz bevor die Braut »Ja, ich will« sagte, der angehenden Herzogin zurief: »Nimm den nicht, der hat kreisrunden Haarausfall!«

»Wie schon der Vater. Und der eine Onkel. Und der Bruder auch«, fügte Annhild hinzu.

»Ach, das würde mich jetzt persönlich nicht so stören.«

»Bei welchem der beiden Brüdern würde dich das nicht stören?«

»Wenn du mich so fragst, bei keinem, wenn ich einen der beiden hätte kriegen können.« Dem stimmten alle Häklerinnen zu. »Könnte ich wählen, hätte ich natürlich eine Präferenz.« Tante Otilia nickte lachend. Und warum sollten sie anlässlich eines so amüsanten Treffens nicht nebenbei die Inselurlaubskasse aufbessern?

Keine der Frauen hatte es nötig, Geld zu verdienen – alle hatten entweder selbst gute Jobs oder verdienten etwas zu dem sowieso ausreichenden Familieneinkommen hinzu – aber das Kleiderholzhäkeln tat nicht weh, die Abende waren vergnüglich und die geplante gemeinsame Reise motivierte zusätzlich.

Wang erschien noch ein einziges Mal zum Häkelabend, wobei es hoher Überredungskunst bedurfte, dass Jasmin ihn noch einmal mitnahm. Sie war etwas zurückhaltender darin geworden, Wang ihren Freundinnen zu präsentieren, nachdem sie deren sehnsüchtige Blicke bemerkt hatte. Wang versprach Jasmin jedoch, diesmal nur kurz zu bleiben und er hielt dieses Versprechen. Er machte nur rasch ein paar Fotos per Smartphone und ein kurzes Video davon, wie die Frauen dasaßen und häkelten. Er bestand darauf, dass Mohrsch Annhild, Wilma und Bärbel auf der Eckbank nah aneinanderrückten und platzierte die Frauen so, dass das über ihren Köpfen hängende Ölgemälde, das eine romantische Almszenerie zeigt, günstig ins Bild fiel. Er sandte umgehend sowohl die Fotos als auch das Video an Wilma, die es wiederum an alle Beteiligten weiterleitete. Außerdem verkündete Wang, er sende das Video auch an seinen Onkel nach Nanjing. Und das tat er dann auch.

Die Kleiderhölzer, die Wang besorgt hatte, rochen muffig, aber sonst waren sie in Ordnung: glattes Holz, das sich leicht umhäkeln ließ. Daher erkundigte sich nicht einmal Wilma danach, wie er die Dinger in China loszuwerden gedachte. Und so erfuhren die Frauen nicht, dass Wangs Onkel Chongan die ersten fünfzig umhäkelten Hölzer an besonders wichtige Geschäftspartnerinnen verschenkte und die nächsten hundert zu einem Stückpreis verkaufte, von dem weder Mohrsch Wilma noch sonst jemand im Dorf erfahren durfte, dass man ihn für ein umhäkeltes Kleiderholz erzielen konnte. Wang selbst war ein wenig überrascht, wie schnell sein Onkel nachorderte. »Die gehobene Kundschaft schätzt sehr«, informierte Chongan seinen Neffen, »dass es sich ausnahmslos um Unikate handelt, von der deutschen Landfrau handgehäkelt.«

Die Häkelfrauen lieferten noch einmal hundert Exemplare nach, jetzt für 12,50 € pro Stück, und gönnten sich ein Upgrade der Hotelkategorie. Die Mohrsch-Cousinen zeigten Wang später Fotos von ausgelassenen Feierlichkeiten an Stränden mit saphirfarbenem Wasser.

Nach zweihundertfünfzig Kleiderhaken verloren die Frauen das Interesse an dem Projekt, aber da war Wangs Onkel auch schon so weit, in Nanjing eine kleine aber erfolgreiche eigene Produktionsreihe mit umhäkelten Kleiderbügeln einzurichten.

Helmut und Schnucki schüttelten die Köpfe, als sie die Kleiderbügel zum Versandt nach China verpackten. »Wenn der so weiter macht«, meinte Helmut, »macht der nicht lange.«

8

Die Häkelfrauen erfuhren nie, dass Wangs Onkel, nachdem ihre ersten 250 Originale in China in den Besitz von Frauen mit entscheidendem Multiplikatorinnenpotenzial gelangt waren, noch eine ganze Weile die gehobene Mittelschicht (die sehr gehobene, um genau zu sein) mit umhäkelten Kleiderhölzern versorgte, den so genannten Häkelhölzern der Marke Mühlfeld. Auf Chinesisch hörte sich der Markenname »Mu-le Wei-le-te« an, und Onkel Chongan warb bis zum Abebben des Modetrends durchgehend mit dem Foto dafür, welches die Mohrsch-Cousinen vergnügt lächelnd auf ihrer Eckbank sitzend zeigt.

Wang erfuhr nie, wie viele Kleiderhölzer genau die etwa zwanzig Frauen, die Chongan zehn Stunden pro Tag in seiner Kellerwerkstatt einpferchte, mit ihren selbst mitgebrachten Wollresten nach einem standardisierten Muster (jedoch ohne Zuhilfenahme regelmäßiger Kirschlikör-Rationen) insgesamt umhäkelten. Etliche zehntausend Mule-Weilete-Unikate kamen wohl mindestens auf den Markt, vielleicht wurde sogar eine sechsstellige Zahl erreicht. Jedenfalls befand Wang die Provision, die sein Onkel ihm auf ein chinesisches Konto überwies, als durchaus zufriedenstellend.

Was die Häkelfrauen allerdings erfuhren, war, dass auch der Chinese an sich ein Sexleben hat. Wenn die Mohrsch-Cousinen sowie die assoziierten Häkelfrauen auf die schöne Zeit ihrer Heimarbeitstätigkeit für Wangs Welthandel zurückblickten, ging es nicht so sehr um das Sümmchen, dass sie sich dabei zusammengehäkelt hatten – das war bloß ein angenehmer Nebeneffekt gewesen – sondern sie gedachten der faszinierenden Details, an denen Jasmin sie erfreulicherweise hatte teilhaben lassen.

Vielleicht hatte Annhild es nur so dahingesagt, vielleicht spekulierte sie aber auch darauf, aus Jasmin etwas herauszukitzeln, als sie an einem jener Häkelabende beiläufig bemerkte: »Es heißt ja, der Chinese an sich rieche streng.«

Falls Annhild mit diesem Gemeinplatz beabsichtigt hatte, Jasmin aus der Reserve zu locken, schien dieser Plan zunächst fehlzuschlagen, denn nicht Jasmin, sondern Wilma sowie die an diesem Abend anwesende, und zwei Bügel kunstvoll umhäkelnde, Tante Berta griffen das Thema sogleich auf: »Das ist Unsinn«, behauptete Wilma. »Es ist genau anders herum: Wir riechen streng in den Augen … den Nasen … also für Chinesen. Ich habe mal gehört, wir riechen für Chinesen säuerlich.«

»Der Chinese macht doch überall Knoblauch rein«, gab Tante Berta zu bedenken. »Also nicht Wang, sondern der Chinese allgemein, und dann riecht er natürlich auch ständig nach dem Zeug.«

»Nicht alle Chinesen essen dauernd Knoblauch, und überhaupt, kein Chinese kann penetranter nach Knoblauch riechen als Wimmers Hugo. Hat jemand von euch schon mal an dem gerochen?«

»Nicht so direkt«, warf Mohrsch Susi ein, während sie einen blassroten Wollfaden zusammen mit einem neongelben einfädelte, »aber der sieht schon so aus, als ob er schlecht riecht.«

Alle nickten zustimmend.

Annhild ließ nicht locker: »Ist es nicht so, dass der Schweiß von Chinesen anders riecht als der von Europäern?«

»Schwitzen Chinesen überhaupt?«, fragte Susi dazwischen, aber Annhild fuhr fort: »Und dadurch, dass sie anders schwitzen als wir, riechen sie auch anders.«

»Das stimmt«, sagte Jasmin unvermittelt, »seine Haut duftet wunderbar.« Das emsige Arsenal sich bewegender Finger und Häkelnadeln, das bis dahin das Gespräch begleitet hatte, hielt inne, erstarrte so abrupt, als habe jemand den Befehl dazu gegeben. Jede der Frauen hielt ihre Nadel vor sich, einen Wollfaden um einen Finger gelegt, als ob eine Maschine, die bisher zuverlässig gelaufen war, abgeschaltet worden sei. Mohrsch Annhild lächelte und ließ ihre halbfertige Häkelarbeit in den Schoß sinken. Danach brauchte es nicht mehr lange, bis Jasmin so richtig aus dem Nähkästchen zu plaudern begann: »Erst ist er zärtlich, dann wird er leidenschaftlich«, war eine der Erfahrungen, die Jasmin ihnen anvertraute.

»War das bei Heiko denn anders?«, wollte Bärbel wissen.

»Bei Heiko? Ist das dein Ernst? Bei dem musste ein ordentlicher Geschlechtsakt in eine Halbzeitpause passen, egal ob zuhause vorm Fernseher oder bei einem Heimspiel im Allerswaldstadion.«

»Wo kann man denn im Allerswaldstadion mal schnell … da kannst du dich ja nicht einfach in die Umkleidekabinen zurückziehen, oder doch?«

»Die Zeugwartkammer«, gab Jasmin unumwunden zu.

»Riecht es da nicht nach Lederfett und imprägnierten Tornetzen?«

»Also das würde mich persönlich jetzt nicht so stören. Aber kann man sich da überhaupt irgendwo hinlegen? Oder geht das da nur … im Stehen?«

Was Jasmin schon geahnt hatte, wurde ihr jetzt noch klarer: Nicht alle in der Häkelrunde hatten die gleiche Expertise wie sie, wenn es um Quickies außerhalb der eigenen vier Wände ging. »Vorletzte Saison zum Beispiel«, trug sie deshalb bewusst dick auf, um Eindruck zu schinden, »hat Heiko in manchen Halbzeitpausen öfter gescored als der VfL in neunzig Minuten auf dem Platz.«

»Also wirklich, Jasmin, so eine Ausdrucksweise«, rügte Tante Berta mit unüberhörbarer Bewunderung.

»Wen interessiert schon Heiko«, lenkte Wilma die Diskussion wieder in die richtige Bahn. »Du bist also mit dem

Wang jetzt fest zusammen, Jasmin? Also ich muss schon sagen«, wandte sie sich an die anderen Frauen der Runde, »wunderschönes dichtes, schwarzes Haar hat er ja. Und, wenn ich fragen darf, ist seine Haut so zart, wie sie aussieht?«

»Noch zarter«, behauptete Jasmin. Allen war klar, dass dies der Auftakt zu weiteren Detailinformationen war. Zaghaft begannen die Häkelnadeln sich wieder zu bewegen.

»Er hat am kleinen Finger der linken Hand einen langen Fingernagel, ist euch das schon aufgefallen?«, fragte Zoppo. Helmut und Schnucki wussten nicht, was sie darauf sagen sollten, aber Benny konnte berichten: »Anfangs hatte er den noch nicht, den hat er sich jetzt erst wachsen lassen. Alle anderen Fingernägel sind kurz, nur der eine ist lang, ganz lang.«

»Also ich weiß nicht, ob ich für jemanden arbeiten sollte, der solche modischen Sperenzchen macht. Vielleicht bedeutet das irgendwas. Was Politisches oder was Sexuelles, also irgendeine, wie sagt man … Orientierung?«

»Ach was, der Wang hat keine Orientierung, das kann ich mir nicht vorstellen«, protestierte Helmut. »Mein Neffe, der ist 17, der hat auch lange Fingernägel, und zwar nur an der rechten Hand, links schneidet er sie alle ganz kurz, raspelt sie sogar fein ab. Das ist, weil er Gitarre spielt, in dieser Band, die jetzt ihren ersten Auftritt im Pfarrsaal hatte, und er muss die Fingernägel lang wachsen lassen, damit …«

»Siehst du«, unterbrach Zoppo Helmut, bevor der sich warmredete. »Da haben die langen Nägel also einen Sinn. Da ist die Erklärung ganz einfach, nämlich dass er die Gitarrensaiten besser zupfen kann, oder wie heißt das?«

»Vielleicht«, dachte Benny laut nach, »spielt Wang ein Instrument, das nur eine Saite hat.«

»Unsinn, ich sage euch, das ist irgendein Erkennungszeichen oder was Symbolisches.«

»Unpraktisch, so'n langer Fingernagel«, setzte Schnucki, der bis dahin geschwiegen hatte, der Debatte einen Schlusspunkt. »Also ich würde mir beim Arbeiten so einen langen Fingernagel nach spätestens fünf Minuten irgendwo abbrechen.«

Benny musste los, um den Weißwein, den Helmut und Schnucki gerade transportsicher verpackt und in den neuen Kleinlaster geladen hatten, zum Cargo-Flughafen bringen und gleich danach ging es weiter zur Obermosel, um Nachschub zu holen. Und Zoppo musste noch einen weiteren Prototyp des Wäschekorbs mit ausfahrbaren Beinen basteln. Wang war ganz verrückt nach dieser Idee. Er hatte in China ein Patent oder etwas in der Art angemeldet, welches er seinem Onkel auf Kommission überließ.

Zoppo, dem man äußerlich eher grobmotorische Talente zutrauen würde, war ein begnadeter Bastler. Tatsächlich konnte Zoppo alles bauen, was man ihm auf ein Blatt Papier zeichnete, selbst dann, wenn es bewegliche Teile beinhaltete. Und die hatte der Mule-Weilete-Wäschekorb für die moderne chinesische Frau: Der viereckige Korb bestand aus einem Leichtmetallgerüst mit ausfahrbaren Beinen. So konnte man die Wäsche von der Waschmaschine zum Wäschebalkon tragen, dort auf zwei Rasten drücken und schon klackten rechts und links je zwei Beine aus den Alu-Rohren hervor und der Korb stand auf Brust- oder Bauchhöhe, je nach Größe der Frau. Tiefes Bücken zum Wäscheaufhängen war jedenfalls nicht mehr nötig. »So etwas hat China noch nicht gesehen«, schrieb Wangs Onkel Chongan später in eine Anzeige, als der patentierte Korb mit ausfahrbaren Beinen in Serie ging und in jeder Haushaltswarenabteilung chinesischer Supermärkte zu kriegen war.

»Ich frage mich, wie er auf die verrückte Idee gekommen ist?«, brummte Zoppo, als er ein paar verschieden große Wäschekorb-Prototypen herstellte.

Zoppo arbeitete eigentlich bei einer Baumaterialien-Firma im Nachbarort. Außerdem besaß er eine Maschine zum Zerkleinern von Schiefer, Steinplatten und ähnlich hartem Material. Er hatte niemanden darüber in Kenntnis gesetzt, wo und zu welchen Konditionen er diese Maschine erworben hatte. Sie versetzte ihn jedenfalls in die Lage, Einfahrten zu schottern, Steinvorgärten mit Material zu füllen oder Hangbefestigungen zu bewerkstelligen. Allerdings reizten solche groben Arbeiten Zoppo nicht sonderlich. Deshalb sagte er sie nur gelegentlich und stets widerwillig zu, und er feierte in der Firma recht oft krank, um zuhause alles Mögliche zu basteln und zu bauen, was sich zusammenschweißen oder -schrauben ließ. Bereits bevor Wang die alte Fleischfabrik kaufte, war es zwischen Zoppo und dem Inhaber besagter Baumaterialienfirma im Nachbarort zu Wortgefechten gekommen, bei denen Zoppo seinem Chef gegenüber Kraftausdrücke verwendete, die nicht wiederholt werden müssen.

Zoppos häufige Fehlzeiten, die unter anderem Anlass der Auseinandersetzung gewesen waren, verringerten sich nicht gerade, als Wang ihn bat, ihm »nebenbei« den ein oder anderen Prototyp zu bauen. Wang hatte Zoppo angeboten, ihm dafür eine Arbeitsecke in der Welthandel-Lagerhalle einzurichten, aber Zoppo arbeitete lieber zuhause in seiner eigenen Werkstatt, die er sich im Keller eingerichtet hatte und nutzte seinen offiziellen Arbeitsplatz nur gelegentlich. Da er sehr schnell bastelte und Ergebnisse von hoher Qualität lieferte, akzeptierte Wang, dass Zoppo kam und ging, wann er wollte. Wang hatte Benny, Schnucki und Helmut gefragt, wen er im Dorf dafür gewinnen könne, etwas genial Einfaches aber handwerklich Kniffliges zu konstruieren und zu bauen – wohl in der Hoffnung, einer seiner bisherigen Mitarbeiter würde das selbst in die Hand nehmen, aber die waren ehrlich und nannten den Besten, den man in der Gegend für solche Spezialaufträge kriegen konnte, nämlich Zoppo.

»Ah, Zoppo, kenne ich«, hatte Wang geantwortet, »aus dem Film. Das ist doch der schwarze Rächer mit der Augenmaske.«

»Nee, das ist Zorro«, stellte Helmut klar. »Zoppo ist der Bösewicht aus ›Kleiner König Kalle Wirsch‹. Das kennst du nicht, das ist von der Augsburger Puppenkiste.«

»Erklär ihm bloß nicht, was die Augsburger Puppenkiste ist«, meldete Benny sich zu Wort, »sonst fangen wir morgen auch noch an, Holzmarionetten zu basteln.«

»Zoppo ist der Bösewicht«, erklärte Benny, »aber nur im Reich der Erdmännchen. Das hat nichts mit unserem Zoppo zu tun. Den nennen wir schon seit der Grundschule so, weil seine Nasenform der von Zoppo dem Starken ähnelt und weil er fast den gleichen Nachnamen wie diese Figur hat. Zoppo, also unser Zoppo, ist eigentlich kein Bösewicht, glaube ich.« Bennys letzter Satz hätte ruhig überzeugender klingen dürfen.

9

Der Chinese zeigte, wie leicht es ist, Geld zu machen und Erfolg zu haben. Der Handel mit Wein, Elektronikkomponenten und Milchpulver (das er inzwischen über zwei Hersteller direkt bezog, in rot-gelben Pappdosen mit deutschem und chinesischem Aufdruck abpackte und nach China versandte) lief hervorragend. Als ich einmal von Wang wissen wollte, welche Umsätze pro Monat in etwa zustande kämen, ließ er die Frage unbeantwortet und meinte, das sei doch kein Thema für ein gemütliches »Mah Yen«. Stattdessen beklagte er sich darüber, dass Benny, Helmut und Schnucki, deren Arbeitseifer im Grunde zufriedenstellend sei, mit Verpacken, Versenden und Transportieren kaum hinterherkämen und dass er wohl weitere Mitarbeiter einstellen müsse. Vor allem aber brauche er jetzt, da er eine Innovationsabteilung aufbaute (deren einziger Angestellter zunächst aus Zoppo bestand), endlich eine Sekretärin, damit der ganze Papierkram und die Buchhaltung nicht an ihm selbst hängen blieb.

Viele Dorfbewohner wünschten sich aufgrund nostalgischer Gefühle, dass die ehemalige Fleischkonservenfabrik wenigstens wieder ein paar neue Arbeitsplätze schaffe, und sei es auch nur – wenn schon nichts produziert wurde – als Umschlagplatz für den Asienhandel. Hätte man genauer nachgefragt, warum die Leute sich das wünschten, hätte man vermutlich Antworten erhalten wie: »Das bringt Unternehmenssteuern in die Gemeindekasse«. Aber kaum jemand wäre auf die Idee gekommen, dass die eigenen Kinder dort arbeiteten sollten – außer in geschäftsführender oder sonst einer gehobenen Position vielleicht. Schon in der Endphase der Fleischkonservenherstellung wurde praktisch kein Gramm Fleisch mehr verarbeitet, für dessen Schlachtungsvorgang nicht auf Fachkräfte aus Osteuropa hatte zurückgegriffen werden müssen. In dem schönen Tal sowie in der ganzen Umgebung hatte schon seit Jahren kein Heranwachsender mehr auf die Frage »Was willst du später einmal werden?« geantwortet: »Kopfschlächter«, obwohl das ein ehrliches Handwerk war und Fertigkeiten vermittelte, die durchaus benötigt wurden. Selbst »Lagerist oder Verpacker bei Wangs Welthandel« klang so wenig sexy, dass man nur bei ganz wenigen, eher bedauernswerten Existenzen wie Helmut und Schnucki einsah, dass sie mangels nennenswerter Alternativen für den Chinesen arbeiteten.

Aber Sekretärin, das war eine Stelle, die durchaus in Frage kam. Das war etwas für Frauen, deren Kinder aus dem Gröbsten raus waren, so dass genug Zeit für einen Halbtagsjob blieb, um das Familieneinkommen aufzustocken. Solange, bis sich etwas Besseres bot.

Wang griff bei der Suche nach einer Sekretärin zu einer Maßnahme, zu der er bislang noch nicht gegriffen hatte: Er schrieb die Stelle aus – ganztags, Bezahlung nach üblichem Tarif. Er veröffentlichte zwar nur eine kleine Anzeige im örtlichen Amtsblatt und machte zusätzlich einen Aushang im Kaufhaus Mechels. Wenn man aber bedenkt, dass er seine bisherigen Mitarbeiter ausschließlich aufgrund persönlicher Begegnungen angeworben hatte sowie nach Rückfragen an mich zum Leumund der betreffenden Personen, stellte die Ausschreibung einen neuen Schritt in Wangs Firmenphilosophie dar. Die Suche nach einer Sekretärin wurde transparent angegangen.

Jasmin reagierte sauer: »Warum hast du nicht mich gefragt?«

»Aber Ya Si Min, du hast doch eine gute Anstellung«, antwortete Wang und erkannte an der Falte, die sich auf Jasmins Stirn bildete, dass das keine Erklärung war, mit der er Schwierigkeiten aus dem Weg gehen konnte. »Und außerdem: Wir sind doch … zusammen.«

Auch das erklärte noch nicht, warum sie als Sekretärin nicht in Frage kam, aber dieser Ansatz stimmte Jasmin versöhnlicher. »Ja und? Man kann doch ein Paar sein«, hier machte sie eine kurze Pause in der Hoffnung, Wang würde in irgendeiner Form auf das Wort »Paar« reagieren, »und trotzdem Hand in Hand arbeiten. Ich würde meine jetzige Stelle sofort kündigen, wenn ich dir dabei helfen könnte, deine Firma auszubauen. Ich müsste nur eine langfristige Perspektive in deinem … Unternehmen haben.«

Wang wägte seine nächsten Worte genau ab: »Ich trenne Privates und Geschäftliches.« Jasmin sah ihn weiter fragend an. Immerhin sprach er zum ersten Mal offen aus, dass es »etwas Privates« zwischen ihnen gab. »Und du hast recht, was die langfristige Perspektive betrifft. Du arbeitest schon so lange bei der Kreisverwaltung und hast dort einen sicheren Verdienst. Nun stell dir einmal vor, mit Wangs Welthandel würde etwas schiefgehen – was ich nicht glaube«, fügte er rasch hinzu. »Aber falls doch, dann … dann wären wir beide ohne Einkommen. Das gilt es zu vermeiden. Mindestens einer von uns sollte in schlechten Zeiten, auch wenn die bestimmt nicht kommen werden, uns beide über Wasser halten können.«

Jasmin strahlte. Er kalkulierte bei der Planung seiner Zukunft also ein »wir beide« ein, und zwar »in guten und in schlechten Zeiten«. Nur mit einem Heiratsantrag hätte er ihr Glück noch vermehrt. »Aber, mein Lieber«, hob sie dennoch die Stimme und warf ein weiteres Mal die Stirn in Falten, »wage es nicht, eine blutjunge Schickse einzustellen, die es nur darauf abgesehen hat …«

»So eine hat sich gar nicht beworben«, unterbrach er sie, was er äußerst selten tat, »und die Jüngeren habe ich als erstes aussortiert – ich brauche jemand mit Erfahrung – außerdem fallen alle die weg, die gleich nachgefragt haben, ob sie halbtags arbeiten könnten, weil ihnen ein Vollzeitjob zu viel sei. Dabei hatte ich doch eine Ganztagsstelle ausgeschrieben. Ich muss mich doch sehr wundern – wir reden hier gerade einmal von einer Wochenarbeitszeit von 40 Stunden. Überhaupt habe ich mich schon entschieden, wen ich nehme. Und nein«, sagte er, bevor Jasmin nachhaken konnte, »ich verrate noch nicht, wer es ist. Ich bin noch nicht sicher, ob sie den Job annimmt.« Jasmin machte gar nicht den Versuch, ihre Neugierde zu verbergen und Wang hatte das Gefühl, er müsse ihr zumindest ein paar weitere Informationen liefern: »Sie ist älter als du.«

»Ach, du hast wohl schon herausgefunden, wie alt genau ich bin?«

»Nein, aber sie sieht zweifellos älter aus als du. Und sie hat einen ganz kleinen Busen. Praktisch fast gar keinen.«

Jasmin lachte. »Stand das so in ihrem Bewerbungsschreiben?«

»Nein, ich habe das Vorstellungsgespräch bereits geführt. Sie hat unter anderem etliche Jahre in der Finanzbuchhaltung eines mittelständischen Unternehmens gearbeitet.«

Jasmin kannte Wang inzwischen gut genug, um zu wissen, wann er ein Gespräch für beendet erachtete. Meistens mochte sie es, dass er nicht zu viel redete, verfluchte diese Eigenschaft aber, wenn es galt, wichtige Neuigkeiten aus ihm herauszubekommen. Sie küsste ihn zärtlich auf den Mund, zeigte ihm, dass sie seine Entscheidung akzeptierte, eine Sekretärin einzustellen, ohne dies vorher mit seiner Liebsten besprochen zu haben. Zumindest für diesmal akzeptierte sie das. Da er nach dem Kuss lächelte, sprach Jasmin ihn noch auf eine Sache an, die sie aufrichtig besorgte: »Du hast eben angedeutet, dass du nicht weißt, wie es mit Wangs Welthandel weitergeht. Siehst du eventuell Probleme? Kann ich dir irgendwie helfen?«

»Nein, mach dir keine Sorgen. Nur, man weiß nie, was passiert. Der Wandel ist beständiger als die Kontinuität. Ich überquere den Fluss, indem ich mich von Stein zu Stein fortbewege.« Wang redete, was ungewöhnlich war, einfach drauflos, als wisse er nicht, was er sagen soll. »Bisher läuft alles nach Plan. Aber was ist schon ein Plan? Ein berühmter deutscher Wissenschaftler hat einmal behauptet, Planung ersetze nur den Zufall durch Irrtum.«

»Was ist denn dein Plan, in einem Satz gesagt?«

»Der ist ganz einfach: In ein bis zwei Jahren will ich Millionär sein.«

»Fräulein Martini! Das ist nicht euer Ernst?«, versicherte Zoppo sich noch einmal bei Helmut und Schnucki. Beide nickten, und Benny, der es auch eben erst erfahren hatte, fügte hinzu: »Die ist nicht gerade etwas fürs Auge. Will man nicht, dass eine Empfangsdame erst einmal optisch überzeugt, wenn man das Vorzimmerbüro betritt?«

»Welches Vorzimmer?«, gab Helmut zu bedenken. »Ihr Büro ist, wenn man reinkommt, links und das vom Chef rechts. Zwei getrennte Büros, und das vom Chef ist kaum größer als ihres.«

»Nenn ihn nicht Chef, ich kann mich nicht daran gewöhnen, für den Chinesen zu arbeiten.«

»Egal wie du ihn nennst, Zoppo, er kann einstellen, wen er will. Und ich sage euch: Wenn er jemanden braucht, der ihm die Bücher frisiert, oder wie das heißt, ist die Martini genau die Richtige. Die verschwendet keine Zeit mit Fingernägel Lackieren.«

Ruth Martini, genannt Fräulein Martini oder auch »der Kühlschrank«, trug angeblich sündhaft teure Designerbrillen, die an die gängigen Kassengestelle der Sechziger Jahre erinnerten und hinter deren Gläsern ihre kühlen, graublauen Augen sehr klein wirkten. Ihre Lippen bildeten zwei schmale Linien und das jahrelange Zusammenkneifen hatte an beiden Seiten der Mundwinkel Falten hinterlassen, die sich nach unten zogen. Die Nase war spitz, auf ihren blassen Teint hätte mancher Gothic-Grufti neidisch werden können, und ihre zu hohe Stirn wurde unnötigerweise dadurch betont, dass ihr Haar glatt und streng nach hinten gekämmt und in einem Dutt zusammengebunden war. Überdies durchzogen mausgraue Fäden ihr ursprünglich pechschwarzes Haar. Dabei war Fräulein Martini erst Mitte dreißig. Die Figur glich allerdings eher der eines Knaben im Kommunionsalter, wie manche meinten. Ihr Po war sehr flach und die Wölbung ihrer Brüste kaum wahrnehmbar. In der Öffentlichkeit trug sie ausschließlich Kleiderkostüme aus dicken, rauen Stoffen, wobei die Kostümröcke bis deutlich über die Knie reichten und darunter Beine zum Vorschein kamen, von denen jemand einmal gesagt hatte, sie seien selbst für Bohnenstangen zu dünn. Was sie zuhause trug, konnte niemand sagen, sie empfing keine Besuche.

Heiko, der die Gabe besaß, selbst bei der unattraktivsten Frau noch erotisches Potenzial zu entdecken, vertrat die Meinung, man könne aus Fräulein Martini mit viel gutem Willen und erheblichem optischem Aufwand allenfalls noch eine Domina machen, das Unterkühlte brächte sie immerhin gut rüber und streng gucken könne sie ebenfalls recht überzeugend. Soweit man wusste, hatte sie noch keine intime Beziehung gehabt. Weder zu einem Mann noch zu einer Frau. Ohne die erotische Vorstellungskraft eines Heiko wirkte sie wie ein asexuelles Wesen. Ansonsten lebte sie unauffällig.

Ruth Martini hatte es eigentlich nicht nötig, ganztags zu arbeiten. Sie besaß ein schuldenfreies Haus und hatte mütterlicherseits sowie von einer unverheirateten Tante ordentlich geerbt. Außerdem machte sie einigen Familienunternehmen im Dorf zu deren großer Zufriedenheit die Steuererklärung. Sie hätte sich damit selbständig machen und ein gutes Auskommen sichern können. Nach ihrer Ausbildung hatte sie zunächst bei einem kleineren, dann bei einem mittelständischen Unternehmen in der Finanzbuchhaltung gearbeitet und bei beiden Stellen das Arbeitsverhältnis nach sieben bzw. acht Jahren gekündigt, jeweils mit besten Zeugnissen versehen und ohne, dass etwas Beklagenswertes vorgefallen wäre. Länger als sieben, acht Jahre arbeitete sie nicht beim selben Arbeitgeber, hatte sie Mohrsch Bärbel einmal erzählt, weil es ihr sonst langweilig werde und sie sich nicht weiterentwickele. Bärbel war die Einzige im Dorf, die ein wenig Zugang zu Ruth fand und sich mit ihr gelegentlich im Café Mörsdorf traf, aber selbst Bärbel, der sich Fräulein Martini in unbedeutenderen Dingen ein wenig anvertraute, konnte nichts über irgendwelche Schwierigkeiten beim Job oder über auch nur die zaghafteste Beziehung, ganz gleich zu welchem Geschlecht, herausfinden. Und wenn Mohrsch Bärbel nichts über Probleme oder Beziehungen oder Beziehungsprobleme herausfinden konnte, soviel durfte als sicher gelten, dann hatte Ruth Martini auch keine.

Wang bezahlte sie genau nach Tarif und ließ ihr, was sie freute, freie Hand bei der Einrichtung ihres Büros, zumindest was die Büromöbel betraf. Gleich am ersten Arbeitstag fragte er: »Wie darf ich Sie denn ansprechen? Ich finde das mit der Anrede in Ihrer Kultur immer noch schwierig und weiß nicht, ob ich das je richtig lerne. Also wahrscheinlich wäre Fräulein Ruth zu altmodisch?«

»Wenn Sie auch nur einmal Fräulein zu mir sagen, kündige ich sofort. Sagen Sie Frau Martini.« Nach kurzem Zögern schob sie noch ein »Bitte« hinterher.

»Aber natürlich. Ganz wie Sie wünschen.«

»Und wie soll ich Sie nennen? Herr Fei?«

»Wieso Fei? Nein, einfach Wang, wie alle anderen hier es auch tun.« Er bemerkte, wie Frau Martini missbilligend ihre schmalen Augenbrauen hochzog, als er »einfach Wang« sagte und fügte rasch hinzu: »Herr Wang. Fei ist mein Vorname, Wang der Familienname.«

»Hab' ich mir's doch gedacht, dass diese Trottel das durcheinandergebracht haben. Wissen Sie, Herr Wang, dass Ihre Angestellten glauben, sie würden Sie mit Ihrem Vornamen ansprechen? Jetzt weiß ich, sie tun das nicht aus Respektlosigkeit, sondern aus Ignoranz.«

»Meinen Sie, ich sollte das korrigieren, Frau Martini?«

Sie überlegte kurz. »Nicht nötig, solange Sie Ihre Belegschaft im Griff haben.«

»Im Griff haben?« Wang schien nicht genau zu verstehen, was Frau Martini damit meinte. Er machte eine Geste mit den Fingern der offenen Hand, als wolle er demonstrieren, wie man einen Mann bei den Eiern packt.

Die Falten in Ruth Martinis Mundwinkel zogen sich in die Höhe – niemand hätte vermutet, dass dazu die notwendigen Muskeln zur Verfügung stünden. »So ähnlich. Ich meinte eher intellektuell im Griff. Aber das dürfte allerdings bei ihrer bisherigen Belegschaft nicht allzu schwierig sein.«

»Ich freue mich aufrichtig, Frau Martini, dass Sie für Wangs Welthandel arbeiten.«

Wang erzählte mir, dass Jasmin auf seinen Plan, Millionär werden zu wollen, überrascht reagiert hatte. »Millionär? Ist das dein Ernst.«

»Das ist meine feste Absicht. Ich bin Realist. Um der Wahrheit Ehre zu erweisen: Ich kalkuliere durchaus ein, dass es eventuell ein wenig länger dauern könnte, als ich mir vorgenommen habe, aber ich würde allenfalls ein oder zwei Jahre Verzögerung akzeptieren. An dem Ziel selbst halte ich unumstößlich fest.«

»Bedeutet das nicht«, tastete Jasmin sich vorsichtig vor, »dass du eventuell auf einiges im Leben verzichten musst, also zumindest, bis du dein Ziel erreicht hast?«

»Du meinst, dass ich dafür hart arbeiten muss und wenig Freizeit habe? Dass die Work-Life-Balance darunter leidet?«

Das war nur teilweise das, was Jasmin gemeint hatte. Eigentlich wollte sie wissen, welche Lebensziele für ihn die nächsten Jahre Priorität hatten, berufliche oder private. Aber sie traute sich nicht, nachzuhaken. Wang sagte: »Reichtum ist wichtig, auch wenn man dafür auf manches verzichten muss. Lieber in einem Porsche weinen als auf einem Fahrrad lachen.«

»Das mit dem Porsche hatte ich schon«, dachte Jasmin in diesem Moment sicher – der Freund, den sie vor Heiko hatte, fuhr einen gebrauchten Carrera, die Beziehung war eine Katastrophe gewesen –, »ich würde es lieber einmal lachend auf dem Fahrrad probieren.« Sie hielt sich damit zurück, das Gedachte laut auszusprechen und wechselte das Thema: »Und wie macht sich der Kühlschrank?«

»Welcher Kühlschrank?«

»Deine neue Sekretärin.«

»Du meinst Frau Martini? Wirklich gut. Sie bringt hervorragende berufliche Qualifikationen mit.«

Als ich Wang die Frage stellte, warum er sich für Ruth Martini als Sekretärin entschieden hatte, murmelte er zunächst etwas über Eignung und Berufserfahrung, dann besann er sich einen Augenblick und meinte: »Ihre Qualifikationen sind zweifelsfrei hervorragend, aber sie hat mich im Vorstellungsgespräch vor allem dadurch überzeugt, dass sie auf meine Frage ›Welche Fähigkeit, glauben Sie, werden Sie am dringendsten benötigen, wenn Sie für mich arbeiten?‹ die Antwort gab: ›Loyalität‹.«

10

Eine der ersten Amtshandlungen von Ruth Martini bestand darin, den Kaufvertrag für das Gasthaus Zeggels noch einmal für den Notartermin zu überprüfen. Und der Kaufvertrag für die alte Fabrikhalle am anderen Ortsausgang, am Eiweilerbach, kam gleich nach Zeggels dran. Die Halle am Eiweilerbach stand seit langem leer. In den Sechzigerjahren und bis Anfang der Siebziger war dort eine Textilfabrik, die, eng zusammengepfercht, fast hundert Näherinnen beschäftigte. Niemand wollte die Halle haben. Hätte sie noch ein paar Jahre länger leer gestanden, wäre sie wohl abgerissen worden. Und genau das hatte auch Wang damit vor. »Frau Martini«, bat er seine Sekretärin, »bitte erzählen Sie vorerst noch niemandem davon, dass ich die alte Fabrik gekauft habe, sonst verbreitet sich noch das Gerücht, ich wolle die Textilindustrie zurück ins Dorf holen.«

»Selbstverständlich rede ich nicht darüber. Wie auch sonst über keinerlei geschäftliche Angelegenheiten. Sie haben nämlich recht, Herr Wang, das würde ein Gerede geben.«

»Apropos Gerede, Frau Martini, auch über das Gasthaus Zeggels sollten wir nur ganz wenige in Kenntnis setzen – vorerst zumindest.«

»Von ›ganz wenige‹ bis ›alle im Dorf‹ ist es bisweilen kein großer Schritt. Ich gehe sowieso davon aus, dass Sie das nicht lange verheimlichen können. Am besten sollte zunächst noch niemand außer Ihnen und mir davon wissen.«

»Ja, und Rosi natürlich, die ja den Vertrag unterschreiben wird. Ich will ihr genug Zeit geben, sich auf die neue Situation umzustellen. Wobei es gar keiner großen Umstellung bedarf. Sie bleibt natürlich.«

»Tut sie das?«

»Selbstredend. Anders als bei der Fleisch- und der Textilfabrik geht es mir beim Gasthaus gerade darum, das Erbe zu erhalten, bestenfalls einiges davon sogar wiederzubeleben. Sagen Sie, Frau Martini, haben Sie Freude am Kegeln?«

Die Sekretärin machte ein so strafendes Gesicht, als habe ihr Chef etwas Unartiges geäußert. »Ich habe noch nie gekegelt. Nichts gegen diese Freizeitbetätigung an sich, der mag sogar eine gewisse Unterhaltsamkeit abgerungen werden können, aber was mich ganz sicher nerven würde, wären diese Kegler. Sind die nicht laut und trinken ohne Unterlass?« Wang sah sie schuldbewusst an. »Ich mache Ihnen dann«, wurde Frau Martini wieder ganz geschäftsmäßig, »die beiden Dokumente heute noch fertig.«

»Ich danke Ihnen, Frau Martini.«

Ich war der Einzige, dem Wang außer Frau Martini erzählte, was er mit der neuen Halle und dem alten Gasthaus vorhatte. Mir gefielen seine Pläne. Aber hätte das jeder im Dorf so gesehen?

Mit der zweiten Fabrikhalle (oder geben wir der Wahrheit die Ehre und sagen: Fabrikruine), die Wang erwarb, verfuhr er anders als mit der ersten. Während er die alte Fleischkonservenfabrik in ein Schmuckkästchen verwandelt hatte – zumindest galt das für das äußere Erscheinungsbild, den Eingangsbereich und die Büroräume –, bezweifelte Wang, und ich bestätigte ihn in seiner Meinung, dass mit der ehemaligen Näherei optisch noch Staat zu machen sei. Also beschloss er den Abriss der alten Halle und den Aufbau einer neuen.

Der Neubau sollte mit großen Glasflächen ausgestattet werden, vor allem zur Landstraße hin, die zur Autobahnauffahrt führt. Man sollte auch im Vorbeifahren, so Wangs Plan, einen guten Blick auf die fast durchgehende Glasfront haben. In der Halle sollten Flächen für die bisherigen drei Hauptgeschäftsbereiche von Wangs Welthandel abgetrennt werden – jedoch so, dass man von einem erhöhten gläsernen Büro aus die gesamte Halle überblicken konnte. Falls im Laufe der nächsten Zeit noch weitere Handelsgüterschwerpunkte hinzukämen, und davon ging Wang aus, bot das Gelände genug Platz, um nebenan noch eine zweite Glashalle zu bauen. Wang erzählte mir von seiner Vision: Eine lichtdurchflutete Halle, die so sauber sei, dass man theoretisch allein durch das Beiseiteschieben der Warenstapel das Gebäude in einen riesigen OP-Saal verwandeln könnte, ohne dafür auch nur feucht durchwischen zu müssen.

Die Pläne für den Bau lagen bereits vor. Er zeigte sie mir auf seinem Smartphone: Die Halle wirkte auf dem Entwurf wie das Erdgeschoss eines Hochhauses in Shanghai. Jedenfalls stellte ich mir so ein Erdgeschoss in Shanghai vor. Wang meinte, in China bräuchte man für den Bau einer solchen Halle höchstens zwei Monate, da wir aber in Deutschland seien, plane er lieber drei dafür ein. Vom Abriss bis zur Fertigstellung sollte es dann schließlich vier Monate dauern, was immer noch, so fanden die meisten im Dorf, dem achten Weltwunder gleichkam. Die Halle wurde, wie ich noch erfahren sollte, gerade rechtzeitig fertig, um chinesische Geschäftspartner damit zu beeindrucken.

Und zum Eindruck schinden bei chinesischen Geschäftspartnern brauchte er auch das Gasthaus Zeggels. Hierbei ging er, renovierungs- und bautechnisch gesehen, mit einer völlig anderen Strategie vor als bei der neuen Fabrikhalle. Während letztere optisch vor allem Modernität und Fortschrittlichkeit repräsentierte, unterzog Wang das Gasthaus mit all seinen Räumen einem Frühjahrsputz, der sich gewaschen hatte. Alles wurde auf Hochglanz poliert, aber nichts von den originalen Einrichtungsgegenständen (ich musste ihn darauf hinweisen, dass er wohl nicht, wie er erst sagte, »originelle« Einrichtung meinte, denn das war sie nicht, sie war lediglich original) durfte durch etwas Neues ersetzt werden – nicht die Theke unten im Schankraum und erst recht nicht die mit der alten Leuchtreklame oben im Saal. Nicht die Küche, von der aus der Saal mit Essen versorgt werden konnte, und schon gar nicht die Bundeskegelbahn. Auch die wurde optisch ein wenig aufgehübscht, aber jeder, der die Kegelbahn oder einen der anderen Räume betrat, sollte das Flair vergangener Epochen spüren. Optimalerweise, so hoffte Wang, glich ein Gang durch die verschiedenen Räumlichkeiten des Gasthauses Zeggels einem Zeitsprung in die Ära des deutschen Wirtschaftswunders.

Eine der wenigen Änderungen, die Wang vornahm, bestand darin, den Flachbildfernseher im Schankraum durch einen altmodisch erscheinenden Röhrenfernseher zu ersetzen (in Wahrheit war das Gerät nagelneu und verfügte auch nicht über Röhren, sondern es handelte sich um ein raffiniertes Retro-Design, das fast die gleiche Bildfläche bot wie das flache Monster zuvor). Wenn man in der Kneipe saß und Mecki oder Benny dabei zusah, wie sie zum Fernseher gingen und ihn einschalteten, hätte man mit etwas Phantasie erwarten können, gleich der Live-Berichterstattung aus dem Berner Wankdorfstadion zum Endspiel Deutschland—Ungarn beiwohnen zu dürfen.

Dass Wang aber auch Gefallen daran fand, der elektrischen Anlage der Kegelbahn ihren Willen zu lassen, nicht immer das zu tun, was sie eigentlich sollte, hielt ich für übertrieben. Es machte ihm Spaß, mit anzusehen, wie die Kegel sich beim Hochziehen manchmal verhedderten, die Schnüre, an denen sie hingen, sich umeinanderwickelten und ständig mit den Köpfen aneinanderstießen. Immer wieder prallten sie an die – vom Betrachter aus unsichtbaren – Decke des Kegelkastens und merkten dort, dass sie nicht weiterkamen. In die richtige Aufstellungsposition herunterlassen konnte man sie so aber auch nicht mehr. Wang drückte dann an dem museumsreifen Schaltkasten, der neben der Schreibtafel an der Wand angebracht war, immer wieder auf die Knöpfe zum Hochfahren und Herunterlassen, ließ die Kegel etwas baumeln – manchmal entwirrten sich die Fäden am ehesten, wenn man sie eine Weile in Ruhe ließ – aber zumeist half alles Baumelnlassen nicht und Wang lachte, wenn sich zwei Kegel umeinanderschlangen, als wollten sie miteinander ringen. Wenn man zu oft und zu stürmisch die Auf- und Ab-Knöpfe betätigte, verselbständigte sich die Elektrik oder die Mechanik oder was weiß ich wie das funktioniert, und die verhedderten Kegel fuhren mehrere Male auf und ab, ohne dass weiter auf Knöpfe gedrückt wurde. Wahrscheinlich merkte sich die Kegelaufstellanlage, alt und nachtragend wie sie war, wie oft Wang respektlos draufgehämmert hatte, und führte, selbst wenn kein Finger mehr auch nur in der Nähe der Schaltfläche war, trotzig jedes mitgezählte Draufdrücken durch.

»Warum lässt du das nicht reparieren?«, fragte ich ihn einmal, als ich, wie ich es manchmal tat, ein bisschen früher zu unserem Kegelabend unseres neu gegründeten Klubs ging, um Wang ein wenig Gesellschaft beim Vorbereiten und Warmspielen zu leisten.

»Zu teuer.«

»Zu teuer? Du baust und renovierst Gebäude im Dorf für was weiß ich welche Summen? Da kommt es doch sicher nicht auf ein paar Euro für eine neue Aufstellanlage an?«

»Es ist alles gut so, wie es ist. Die Anlage muss nicht perfekt funktionieren. Das macht doch ihren Charme aus. Du hast Recht, es liegt nicht an der Finanzierung. Ich will, dass hier bei Zeggels alles so bleibt, wie es ist. Deshalb bleibt Rosi auch die Chefin. Sie trägt entscheidend zur Magie dieses Ortes bei. Da brauchen wir keine blutjungen, aufgetakelten Schicksen.«

»Keine was? Wo hast du denn den Ausdruck her?«

»Bei Rosi bleibt man gerne an der Theke hängen. Die redet nicht zu viel und nicht zu wenig. Sie ist authentisch. Deswegen lasse ich Rosi völlig freie Hand. Ich habe als neuer Besitzer natürlich die Schlüssel für alle Bereiche des Gebäudes und kann mich dort wie zuhause fühlen, aber ins Tagesgeschäft mische ich mich nicht ein. Anders als beim Welthandel geht es nicht darum, am Ende des Quartals einen ordentlichen Gewinn aufweisen zu können. Ich bin froh, dass Rosi keine Probleme damit hat, dass ich jetzt der Besitzer bin. Und ich führe mich ihr gegenüber nicht als Chef auf. Solange der laufende Betrieb keine nennenswerten Verluste einfährt, und das tut er nicht, ist alles in bester Ordnung.«

»Apropos Geld und Finanzierung«, warf ich ein, bevor wir von diesem Thema wieder abkamen, »darf ich dich fragen, wie du zu den Mitteln kommst, um Projekte wie die Renovierung der alten Fleischfabrik und die neue Halle am Eiweilerbach zu finanzieren?«

Wang schien eine Weile zu überlegen und sagte dann: »Onkel Chongan. Und einen günstigen chinesischen Kredit. Johann, mein Freund, erzähle mir doch noch eine von den alten Geschichten, die du bei Zeggels erlebt hast, oder am besten eine Kegelbahn-Geschichte.«

Er hörte sich an wie ein Kind, das auf seine Gutenachtgeschichte besteht. »Jetzt nicht«, sagte ich neckisch, »erst wieder beim nächsten Kegelklubtreffen, wenn die anderen dabei sind, und die Geschichten mit wahren und erfundenen Details würzen können.«

Er lachte, dann wurde er ernst und meinte: »Herrjeh, Johann, was wir bislang völlig versäumt haben, ist unserem Kegelverein einen Namen zu geben. Also: Wie nennt man üblicherweise so einen Verein?«

»Einen Kegelklub? Alle Neune!«

11

»Alle Acht und einer? Er will den Klub ›Alle Acht und einer‹ nennen?« Benny wollte es nicht glauben. Dabei überraschten ihn die meisten Ideen Wangs schon lange nicht mehr.

»Eigentlich sogar ›Alle Achte und dazu noch einer‹, aber ich konnte ihn überzeugen, dass das entschieden zu lang für einen Klubnamen sei.«

»Was hat Wang nur immer mit seinen Achten?«, warf Helmut ein. »Auch auf den Nummernschildern unserer Firmenfahrzeuge ist immer zweimal die Acht. Sein eigenes Auto hat die Buchstaben WF, was ja wohl für Wang Fei steht, und dann dreimal die Acht. Ob er im August 88 geboren ist? Das könnte altersmäßig hinkommen.«

»Vielleicht ist er ein Nazi«, gab Zoppo zu bedenken. »Das ist doch ein Geheimcode für Rechtsradikale, da steht die 8 für den Buchstaben H, und 88 für Heil Hitler.«

»Und was soll dann die dritte 8?«

»Wang ist doch ein höflicher Mensch. Vielleicht ist er ein

höflicher Nazi und die drei codierten Hs stehen für Hallo Herr Hitler?«

»Unsinn, der Chinese an sich ist kein Nazi«, übernahm Helmut wieder das Wort, »und unser Wang schon gar nicht. Obwohl, er hat Schnucki verboten, deutsche Volkslieder zu rülpsen, als der das neulich in der Mittagspause nach dem zweiten Bier mal machte. Wang findet, wir sollten unserem eigenen Land stets den höchsten Respekt zollen. Also merkt euch das, Leute: Fordert Schnucki nur noch zum Wanderlieder-Rülpsen auf, wenn Wang nicht in der Nähe ist.«

»Ich glaube«, warf ich ein, um die Diskussion in angenehmere Bahnen zu lenken, »das mit den vielen Achten auf den Firmenwagen kommt daher, dass die Acht in China eine Glückszahl ist.«

»Ach, und gibt es auch eine Unglückszahl?«

»Oh ja, die Vier.«

»Wieso das denn, zwei mal vier ergibt doch acht?«

»Eben, und Minus mal Minus ergibt Plus.«

Damit war das Thema erschöpfend behandelt.

»War nicht dein Onkel Joseph auch ein Nazi, Johann«, fragte Zoppo, »und in der Partei?«

»Ja«, gab ich unumwunden zu, »und Onkel Karl war Kommunist. Ihr kennt das ja: Eine echte Familie hat alle möglichen Sorten von schwarzen Schafen. Onkel Joseph war im Zweiten Weltkrieg Kanonier gewesen, erst Ladekanonier, dann Richtkanonier. Deswegen mochte er das Kegeln. Ihn überkam ein nostalgisches Gefühl, wenn er eine Kugel in Gang setzte, die auf etwas losdonnerte, was in Reih und Glied aufgestellt war. Er hatte nicht die beste Technik – beim Kegeln, meine ich, über seine technischen Fähigkeiten bei der Artillerie weiß ich nichts. Er warf die Kugel mehr, als er sie schob, und er war auch der Einzige, der Kugel zur Kugel sagte, obwohl sie doch eigentlich Scheibe heißt. Onkel Karl schob eher eine ruhige Kugel, beziehungsweise Scheibe, und das nicht nur beim Kegeln, behauptete mein Großvater, denn Karl wurde irgendwann Gewerkschaftsfunktionär und das sogar hauptberuflich. So musste er, anders als mein Opa, nicht mehr am Hochofen stehen. Karl schätzte an dieser Indoor-Sportart, wie es neudeutsch heißt, dass das Trinken zwischendurch mehr Zuwendung beanspruchte als der Bewegungsanteil.«

»Gut ist jedenfalls«, wechselte nun Schnucki das Thema, »dass Wang auf einem gemischten Klub besteht und deshalb auch Frauen dabei sind.«

»Oh ja«, wurde Heiko zotig, »ich freue mich schon drauf, Mohrsch Annhild beim Kegeln von hinten zu bewundern.« Wir lachten. »Gott sei Dank ist Fräulein Martini nicht dabei. Sehr klug von Wang, die nicht zu fragen, die alte Spaßbremse.«

Anfangs kegelte Wang mit Abstand am schlechtesten von uns allen. Wir waren ungefähr ein Dutzend Klubmitglieder, ganz genau konnte das niemand sagen, es gab keine festgeschriebene Mitgliedschaft. Jedenfalls waren an den Kegelabenden im Schnitt etwa zehn Leute dabei, und Wang freute sich riesig, wenn er mal in einer Runde als Neunter oder gar Achter abschloss. Mit der Zeit wurde er immer besser. Dafür, dass er nicht, wie wir, das Kegeln mit der Muttermilch beziehungsweise mit den ersten Bierflaschen aufgesogen hatte, ging das verdammt schnell.

Ich erinnere mich noch an den Abend, etwa ein drei viertel Jahr nach der Gründung von »Alle Acht und einer«, als

Wang sowohl die Runde »Kleine Hausnummer« und gleich danach auch noch die »Große Hausnummer« gewann. Dabei hatte er viel riskiert und bei der »Großen« die »Sieben«, die er im ersten Versuch warf, nach hinten geschrieben. Wir dachten, er macht einen Scherz. Aber er meinte: »Unter einer Acht kommt mir nichts nach vorn.« Und tatsächlich gewann er mit einer 987 vor Mecki mit einer 978 vor Zoppo, der sich nach dem ersten Wurf verzockte und am Ende eine 899 auf der Tafel stehen hatte. Wang freute sich dermaßen über seinen Doppelsieg, dass er, um dem Ereignis die gebührende Ehre zu erweisen, nach Rosi rief und eine Runde für die Kegelklubfreunde ausgab. An jenen Abend erinnere ich mich auch deshalb so lebendig, weil wir am Ende, wie die Tradition es verlangte, noch eine allerletzte Runde auf die Vollen warfen. Nach einem Wurf von Jasmin, der sieben abräumte, verhedderten die Schnüre der Kegel dermaßen, dass selbst ein mehrmaliges Hochziehen sie nicht zu entwirren vermochte. »Früher gab es Kegelaufstellhilfspersonal«, sagte jemand aus der Runde. »Das war zuverlässiger als diese Technik, zumindest, solange das Personal nüchtern war.«

Wang, der an der Schalttafel die Knöpfe bediente, rief – sicherlich ohne darüber nachgedacht zu haben – mit einem etwas zu gebieterischen Ton in die Runde: »Kann sich bitte mal jemand nach vorne begeben und die Schnüre auseinanderwickeln?«

Falls eine solche Arbeit erledigt werden musste, machte das entweder derjenige, dessen Wurf das Kuddelmuddel verursacht hatte, was in dem Fall Jasmin gewesen wäre, oder aber das erledigte jemand, der gerade in Bahnnähe stand freiwillig. Aber es stand gerade keiner – außer Wang am Schaltkasten. Alle anderen, auch Jasmin, saßen gemütlich um den Tisch und tranken. Wie immer hatte Wang seiner Aufforderung ein »Bitte« hinzugefügt, aber selbst damit hatte es eine Spur zu befehlend geklungen. Zwei, drei Sekunden – sicher waren es nicht mehr als drei, obwohl es uns allen länger vorkam – sagte niemand etwas. Helmut und Schnucki, Benny und auch die Frauen sahen einander an und schließlich meinte Zoppo: »Mach's doch selber.«

Er sagte es nicht aggressiv (und Zoppo konnte durchaus aggressiv klingen, wenn er wollte), sondern er hatte es unbeschwert, fast neckisch eingeworfen, als sei es nur ein Vorschlag, der nun gleichberechtigt neben Wangs Aufforderung stand.

Wang drückte, vielleicht um Zeit zum Nachdenken zu gewinnen, noch einmal die Auf- und Ab-Knöpfe, etwas zu heftig, wie ich fand, aber die verhedderten Schnüre mit den Kegeln dran zuckten nicht einmal und es war klar, dass sie von Hand entwirrt werden mussten. Also trabte Wang los. Ich fragte mich, was in ihm vorging. Vielleicht überlegte er: »Nun gut, es sind hier ein paar meiner Angestellten mit von der Partie. Aber wir sind auf der Bundeskegelbahn, nicht am Arbeitsplatz. Hier bin ich nicht der Chef und habe niemandem etwas vorzuschreiben, zumal außer Johann immer noch keiner von ihnen weiß, dass Zeggels samt Kegelbahn mir gehört.«

Auf dem Weg zu den Kegeln konnte Wang sich also einreden, die Tatsache, dass er gleich selbst vor den Kegeln knien würde, um sie auseinander zu sortieren, zeuge davon, dass er ein gleichberechtigtes Klubmitglied war und dass auf der Bundeskegelbahn (und sei es auch nur hier) für ihn dieselben Regeln galten wie für alle anderen auch.

»Und lasst mir nur ja die Finger von der Schaltanlage«, rief er uns nach hinten zu. Dabei war das selbstverständlich.

Als er schließlich im Kegelkasten kniete, der aussah, wie ein Marionettentheater, musste er erst einmal herausfinden, welchen Kegel er wie um welche Schnur drehen musste. Gerade als er eine Schnur in der einen und einen Kegel in der anderen Hand hielt, zuckte es in der Hebeanlage, und alle Neune, oder alle acht und der eine, den Wang rasch losließ, fuhren mit einem Ruck in die Höhe. Die eine Hand hatte er rechtzeitig losgelassen, aber die andere zog er zu spät aus dem Gewirr. Die Schnur eines Kegels, der bis dahin an dem Chaos gar nicht beteiligt gewesen war, schwang sich durch den Ruck so unglücklich um Wangs Hand, dass diese mit nach oben gezogen wurde. Wang musste auf Knien rasch ein Stück hinterherrutschen, damit die um sein Handgelenk geschlungene Schnur nicht zu stark zerrte, und uns ergab sich ein beklagenswertes Bild, wie er da im Kegelkasten halb kniete, halb hing, mit hochgezogenem Arm. Jasmin schrie auf, Mohrsch Wilma schlug die Hand vor den Mund. Es war Zoppo, der am schnellsten reagierte, zum Schaltkasten sprang und etwas tat, was ich noch nie zuvor gesehen hatte: Er drehte den Schlüssel, mit dem die Anlage angeschaltet wurde, auf die »Aus«-Stellung, dann sofort wieder auf »An« und drückte dann den Knopf zum Herunterfahren der Kegel – was diese dann auch prompt taten. Und wieder drehte Zoppo den Schlüssel herum, zog ihn ganz heraus, so dass die jetzt abgeschaltete Anlage nicht noch einmal auf die Idee kommen konnte, selbständig Bewegungen auszuführen.

Wang kam die Kegelbahn entlang zurück zu uns, die linke Hand mit der rechten haltend. Jasmin lief ihm entgegen. Auch wir waren aufgesprungen. Aus allen Gesichtern sprach aufrichtige Sorge. »Zeig mal«, und »Ist es schlimm?« riefen wir durcheinander, und falls Wang sich irgendwann danach diese Situation wieder vor Augen führte, dürfte ihm klar geworden sein, dass er in jenem Augenblick einfach nur ein Kegelklubmitglied war, egal ob Chinese oder Chef oder Welthandel-Entrepreneur, ein Kegelkamerad, um den wir uns alle gleichermaßen sorgten und kümmerten. Um Wangs Handgelenk zeigte sich ein roter Streifen. Es blutete nicht.

»Beweg mal vorsichtig deine Hand«, forderte ich ihn auf. Er verzog schmerzhaft das Gesicht, während er das tat, konnte das Handgelenk aber problemlos beugen und drehen. »Geht doch, scheint nichts kaputtgegangen zu sein. Da hast du nochmal Glück gehabt.«

Er bewegte noch einmal vorsichtig das Handgelenk. Das Ergebnis schien ihn zufriedenzustellen. »Macht euch keine Sorgen, alles in Ordnung. Ein chinesisches Sprichwort sagt«, er demonstrierte noch einmal, dass sich die Hand bewegen ließ und versuchte dabei locker zu wirken. »Mit einer Hand kann man nicht klatschen.«

»Bei uns heißt das: ›Eine Hand wäscht die andere‹«, meinte Zoppo trocken.

Wang sah ihn eindringlich an. »Zoppo, vor allem dir gebührt mein Dank, dass du so schnell reagiert hast. Du scheinst dich mit den Tücken der Schaltanlage gut auszukennen.«

Wir glaubten, aus Wangs Stimme eine aufrichtige Anerkennung für Zoppo herauszuhören. Der ließ diese Gelegenheit nicht verstreichen, ohne großspurig zu tun: »Tja, das ist ein Teufelsding, damit kannst du einem den Arm abquetschen, oder wer weiß was sonst noch, und wenn's ganz übel ausgeht, Wang, kannst du dich mit dem Ding umbringen.

Deshalb: Niemals an den Schnüren im Kegelkasten herumfuhrwerken, solange dich niemand absichert und notfalls den Schlüssel in der Anlage auf ›Aus‹ drehen kann. Und falls du mal alleine hier sein solltest«, hier schwoll seine Stimme gebieterisch an, »gehst du am besten auf Nummer sicher, ziehst den Schlüssel ganz heraus und legst ihn auf dem Kreidekästchen der Schreibtafel ab, bis du vorne mit dem Auseinanderknoten fertig bist. Nur so kannst du sichergehen, dass die Anlage sich nicht selbständig macht.«

»Ich werde deinen wertvollen Rat in Zukunft beherzigen«, sagte Wang und nickte höflich. »Danke Zoppo, danke euch allen.«

Wir wurden verlegen und klopften ihm auf die Schulter, dass er zusammenzuckte, und murmelten »wird schon wieder« oder ähnliche Phrasen, die eigentlich keiner braucht, dem das Adrenalin noch durch die Adern pumpt, und die doch irgendwie guttun. Wir entspannten uns, als Jasmin fürsorglich ihren Arm um Wang legte.

Helmut meinte: »Wir sollten Rosi auffordern, diese Schaltanlage endlich...«

»Nein«, widersprach Wang rasch, »lieber nicht, ich möchte nicht, dass Rosi...«

Wie auf ein Stichwort öffnete sich die Tür und Rosi brachte Getränke herein: »Alles in Ordnung mit euch?«, fragte sie, als sie in die Runde blickte.

»Wir hatten gerade die Rede von dir, Rosi«, druckste Wilma.

Wang sah mich hilfesuchend an.

»Genau«, ergriff ich das Wort, »ich war mir nicht sicher, Rosi, ob ich die Geschichte erzählen darf, die du damals mit den Jungs vom VfL erlebt hast. Erinnerst du dich? Der

VfL war an dem Tag Meister geworden«, half ich ihr auf die Sprünge, obwohl das nicht nötig war.

Sie grinste übers ganze Gesicht und nahm den Faden auf: »Oh ja, haben die gefeiert an dem Tag. Oben im Saal gab es das Festessen und danach ging es unten im Schankraum weiter und dann so gegen Mitternacht wollten sie unbedingt, dass ich die Kegelbahn aufschließe. ›Könnt ihr denn noch kegeln, in eurem Zustand?‹, habe ich sie gefragt, aber sie bestanden darauf, eine Runde zu spielen. Die Fußballerjungs waren in ausgelassener Stimmung, und ich musste sie ermahnen, dass Kegler auf einer Bundeskegelbahn nicht befugt seien, Stühle, Tische oder anderes Mobiliar zu betreten. Als ich ihnen kurz darauf die erste Runde Getränke brachte, wunderte ich mich darüber, dass sie so sonderbar kicherten, als führten sie etwas im Schilde.« Solche gestelzten Formulierungen verwendete Rosi ausschließlich, wenn sie eine Geschichte speziell für Wang erzählte. »Und tatsächlich hatten sie etwas geplant, diese Lausebengel, um mich zu überraschen oder zu schockieren. Jedenfalls, als ich mit der zweiten Runde Bier reinkam, kegelten sie alle …«, sie machte eine Kunstpause und sah Wang an, nur Wang, denn wir anderen wussten, was kam, »… alle puddelarschnackig.« Sie dachte einen Moment nach, als übersetze sie im Kopf das Gesagte und schob dann, zufrieden mit sich, dass ihr das Wort noch einfiel, »splitterfasernackt« hinterher. Den Begriff hätte sie unsereinem gegenüber nie verwendet, er klang eigentlich zu fein für das Bild, das man sich bei der geschilderten Szene vor Augen führte. »Ja, splitterfasernackt, alle zusammen, manche hatten noch die Socken an, sonst nix. Gehlens Edwin setzte gerade die Kugel auf die Bahn und streckte mir seinen A… seine Hinterseite zu. Die

Kugel landete im Graben, aber das kommentierte niemand im Raum. Der nächste Nackerte trat vor. Sie taten alle so, als sei nichts Ungewöhnliches. ›Nicht mit mir, Jungs‹, dachte ich, und schaffte es, nicht rot zu werden sowie weder zu genau hin- noch zu krampfhaft wegzuschauen. Ich stellte die Getränke hin. In aller Ruhe. Aber mir war klar, dass ich etwas sagen musste, bevor ich den Raum wieder verließ.«

»Und was sagte sie wohl?«, versuchte Helmut mit einem Zwischenruf die Spannung zu steigern, obwohl alle außer Wang wussten, was sie gesagt hatte – der Spruch war längst in die Dorfannalen eingegangen und wir genossen es, wie Kinder, die zum hundertsten Mal dieselbe Nachtgeschichte hören und das Ende mitsprechen können.

»Ich drehte mich nochmal zu den nackigen jungen Männern um und sagte: ›Ihr spielt heute aber mit sehr kleinen Kugeln!‹«

Wir lachten und klatschten und ich bin mir nicht sicher, ob Wang die Geschichte ebenfalls lustig fand. Jedenfalls lachte auch er, zumindest aus Höflichkeit, und fragte mit allem Ernst nach: »Wirklich, ist das wahr, Rosi? Sie waren alle nackt, als du reinkamst?«

Rosi zögerte einen Augenblick und riet ihm dann: »Mit Kegelbahngeschichten ist es ähnlich wie mit Jägerlatein: Du darfst nicht alles glauben, was Kegler dir erzählen.«

12

»Hat Jasmin Sie gefesselt, Herr Wang?«, wollte Frau Martini wissen. Sie klang nicht schnippisch, eher interessiert.

»Wie bitte? Ach so, Sie meinen wegen der Verletzung am Handgelenk. Nein, das war ein dummer Unfall. Ist nicht so schlimm.«

Ruth Martini zog die Lippen zu einem noch schmaleren Strich zusammen als sonst. »Ja, sie ist eine Frau, die es bisher nicht geschafft hat, Männer an sich zu binden. Ich kenne sie schon lange. Wobei ›kennen‹ zu viel gesagt ist. Ich weiß, wer sie ist und was sie ist. Sie ging in die Klasse unter mir. Ist übrigens dieser unsägliche Heiko auch Mitglied in Ihrem Kegelklub, Herr Wang?«

»Anfangs schon, aber nun nicht mehr. Es gab Meinungsverschiedenheiten. Schwerwiegende.«

»Er war gestern hier. Wollte Sie unbedingt sprechen.« Ruth Martini wartete Wangs Reaktion gar nicht erst ab. »Soll ich ihn abwimmeln, wenn er wieder aufkreuzt? Mit dem werde ich fertig. Er behauptet, er habe eine Geschäftsidee, mit der gutes Geld zu machen sei. Bei Heiko verheißt das nichts Gehaltvolles. Haben Sie eine Ahnung, was er von Ihnen wollen könnte?«

»Ja«, sagte Wang, dem es schwerfiel, zu lügen. Leicht fiel es ihm dagegen, kein einziges Wort mehr zu sagen, als er für angemessen hielt. An einem unserer »Mah Yen«-Nachmittage mit Kaffee oder Bier, zu denen er weiterhin regelmäßig kam, auch wenn er meistens nicht mehr so lange blieb, weil er danach noch zu Jasmin wollte, zeigte Wang sich verwundert darüber, wie freimütig ihm manche Dorfbewohner über ihr Leben erzählten, obwohl sie ihn kaum kannten.

»Dabei besagt ein deutsches Sprichwort«, gab ich zu bedenken, »Reden ist Silber, Schweigen ist Gold.«

»In der Kultur, in der ich aufgewachsen bin, ist Reden noch nicht einmal Silber.«

»Das gilt auch hier«, lachte ich, »da reden einige nur Blech. Aber über eine Sache müssen wir doch reden, Wang. Wieso ist Heiko eigentlich raus aus ›Alle Acht und einer‹?«

Mir, und nur mir, erzählte Wang, dass das nichts mit Ya Si Min zu tun hatte. Zumindest war sie, entgegen allgemeiner Vermutungen, nicht der Hauptgrund, weswegen Heiko und Wang ein Problem miteinander hatten.

»Jetzt seht ihr, wie es kommt«, schwadronierte Heiko einmal im Gasthaus Löwenhof, als er entschieden zu viel intus hatte. »Die Chinesen nehmen uns unsere Frauen weg.«

»Wieso wegnehmen?«, fragte ihn Mecki. »Hättest du Jasmin denn haben wollen? So richtig als Ehefrau, bis dass der Tod euch scheidet?«

Heikos Gesicht, das er nach drei Runden Bier und Schnaps nicht mehr unter Kontrolle hatte, verriet Verächtlichkeit. Er musste gar nicht aussprechen, dass er dachte: »eher nicht« oder »höchstens notfalls«.

Streit hatten er und Wang bekommen, weil der Chinese nicht Heikos Geschäftspartner werden wollte. Jasmin? Die hätte Heiko Wang mit Sahnehäubchen und Cocktailkirsche oben drauf serviert, freiwillig, wenn der nur auf seine Geschäftsidee mit den Unter-Tage-Pornos für China eingegangen wäre. Heiko vermutete nämlich, dass mit ordentlich produzierten Pornos in China ein Riesenmarkt zu erobern sei. Angeblich könne er osteuropäische Frauen engagieren, die für wenig Geld gerne ein paar Stunden nackt vor der Kamera aktiv seien. Eine Kamera übrigens könne er ebenso mit in die Produktionsfirma einbringen wie seine kreativen Ideen. Es bedürfe lediglich eines diskreten Drehortes, und hierfür schwebte ihm ein kleines Studio vor, das man doch sicher in der alten Fleischfabrik einrichten könnte. Wang zuckte zusammen, als Heiko von »Chinesischen Verbindungen« sprach, und versuchte ihm, in sonst unüblicher Direktheit, zu verdeutlichen, dass die Verbreitung von Pornografie in China strafbar sei und er daher die Finger von einem solchen Projekt lassen wolle. Außerdem sei ihm das Einrichten eines Studios zu teuer und zu aufwändig, und er benötige sämtlichen Lagerraum als Umschlagplatz für die wachsende Menge von Handelsware.

»Dann machen wir einfach einen Verlag auf und bringen Steiger Manni als gedruckte Serie in China heraus.«

»In welcher Sprache? Chinesisch? Wer soll das denn übersetzen? Auf Deutsch sind die in China unverkäuflich.« Um Heikos Gefühle nicht zu sehr zu verletzen, wies Wang nicht darauf hin, dass Steiger Manni in Druckform nicht einmal in Deutschland eine Chance hatte, ein Renner zu werden. Aber Heiko ließ nicht locker und schlug vor, seine Unter-Tage-Sex-Stories geschmackvoll illustrieren zu lassen und mit Sprechblasen zu versehen, auf Englisch am besten, das verstünden doch sicher viele Chinesen, vor allem in Kombination mit den Bildern. Man brauche doch sicher nur einen Wortschatz von geringem Umfang. Easy-Reader-Pornos, sozusagen.

»Ich fürchte«, hatte Wang versucht, ruhig zu bleiben, »Sex-Comics in leichter Sprache haben keine Zukunft auf dem chinesischen Markt.«

Aber Heiko habe sich sehr ungehalten gezeigt, versicherte Wang mir, als ich ihm nach der Tasse Kaffee einen selbstgebrannten Williams Christ eingoss. Heiko sei immer erboster geworden und habe sich schließlich soweit entblößt – dieses Wort verwendete Wang – zu fordern (oder war es ein kaschiertes Betteln?), es müsse doch verdammt nochmal irgendeine Möglichkeit der geschäftlichen Partnerschaft geben, selbst wenn sie nur zum Spaß sei, mit dem ein paar Steiger-Manni-Pornos unter die Chinesen gebracht werden konnten. Viel dabei zu verdienen, sei nicht sein primäres Ziel, gab Heiko zu.

Wangs Antwort, die Zeit des Steiger-Manni sei vorbei, brachte Heiko erst recht in Rage, und als Wang ihm anbot, er könne bei ihm als Lagerist oder Fahrer anfangen, falls er nach einem ordentlichen, tariflich bezahlten Job suche, die Stelle eines Geschäftspartners allerdings sei derzeit nicht vakant, habe Heiko versucht, Wang ins Gesicht zu schlagen.

»Ich war selbstredend schneller, mein Freund«, sagte Wang, »und habe ihn davor bewahrt, dass seine Hand mein Gesicht erreichte. So konnte ich es ihm und mir ersparen, eine Tracht Prügel verabreichen zu müssen.«

Ich lachte, als er mir das erzählte, merkte aber, dass diese Sache mit Heiko ihm zu schaffen machte. »Erst Ya Si Min«, sagte Wang ernst, »und dann musste ich ihm auch noch deutlich machen, dass ich nicht viel von seinen Ideen halte. Wenn ich mich in seine Lage versetze, verstehe ich, dass er sich nicht glücklich fühlt. Ich hätte ihm gerne eine Brücke gebaut, über die er sich ohne Gesichtsverlust hätte zurückziehen können. Aber er hat mich praktisch dazu gezwungen, ihn zu demütigen. Ärgerlicherweise versucht er weiterhin, mir irgendwelche kruden Film- oder Comicprojekte aufzuschwatzen. Derzeit glaubt er, in der Darstellungsweise etwas zurückhaltendere Soft-Pornos könnten sich nur positiv auf chinesische Männer jeglichen Alters auswirken. Ich versuche, ihm aus dem Weg zu gehen, fürchte aber, wenn ich ihm noch ein paarmal definitiv absage, und das werde ich müssen, habe ich hier einen ersten Feind.«

»Viel Feind, viel Ehr«, versuchte ich ihn aufzumuntern.

»Vielleicht, aber Feinde kann ich momentan gar nicht gebrauchen, schon gar nicht viele. Wie sagt ein Sprichwort: ›Besser ein Hund in Friedenszeiten als ein Mensch in Kriegszeiten.‹«

Ich hatte mich daran gewöhnt, dass Wang bisweilen ein Gespräch mit einer sonderbaren chinesischen Weisheit beendete.

Seit Ruth Martini bei Wangs Welthandel arbeitete, schminkte sie sich einen Hauch zu auffällig, und überdies trug sie bald ein neues Brillengestell, das allgemein als gewagt erachtet wurde. Und sie sah ihren Chef nicht selten mit Blicken an, die Benny oder Helmut, obwohl sie den Kühlschrank schon lange kannten, nicht recht zu deuten wussten. Sie hatten diesen Blick bei ihr zuvor noch nie gesehen. »Die will mehr sein, als nur Sekretärin«, spekulierte Zoppo und lag damit wohl nicht ganz falsch.

Frau Martini, die einiges von edlen Tropfen verstand, war es zu verdanken, dass bei der neuen Halle am Eiweilerbach der hintere Teil so abgetrennt wurde, dass die Weine sachgerecht gekühlt gelagert werden konnten. Dennoch blieb genug Fläche übrig, um Wangs Konzept des offenen, lichtdurchfluteten Gebäudes zu erhalten. Daran, dass es mit dem Bau für hiesige Verhältnisse recht zügig voranging, war Ruth Martini ebenfalls nicht ganz unschuldig. Wann immer sich die geringsten Verzögerungen beim Genehmigungsverfahren oder bei der baulichen Umsetzung abzeichneten, griff sie persönlich ein, und nachdem sie mit den jeweils Verantwortlichen eine Unterredung unter vier Augen zustande gebracht hatte, konnten Probleme, die zuvor angeblich bestanden hatten, rasch beseitigt werden. Helmut mutmaßte, das läge daran, dass in der Biografie sämtlicher Männer, mit denen sie es beim Hallenbau zu tun bekam, eine Lehrerin gegeben hatte, an die Frau Martini sie unweigerlich erinnerte. Mancher befürchtete wohl insgeheim, sie setze notfalls den Rohrstock ein, wenn man sich den Wünschen von Wangs Welthandel zu widersetzen versuchte.

Die Martini überraschte nicht wenige auch dadurch, dass sie sich bereit erklärte, beim VfL den Kassenwart zu machen (»Kassenwärterin!«, wie sie bei der Ernennung ins Vereinsamt den 2. Vorsitzenden korrigierte). Dieser Posten war seit einiger Zeit vakant gewesen und der 1. Vorsitzende hatte die Aufgabe mit dürftigem Enthusiasmus kommissarisch bekleidet. Nun aber hatte der VfL einen neuen Vereinspräsidenten (so hieß ein neu geschaffenes Vereinsamt) und an der Seite dieses neuen Präsidenten wollte sich Ruth Martini gern ehrenamtlich engagieren.

Der neue Präsident hieß Wang Fei, und der war just in dem Augenblick zur Stelle, als es mit dem Fußballklub finanziell nicht zum Besten stand. Wang spendete großzügig und stellte danach Forderungen. Er machte dem VfL das Angebot einer längerfristigen, regelmäßigen Zuwendung, wenn ihm dafür ein hohes Vereinsamt angeboten werden würde.

Der amtierende 1. Vorsitzende sah hierdurch zunächst seine eigene Position gefährdet und machte Wang gegenüber geltend, das deutsche Vereinswesen unterliege noch immer demokratischen Grundprinzipien. Über sämtliche Vereinsämter, vom 1. Vorsitzenden über den Schriftführer bis zum einfachen Beisitzer, werde ausschließlich per Mitgliederentscheid in freier Wahl entschieden.

»Das akzeptiere ich selbstverständlich«, hatte Wang geantwortet, jedoch hinzugefügt, dass er dann stattdessen eben die Sportfreunde Eiweiler zu unterstützen gedenke. Der Vorsitzende des VfL, ein schnelldenkender und pragmatischer Mensch, schlug daraufhin vor: »Na gut, dann wirst du eben Ehrenpräsident. Den Posten bräuchten wir nicht per Wahl … also den gibt es bislang noch nicht. Den führen wir neu ein und verorten ihn in der Vereinshierarchie direkt unter … neben dem 1. und 2. Vorsitzenden.«

»Lassen wir das ›Ehren‹ ruhig weg«, griff Wang bereitwillig diesen Vorschlag auf und zeigte sich so vernünftig, zu versprechen, nicht in die klassischen Aufgaben der Vereinsführung oder gar in die sportlichen Belange eingreifen zu wollen, sondern er könne sich, falls gewünscht, lediglich ein wenig um das Marketing- und PR-Geschehen rund um den VfL kümmern. Hier sah auch der 1. Vorsitzende noch Entwicklungspotenzial, und so hörte er sich Wangs weitere, als Vorschlag formulierte Forderung an, neben seiner eigenen Person auch einen neuen Kassenwart mit in den Verein einbringen zu wollen.

»Damit tust du uns wirklich einen Gefallen«, antwortete der 1. Vorsitzende und zapfte hinter der Theke im Vereinshaus persönlich die beiden Gläser Pils, mit denen er und Wang auf das Zustandekommen dieser Partnerschaft anstießen. Auch ließ er es klaglos über sich ergehen, dass Wang einige Selfies mit sich und ihm direkt unterm Vereinswimpel machte.

13

Auch als die neue Halle fertig war, bekamen wir nur wenige Chinesen zu Gesicht, und die dann auch meistens nur kurz. Wenn Wang irgendwo mit Landsleuten im Schlepptau aufkreuzte, war das entweder bei Heimspielen des VfL, bei Zeggels – inzwischen war im Dorf durchgesickert, dass Wang der Besitzer des Gasthauses war – oder in der Brennerei des Obst- und Gartenbauvereins.

Auch dem OGV hatte Wang zweimal eine Spende zukommen lassen. Mit einer davon wurde eine komplett neue Brennereianlage angeschafft. Wang rollte genüsslich beide Rs, wenn er das Wort »Brennerei« aussprach, als sei er ein waschechter Dörfler, und er schwärmte mir vor, wie wunderbar die Kupferteile der Destille aus dem restlichen Edelstahlaufbau hervorstachen. Ich musste ihm versprechen, bei der Einweihung dabei zu sein, was ich gerne tat. Nach dem 1. Vorsitzenden des OGV hielt auch Wang eine kurze Rede, die er mit dem Zitat eines angeblich weltberühmten Schriftstellers begann, von dem niemand von uns je gehört hatte: »Das Zivilisieren beginnt mit dem Destillieren.«

Wang wurde im Obst- und Gartenbauverein kein Präsidententitel verliehen – er wurde nach der zweiten Spende lediglich zum Beisitzer gewählt, dies aber einstimmig – der Vereinsvorstand meldete ihn jedoch, auf Wangs eigenen Wunsch hin (und welchem edlen Spender verwehrt man schon erfüllbare Wünsche), zu einem Brennmeister-Lehrgang an, den Wang in Rekordzeit und mit Bravour bestand. Wang hatte Recht, wenn er von sich behauptete, er lerne schnell, sehr schnell, und offensichtlich bezog sich das nicht nur auf seine Sprachbegabung. Jedenfalls war er mindestens genau so stolz darauf, sich Brennmeister nennen zu dürfen, wie Vereinspräsident, und wie er mir einmal in einem kurzen Augenblick der Schwäche, nachdem wir seinen ersten Selbstgebrannten probiert hatten, gestand, habe er sich die Eitelkeit erlaubt, beide Titel auf seinen chinesischen Visitenkarten zu vermerken. Tatsächlich, so versicherte er mir, sprächen ihn die meisten seiner chinesischen Handelspartner zumindest auf eine dieser beiden persönlichen Besonderheiten an, und zwar stets mit aufrichtiger Begeisterung.

Er ließ zum Spaß – zu seinem eigenen sowie zum allgemeinen vieler OGV-Mitglieder – zusätzlich noch eine kleine aber hervorragende Ergebnisse liefernde Bierbrauanlage einrichten. Obstschnäpse und Bier ließ er, ganz bewusst in streng limitierten Stückzahlen, in Flaschen abfüllen, die wiederum mit Etiketten beklebt wurden, die den Schnaps mit dem Namen *Mühlfelder Obstler* auswiesen. Die Etikettierung war zweisprachig, und die recht sperrige chinesische Variante, *Muleweilete Shuĭguŏ Lièjŭ*, wollte sich bei der Dorfbevölkerung nicht so recht durchsetzen, rief aber bei den chinesischen Kaufleuten, denen Wang eine Flasche schenkte, offensichtlich die hellste Freude hervor.

Bei der Namensgebung für das Bier zeigte Wang sich noch kreativer. Die Flaschen, die man nur im Gasthaus Zeggels, im Löwenhof, im VfL-Vereinsheim, sowie als 8er-Pack beim Kaufhaus Mechels erstehen konnte, trugen auf einem Etikett, das andeutungsweise an die untergegangene Biermarke Saarfürst erinnerte, die Aufschrift: *Sankt Zeggels Pils.*

»Wofür wurde der Zeggels denn heiliggesprochen?«, fragte Zoppo mit blasphemischem Unterton.

Das verunsicherte Wang ein wenig, und er erkundigte sich bei mir, ob er sich einen größeren kulturellen Fauxpas geleistet habe. »Ist es in eurem Glauben eine Sünde, einfach einen Heiligen zu erfinden? Ich habe ein wenig über das Christentum gelesen, verstehe davon jedoch, ehrlich gesagt, nicht viel. Und ihr seid hier doch alle katholisch. Strenggläubig.«

Ich lachte. »Also weißt du, strenggläubig sein, das hieße ja, etwas als wahr und richtig anzunehmen, ohne weiter darüber nachzudenken. Und dann wäre Strenggläubigkeit gleichzusetzen mit Unwissenheit, oder?«

Wang ging auf meine spöttelnde Sophisterei nicht ein. »Meine Frage ist ernst gemeint. Ich möchte niemanden in seinen religiösen Gefühlen verletzen. Andererseits möchte ich diesen Markennamen für das Bier unbedingt beibehalten. Er kommt gut bei meinen Geschäftspartnern an, und mein Onkel Chongan wollte kürzlich zu seinem Geburtstag nichts anderes, als ein paar 8er-Träger Sankt Zeggels Pils. Niemand in China weiß, dass Zeggels keine Person, sondern ein Hausname ist.«

»Mach dir keine Gedanken, Wang, ich nehme an, die meisten hier im Dorf halten den Biernamen für einen Gag, und zwar für einen gelungenen. Es wird sich kaum jemand ernstlich daran stören. Und bestimmt lässt sich unter den zahllosen Heiliggesprochenen noch irgendwo ein Sankt Zeggulus finden.«

»Und was ist mit dir, mein Freund? Wenn du es für falsch hältst, den Namen eines nicht existenten – wenn auch wohlklingenden – Heiligen als Biermarkenname zu verwenden, würde ich es zumindest noch einmal überdenken, und vielleicht einen echten Heiligen nehmen, und den dann mit Zeggels kombinieren: Sankt Bonifatius Zeggels Pils, zum Beispiel. Sag mir ehrlich, mein Freund, können wir bei

Sankt Zeggels Pils bleiben? Wie ist das überhaupt mit dir? Wie hältst du es mit der Religion? Glaubst du an Gott?«

Die Frage kam so unvermittelt, dass ich einen Augenblick darüber nachdenken musste, was meine ehrliche Antwort darauf war. Schließlich antwortete ich, mich selbst überraschend: »Ja, ich glaube, dass es Gott gibt, aber ich traue ihm nicht so recht.«

»Eine kluge Antwort«, fand Wang. »Und bevor du mich fragst, nein, ich glaube nicht an Gott, obwohl ich die Weihnachtslieder wunderbar finde, die wir bei Herrn Ködnitz im Deutschunterricht gelernt haben.«

»Was bist du dann, und woran glaubst du?«

»Ich bin Konfuzianer – ansatzweise zumindest – und glaube ansonsten an die Kraft des Geldes.« Und nach einem Zögern fügte er noch hinzu: »Und außerdem glaube ich auch noch an die Familie als Kern allen menschlichen Lebens.«

»Dann bist du aber gerade weit entfernt von deinem eigentlichen Kern«, wagte ich mich vor.

»Ja, und das schon sehr lange. Ich werde wohl bald eine eigene Familie gründen müssen.«

Ich traute mich nicht zu fragen: »Wo?«

Nach dieser Unterredung wurden die formschönen Schnappverschlussflaschen also weiterhin mit dem Namen Sankt Zeggels Pils beklebt. Das Pils wurde selbstverständlich den Chinesen serviert, die Wang zum Gasthaus und auf die Kegelbahn brachte. Meist spielten sie nur eine halbe Stunde, tranken dabei ein Sankt Zeggels und danach manchmal noch ein weiteres im Schankraum, dann bugsierte Wang sie allesamt wieder zur Tür hinaus, vor der dann immer schon der Minibus bereitstand. Benny hatte angeboten, auch solche Fahrten gerne zu übernehmen. Wang dankte Benny für dessen Engagement für die Welthandel-Firma, behielt es sich aber vor, den 9-Sitzer stets selbst zu fahren. Und deshalb erfuhr niemand, wo Wang die Chinesen hinkutschierte. In die Stadt vermutlich.

Mir sagte Wang lediglich, es sei gut, dass er selbst der Fahrer sei. So habe er eine Ausrede, nicht trinken zu müssen, während er mit seinen Landsleuten unterwegs war. Wenn die chinesischen Geschäftsleute wieder abreisten, hatte keiner von ihnen mit irgendeinem von uns ein Wort gewechselt, und von uns keiner mit ihnen – dies galt auch für die Gelegenheiten, wenn Wang seine Chinesen mit zum Allerswaldstadion brachte. Es störte die Asiaten nicht, dass sie dort lediglich Spiele der Landesliga zu sehen bekamen. Die gut 400 Zuschauer, die durchschnittlich zu den Heimspielen des VfL kamen, gebärdeten sich, wie der Asiate an sich es vom europäischen Fußballfan erwartete. Dazu wurden das Bier und der Imbiss von Didis Wurstbude sehr geschätzt, und auch das leuchtende Rot des Vereinstrikots mit den strahlend gelben Rückennummern sowie dem deutschen und chinesischen Sponsorenaufdruck entzückten die fernöstlichen Besucher.

Wang hatte dafür gesorgt, dass die VfL-Trikots auch für Nicht-Vereinsmitglieder erhältlich waren – was zuvor als mittelschweres Sakrileg gegolten hatte. Niemand hätte gedacht, dass es sich für einen Verein, der in der 6. Liga spielt, lohnen könnte, Verein-Shirts zu verkaufen. Offensichtlich kam es gut an, dass man sich seinen eigenen Namen auf den Trikotrücken drucken lassen und zudem die Rückennummer aussuchen konnte. Die Trikots wurden in Wangs gläserner Halle am Eiweilerbach bedruckt, wo inzwischen eine entsprechende Maschine vorhanden war – bedient von einem Bulgaren, von dem niemand wusste, wohin er nach der Arbeit nach Hause fuhr.

Wang experimentierte mit individuellen Aufdruckmöglichkeiten. Die T-Shirts selbst lieferte Onkel Chongan, der in China gute Kontakte zur Textilindustrie hatte. Rasch ließen Sportvereine bis hinunter zur Kreisligaebene, sowie alle möglichen Dorfvereine aus einem beachtlichen regionalen Umkreis bei Wangs Welthandel T-Shirts bedrucken.

Wang schenkte jedem chinesischen Geschäftspartner ein Trikot, wobei er den jeweiligen Namen aufdrucken ließ, auf Chinesisch natürlich, sowie die Rückennummer 8. Die Geschäftspartner freuten sich, so wussten Zoppo und Helmut zu berichten, so unbändig über die Trikots, wie ein zehnjähriges Kind, das ein Pony geschenkt bekommt. Die meisten der Chinesen kauften dann gleich noch ein Dutzend weitere T-Shirts dazu, als Mitbringsel für die Familie, von den Kindern bis zu den Großeltern. Am Jangtsekiang musste der Eindruck entstehen, beim VfL handele es sich um den FC Bayern des Hunsrücker Hochwaldes.

In welchem Umfang die chinesischen Geschäftspartner Elektronikkomponenten, Spitzenweine oder Baby-Milchpulver bestellten, wusste niemand außer Wang. Außer Fräulein Martini vielleicht noch. Ich bekam lediglich einen vagen Einblick in die Geschäftsdimensionen, als Wang zwei angeblich sündhaft teure Flaschen Moselriesling zum Nachmittags-»Mah Yen« mitbrachte. Er wolle einen Vertragsabschluss gebührend feiern, begründete er die Abweichung von unserem sonstigen Ritual, dem Kaffee und Kuchen eine Flasche Bier folgen zu lassen. Benny, Helmut und Schnucki seien gerade dabei, für eine Nobelrestaurantkette in Shanghai eine Weinlieferung im Warenwert von mehreren zehntausend Euro versandfertig zu machen. Dabei sei der Weinhandel, entschlüpfte es Wang in einem ausgelassenen Moment, inzwischen nur noch der drittgrößte Geschäftsbereich seines Welthandels.

»Wang, du wirst noch ein reicher Mann. Und das als gutaussehender Junggeselle. Du musst aufpassen, dass du nicht ruckzuck vorm Traualtar stehst.«

»Ich weiß gar nicht, ob ich einen guten Ehemann und Familienvater abgäbe. Aber du hast sicher Recht, wenn ich heiraten wollte, wäre das recht bald zu bewerkstelligen, trotz meiner zahlreichen Schwächen.«

Fischte er etwa nach Komplimenten? Bevor ich das durch eine Rückfrage herausfinden konnte, zitierte Wang eine wahrscheinlich chinesische Redensart: »Wie heißt es so treffend: ›Geld deckt alle Schwächen zu.‹«

»Das stimmt«, bestätigte ich, wohlwissend, dass Wang von mir erwartete, dieses Thema mit höchstens noch einem Halbsatz zu beenden, »und das gilt nicht nur für den Heiratsmarkt.«

Um ganz sicher zu gehen, dass wir nicht mehr zum Thema »Geld« zurückfanden, biss Wang sich beim Thema Frauen und Beziehungen fest. »Was ist eigentlich mit dir mein Freund? Ich weiß, dass du jetzt allein lebst. Aber war das schon immer so? Warst du jemals verheiratet?«

»Ja, einmal. Nur kurz. Zu lange.« Und weil Wang mich schweigend ansah, fügte ich hinzu: »Sie war Alkoholikerin. Wir haben keine Kinder.«

»Aber was ist jetzt mit dir, mein Bester? Du bist doch noch nicht alt, warum lebst du allein? Du hast doch hoffentlich wenigstens einen Schatz, oder wie sagt man?« Ich winkte ab. »Was ist los? Zeigt er nur noch auf halb sieben?«

»Wie, was soll das denn heißen? Wer zeigt was?«

»Na, der Zeiger.« Wang deutete kurz in Richtung meines Schrittes. »Zeigt der immer nur auf halb sieben oder steht der manchmal auch auf der Zwölf?«

Mir dämmerte, dass sich Wang mit der ihm oder dem Chinesen eigenen Art von Höflichkeit ein Gespräch über das Thema Erektionsstörungen heranzutasten versuchte.

»Gott, nein, daran liegt's nicht. Danke der Nachfrage. Nein. Ich … bin nicht auf der Suche, jetzt nicht mehr.«

»Sag das nicht, mein Guter, du bist zu zurückhaltend. Ich wette, dir werden sich noch Gelegenheiten bieten. Wenn es soweit ist, ergreife sie.«

Wir lachten. Ich dachte nicht, dass ich seine Worte noch beherzigen sollte.

Wenige Tage nach dieser Unterhaltung zeigte Wang Jasmin seine Wohnung im Obergeschoss der alten Fleischkonservenfabrik. Zu der Zeit wohnte er bereits seit einem Jahr dort. Der Vorschlag kam nicht von Wang selbst, sondern Jasmin stand eines Abends bei ihm vor der Tür und forderte: »Ich will deine Wohnung sehen!«

Wang reagierte zunächst ausweichend und schwärmte Jasmin vor, wie sehr er ihre stilvoll eingerichtete Wohnung mochte, und welch wundervolle Zeit sie dort zusammen verbrachten.

»Ich will deine Wohnung sehen«, wiederholte Jasmin, als er fertiggeschwärmt hatte.

Wang willigte ein, bevor sie es ein drittes Mal forderte.

»Bringst du auch deine chinesischen Geschäftspartner manchmal hier hoch? Um einen Absacker zu trinken, oder so?«

Wang merkte nicht, dass er Gefahr lief, in eine Falle zu tappen. »Natürlich nicht«, antwortete er arglos. »Das ist mein Privatbereich.«

»Verstehe. Je höher man in diesem Haus die Treppenstufen emporklimmt, umso privater wird es. Und war Fräulein Martini schon mal hier oben?«

Wangs Zögern hätte keinen Augenblick länger dauern dürfen. »Nein. Also jedenfalls nicht richtig. Sie war schon mal hier oben, ein paarmal, aber immer nur an der Wohnungstür. Manchmal, wenn sie Überstunden macht, ruft sie mich, wenn noch ein wichtiges Telefonat reinkommt, oder wenn sie eine besondere Information von mir braucht. Aber ich bitte sie nie herein«, fügte er rasch hinzu, »sondern gehe dann immer mit ihr runter ins Büro. Bisweilen habe ich allerdings tatsächlich den Eindruck«, ergänzte er mit unschuldigem Blick, »dass Frau Martini erwartet, hereingebeten zu werden.«

»Darauf würde ich wetten. Nennst du sie eigentlich Ruth?«

»Nein, das tue ich nie, immer nur Frau Martini. Und sie spricht mich ebenfalls ausschließlich mit meinem Nachnamen an.«

»Und wie ist die Wohnung so?«, fragte Mohrsch Wilma Jasmin.

»Eher nüchtern. Alles sehr sauber, sehr ordentlich. Nicht überladen. Schon wohnlich, irgendwie, aber andererseits auch so…«

»… dass man jederzeit rasch ausziehen könnte? Damit meine ich«, fügte Wilma rasch hinzu als sie sah, wie alarmiert Jasmin schaute, »falls ihr irgendwann zusammenziehen wollt.«

Jasmin nickte nachdenklich. Ja, das war eine Möglichkeit.

14

Wangs Welthandel stellte zwei weitere Sekretärinnen ein, jeweils halbtags, eine Speditionskauffrau, einen ausgebildeten Lageristen, sowie eine nicht exakt erfassbare Zahl von osteuropäischen Aushilfskräften. Die neuen Halbtagssekretärinnen, die beide aus der Gegend stammten, waren Ruth Martini selbstverständlich nachrangig unterstellt. Die Firmenzentrale blieb in der alten Fleischfabrik. Ruth Martini und Wang zogen in zwei neu gestaltete Büros in einer Art Galeriebereich über der angebauten Halle (wieder zwei etwa gleichgroße Räume, die einander direkt gegenüberlagen).

In ihr neues Büro konnte die Martini sich zurückziehen, um die Arbeiten zu erledigen, die über die klassischen Sekretariatsarbeiten hinausgingen. In den freigewordenen Büros gleich vorne im Eingangs- und Empfangsbereich wurden die Halbtagssekretärinnen und die Speditionskauffrau untergebracht. Die Martini kreuzte dort häufig auf, um sich einen Überblick zu verschaffen, ob auch ordentlich gearbeitet wurde. Die Eingangsbereich-Belegschaft dagegen betrat nur in seltenen Fällen die Galerie-Etage – normalerweise nur, wenn sie von der Martini zu sich gerufen wurden. Der Lagerist, der nur wenige hundert Meter entfernt vom Eiweilerbach geboren war, bezog in der neuen Glashalle Stellung.

Wieder hatte Wang nur mit Mühe und unter Aufbietung romantischer Metaphern Jasmin davon abhalten können, sich auf eine der ausgeschriebenen Stellen zu bewerben. Diesmal wagte Wang es, sich bei den neueingestellten Sekretärinnen auf eine Kombination aus fachlicher Kompetenz und äußerer Ansehnlichkeit einzulassen.

Wangs Welthandel hatte eine Personalstruktur entwickelt, an deren Spitze der Chinese stand, gefolgt von einer Dorfbewohnerin, deren Wirkungsspielraum sowie Einfluss auf den Firmenbesitzer schwer einzuschätzen war. Die nächste Hierarchieebene bildeten die anderen Einheimischen, unter denen den »Männern der ersten Stunde«, Benny, Helmut, Schnucki und auch Zoppo, einige Freiräume zugestanden wurden. Dann war da noch der bulgarische Lagerarbeiter und T-Shirt-Bedrucker, zu dem der Rest der Belegschaft keinen engeren Kontakt pflegte (weil es ihn selbst nicht danach verlangte, hieß es), und schließlich gab es noch die Leute, die niemand im Dorf kannte und die, wenn sie überhaupt Deutsch sprachen, dies zumeist mit einem starken slawischen Akzent taten. Diese Gruppe tauchte, in wechselnder Größe und Besetzung, nur dann auf, wenn es viel zu be- und entladen oder ein- und auszupacken gab. Keiner wusste, wo und wie Wang diese Leute akquirierte, und wie es ihm gelang, sie immer punktgenau dann vor Ort zu haben, wenn so viel Arbeit anfiel, dass sie von der Stammbelegschaft allein unmöglich zu bewältigen war.

Jasmin tauchte gelegentlich in einem der beiden Firmengebäude auf – in demjenigen, in dem Wang sich gerade aufhielt natürlich –, um ihm selbstgemachte belegte Brote und eine Thermosflasche Tee vorbeizubringen, wohl um gegenüber den jüngeren Welthandel-Mitarbeiterinnen die Ansprüche klarzustellen, die von ihrer Seite aus auf Wang bestanden.

Jasmin hätte sich keine Sorgen wegen der gutaussehenden jungen Mitarbeiterinnen machen müssen. Wang hatte sich den Ruf eines vorbildlich fleißigen, freundlichen, wenn auch strengen Chefs erworben, der sich dem weiblichen

Personal gegenüber zwar charmant zeigte, sich aber jederzeit korrekt verhielt. Die neuen Sekretärinnen himmelten ihn an. Er nutzte das nicht aus. Eher Sorgen hätte Jasmin sich wegen des schleichend wachsenden Einflusses machen sollen, den Fräulein Martini auf Wang ausübte. Ruth Martini nahm einige Dinge in die Hand, die nicht in den Zuständigkeitsbereich einer Sekretärin fielen, ja nicht einmal – die Funktion war inzwischen offiziell – in den einer Chefsekretärin. So entschied sie zum Beispiel, Wang müsse, wo er doch inzwischen ein in China anerkannter Weinhändler sei, selbst zum Weinkenner werden.

Ruth Martinis Tante mütterlicherseits hatte in einen renommierten Winzerbetrieb an der Nahe eingeheiratet. Ruth hatte seit früher Kindheit bis zum Abitur fast die kompletten Ferien bei ihren Verwandten im Weingut verbracht, und dabei nicht nur das Verkosten gelernt, sondern auch umfassende Kenntnisse über den Weinanbau und die Herstellung dieses edlen Getränks erworben. In ihrer Jugendzeit war sie sich nie zu schade gewesen, bei jeglichen Arbeiten im Weingut ihrer Tante mit anzupacken. Viel Zeit hatte sie angeblich mit ihrem gleichaltrigen Cousin im Weinkeller verbracht. Der Cousin brachte es zum erfolgreichen Kellermeister, und obwohl Ruth beruflich eine andere Richtung einschlug, darf sie durchaus als ausgewiesene Weinkennerin gelten (sie war bei verschiedenen Gelegenheiten in Wein-Jurys an Saar und Ruwer berufen worden).

Sie übernahm also Wangs Erziehung zum Weinexperten. Anfangs zeigte er sich widerspenstig. Es widerstrebte ihm, Wein, den man schon im Mund hatte, nicht schlucken zu dürfen, dann aber tat er das, wofür er inzwischen bekannt war: Er lernte schnell. Ruth Martini fuhr mit ihm in verschiedene

Weinberge, machte ihn mit den einzigartigen Hanglagen der Moselregion sowie mit den Besonderheiten des Schieferbodens vertraut. Sie meldete ihn sogar für Wein-Workshops an, auch für solche, in denen man lernte, wie Wein angebaut wurde, und einmal arbeitete er sogar – gemeinsam mit der Martini– für ein paar Tage an der Obermosel in der Weinlese.

Die Häkelfrauen diskutierten – in Anwesenheit von Jasmin –, ob es ratsam sei, Wang mehrere Tage mit Ruth alleine im Weinberg zu lassen (dabei konnte von »allein« keine Rede sein, an der Lese nahmen ein Dutzend Helfer teil). »Was da alles passieren kann«, gab Mohrsch Annhild zu bedenken. Die Frauen stellten sich Wang in einem durchgeschwitzten weißen Leinenhemd im Weinberg vor, auf sonnenerwärmtem Schiefer sitzend, um sich von den Anstrengungen der körperlichen Arbeit auszuruhen, und in der Reben-Reihe neben ihm arbeitete die Martini sich gezielt zu ihm vor. Jasmin wollte das gar nicht hören.

»Was würde er schon zu sehen kriegen, wenn er zwischen den Rebstöcken durchschaut?«, erlöste Tante Berta Jasmin schließlich. »Dürre Beine, die er kaum von den Wingertspfählen unterscheiden könnte.«

»Und Brüste nicht größer als Rieslingtrauben«, fügte Annhild hinzu.

Es passierte natürlich nichts im Weinberg, außer dass Wang sich seinen langen Fingernagel abbrach (er ließ ihn nach der Weinlese gleich wieder nachwachsen) und dass er tatsächlich viel über Wein lernte. Ruth Martini nahm für sich in Anspruch, ihn zu einem echten Weinkenner ausgebildet zu haben.

Und aufgrund dieser Spezialkenntnisse sollte Wang in ein Geschäft mit verhängnisvollen Auswirkungen gedrängt werden. Mir erzählte er von dem Projekt erst, als das Team für den Sonderauftrag bereits feststand – in seinem Kopf zumindest.

»Oha«, war meine erste Reaktion, als ich gehört und verstanden hatte, was er plante. »Und du sagst, eine Person brauchst du noch für das Spezialteam. Hast du da eventuell an Jasmin gedacht? Sie würde dort bestimmt Eindruck schinden.«

»Nein, auf keinen Fall. Das könnte fatale Folgen haben«, sagte er. »Sie darf auf keinen Fall dabei sein. Ich habe meine Gründe, glaub mir. Nein, bei der letzten Person, die ich im Spezialteam dabeihaben will, hatte ich an jemand anderen gedacht.«

»An wen?«

»An dich.«

»Mich? Wieso? Als was sollte ich denn dabei sein?«

Er zögerte einen Augenblick, schließlich sagte er: »Als älterer, väterlicher Ratgeber.«

»Ich bin froh, dass wenigstens du mitfährst«, vertraute sich Jasmin mir an. Das tat sie inzwischen öfter: sich mir anvertrauen. Sie war der Meinung, ob zurecht kann ich nicht sagen, ich übe einen positiven Einfluss auf Wang aus. »Es ist eigentlich eine Unverschämtheit, dass er mich zu dieser Geschäftsreise nicht mitnimmt.«

»Wir sind doch nur ganz kurz weg, und … eigentlich fährst du doch nie weg aus…«

»Versuch nicht, mir einzureden, ich soll das auch noch gut finden, dass der Kühlschrank mitdarf und ich nicht.«

»Von mitdürfen würde ich nicht sprechen, das ist sozusagen eine Dienstreise. Wang selbst hat mir gesagt, dass er nicht sonderlich von dieser Projektidee begeistert ist und dass er die Sache so schnell wie möglich hinter sich bringen will.«

Das besänftigte Jasmin nur unwesentlich. »Warum macht er es dann überhaupt?«

»Wegen der fast sechsstelligen Gewinnspanne?«, schlug ich vor.

»Wenigstens bist du mit dabei«, wiederholte sie nochmal. »Du musst auf ihn achtgeben.«

»Achtgeben wobei? Dass bei diesem Geschäft alles glattläuft? Davon habe ich von allen, die mitfahren, am wenigsten Ahnung, und das will schon etwas heißen. Helmut und Schnucki sind dabei. Und Zoppo.«

»Eben, wozu hat er dich dann noch mit ins Team genommen und nicht mich?«

Von Wang hatte ich gelernt, dass man manchmal eine Frage am besten unbeantwortet ließ. »Mach dir keine Sorgen, Jasmin, natürlich passe ich auf.« Auf Wang? Der kann gut selbst auf sich aufpassen.

»Ich will, dass du mir danach alles erzählst. Haarklein! Versprochen?«

»Versprochen. Jetzt reg dich nicht auf.«

Jasmin schmollte weiter: »Weißt du, es wäre leichter für mich, wenn wir … also Wang und ich … also, wenn es irgendwie offizieller mit uns …«

»Inzwischen weiß doch sowieso das ganze Dorf, dass ihr zusammen seid.«

»Eben. Warum macht er es dann nicht offiziell? Was alle wissen, ist lediglich, dass Wang mehrmals pro Woche die Nacht bei mir verbringt.«

»Und dass ihr zusammen im Kegelklub seid und im Chor.«

Mir wurde, als ich das sagte, selbst klar, dass das nicht unbedingt Symbole einer engen Beziehung waren.

»Ich will einen Ring«, sagte sie unvermittelt. Ihre Oberlippe zitterte. »Oder von mir aus sonst etwas. Etwas, dass in China klarstellt, dass man es ernst meint.«

»Du willst die Verlobung?« So klar ausgesprochen kam es mir irgendwie geschäftsmäßig vor. Jasmins Blick schien zu fragen: »Kannst du da nichts machen, Johann? Mal vorfühlen?« »Ich bin froh, dass wenigstes du mitfährst«, wiederholte sie zum drittem Mal.

»Und Benny kommt nicht mit?«, fragte Zoppo, als wir uns zur ersten Besprechung trafen. »Den kann man doch immer gebrauchen.«

»Unsere Delegation soll nicht zu groß werden. Außerdem hat Benny viele Fahrten in der Zeit zu erledigen, in der wir weg sind. Das Geschäft hier vor Ort muss weiterlaufen.«

Wir saßen im Besprechungsraum der alten Fleischfabrik. Die Tür stand offen. Es war ruhig im Gebäude. Es war Samstagnachmittag. Die Martini betrat den Raum mit einer Aktenmappe unterm Arm. Sie schloss die Tür hinter sich. Helmut, Schnucki und Zoppo sahen sich gegenseitig an. »Kommt die etwa auch mit?«, schienen ihre Blicke zu fragen. Für Wang war das wohl so selbstverständlich, dass er seine Mitarbeiter vor der ersten Besprechung gar nicht darüber informiert hatte.

Ruth Martini verteilte Blätter, auf denen wichtige Informationen zusammengefasst waren, unter anderem konkrete Verhaltensanweisungen und die Aufgabenverteilung.

»Muleweilete macht einen Sprung!«, begann Wang, und

in seiner Stimme klang etwas Feierliches. »Es mag zunächst noch ein kleiner Sprung sein, aber ein Sprung.«

Wang sprach nicht gleich weiter, wohl um seinen ersten Satz wirken zu lassen. Die Wirkung blieb allerdings aus. Zoppo, Helmut und Schnucki dachten sicher: »Wovon redet er da?«

Wang schien dies zu bemerken und wurde konkreter. »Euer Dorf, die ganze Region, war jahrhunderte lang eine Produktionsgesellschaft. Wangs Welthandel produziert nicht, normalerweise jedenfalls nicht, sondern betreibt Handel. Eine der Säulen des Unternehmens ist, wie ihr wisst, der Weinhandel. Unser größter Kunde allein bestellt für Restaurants in Shanghai inzwischen Wein im Wert von mehreren zehntausend Euro pro Jahr. Und er will dieses Geschäft weiter ausbauen. Ich weiß bald nicht mehr, wo ich noch mehr guten Wein herkriegen soll.« Wir nickten. Das war eine der wenigen Fakten, die allen in der Firma, sogar den meisten im Dorf bekannt war. »Nun war dieser Kunde, ein Milliardär, der ursprünglich aus der Provinz Shandong stammt, kürzlich hier zu einem Geschäftsbesuch.« Wir sahen uns an. Es war ein Milliardär im Dorf gewesen und keiner hatte es mitbekommen? Ob man einem chinesischen Milliardär wohl ansieht, dass er steinreich ist? »Ihm hat es hier sehr gut gefallen: das Heimspiel des VfL vorletzte Woche im Allerswaldstadion – da hat ihm vor allem der Ausraster von Kurzschluss Marko imponiert, als wir in der Schlussminute noch den Ausgleich kassierten und Marko dem Schiedsrichter mit Vergeltungsmaßnahmen drohte, die ich mich kaum ins Chinesische zu übersetzten traute.« Wir lachten. »Aber auch die Runde auf der Kegelbahn, das frisch gezapfte Sankt Zeggels sowie der Blick von oben von den Windrädern runter ins Tal und aufs Dorf, das alles hat unseren chinesischen Geschäftspartner beeindruckt.«

Wir hatten erst kürzlich mitbekommen, dass Wang mit dem 9-Sitzer-Bus seine Chinesen auf einen der umliegenden Hügel fuhr und sie auf das satte Grün und die soliden roten Ziegeldächer schauen ließ. Wir konnten uns nicht vorstellen, wieso dafür auch nur fünf Minuten verschwendet wurden.

»Vor allem aber«, fuhr Wang fort und uns war klar, dass er endlich zur Sache kommen würde, »hat der Shanghaier aus Shandong sich für eine Sache interessiert, ich will beinahe sagen Hals über Kopf verliebt, die nicht direkt hier im Dorf zu finden ist, sondern eine halbe Autostunde von hier entfernt. Ich bin nämlich mit ihm und seiner Delegation zu einer Weinprobe ins Ruwertal gefahren, und dort haben es ihm die steilen, schieferglänzenden Weinberge angetan. Nicht nur die dortigen Weine, ich meine tatsächlich die Weinhänge. Nun möchte er einen haben.« Wang machte eine Pause.

»Einen was haben?«, fragte Zoppo sicherheitshalber nach, obwohl er richtig verstanden hatte.

»Einen Weinberg«, antwortete Wang geduldig. »Einen eigenen Ruwer-Weinberg. Einen echten. Mit viel Schiefer. Er liebt den mineralischen Geschmack des Ruwer-Rieslings.«

»Nun gut«, ergriff Helmut, der bisher ungewöhnlich still gewesen war, das Wort, »soll er seinen Ruwer-Weinberg haben. Alles eine Frage des Preises, oder? Aber wie kommen wir da ins Spiel? Brauchst du uns als Schläger- oder Einschüchterungstrupp, falls kein Winzer im Ruwertal seinen Wingert verkaufen will? Wie bei der Mafia? Dafür sind Schnucki und ich die Falschen. Nix für ungut, Wang. Und Johann? Was soll der dabei. Ich verstehe nicht…«

Wang hob die Hand, wie er es manchmal tat, wenn er Helmuts Redeschwall zu stoppen gedachte. Tatsächlich reagierte Helmut inzwischen darauf und hielt dann die Klappe.

»Ich fürchte, ich habe mich nicht deutlich genug ausgedrückt. Der Kunde will keinen Wingert im Ruwertal kaufen. Er will einen Original-Ruwerweinberg ...«, Wang holte tief Luft, »für zuhause. In seiner Heimatprovinz. Er will, dass wir ihm einen Ruwertal-Weinberg nach Shandong liefern.«

Wang nannte den genauen Ort, wo das sein sollte, aber wir verstanden den Namen nicht, was auch nicht nötig war, denn schon von Shandong wusste keiner von uns, wo oder was das war, und außerdem hörten wir nicht mehr richtig hin, weil wir loslachten. Zuerst Zoppo und Helmut, dann auch Schnucki, als er sah, wie Helmut sich vor Erheiterung schüttelte, und schließlich konnte auch ich mich nicht mehr zurückhalten. Ich hatte vorher ein paar Informationen mehr als die drei anderen – nicht so viele wie die Martini, war mein Eindruck, denn sie blieb ganz ernst und schien kein bisschen überrascht – aber als ich hörte, worum genau es ging, lachte auch ich und meinte zu Wang: »Also ehrlich Wang, ich habe schon davon gehört, dass romantische Schlösser, alte Burgruinen und so ein Kram in Europa ab- und in Amerika wieder aufgebaut worden sind, Stück für Stück wie ein Puzzle. Aber ein Weinberg, wie soll das denn gehen?«

»Ihr habt mich immer noch nicht verstanden: Selbstredend tragen wir nicht im Ruwertal einen kompletten Weinberg ab – obwohl das ginge, theoretisch, und zwar wahrscheinlich leichter als bei einer Burgruine. Aber wie sähe das denn aus? Also wirklich, einen kompletten Weinberg aus der schönen Landschaft rausgraben. Das wünscht unser Geschäftspartner keinesfalls. Nein, der Shanghaier will nur einen kleinen Weinberg, ein knapper Hektar reicht ihm fürs erste. Er will einen nagelneuen Weinberg. Einen wie im Ruwertal, nur eben in Shandong.«

Wir kicherten weiter wie Schuljungen, die einen schmutzigen Witz gehört hatten. Nur Zoppo wurde abrupt ernst. »Kein Problem, Boss«, sagte er, und seine Stimme hatte etwas von Wangs Pathos angenommen. »Einen Schiefer-Weinberg für China? Den bau ich dir.«

15

»Mit der Martini kann er dort keinen Eindruck schinden«, hatte Jasmin vor der Abreise zu mir gesagt. Es sollte bald klar werden, dass sie sich darin gehörig täuschte.

Wesentlich dazu beigetragen, dass Jasmin es locker nahm, nicht mit nach China zu dürfen, hatte sicher der Ring, den Wang ihr wenige Tage vor der Abreise schenkte. Einer mit einem ordentlichen Brillanten. Er habe sie »meine Holde« und gar »Liebste« genannt. Heiko und dessen Vorgänger hätten deutlich prosaischere Bezeichnungen verwendet, wenn es darum gegangen wäre, die Möglichkeit einer dauerhaften Beziehung anzudeuten. Jasmin gab mir gegenüber zwar zu, dass von Seiten Wangs das Wort Verlobung nicht explizit gefallen war. Jedoch gab die Tatsache, dass sie, gleich nachdem Wang ihr den Ring an den Finger gesteckt hatte, gemeinsam Jasmins Mutter besuchten, Anlass zur Hoffnung, Wang plane langfristig. Jasmins Mutter wusste den potenziellen künftigen Schwiegersohn dadurch zu begeistern, dass sie das Thema ansprach, wie gerne sie ein zweites Mal Großmutter werden würde – Jasmins jüngere Schwester war verheiratet und hatte schon Nachwuchs – und dass es für Jasmin an der Zeit sei, ans Kinderkriegen zu denken. Wang musste nichts tun, als den Ausführungen zum Thema Kinderwunsch der Mutter beizupflichten. Auch Jasmin versäumte es nicht, darauf hinzuweisen, wie sehr sie sich ein Kind wünschte und dass sie dafür nur den richtigen Mann an ihrer Seite bräuchte.

Jasmin schenkte Wang, der auch in seiner Freizeit so seriös gekleidet war, als stünde er kurz vor einem Geschäftsabschluss, noch vor der Abreise nach China eine braune Wildlederjacke, die ihn geradezu verwegen aussehen ließ. Wang zeigte sich begeistert darüber, dass die Jacke wie angegossen passte. »Ya Si Min kennt meine Körpermaße so gut«, meinte er zu mir, »dass sie mir Kleider kaufen kann, ohne dass ich dabei sein muss. Das ist ein wunderbares Geschenk von ihr.« Er nahm die Lederjacke mit nach China, aber außer an einem Abend trug er sie dort nie. Bei uns im Dorf allerdings konnte man daran, dass er die Jacke trug, zweifelsfrei erkennen, dass er sich im Feierabendmodus befand.

Für das Wochenende nach der Rückkehr aus China hatte Wang Jasmin ein Wochenende in einem romantischen Hotel in der Eifel versprochen. »Vielleicht, um dann über eine offizielle Verlobung zu sprechen«, mutmaßte Jasmin.

»Wirst du deinen Eltern sagen«, hatte sie ihn gefragt, »dass du in Deutschland in einer festen Beziehung lebst und dass du planst, vielleicht Kinder zu haben, irgendwann? Wirst du deine Eltern besuchen können, wenigstens kurz, wenn du sowieso in China bist?«

»Dafür ist es leider zu spät! Meine Eltern sind beide schon gestorben. Mein Vater war erst Mitte fünfzig, als er bei einem Unfall starb, und auch meine Mutter haben wir schon vor Jahren begraben. Zu ihrer Beerdigung war ich das letzte Mal in China. Da war ich noch Student.«

»Oh, das tut mir leid«, war alles, was Jasmin dazu sagen konnte. Sie merkte, dass Wang nicht bereit war, mehr über seine Familie zu erzählen.

Mir hatte Wang bereits vor längerem erzählt, dass beide Eltern tot sind, sowie auch Mai Lin, die Frau seines Onkels Chongan, die wie eine Mutter für ihn gewesen war. Es schmerzte ihn sehr, dass Mai Lin nicht mehr da ist.

Ich war nicht sicher, ob Wang wusste, dass er sich schon halb verlobt fühlen sollte. Also fragte ich ihn zwei Tage vor der Abreise, als er zum »Mah Yen« bei mir vorbeikam, warum er Jasmin den Brillantring geschenkt habe.

»Damit sie sich beruhigt. Damit sie nicht denkt, ich hätte eine Braut in China. Und damit sie etwas zum Vorzeigen hat. Bei ihren Freundinnen hier im Dorf. Ya Si Min hat es nicht einfach. Ich glaube, sie leidet darunter, dass sie eine Shengnü ist.«

»Eine was?«

»Shengnü. Ein Überbleibsel. Ihre jüngere Schwester ist schon seit ein paar Jahren verheiratet und hat ein Kind. Bei uns werden Frauen, die mit Ende zwanzig noch keinen Mann abbekommen haben, als ›Übriggebliebene‹ bezeichnet.«

Ich überlegte, ob ich zwei Irrtümer aufklären sollte, die hier offensichtlich vorlagen. Erstens, dass Jasmin noch keinen Mann abbekommen hatte traf nun nicht gerade zu. Es war eher schwierig, den Überblick zu behalten, wie viele das wohl schon gewesen sein mochten. Und zweitens, dass Wang immer noch nicht über Jasmins genaues Alter in Kenntnis gesetzt worden zu sein schien. Er schätzte sie offenbar mindestens fünf Jahre jünger, als sie tatsächlich war. Schließlich sagte ich nur: »Ehrlich gesagt, Wang, hat sie ihren 30. Geburtstag bereits gefeiert … kürzlich«, fügte ich rasch hinzu, um der genaueren Nachfrage aus dem Weg zu gehen, wie kürzlich genau das gewesen war. »Sie hat eben auf den Richtigen gewartet. Um zu heiraten, meine ich.«

Wang strahlte, sagte aber: »Mit dem Heiraten, das müssen wir erst noch abwarten.«

»Worauf willst du warten? Am Ende schnappt sie dir noch ein anderer weg. Bei uns zählen so verdammt gutaussehende Frauen nicht als Überbleibsel, nicht einmal, wenn sie schon … dreißig sind. Wenn du sie liebst, zögere nicht länger.«

»Niemand wird sie mir wegschnappen. Sie zeigt überall stolz den Ring. Ja, ich finde sie wunderschön. Große Augen und große Brüste, aber kleine Füße – eine wunderbare Kombination, und«, schwärmte er weiter, obwohl ich lachte, »diese wunderbar zierliche Nase, zugleich hoch und doch dezent. Und dann dieser süße, kleine Mund, die feinen, vollen Lippen. Die wallenden Locken muss ich gar nicht erst erwähnen, und vor allem: ihre alabasterhelle Haut! Ya Si Min kommt zwar nicht aus einer hervorragenden Familie und reich ist sie auch nicht, aber das ist nicht nötig, reich werde ich selber. Mein Sohn soll einmal eine Million Startkapital zur Verfügung haben. Mindestens. Meine Frau muss einfach nur mit mir zusammen reich werden wollen. Das genügt. Entscheidend ist für mich die Frage, ob sie es mit dem Kinderkriegen wirklich ernst meint. Ich muss bald eine Familie gründen.«

»Sagt wer?«

»Sagt Onkel Chongan, der selbst keine Kinder hat. Aber er hat ja mich. Mai Lin und Onkel Chongan waren wie richtige Eltern für mich. Ich verdanke ihnen viel. Mai Lin hätte sich riesig gefreut, wenn sie es noch erlebt hätte, dass ich Vater werde.«

»Würde Onkel Chongan nicht lieber eine chinesische Frau an deiner Seite sehen?«

»Chongan ist ein modern denkender Chinese. Vor allem aber will er, dass ich glücklich bin. Mit welcher Frau ich die nächste Generation gründe, ist ihm egal, Hauptsache, es geht weiter. Und von meinem Bruder ist höchstwahrscheinlich nichts zu erwarten, was die Gründung einer Familie betrifft.«

»Du hast einen Bruder?«

»Ja, einen älteren Bruder.«

»Ist der auch bei Onkel Chongan aufgewachsen?«

»Nein, eben nicht, sondern bei meinen Eltern. Deshalb musste ich zu Onkel Chongan und seiner Frau Mai Lin, die keine Kinder hatten, was sich als großes Glück für mich erwies. Denn meine Eltern hatten schon einen Sohn und hätten mich eigentlich gar nicht kriegen dürfen. Es wäre sie teuer zu stehen gekommen, wenn sie mich behalten hätten. Aber so war es für alle Beteiligten eine Win-win-Situation. Bist du bereit für die Reise, mein Freund?«

Es war klar, dass er das Thema Familie damit für beendet hielt. Aber ich ließ ihn noch nicht vom Haken: »Soso, du wünschst dir also ein Kind, und zwar am besten schon recht bald. Na, was hättest du denn am liebsten, einen Sohn oder ein Töchterchen?«

»Ein Sprichwort, das ich hier gelernt habe und das ich sehr schätze, lautet: ›Egal was es wird, Hauptsache der Junge ist gesund.‹«

Wir hatten keine Ahnung, wo genau wir hinfuhren. »Wir fahren nach China«, sagten Zoppo und Helmut, als sei das ähnlich präzise wie »in die Vogesen« oder »nach Ostfriesland«. Ich hatte mir immerhin gemerkt, dass die Provinz Shandong hieß und dass unser Bestimmungsort ganz im Süden dieser Provinz lag. Den genauen Namen des Ortes konnte ich mir nicht merken. Shang Ting oder so ähnlich. Ich wusste lediglich, dass wir nicht in eine größere Stadt fuhren, sondern in eine eher ländliche Gegend.

»Ländlich, aber modern und aufstrebend«, meinte Wang, »dort wird viel gebaut. Alles wächst.« Die Provinz Shandong hat mehr Einwohner als Deutschland, wenn ich das richtig verstanden hatte, also verknüpfte sich eine falsche Vorstellung mit dem Wort »Provinz«, wenn man es auf China anwendete. Helmut erzählte vor der Abreise bei Zeggels: »Wir fahren nach Shingdang, das ist eine Provinz, also sowas wie die Eifel, denke ich, oder die Pfalz.«

Außer Wang kannte nur Ruth Martini unser exaktes Ziel, wusste, wo wir wohnen und wo genau wir zum Arbeitseinsatz kommen würden. »Eigentlich ist das Klima dort eine Spur zu mediterran für Riesling«, vermutete sie auf unserer ersten Team-Besprechung, »aber mal sehen, vielleicht ist doch etwas zu machen.« Wir dachten, sie spiele sich nur auf.

»Machen Sie sich deswegen keine Gedanken«, sagte Wang, »Die wollen einen Weinberg, sie kriegen einen Weinberg.«

Wang sagte mir, in der Region Chinas sei er zuvor auch noch nicht gewesen. Ich fragte ihn, ob er die kurze Zeit, die wir dort seien, nutzen wolle, um seinen Onkel zu besuchen, oder seinen Bruder?

»Das wird nicht gehen, diesmal nicht, wir sind nicht lange genug dort und Onkel Chongan wohnt zu weit entfernt. Es wird keine Zeit bleiben, keine Freizeit, wir arbeiten jeden Tag, auch am Sonntag. Ich mache mir Sorgen, ob wir das alles in der kurzen Zeit hinkriegen. Nur wenn wir den Weinberg komplett anlegen, bekommen wir die volle Summe, und nur dann machen wir einen ordentlichen Gewinn. Und dann kriegt ihr alle einen Bonus.« Er versuchte uns mit der Aussicht auf einen Tausender extra für jeden – neben der sowieso schon guten Grundvergütung für das Weinberg-Projekt – zusätzlich zu motivieren.

Dabei hatten wir gerade einmal zehn Tage, die wir vor Ort sein würden. Wie sollte das gehen, auch wenn dieser Weinberg, so war inzwischen vertraglich vereinbart worden, lediglich einen dreiviertel Hektar groß werden sollte, also etwa so groß wie das Fußballfeld im Allerswaldstadion? Dem chinesischen Geschäftspartner ging es zunächst einmal um eine Experimentier- und Vorzeigefläche. Die musste funktionieren. Die großen Flächen, hunderte von Hektar, vielleicht tausend, kämen dann später.

»Das machen dann andere. Wir kriegen nur den Auftrag für den Prototyp«, erklärte Wang, »Da müssen wir zuschlagen. Den Rahm abschöpfen, wie der Deutsche sagt. Wenn alles klappt wie geplant, macht Wangs Welthandel dabei fast hunderttausend Euro Reingewinn.«

Wenn alles reibungslos klappen soll, dachte ich insgeheim, wieso nimmt er dann Helmut und Schnucki und Zoppo mit, und mich?

Auch ich musste am China-Training teilnehmen. Zweimal pro Woche gab es abends neunzig Minuten interkulturelles Training. Das war nicht das »technische Training«, also die Vorbereitung auf die eigentliche Arbeit. Da wussten Zoppo, Helmut und Schnucki, was sie zu tun hatten. Beim interkulturellen Training ging es darum, dass wir nicht alle zwei Minuten einen Chinesen beleidigten, oder wegen Erregung öffentlichen Ärgernisses eingesperrt wurden. Wang wollte sichergehen, dass wir ihm nicht das Geschäft verdarben. Helmut und Zoppo mussten zum Beispiel lernen, Wang beim Einsatz nicht jovial auf die Schulter zu klopfen, wie sie es schon mal taten, wenn Wang auf der Bundeskegelbahn alle acht und noch einen abräumte.

»Falls wir uns in China danebenbenehmen sollten«, schlug Helmut vor, »sagen wir denen nicht, aus welchem Dorf wir genau kommen, sondern behaupten einfach, wir seien aus Eiweiler.«

»Das wird sicher helfen«, gab ich zu bedenken, »wo doch etliche Markennamen von Wangs Welthandel verraten, dass sie aus Muleweilete kommen.«

»Sag mal«, wechselte Zoppo das Thema, »wieso müssen wir den ganzen Quatsch hier eigentlich lernen? Wer wen ansprechen darf, auf wen ich wann wie reagieren muss, wenn er mich bei der Arbeit anlabert und was wissen will … der Chinese an sich ist doch unkompliziert und verträglich. Sieht man doch an dir, Wang. Fleißig und pragmatisch. Sind deine Landsleute nicht alle so wie du? Oder wenigstens die meisten?«

»Du meinst, ob nicht alle 1,3 Milliarden so sind wie Wang, sondern, sagen wir mal, nur 1,1 Milliarden?«, schlug ich vor, um Zoppo vor Augen zu führen, wie absurd seine Frage war.

Aber Wang beantwortete sie geduldig: »Über Chinesen kann ich dir so viel sagen, Zoppo: Kennst du einen ... kennst du *einen*. Die sind genauso unterschiedlich wie die Leute bei euch. Für den Auftrag, den wir zu erledigen haben, müssen wir nicht das Wesen der Chinesen an sich ergründen; konzentrieren wir uns lieber auf die paar wenigen, mit denen wir es zu tun haben werden.«

An den Tagen vor der Abreise konnte Helmut sich nirgends blicken lassen, ohne sich fragen lassen zu müssen: »Na, Helmut, ist Horst schon reisefertig gepackt?« Helmut hatte extrem wenig gepackt. Seine Herrenhandtasche der Marke Horst stellte tatsächlich sein einziges Handgepäck dar. Vor Aufregung übergab Helmut sich am Morgen vor dem Abflug ein paarmal. Er war zuvor noch nie geflogen. Das galt auch für Zoppo und Schnucki, aber denen schien das nichts auszumachen. Helmuts bisherige Auslandserfahrung bestand bislang in einem Tagesausflug in die belgischen Ardennen sowie einigen Camping-Wochenenden am Diefenbacher Weiher. Das ist in Lothringen, von wo man notfalls mit dem Fahrrad wieder zurück über die Grenze nach Hause fahren konnte. Diese Auslandserfahrung übertraf die von Schnucki gehörig. Der verließ, außer anlässlich der jährlichen OGV-Vereinsfahrt, das Dorf nie. Dennoch war er nicht sonderlich aufgeregt. Weg war weg. Ob ein Wochenende auf der Landesgartenschau in Koblenz oder zehn Tage zum Weinbergbauen in China, das machte für ihn keinen großen Unterschied. Schnucki verspürte keine Notwendigkeit, sich mental auf die Reise vorzubereiten. Nicht einmal packen musste er. Das machte seine Mutter für ihn. Sie machte immer alles für ihn: Kochen, Waschen, Putzen, denn der Junge war erst 46 und hatte noch keine Frau.

Zoppo machte in den Wochen vor der Abreise alle mit seinem Gerede über das Essen verrückt. Was, wenn dort kein ordentlicher Lyoner aufzutreiben war? Und gab es in China überhaupt Kartoffelsalat, und falls ja, musste man den dann mit Stäbchen essen? Wang versprach Zoppo, er würde das Essen in Shandong lieben, aber Zoppo blieb skeptisch. Ansonsten, so wurde Zoppo nicht müde mit unüberhörbarem Stolz zu betonen, sei er auf seine Spezialaufgabe hervorragend vorbereitet. Er sah das Projekt eher wie einen minutiös geplanten Banküberfall. Manchmal sprach er sogar von »Wang's Five« (er zählte den Kühlschrank also tatsächlich mit) oder »Wang Fei und seine Bande«.

Lediglich Fräulein Martini verfügte bereits über Fernost-Erfahrung. Sie hatte ihren Urlaub schon einige Male in Thailand verbracht. Bestimmt, um sich mit jugendlichen Liebhabern zu vergnügen, hatte nicht nur Heiko gemutmaßt. Mohrsch Bärbel meinte, das sei Unsinn, die Martini vermeide bei ihren Thailand-Reisen das sündige Bangkok und verbringe ihre Ferien lieber auf der Insel Koh Samui, wegen der schönen Strände dort.

»Am Strand gibt es auch jugendliche Lover«, behauptete Heiko.

Ob oder wie sehr Wang der Reise nach China entgegenfieberte, kann ich nicht sagen. Als ich ihn fragte, wie es sich anfühle, nach längerer Zeit wieder in die Heimat zu reisen, sagte er: »Shandong ist nicht meine Heimat.« Und er fügte etwas hinzu, das mich überraschte: »Ich fühle mich hier viel mehr zuhause.«

Ich brauchte einen Augenblick, bis ich verstand, dass er damit tatsächlich unser Dorf meinte.

Und ich? Ich packte meinen Koffer im Bewusstsein, dass ich niemals aus eigenem Antrieb nach China gereist wäre. Ich interessierte mich nicht für Asien. Gespannt war ich darauf, wie es sein würde, Wang in China zu erleben. Ob er dort ein anderer war, sich anders benahm als bei Zeggels auf der Kegelbahn? Anders als beim nachmittäglichen »Mah Yen« oder beim Nach-der-Arbeit-Bier? Ich würde ihn zum ersten Mal im Umgang mit seinen Landsleuten erleben – also richtig erleben, nicht nur mit den Geschäftspartnern, die kurz ins Dorf kamen und im Minibus vorbeifuhren und mit denen keiner von uns je ein Wort gewechselt hatte. Ich würde Wang zum ersten Mal Chinesisch sprechen hören.

Natürlich konnte ich auch das Geld gut gebrauchen, das Wang mir dafür zahlte, den weisen alten Mann zu geben und darauf aufzupassen, dass Zoppo, Helmut und Schnucki nicht aus dem Ruder liefen. Denn das war die mir zugedachte, wenn auch nicht offiziell ausgesprochene, Hauptaufgabe. »Und wer kümmert sich um den Kühlschrank? Hat die kein interkulturelles Gefährdungspotenzial?«, fragte ich Wang im Scherz.

»Frau Martini weiß genau, was zu tun ist, auf die muss niemand achtgeben. Aber die anderen, vor allem Zoppo, hören nicht auf sie, wenn sie ihnen etwas sagt. Auf dich dagegen schon. Sie werden essen, was du isst, erst dann Alkohol trinken, wenn du Alkohol trinkst, sich zum Schlafen zurückziehen, wenn du dich zum Schlafen zurückziehst, und zur Arbeit erscheinen, wenn sie wissen, dass du ebenfalls dort sein wirst.«

»Überschätzt du da nicht meinen Einfluss auf die Jungs?«

»Nein, du unterschätzt dich und deinen Einfluss auf die Jungs. Du bist ein ernsthafter Mensch, und das wissen sie. Was meinst du, wovor die sich am meisten fürchten?«

Ich musste nur kurz nachdenken: »Davor, dass ich nach unserer Rückkehr bei Zeggels oder im Löwenhof erzähle, einer von uns habe das Dorf bei den Chinesen blamiert.«

»Richtig. Und deshalb will ich dich unbedingt dabeihaben. Dann weiß ich: Du wirst verhindern, dass sie uns blamieren.«

»Hoffentlich liegst du mit dieser Einschätzung richtig.«

»Das tue ich, ganz sicher. Du musst mir versprechen, immer gut aufzupassen. Auf uns alle. Auch auf mich.«

Ich lachte, weil ich dachte, er scherze.

16

Der Flug war unspektakulär. Die Weiterfahrt vom Flughafen zu unserem Bestimmungsort ebenfalls. Der Milliardär aus Shanghai hatte einen Bus für uns bereitstellen lassen. Es regnete die ganze Fahrt über. Wir fuhren ein paar Stunden, ich weiß nicht wie viele. »Wang, die haben dir auf dem Flughafen gar nicht deine Iris gescannt«, fing Helmut zu quasseln an. »Ich dachte, der Chinese an sich weist sich nur noch per Fingerabdruck und Augen-Iris-Scan aus, und dich haben sie anhand eines hundsgewöhnlichen Reisepasses reingelassen.«

»Euch doch auch.«

»Ja, aber wir sind keine Chinesen, uns hat noch keiner die Iris gescannt.«

Wang seufzte. »Für einige Chinesen besteht inzwischen die Möglichkeit, per Augenscan zum Beispiel zu bezahlen, ganz unkompliziert. Das gilt aber noch nicht für alle 1,3 Milliarden Einwohner. Außerdem habe ich die letzten Jahre durchgehend in Europa verbracht, bin praktisch Auslands-Chinese. Es wird wohl noch ein paar Jahre dauern, bis all diese altmodischen Reisepassdinger endlich elektronisch ersetzt sein werden.«

Helmut löcherte Wang mit weiteren Fragen: »Und ich hatte schon gedacht, die nehmen auch von uns gleich am Flughafen Fingerabrücke und scannen unsere Iris, damit immer klar ist, wo wir sind und was wir gerade anstellen.« Darum sorgte sich Helmut am meisten: dass er selbst oder sonst einer von uns sich danebenbenahm, dies dann herauskam und bis nach Hause, im Dorf, ruchbar wurde.

Ich meldete mich von hinten aus meinem bequemen Sitz, um ihn zu necken: »Aber Helmut, das bist du doch gewohnt, als guter Katholik. Wie heißt es in der Bibel: ›Herr, du erforschest mich und du kennst mich. Ob ich sitze oder stehe, du weißt es, du verstehst meine Gedanken von ferne. Ob ich gehe oder liege, so bist du um mich und siehst alle meine Wege‹. Das ist in China nicht anders als zuhause. Also versuche, nicht zu sündigen und ansonsten halten wir uns an deinen klugen Vorsatz, im Falle eines Danebenbenehmens zu verleugnen, wo genau wir her sind und stattdessen zu behaupten, wir kämen aus Eiweiler.«

Unser Ziel war ein Hotel am Rande der Kleinstadt, deren Namen ich mir nicht merken konnte, im Süden der Provinz Shandong. Wir fanden die Stadt gar nicht so klein. Für chinesische Maßstäbe sei sie das aber, meinte Wang.

»Der Geburtsort von Konfuzius ist gerade einmal 80 Kilometer von hier entfernt«, war eine der zahlreichen Informationen, die uns Wang im Laufe der Fahrt über die Gegend gab.

»So ähnlich wie bei uns«, prahlte Helmut. »Von uns aus sind es keine 60 Kilometer zum Geburtsort von Karl Marx.«

»Das kannst du nicht vergleichen«, war Zoppo sich sicher. »Dieser Konfuzius war doch ein Philosoph oder so, und der Marx nur Kommunist.«

Wang sah mich kurz an, also schlug ich vor: »Wir sollten die nächsten zehn Tage vielleicht das Thema Marx sowie sonst alle philosophischen Dispute zurückstellen und, sagen wir, für die erste Runde Pils aufheben, wenn wir wieder zurück bei Zeggels sind.« Mein Vorschlag wurde angenommen.

Das Hotel, in dem wir untergebracht wurden, war sehr neu und alles funktionierte tipptopp. Wir kamen so spät an, dass es an diesem ersten Abend, anders als an den meisten nachfolgenden, kein gemeinsames Essen mit einer Delegation unseres Auftraggebers gab. Aber obwohl wir so deutlich nach der Abendessenszeit ankamen, es war nicht weit vor Mitternacht, hatte man für uns im Speisesaal noch ordentlich warmes Essen aufgetischt. Aus mehreren Töpfen und Schüsseln roch es exotisch und Wang, der sich gleich von allem etwas auf den Teller lud, nickte mir auffordernd zu. Ich konnte gebratene Rindfleischstreifen sowie Hühnchen, in einer kräftig gelben Soße schwimmend, identifizieren, also häufte ich mir davon etwas auf den Teller sowie reichlich Reis und Glasnudeln als Sättigungsbeilagen. Die Martini probierte etwas aus noch köchelnden Töpfen, das scharf roch und reichlich Gemüsearten und Fischstückchen enthielt. Helmut, Schnucki und Zoppo probierten vom Rind und vom Huhn, mit reichlich Reis und Nudeln.

Zum Essen gab es chinesisches Bier, recht ordentliches. Wang hatte mich gebeten, dafür zu sorgen, dass beim Essen jeder von den Jungs höchstens zwei Bier trinkt. Es wurden dann zwar drei, aber das war okay. Es beschwerte sich niemand, als ich sagte: »Wird ein langer Tag morgen, Leute, lasst uns ins Bett gehen.«

Zoppo strich sich mit beiden Pranken zufrieden über seine Wampe. »Johann, du hast Recht. Ich bin satt und habe die nötige Bettschwere. Kost und Logis sind soweit in Ordnung. Wie es sich für Facharbeiter gehört. Wir werden hier als Experten behandelt, nicht als … wie nennt man nochmal diese asiatischen Tagelöhner, Johann?«

»Meinst du Kulis?«

»Genau, wir sind nicht als Kulis hier. So kann es von mir aus weitergehen.«

Gleich am ersten Tag stand der ganz große Auftritt bevor. »Das Schauspiel« nannte Helmut es und traf es damit recht genau. Der Bohrstock war das einzige technische Gerät, das wir nicht Wochen vorher verschifft, sondern im Flugzeug mitgenommen hatten. Er gehörte Helmuts Bruder Hartmut, dem Vater von Helmuts Neffen, der Gitarre in der Jugendclub-Band spielte und an der einen Hand längere Fingernägel hatte als an der anderen. Helmuts Bruder Hartmut war Geologe und arbeitete inzwischen als selbständiger Landvermesser. Der Bohrstock war für ihn entbehrlich, es handelte sich um ein altes Model, das rein mechanisch angewandt wurde. Hartmut verfügte inzwischen über neue, hochmoderne Bohrer und bewahrte den alten nur noch aus nostalgischen Gefühlen auf. Er freute sich, als er hörte, dass das Museumsstück in China zu einem echten Einsatz kommen sollte. »Eigentlich haben wir diesen Bohrstock zum Bestimmen von Radionukliden benutzt«, hatte Helmuts Bruder gesagt.

»Wird schon gehen«, hatte Zoppo gemeint und sich im Garten von Hartmut zeigen lassen, wie man den Stock in den Boden treibt. Und auch sonst hatten wir die komplette Vorführung bis ins Detail durchgeprobt.

Die Landschaft, durch die uns der Minibus am ersten Morgen zur Arbeit brachte, war unspektakulär: relativ flach, mit überschaubaren Hügeln, nicht allzu steil. Und alles recht grün. Wang schlug vor, auf der Fahrt vom Hotel zum Arbeitseinsatz doch gemeinsam etwas zu singen, vielleicht etwas zum Thema Reisen, das deutsche Liedgut böte doch zahlreiche Schätze, die davon handelten, auf großer Fahrt zu sein, oder auf Wanderschaft.

»Wie früher im Schulbus?«, fragte Helmut und es war nicht klar, ob dieser Vergleich eher für oder gegen Wangs Vorschlag plädieren würde.

»Oder wie früher die Sklaven auf dem Weg zum Baumwollpflücken«, knurrte Zoppo. Die Idee mit dem Singen wurde daraufhin verworfen.

Wangs Smartphone summte. Sein Spezial-Phone. Zuhause benutzte er meistens ein anderes. Dieses hatte ich erst ein- oder zweimal gesehen. Er benutzte es einmal, als er zum Nachmittagskaffee und »Mah Yen« vorbeikam und sprach dabei Chinesisch. »Geschäftliche Telefonate passen nicht zur Idee … zur Kultur des ›Mah Yens‹«, erklärte ich ihm, als er mit dem kurzen Gespräch fertig gewesen war. Er entschuldigte sich und es war danach nie wieder vorgekommen, dass er beim Mah Yen sein chinesisches Spezialfälle-Phone zückte. Seit unserer Landung hatte es allerdings schon mehrmals gesummt. Er reagierte nicht immer darauf. Auch dieses Mal schaute er kurz aufs Display und drückte die Nachricht weg. Ich hoffte, dass es nicht Jasmin war. Ob sie die Spezialnummer von Wang hatte, die er mir nicht gab? Und wenn? Eigentlich hatten Jasmin und Wang vereinbart, dass er sich jeden Abend vorm Schlafengehen bei ihr meldete, egal wie spät es war, um noch ein wenig mit ihr zu Skypen. Ich hoffte, dass sie ihn nicht tagsüber während der Arbeit nervte.

Wir staunten nicht schlecht, als wir bereits wenige Kilometer vom Hotel entfernt erste Weinfelder entdeckten. Die seien ganz neu angelegt worden, erklärte uns der Fahrer, der während der Fahrt in gebrochenem Englisch fortwährend Kommentare zur Umgebung abgab. Die ersten Reben wüchsen bereits, glaubte ich unseren Fahrer zu verstehen, hätten bisher aber noch keine Trauben getragen, weil die Rebstöcke noch so neu seien.

Am östlichen Ende der Weinfelder sahen wir eine große Baustelle. Dort wurde gerade Beton in das Fundament eines Kellers gegossen. Eines verdammt großen Kellers, wie man selbst aus der Entfernung erkennen konnte. Obwohl die Baustelle nicht auf unserem Weg lag, fuhren wir dort kurz vorbei. Die Erläuterung des Fahrers verstand ich nicht. Aber Wang und die Martini nickten anerkennend. Unser Fahrer lächelte, offenbar stolz auf diesen eher unspektakulären Landstrich, oder auf seine fachkundigen Erläuterungen – oder auf beides. Nach einer Runde um die Baustelle schlug der Fahrer die Richtung zum westlichen Ende der flachen Felder ein, dorthin, wo das Gelände leicht ansteigt und insgesamt welliger wird – es hügelig zu nennen wäre übertrieben gewesen, es handelte sich um sehr sanfte Hügelchen, ähnlich den rheinhessischen Weinlagen, meinte die Martini, wie im Bereich Sankt Rochuskapelle, nur so, als habe Gott oder der Wind die Hügel um Zotzenheim mit einem riesigen Schmirgelpapier feiner abgerundet.

Wir wurden zur steilsten Stelle des gesamten Areals gebracht, wobei das Gelände auch hier nicht unbedingt so stark anstieg, dass es beim Erklimmen in den Ohren knackte. Der Milliardär begrüßte erst Wang außerordentlich herzlich, dann auch uns. Frau Martini und ich wurden einigen Leuten aus seinem Gefolge vorgestellt, darunter auch einer Frau, die vielleicht zehn Jahre älter als unser Fräulein Martini sein mochte, und auch eine ganz ähnliche Figur hatte.

Mehrere chinesische Arbeiter standen am Rande des Feldes, das in einen Ruwerwingert verwandelt werden sollte. Sie rückten näher an Zoppo, Helmut und Schnucki heran und betrachteten sie erwartungsvoll. Schnucki trug den Bohrstock für Radionuklide über der Schulter und wirkte, als ob er sich der kernigen Aura bewusst war, die er ausstrahlte. Helmut, der einen großen Kunststoffhammer trug, wirkte nervös, und Zoppo, der alle Anwesenden, egal ob deutsch oder chinesisch, um mindestens einen Kopf überragte, blickte angestrengt umher. Er schien etwas zu suchen.

Wang hatte uns eingetrichtert, bloß nichts zu sagen, aber Zoppo rief, ohne sich an jemand bestimmtes zu wenden: »Wo ist verdammt nochmal meine Maschine?«

Ich bekam mit, dass die Übersetzerin zum Milliardär herantrat, oder eher heranschlich, und ihm etwas zuflüsterte. Der Shanghaier lachte, sagte etwas zu seinem Mitarbeiterstab, auch diese lachten, zusammen mit unserem Wang, und einige zeigten, in Richtung Zoppo mit dem Daumen nach oben.

»Sie sagen, der Riese sei hochmotiviert«, flüsterte Wang mir zu. »Geh zu ihm und sage, er habe seine Bereitschaft, im Dienste des Shangdoner Weinbaus sein Bestes geben zu wollen, genügend zur Schau gestellt. Und sage ihm nochmal, er soll nicht lachen bei der Arbeit, auch dann nicht, wenn der Shanghaier etwas komisch findet und selber lacht. Zoppo soll immer ernst und konzentriert aussehen. Sag ihm das.«

Ich trat genauso dezent wie die chinesische Übersetzerin es bei ihrem Boss vorgemacht hatte, an Zoppo heran: »Ganz ruhig, Zoppo, zur Maschine kommen wir später.«

»Aber da hinten sehe ich schon die Container und ich wollte nur sichergehen, dass mein…«

»Nicht jetzt, Zoppo, und versuche, nicht mehr zu fluchen. Überhaupt solltest du dich jeglichen nicht eingeübten Kommentars, auch wenn er für einen von uns gemeint ist, enthalten.«

»Wenn wir untereinander Dialekt reden, versteht doch eh keiner von denen…«

»Du musst bedenken, dass deine Stimme lauter ist, als wenn fünf Chinesen gleichzeitig brüllen. So eine mächtige Stimme sind die doch gar nicht gewohnt und wir wollen niemanden verschrecken.«

Zoppo brummte und hielt sich zumindest eine Zeit lang akustisch zurück.

Inzwischen inspizierte Wang zusammen mit dem Milliardär und den beiden Chefsekretärinnen einen Tisch, der direkt vor dem noch völlig unbearbeiteten Weinhügel aufgestellt worden war. Auf dem Tisch standen Glaskolben, Fläschchen und kleine Behälter. Fräulein Martini trat hinzu, begutachtete alles und nickte zufrieden. Daraufhin rief der Milliardär etwas und Wang gab uns das Zeichen loszulegen.

Zoppo marschierte mit großen Schritten auf das Feld, Helmut und Schnucki sprangen hintendrein. Der Shanghaier und seine Delegation folgten Zoppo, Helmut und Schnucki und dahinter rückten die chinesischen Arbeiter nach. Nach etwa fünfzehn Metern verlangsamte Zoppo seinen Schritt, schaute zu Boden, als suche er etwas, scharrte mit seinen schweren Arbeitsschuhen ein paar Steinchen zur Seite, ging noch einmal zwei Schritte vor, dann wieder zurück und winkte schließlich Helmut und Schnucki heran.

Schnucki reichte ihm wortlos den Bohrstab. Zoppo nahm ihn entgegen, ohne den Blick von der Stelle am Boden abzuwenden, die er offensichtlich als geeignet auserkoren hatte. Bedächtig umschloss er die beiden Seitenstangen des Bohrstabes mit seinen Pranken – so, dass alle Anwesenden sehen konnten, wie mächtig die waren. Dann hob er den Bohrstab an, bis vors Gesicht, und rammte ihn mit einer Wucht in den Boden, als wolle er die gesamten anderthalb Meter des Stabes auf einmal in der Erde versenken. Er schaute auf den Bohrstab, der kerzengerade steckte, und jeder konnte Zoppos Zufriedenheit erkennen, mit der ihn dieser erste Arbeitsgang erfüllte. Der spitz zulaufende Teil unterhalb des hohlen Stahlrohrs war ganz in der Erde verschwunden, auch einige Zentimeter des breiten Hohlzylinders steckten in der Erde. Aus Zoppos Gesichtsausdruck konnte man eine milde Verächtlichkeit herauslesen, die bedeuten mochte: dieser chinesische Ackerboden ist etwas für Weicheier.

Nun trat Helmut an Zoppo heran, reichte ihm den großen Kunststoffhammer und trat ehrfurchtsvoll wieder einen Schritt zurück. Zoppo zog, obwohl Wang und die Martini ihn ermahnt hatten, dies besser zu unterlassen, seine Arbeitsjacke aus, stand da in seinem Schiesser-Feinripp-

Trägerunterhemd, und schwang den Hammer über den Kopf. Durch dieses Aufbäumen wirkte er groß wie ein Grizzlybär, und jeder sah, dass er auch ähnlich stark behaart war wie ein solcher. Allein der Riesenbusch unter Zoppos Achseln fiel üppiger aus als Helmuts Haupthaar. Der Hammer sauste nieder. Und traf. Traf so exakt, dass alle mit bloßem Auge sahen, wie der Metallstab ein gutes Stück weiter in den Boden eindrang, kerzengerade, ohne sich auch nur einen Zentimeter nach rechts oder links zu neigen. Ich hörte, wie jemand neben mir ein leises »Oh« hervorstieß und ich hatte den Eindruck, ein anderer wollte sich gerade dazu hinreißen lassen, zu klatschen. Aber dafür blieb keine Zeit. Wieder bäumte Zoppo sich auf, den Hammer überm Kopf, und wieder trieb er den Bohrstab tiefer in die Erde. Dann der nächste Schlag. Und noch einer. Schließlich kniete Zoppo sich vor den Stab, der schon weit in die Erde eingedrungen war, und gab ihm einen letzten Hieb.

Helmuts Bruder hatte uns eingetrichtert, es sei nicht nötig, sehr tief zu bohren, auch weil es schwierig sei, das Ding wieder rauszukriegen. Aber da wir ein so beeindrucktes Publikum vorfanden, reizten wir, wie zuvor mit Wang und der Martini besprochen, das Schauspiel aus. Zoppo erhob sich, wischte sich mit dem reich behaarten Unterarm über die Stirn, obwohl er nicht schwitzte, gab Helmut den Hammer zurück und winkte Schnucki zu sich. Der brachte ihm zwei Rohre, die Zoppo auf die beiden Querstangen steckte, die sich oben am Bohrkopf befanden. »Riesig ist des Zoppos Kraft, wenn er mit Verlängerung schafft«, sagte er laut vor sich hin, wohl mehr zu sich selbst als zu den Zuschauern, die den Kreis, den sie um Zoppo gebildet hatten, enger schlossen. Die Übersetzerin übertrug Zoppos Handwerkerweisheit dennoch – ich hörte deutlich die Silben »Zo« und »Po« heraus. Ich fragte mich, ob sie auch auf Chinesisch den Reim hinbekommen hatte. Alle Anwesenden nickten anerkennend, selbst Wang.

Dann begann Zoppo mit dem Herausdrehen des Bohrstabs und übertrieb hierbei ein wenig, indem er eine Kraftanstrengung zur Schau stellte, die in der vorgeführten Intensität nicht nötig gewesen wäre. Zoppo trug den Bohrstab vorsichtig in Richtung Wang und machte dabei ein so konzentriertes Gesicht, als transportiere er etwas Wertvolles. Wang wandte sich um, ging in Richtung des bereitgestellten Tisches, Zoppo mit dem Bohrer hinterdrein, die Menge teilte sich wie das Rote Meer vor Moses und schließlich legte Zoppo den unteren Teil des Bohrstabes vorsichtig auf dem Tisch ab, an dem die Martini bereits Platz genommen hatte. Sie übernahm es dann auch, den Inhalt des Bohrzylinders zu entnehmen, wobei sie ein äußerst ernstes Gesicht aufsetzte, und die dreißig Zentimeter lange, wenige Zentimeter dicke Bodenprobe mit einem dünnen Messer in mehrere Scheiben zerschnitt. Einige dieser Scheiben packte Fräulein Martini, die – in einen schneeweißen Laborkittel gekleidet – fraglos als Chemieprofessorin durchgegangen wäre, in vorbereitete Plastiktütchen, die sie sogleich beschriftete.

Unsere chinesischen Auftraggeber beobachteten die Martini, offenbar beeindruckt. Einige der frisch geschnittenen Bodenprobenscheiben legte sie vor sich auf eine Glasplatte, füllte eine Pipette mit einer Flüssigkeit, die sie aus einem Fläschchen entnahm, und beträufelte damit die Proben. Dann zog sie eine Lupe aus der Jackentasche, beugte den Kopf über die Bodenprobe und begutachtete sie durch das Vergrößerungsglas. Als sie den Kopf wieder hob, sagte sie etwas zu Wang, das ich nicht verstand. Der gab das, ohne auf die Übersetzerin zu warten, sogleich auf Chinesisch weiter. Der Milliardär lächelte, einige um ihn herum nickten. »Das sieht auf den ersten Blick doch schon ganz gut aus«, hörten wir die Übersetzerin ihre Arbeit nun auch auf Deutsch verrichten. Sie vermutete wohl, auch wir wollten auf den neuesten Stand gebracht werden.

Dann wandte Wang sich an Zoppo und forderte ihn höflich auf: »Ich denke, wir brauchen nicht ganz so viel Tiefe. Versuch beim nächsten Mal, die dreißig Zentimeter Bodenprobe aus einer etwas höheren Schicht zu kriegen. Und wähle diesmal bitte eine Stelle weiter oberhalb am Hang.« Wang hatte kaum ausgesprochen, da hörten wir schon, wie die Übersetzerin in Richtung des Milliardärs und seiner Entourage loslegte.

Die ganze Prozedur wurde ein paarmal an verschiedenen Stellen des Hanges wiederholt. Den Chinesen wurde es offensichtlich nicht langweilig, dem hünenhaften Zoppo bei der Arbeit zuzusehen. Nur einmal gab er keine vorteilhafte Figur ab, als er sich – obwohl Wang ihn gebeten hatte, dies zu vermeiden – hinkniete, mit der Hand etwas Erde zur Seite wischte, um eine geeignete Stelle zum Einrammen des Bohrers zu finden, und dabei den Zuschauern den Rücken zuwandte. Das Problem war dabei nicht der Rücken an sich, sondern der darunter befindliche Teil, der sich durch das Hinknien bedenklich entblößte. So bekam der Milliardär aus Shanghai etwas zu sehen, woran er aller Wahrscheinlichkeit nach, anders als wir, nicht gewöhnt war, nämlich ein Maurerdekolleté wie aus dem Bilderbuch. Zoppos Haut war sehr weiß, so als werde sie regelmäßig mit Bleichmittel geschrubbt, und großporig. Außerdem gestaltete sich die Körperpartie unterhalb des Lendenwirbels bei Zoppo recht fleischig. Da die Hose ihm beim Knien sehr tief herunterrutschte und der Gürtel erst ab Mitte der Furche wieder Halt bekam, wölbte sich reichlich Speckmaterial zwischen Feinripphemdssaum und Hosenbund hervor – deutlich mehr Material, behauptete Helmut später im Hotel, als man in manchem weiblichen Dekolleté zu sehen bekam, wenn es sich nicht gerade um eines der Mohrsch-Cousinen handelte.

Unabhängig davon, ob man es mit einem mohrschschen oder kleinkalibrigem Dekolleté verglich, schnitt das von Zoppo optisch eindeutig schlechter ab. Das lag vor allem daran, dass Zoppos helles Hinterteil üppig mit borstigem Haar bewachsen war. Selbst ein Gorilla konnte kaum mehr Gesäßhaar aufweisen, nur dass bei Zoppo die Haut darunter käsig-bleich durchschimmerte. Immerhin lenkte der Anblick der zugleich flauschigen und teigigen oberen Gesäßbackenteile von der ästhetisch nicht minder fragwürdigen Furche ab, die ebenfalls zur Schau gestellt wurde. Einige der Chinesen grinsten, andere schienen sich darauf zu konzentrieren, nicht genauer hinzusehen. Ich stand kurz davor einzuschreiten, an Zoppo heranzutreten und ihn zum Einnehmen einer anderen Position zu veranlassen. Zum Glück aber richtete Zoppo sich wieder auf, wandte sich seinem Publikum zu und machte den kurzzeitig entstandenen Negativeindruck dadurch wett, dass er es, nach resolutem Einrammen, mit nur zwei Schlägen schaffte, den Bohrstab volle dreißig Zentimeter in die Erde zu treiben. Es wurde applaudiert.

»Das schafft nur ein Hüne mit reichlich Haaren am Hintern«, rief Helmut mit ehrlicher Begeisterung. Wang überließ es mir, Helmut einen strafenden Blick zuzuwerfen und übernahm es selbst, der Übersetzerin durch ein kaum merkliches Kopfschütteln zu bedeuten, sie solle Helmuts Kommentar unerläutert lassen.

Am Bodenprobentisch schnitt, beträufelte, lupenvergrößerte, begutachtete »Frau Professor Kühlschrank«, wie Helmut sie an dem Tag uns gegenüber titulierte, noch einige Male, tütete weitere Proben ein und beschriftete sie. Schließlich sprach Wang, an den Milliardär gewandt, einige Worte, die bedeutungsvoll klangen. »Die endgültigen Detailanalysen«, übersetzte die Chinesin freundlicherweise in unsere Richtung, »werden natürlich später noch nachgeliefert, aber ich denke, ich kann schon so viel sagen: Das sieht gut aus. Der Boden verfügt grundsätzlich über eine gute Beschaffenheit zum Weinanbau. Wir packen da jetzt«, sie ahmte Wangs Handbewegung in Richtung Hang nach, »eine Schicht Ruwerschiefer in der notwendigen Dicke drauf und dann kann es hier losgehen mit dem Rieslinganbau.«

Es wurde wieder applaudiert, diesmal noch mehr als bei Zoppo. Auch wir klatschten. Dann widmeten wir uns, gemeinsam mit den Chinesen, den großen Containern.

17

Aus Zoppos, Helmuts und Schnuckis Sicht gaben die anderthalb Wochen Arbeitseinsatz in China nicht viel her, worüber es sich später im Gasthaus Zeggels oder im Löwenhof zu erzählen lohnte, außer den Auftritten Zoppos natürlich, und den Coup, den Wang damit gelandet hatte, dass wir uns überzeugend als Experten im Anlegen von

Weinbergen ausgegeben hatten. Dabei hatte es durchaus Erlebnisse gegeben – kleine Begegnungen, nebensächliche Überraschungen – von denen wir vielleicht hätten berichten sollen, es aber dann doch nicht taten. Wie zum Beispiel die Sache mit dem Kaffee in der Hotel-Lobby oder die mit dem Wassermelonenverkäufer.

Nachdem wir das Probebohren abgeschlossen und Wang in einer ersten Analyse bestätigt hatte, dass dem Neuanlegen eines tipptopp Ruwertal-Wingerts praktisch nichts mehr im Wege stand, begutachtete Wang gemeinsam mit dem Shanghaier Milliardär und mit Zoppo, der inzwischen den Status eines mittleren Naturwunders erworben hatte, den Inhalt eines der Container.

Das Material des ersten geöffneten Containers wurde inspiziert und als geeignet für die nächsten Arbeitsschritte befunden. Plötzlich gebärdete sich Zoppo, zur Freude und Erheiterung aller Anwesenden, wie ein Kind, dem der entlaufene Schoßhund zurückgebracht wird. Das rührte daher, dass er neben den Containern seine Schotterzerkleinerungsmaschine erblickte, die zusammen mit dem Material einige Wochen vor unserer Abreise nach Shandong verschifft worden war. Er lief auf seine Maschine zu, von der nur Helmut, Schnucki und ich wussten, dass sie von unbestimmter Herkunft war und wir nicht die Hand dafür hätten ins Feuer legen wollen, dass Zoppo sie auf legalem Weg erworben hatte. Das änderte natürlich nichts an der ausgeprägten Zuneigung Zoppos zu seiner Steinzerkleinerungsmaschine, und so lief er mit einem Seufzer, den man sonst nur zu hören bekommt, wenn eine Mutter ihr nach langer Reise heimkehrendes Kind an sich drückt, zur Maschine, streichelte behutsam über die Metallverkleidung des Motors und kletterte auf die Maschine, ohne erst Wangs Befehl abzuwarten. Wang konnte das durchgehen lassen, zumal Zoppo dann gehorsam darauf wartete, bis sein Boss dem Milliardär und allen Umstehenden mit lauter Stimme Erläuterungen zum weiteren Vorgehen lieferte, was uns wiederum ins Deutsche übersetzt wurde, obwohl wir doch wussten, was kommen sollte. Wang hielt während des Sprechens, mit beiden Händen, einen großen Brocken Schiefer hoch. »Davon haben wir etwa dreißig Container voll«, hörte ich die chinesische Übersetzerin Wangs Sprechpause nutzen, »aber natürlich können wir den Schiefer nicht in dieser Größe um die Rebstöcke herum platzieren.«

Ich hörte ihr nicht weiter zu, sondern beobachtete, wie Schnucki hervortrat, um den Schieferbrocken weiter hochzuhalten, während Wang mit der bloßen Hand ein Stückchen davon abbrach. So demonstrierte er die poröse Beschaffenheit des Gesteins sowie die erstrebenswerte Größe des Endprodukts. Schließlich bekam Zoppo von seinem Chef das Zeichen, eine erste Ladung zu zerkleinern. Helmut, Schnucki und einige chinesische Arbeiter füllten gemeinsam die ersten Brocken ein. Danach machte die Maschine mindestens so viel Lärm, wie man es von ihr erwartete und am Ende bekam jeder, auch die Übersetzerin und alle Arbeiter, ein paar der handlichen, schwarzen Plättchen, die Zoppos Maschine hervorbrachte, als kleines Souvenir mit auf den Heimweg. Am Ende wurde noch einmal allseits applaudiert. Dann ging es, im Bewusstsein, dass ab morgen ordentlich geklotzt werden musste, zurück ins Hotel.

Helmut und Zoppo verschwanden rasch auf ihre Zimmer – dort wartete in der Minibar das chinesische Bier, das wir bereits als so wohlschmeckend und tauglich befunden hatten, dass man sich auch schon vor dem Abendessen eins davon gönnen konnte. Mir aber stieg in der Hotellobby ein so wunderbarer Kaffeeduft in die Nase, dass ich mehr zu mir selbst als zu den anderen sagte, ich wolle doch mal schauen, ob ich erst einmal ein Tässchen davon kriegen könnte. Schnucki sah mich daraufhin so sehnsüchtig an, dass ich »oder zwei Tässchen« ergänzte. Schnucki und ich fanden uns vor einem Tresen gleich neben der Rezeption wieder und ich bestellte uns auf Englisch zwei Kaffee. Richtigen schwarzen Kaffee, ohne Schnickschnack. Eine Maschine, die aussah, als ob sie viel mehr könnte, als Kaffee machen (zum Beispiel zum Mars fliegen) ließ dezente Geräusche vernehmen und schließlich hielt jeder von uns beiden zwar kein Tässchen, aber immerhin einen Becher in der Hand, aus dem ein so verführerischer Duft aufstieg, dass ich jeden Preis dafür gezahlt hätte.

»Ach so«, sagte ich zu der Frau hinterm Tresen, »natürlich!«, und kramte ein paar der chinesischen Geldscheine hervor, die der Kühlschrank uns auf Wangs Geheiß zur freien Verfügung zugeteilt hatte. Ich hatte keine Ahnung, welcher oder wie viele der Scheine zwei Bechern Kaffee entsprachen und breitete mein Bündel auf den Tresen aus. Die Frau schüttelte freundlich aber bestimmt den Kopf. »Wie jetzt?«, fragte ich Schnucki, »will die Euro oder Dollar haben?« Aber Schnucki verstand die Geste, mit der die Frau die Scheine zusammenraffte und in meine Richtung zurückschob. Er zückte seine Brieftasche und zog seine Volksbank-EC-Karte hervor, stockte dann aber und sah mich hilflos an.

»Ich nehme nicht an, dass du da eine Zahlungsfunktion für China draufhast?«, fragte ich ihn. Inzwischen hatte die

Frau ihr Mobiltelefon gezogen und zeigte dauernd auf das Gerät. »Wen sollen wir anrufen?«, fragte ich Schnucki. »Soll Wang für uns bezahlen kommen? Ist der nicht noch mit der Martini zur Nachbesprechung beim Shanghaier?«

In dem Moment kam ein europäischer Hotelgast am Tresen vorbei, erfasste die Situation mit einem Blick, sah, wie verloren wir dastanden, ich mit Geldscheinen, Schnucki mit seiner Volksbank-EC-Karte in der Hand, und sagte im Vorbeigehen: »Dat könnt ihr verjessen, Leute, hier kann nur per Handy jeblecht werden.«

Schnucki zog sein Handy aus der Hosentasche, ein Modell, bei dessen Anblick die Frau hinter dem Tresen sich ein Lächeln nicht verkneifen konnte – vielleicht hatte sie so eins schon einmal im Museum gesehen – und Schnucki schaute auf das Gerät in seiner Hand, als wolle er es fragen: »Was meinst du? Kannst du das? Können wir mit dir einen Kaffee kaufen? In China?« Beide kannten wir die Antwort. Schnucki steckte das Handy wieder ein, traurig betrachteten wir die beiden Becher, aus denen es verheißungsvoll dampfte. Gleichzeitig, als hätte jemand den Befehl dazu gegeben, stellten wir die Becher zurück auf die Theke, ich hielt noch einmal, obgleich ich wusste, dass es vergeblich war, die paar Geldscheine hoch, ließ sie wieder sinken, und tat das gleiche wie Schnucki: Ich schüttelte enttäuscht den Kopf. Mir gelang es noch, so etwas wie eine Entschuldigung zu stammeln. Wang hatte mir »Danke«, »Bitte«, »Guten Tag« und »Entschuldigung« auf Chinesisch beigebracht. Ich war mir nicht ganz sicher, ob ich nicht wieder »Bitte« und »Entschuldigung« verwechselt hatte.

Wir zogen los in Richtung Aufzug, sahen uns dabei nicht an, wohl um nicht in den Augen des anderen lesen zu müssen: »Jetzt kommen wir hierher, um den Chinesen einen nagelneuen Weinberg zu verscherbeln, sind aber zu dämlich, einen Kaffee an der Hotelbar zu kaufen.« Wir hatten die Lobby noch nicht halb durchquert, da hörten wir eine Stimme hinter uns. Die Stimme der Frau hinterm Tresen. Aber die Stimme kam nicht vom hinterm Tresen. Sie näherte sich.

Ich kann mich täuschen, aber ich glaubte, sie rief, »Misters, Misters«. Einem ersten Drang folgend wären wir am liebsten schneller gegangen, gelaufen, die Treppe hoch, gar nicht erst auf den Lift warten, aber es hatte keinen Zweck, die Stimme war bereits direkt hinter uns. Uns blieb nichts übrig, als uns umzudrehen. Jetzt standen wir der Frau direkt gegenüber. Sie hielt in jeder Hand einen Kaffeebecher, hielt sie hoch, nicht weit entfernt von unseren Nasen, der Duft war wunderbar, die Becher randvoll – wie hatte sie uns so schnell einholen können, ohne etwas zu verschütten? Sie lächelte uns an.

»Das ist wahrscheinlich unsere letzte Chance«, sagte ich zu Schnucki. »Das bedeutet bestimmt: Hier ist euer Kaffee, den ich für euch gemacht habe, bezahlt ihn oder ich rufe den Sicherheitsdienst.«

Aber die Frau wiederholte ein Wort, lächelnd, wieder und wieder, und ich brauchte eine Weile, bis mir klar wurde, dass es kein chinesisches Wort war, sondern ein englisches: »present, present« wiederholte sie noch einmal.

»Sie will uns den Kaffee schenken«, übersetzte ich für Schnucki, der kein Englisch sprach, inzwischen aber auch so verstanden hatte. Wir nahmen die Becher entgegen, lächelten nun unsererseits und brachten beide ein »Xiexie« hervor, jeder zweimal: »Danke, danke«. Und gleichzeitig fiel uns beiden noch ein Chinesisches Wort ein, das wir kannten. Wir hoben die dampfenden Becher, nickten der Frau zu, sagten im Duett: »Gan-Bei«, stießen vorsichtig mit den Bechern an und wiederholten noch einmal auf deutsch: »Prost.«

Die Frau hielt beide Hände vor den Mund und lachte herzhaft.

Ich weiß nicht, warum wir beim Abendessen oder später, zurück in unserem Dorf, niemandem von dieser kleinen Begebenheit erzählten.

Am nächsten Tag wurden die ersten zehn Container geleert. Insgesamt hatte Wang etwa zweitausend Kubikmeter Schieferabraum anliefern lassen, die er vollständig zu verbrauchen gedachte. Die Bodenproben hatten, wie geplant, ergeben, dass man hier ordentlich Schiefermaterial draufpacken musste, wenn der Wein später einigermaßen nach Ruwertal schmecken sollte. Es handelte sich nicht um hochwertigen Schiefer – man hätte keine Dachschindeln daraus machen können – sondern er kam von den Abraumhalden in Thomm und Fell, also nur wenige Kilometer von der Ruwer entfernt und geologisch gesehen durchaus vergleichbar mit dem, der von Natur aus auf den Weinbergen lag.

Wang wagte nicht, seinen Landsleuten minderwertige Ware zu verscherbeln. Die wollten echten Ruwerschiefer, also bekamen sie ihn. Wang hatte mir, etliche Wochen bevor wir nach China reisten, erzählt, Ruth Martini habe die Frachtpapiere für die dreißig 40-Fuß-Container fertiggestellt, die schon in Rotterdam zum Verladen auf ein Containerschiff bereitstanden. Sobald sie in Shanghai ankämen, gehörten sie dem Milliardär, der dann selbst für den Weitertransport verantwortlich war, dorthin, wo er sie haben wollte. Der Transport von der Ruwer bis in die Shandonger Provinz kostete deutlich mehr als die Ware in den Containern selbst. Die Bürgermeister der Gemeinden, in denen sich die Abraumhalden befanden, konnten kaum glauben, dass Wang überhaupt bereit war, ein paar Euro – einen eher symbolischen Preis – zu zahlen. Einige der Schieferhalden waren inzwischen sinnvoll in Premium-Wanderwege integriert worden, es gab aber auch welche, die die jeweiligen Gemeinden loszuwerden wünschten, weil sie das darunterliegende Gelände nutzen wollten. Es war nicht schwer, zweitausend Kubikmeter Schieferabraum zu kriegen, solange Wang zusicherte, dass den Dörfern für den sachgerechten Abtransport keinerlei Kosten entstünden und dabei sogar noch ein paar Euro, eigentlich nur ein besseres Trinkgeld, für die Gemeindekasse heraussprang.

Von dem Tag, an dem der Shanghaier Weinliebhaber seinen exzentrischen Wunsch geäußert hatte, bis zu dem Moment, da Zoppo die ersten paar Brocken vor Ort zerkleinerte, war nicht einmal ein halbes Jahr vergangen. Wang hatte es vermeiden können, den Abraumschiefer irgendwo länger zwischenlagern zu müssen. Ich fand das bemerkenswert: Eine der Halden, die Wang komplett hatte abräumen lassen und die allein die Hälfte des notwendigen Materialbedarfs lieferte, war seit Jahrzehnten im Weg gewesen und Generationen von Gemeinderäten hatten darüber debattiert, wie man »das Problem lösen« könne, und nun hatte Wang den ganzen Schutthaufen schneller über Rotterdam nach Shandong entsorgt, als der Schriftführer das Sitzungsprotokoll einer Gemeinderatssitzung ablieferte.

Als Wang am Ende einen Strich unter eine Rechnung machte, kam eine ordentliche Summe auf der Haben-Seite heraus, und das nur fürs Beschaffen des Abraumschiefers, da waren die Service-Leistungen vor Ort noch gar nicht mit drin.

Zoppo spielte seine Rolle weiterhin überzeugend. Nachdem die ersten Ladungen von Schieferbrocken am oberen Ende des neuen Hanges abgeladen worden waren, demonstrierte er noch einmal das Zerkleinern auf die richtige Größe und Form, und zeigte, wie der Schiefer auf den hierfür abgesteckten Planquadraten verteilt werden musste, so dass eine einheitliche Schicht über die gesamte Fläche entstand. Nachdem das erste Quadrat fertig war, begutachteten Wang und der Milliardär das Ergebnis, schienen zufrieden. Dann fuhr ein Tieflader vor, der zwei weitere Zerkleinerungsmaschinen ablud. Die chinesischen Steinzerkleinerer sahen im Grunde ganz ähnlich aus wie das Modell von Zoppo – sie bewegten sich, wie man es von einem Kleinbagger kennt, ebenfalls auf Ketten, nur waren sie etwas größer, im Zerkleinerungsauswurf effizienter und zweifellos deutlich neueren Baujahrs als Zoppos Maschine, die neben den chinesischen Geschwistern antiquiert wirkte. Aber Zoppo brachte mit seinem Museumsstück weiterhin tapfer auf jedem Planquadrat die erste Reihe geschredderten Schiefers auf, dann übernahmen die neueren Maschinen, und anschließend ging ein ansehnlicher Trupp Arbeiter mit Schaufeln über die Flächen, um kleinere Unebenheiten zu glätten. Diese Vorgehensweise klärte auch die Frage, wieso Wang sich so sicher hatte sein können, dass diese Arbeitsphase innerhalb weniger Tage zu erledigen sei.

Auf der Fahrt vom Weinberg nach Hause war die Stimmung jedes Mal ausgelassen. »Haben wir denen einen eingeschenkt, was? Leute! Probebohren in China für Fortgeschrittene«, feixte Helmut einmal. »Zoppo, das war eine klasse Show, die du da geliefert hast.« Zoppo grinste. »Und was hatte die Martini da eigentlich in der Pipette, Wang, mit der sie die Dreckscheibchen beträufelt hat? War das Mineralwasser? Oder Mirabellenschnaps?« Helmut erwartete nicht, dass Wang darauf antwortete.

»Ich würde dafür niemals guten Schnaps verwenden«, antwortete er dennoch. »Es handelte sich lediglich um billigen Korn vom Großhändler.«

Wir lachten. »Und der Kühl… die Martini hat die ganze Zeit geschaut, als sei sie die Laborchefin von BASF«, amüsierte Helmut sich weiter. Ruth Martini saß vorne neben Wang. Helmut tat, als sei sie gar nicht da. »Die könnte dem Papst ein Doppelbett verkaufen.«

»Aber gute Zerkleinerungsmaschinen haben sie«, bemerkte Zoppo.

»Mag sein«, Helmut hatte sich warmgeredet, »aber habt ihr die Ernsthaftigkeit gesehen, mit denen sie den Schotter ganz gleichmäßig auf dem Hang verteilt haben? So akkurat liegt der Schiefer auf keinem einzigen Quadratmeter an der Ruwer.« Wir lachten. »Wang, das war großes Kino, wie wir denen die professionelle Bodenanalyse untergejubelt haben. Du weißt, wie man einem Milliardär ein paar seiner Moneten abknöpft.«

Wang sagte etwas zu dem Fahrer. Der wendete und fuhr wieder zurück zu dem Gelände, das wir gerade verlassen hatten, aber wir bogen nicht in Richtung des Weinbergs ab, sondern zu den flachen Weinfeldern, die wir von weitem gesehen hatten, dann ein paar Minuten an diesen Feldern vorbei zu noch mehr Weinfeldern. Sie schienen bis zum

Horizont zu reichen. Wang ließ den Fahrer wieder drehen und zu der Baustelle mit den großflächigen Fundamenten fahren. Er hieß uns auszusteigen. Auch von hier konnte man nur einen Teil der Weinfelder überblicken.

»Was meint ihr«, fragte Wang uns, »wie lange wird es dauern, bis das hier ein Weingut ist, welches das Vielfache der kompletten Moselregion produziert?« Er klang sachlich. Eine Schätzfrage. Zoppo und Helmut dachten, es käme ein Witz, eine Pointe. »Nicht mehr lange«, sagte ich und versuchte dabei, genauso sachlich zu klingen wie Wang. »Zehn Jahre?«

»Vielleicht«, sagte Wang. »Vielleicht auch weniger als zehn, vielleicht ein paar mehr. Jedenfalls wird hier bald Wein produziert werden, sehr viel Wein. Und die Qualität wird gut sein. Nicht gleich auf Anhieb ein Josephshöfer, aber auch keine Plörre. Seht dort unten«, er machte eine halbe Drehung und zeigte auf die Betonfundamente. Erst jetzt, da wir so nah dran waren, erkannten wir, wie riesengroß die waren. Wang sagte nichts.

»Wird das hier ein Dorf?«, fragte Helmut, der Stille nicht lange aushielt. »Oder ein Industriegebiet? Wie viele Firmen sollen hier angesiedelt werden?«

»Eine«, antwortete Wang ganz ruhig. »Ein einziges Weingut.«

»Du musst dich irren«, warf Zoppo ein. »Ich glaube die bauen hier eine Schlossanlage mit einem Dorf dabei oder so was. Oder einen riesigen Luxushotelkomplex. Oder so eine Art Disneyland. Da, schaut!« Zoppo hatte eine Schautafel entdeckt, auf der ein mehrstöckiger Prachtbau und weitere Gebäude abgebildet waren, die wirklich an Schlösser erinnerten.

»He, was ist das denn?« Helmut hatte etwas auf der Bauprojekttafel entdeckt. »Das Gebäude auf dem Bild da kommt mir bekannt vor. Das ist doch, ja, das ist Schloss Marienlay. Das kenne ich, da kauft mein Schwager seinen Riesling. Oder manchmal eine Sorte, die *Alte Reben* heißt. Nicht billig. Der gönnt sich was, der Schnösel. Ich fasse es nicht, die kopieren hier das Schloss Marienlay.«

»Ja«, erläuterte Wang, »das soll eine Reminiszenz an das Ruwertal werden.« Ich glaubte nicht, dass Schnucki oder die anderen verstanden, was eine Reminiszenz ist. »Aber das wird nur ein kleines Nebengebäude.« Wir sahen Wang groß an. »Ihr glaubt, ich lege meine Landsleute herein? Ich verkaufe ihnen eine Illusion? Wer von euch kann mit Sicherheit sagen, ob man hier Schieferriesling anbauen kann oder nicht? Hat einer von euch es ausprobiert?« Obwohl es eine rhetorische Frage war, hielt er einen Augenblick inne, als wolle er uns die Gelegenheit geben, darüber nachzudenken. »Ja, wir haben die Experten gemimt und dabei vielleicht etwas dick aufgetragen. Aber sobald wir mit unserem Teil der Arbeit fertig sind, kommen erfahrene Winzer – für die großen Felder haben sie bereits Winzer und Kellermeister von der Ahr eingekauft – und die werden etwas aus diesen Weinfeldern machen und ja, wohl auch aus unserem Schieferhang. Mein Geschäftspartner aus Shanghai ist ein kluger Mann. Der weiß, dass wir hier in der Kürze der Zeit keinen perfekten Weinberg liefern. Aber habt ihr bemerkt, dass während unserer Arbeit Fotos gemacht werden? Die werden ihre Wirkung nicht verfehlen. Die zeigen: Es wird weiter experimentiert im chinesischen Weinbau. Hier wird bald viel Geld verdient werden. Ganz egal ob der Wein des Wingerts, den wir gerade für ein hübsches Sümmchen anlegen, nach Schiefer schmecken wird oder nicht. Sie probieren es einfach aus. Manches funktioniert, manches nicht, aber unterm Strich wird eine Erfolgsbilanz stehen.«

Wangs Handy klingelte. Es war nicht der übliche Summton, der eine Text- oder WhatsApp-Nachricht vermeldete. Es versuchte jemand, ihn anzurufen. Er sah auf das Display.

»Kommt Jasmin mit der Zeitverschiebung durcheinander und ruft zu früh an?« Ich versuchte, meine Frage wie ganz nebenbei klingen zu lassen.

»Was? Nein, nein«, Wang drückte den Anruf weg. »Sie hält sich an die abendlichen Skype-Treffen. Ganz zuverlässig. Das klappt prima, obwohl das zuhause … also … bei ihr doch mitten in der Nacht ist.«

Der Milliardär aus Shanghai konnte es nicht gewesen sein. Den hätte Wang nicht weggedrückt. Er schrieb eine Nachricht. Dabei lehnte er den Oberkörper zurück und hielt das Gerät so nah vors Gesicht, dass niemand sehen konnte, was er da tippte. Wie ein Streber, der verhindern will, dass der Banknachbar ihm bei der Klassenarbeit aufs Blatt schielt.

18

Vom zweiten Abend an, das war der, an dem die Frau in der Hotellobby Schnucki und mir einen Kaffee schenkte, aßen wir nicht mehr im Hotel sondern wurden jedes Mal woanders zum Essen hingefahren.

»Diese Chinesen lassen einen nicht aus den Augen«, beschwerte sich Zoppo. »Können wir nicht auf eigene Faust eine Runde drehen und schauen, wo man ein Schnitzel oder einen ordentlichen Hackbraten kriegt?«

»Unsere Geschäftspartner und Kollegen wollen lediglich gute Gastgeber sein«, antwortete die Martini. Ansonsten hielt sie sich damit zurück, Zoppos Kommentare richtigzustellen. »Ich habe von der Übersetzerin erfahren, dass das Restaurant, wo wir heute zum Abendessen hinfahren, hervorragend sein soll. Sie meinte, sie freue sich schon darauf.«

»Hat die keinen Mann zuhause, dem sie etwas kochen muss?« Fräulein Martini ließ Helmuts Frage unbeantwortet.

Ich sah Helmut, Schnucki und Zoppo ihre Unsicherheit an. Am Abend zuvor hatte es im Hotel zwar auch nichts gegeben, das so zuhause beim Löwenhof oder im Restaurant Löffler im Nachbarort angeboten wurde, aber man hatte zumindest erkennen können, was man aß. Zum Glück gab es dieses Bier, Tsingtao, an das wir uns schon gewöhnt hatten. Es regte den Appetit an, fanden wir, und wie ich Zoppo, Helmut und Schnucki kannte, waren sie bereit, den ein oder anderen exotischen Bissen damit hinunterzuspülen. In der interkulturellen Vorbereitung hatte Wang uns eingetrichtert, angebotene Mahlzeiten keinesfalls abzulehnen. Normalerweise war das für Zoppo eine Leichtigkeit. Im Abendkurs in der alten Fleischfabrik aber hatte er wissen wollen: »Auch nicht, wenn's irgendwelche exotische Schweinerein sind? Hunde? Schlangen? Oder Schweinsohren?«

»Die Franzosen essen Schweinsfüße. Gekocht, nicht gegrillt«, gab Helmut zu wissen vor. »Dann doch lieber die Ohren, wenn sie schön knusprig serviert werden.«

Wang hatte uns versichert, dass wir ausschließlich Mahlzeiten von höchster Qualität bekämen, besonders zum

Abendessen, und dass unsere chinesischen Partner sehr wohl beobachten würden, ob wir tüchtig zulangten.

»Wieso Partner?«, brummte Zoppo, »ich dachte: Kunden.«

Mir war klar, welche Rolle mir beim Abendessen zukam. Wang und erst recht die Martini würden keine große Überzeugungskraft entfalten können, indem sie Zoppo, Helmut und Schnucki etwas voraßen. Wenn ich mir aber genüsslich den Bauch vollschlug, würden sie mir bestimmt nicht lange untätig dabei zusehen. Und so kam es auch. Ich schaute einfach, was Wang sich von der reichlichen Auswahl verschiedener Speisen zusammenstellte und tat es ihm nach. Ich hatte keine Ahnung, was er mir auf den Teller häufte. Es duftete wundervoll. Manches schmeckte scharf, manches süßlich. Zoppo und die anderen luden sich das gleiche auf die Teller, was ich bekommen hatte. »Von welchem Tier soll das denn sein?«, fragte Helmut. »Schwein oder Rind? Oder von mir aus Geflügel.« Die Übersetzerin, die uns direkt gegenübersaß, hatte die Frage sehr wohl verstanden, zögerte aber. Sie blickte erst Wang, dann mich an. Ich zwinkerte ihr zu. »Gemischt«, übersetzte sie, »wie sagt man? Von allem etwas.«

Wir nickten zufrieden. Die Chinesen prosteten uns zu.

Anders als bei der Arbeit wurde viel gelacht. Lachen war offensichtlich etwas Privates. Nachdem wir noch ein paar Bier und einen weiteren aufgehäuften Tellervoll verdrückt hatten, rief Schnucki, den wir seit Wochen keinen einzigen Satz hatten sagen hören: »Was ist das denn da drüben? Schweinsohren? Die wollte ich immer schon mal probieren.« Einer der chinesischen Steinzerkleinerungs-Maschinenführer stand auf, um sie ihm zu bringen, klopfte ihm auf die Schulter und sagte etwas zu ihm. Mehrere Sätze, schätzten wir. Ich warf der Übersetzerin einen Blick zu. »Eine gute Wahl«, übersetzte sie. Sie lächelte. Später, als es sich ergab, dass ich mit ihr reden konnte, ohne dass sonst jemand zuhörte, verriet sie mir, dass sie vollständigerweise hätte wiedergeben müssen: »Gute Wahl, She Nu Ki, und probiere unbedingt auch etwas von der getrockneten Python, eine Spezialität aus Indonesien, hier, ich habe dir ein paar Scheiben davon mit auf den Teller getan.«

Ab dem dritten Abend fragten sie nicht mehr, was sie aßen, sondern schaufelten von allem etwas in sich rein, was auf dem Tisch stand. Es wäre gar nicht notwendig gewesen, dass Helmut und Zoppo, mit vollem Mund kauend, das Essen lobten. Die Portionen, die sie vertilgten, sprachen für sich. Der Job der Übersetzerin wurde jeden Tag leichter. Nur gelegentlich kam sie ins Rudern, wie zum Beispiel am vorletzten Abend, als wir bei einem der chinesischen Vorabeiter zuhause eingeladen waren. Wir saßen zusammen mit dem Gastgeber und seiner Familie an einem großen, runden Tisch und bereiteten Jiaozi zu. Das war eine ungewöhnliche Ehre, die uns wohl dadurch zuteilwurde, dass ausgerechnet Schnucki, der zuhause keinen Fuß in die mütterliche Küche setzte, am Abend zuvor Jiaozi probiert und den Vorarbeiter, der zufällig neben ihm saß, gefragt hatte: »Hm, schmeckt prima, wie werden die denn gemacht? Ich würde meiner Mutter gerne das Rezept mitbringen.« Die Übersetzerin übersetzte, der Vorarbeiter lud ein, um uns das Jiaozikochen beizubringen.

Es machte Spaß, die Teigtaschen zu füllen und zusammenzukneifen, und nachher schmeckte es wunderbar. Ein alter Mann war mit dabei. »Der Opa«, nannte Helmut ihn, und unsere Übersetzerin bestätigte, dass es sich tatsächlich um den Vater des Vorarbeiters handelte. Der Opa kam langsamer als wir anderen mit dem Jiaozimachen zurande, selbst die Kinder, seine Enkel, waren flinker bei der Arbeit. Das kam daher, dass der Opa nur mit einer Hand arbeiten konnte, der andere Arm hing nutzlos herab.

»Was ist mit ihm?«, fragte Helmut, der nicht gerade ein Parzival war, wie Wang die Situation, als ich ihm später davon berichtete, treffend analysierte.

Die Übersetzerin wirkte unsicher, sprach kurz mit dem Gastgeber und sagte dann: »Lius Vater hatte einen Schlaganfall, seitdem kann er den Arm nicht mehr bewegen, und auch nicht mehr so gut sprechen.« Die Kinder halfen ihrem Opa beim Jiaozizubereiten, damit er etwa so viele Teigtaschen vor sich liegen hatte, wie alle anderen.

»Oh«, sagte Helmut, mit aufrichtigem Bedauern – drei Flaschen Tsingtao hatten ihn mitfühlend gemacht, »das tut mir leid.«

Ich wusste nicht, ob wir uns in einer peinlichen Situation befanden. Wang war gerade abseits des Küchentisches mit dem Bruder des Gastgebers in ein Gespräch vertieft, der eine wichtige Position in der Finanzabteilung des Shanghaier Unternehmens innehatte.

»Liu meint«, sprach die Übersetzerin in ruhigem Ton weiter, »am meisten bedauere sein Vater, dass er nicht mehr mit seinen Kumpels Karten spielen kann. Er kann das Blatt ja nicht einfach offen auf den Tisch legen, und auch die beiden Enkel, die alles für ihren Großvater tun würden, können nicht dauernd dafür abgestellt werden, stundenlang die Karten zu halten, so dass Opa sie ausspielen kann. Schon das Sortieren des Blattes funktioniert nicht, und das Ausspielen klappt auch nicht mehr, wenn er mit einer Hand das Blatt hält.«

Kaum hatte sie ausgesprochen, sprang Zoppo auf. Das Jiaozifalten, wie er es nannte, hatte ihm fünf Minuten lang Spaß gemacht, jetzt aber witterte er einen männlicheren Job. »Hast du etwas Holz hier? So lang«, er zeigte es Liu mit den Händen, »und höchstens so dick. Am besten wäre weiches Holz.«

Er wandte sich die ganze Zeit unserem Gastgeber zu und ließ die Chinesin simultan übersetzen. »Dann brauche ich einen kleinen Holzbeitel, Hammer, Holzfeile, Schmirgelpapier, und hast du Holzleim, ansonsten nehmen wir kleine Nägel.«

Ich wunderte mich, dass unsere Übersetzerin nicht ein einziges Mal stockte. Woher wusste sie, was ein Holzbeitel ist? Liu und Zoppo verschwanden in die Werkstatt oder an die Werkbank, vermutete ich, falls der Chinese an sich so etwas im Haus eingerichtet hat (nicht im Keller, das war klar, das Haus hatte keinen). Kurz darauf kamen sie zurück, luden verschiedene Werkzeuge, Holzlatten und etwas dickere Kanthölzer – schönes, helles Material – auf einem zweiten Tisch im Raum gleich neben der Küche ab und Zoppo begann zu basteln. Er erläuterte jeden Arbeitsschritt auf Deutsch, und Liu kommentierte jeden Handgriff auf Chinesisch, oder er drückte seine Begeisterung aus, so klang es jedenfalls. Sie verstanden sich prima. Die Übersetzerin hielt sich raus, außer als Zoppo einmal fragte: »Wie viele Karten hat man beim chinesischen Skatspiel höchstens auf der Hand?« Zoppo und Liu verstanden sich beim Basteln, ähnlich wie das angeblich beim Musizieren funktionierte, weitgehend auch ohne Worte.

Zoppos original Spielkartenhalter für Einarmige war produziert, noch bevor die Jiaozi fertig fürs Kochwasser waren. Zoppo hatte so einen Spielkartenhalter schon einmal für Matzens Matz gebaut, vor vielen Jahren, nachdem der eine Hand bei einem Motorradunfall verloren hatte und die Prothese nicht zum Skatkloppen taugte. Den Bauplan hatte Zoppo noch im Kopf – mit dem richtigen Material und Werkzeug ging das also ruckzuck. Obwohl die Frauen begannen, alle Anwesenden dezent zum Esstisch zu bugsieren, wollten Liu und Zoppo es wenigstens einmal ausprobieren. Der Opa und einer seiner Enkel spielten gegen Liu und dessen Bruder. Zoppo hatte keine Ahnung was die da spielten, zeigte dem Opa aber, wie er mit nur einer Hand die Karten in die schmalen Reihen steckte und wieder rauszog: »So, siehste, das ausgeteilte Blatt einfach mit der gesunden Hand da reinstecken, und schon können dir die anderen Schlitzaugen nicht mehr in die Karten schauen.«

Ich merkte, wie die Übersetzerin zusammenzuckte, aber wir waren inzwischen über das Stadium hinaus, bei dem die Anwesenden sie nach jedem Satz erwartungsvoll anblickten. Sie sagte trotzdem etwas, vielleicht weil sie sich dazu verpflichtet fühlte. Es war ihre Arbeit. Später verriet sie mir, dass sie übersetzt hatte: »Zo Po sagt: ›Mit dem Spielkartenhalter wirst du jedes Spiel gewinnen.‹«

Zoppo hätte den restlichen Abend mit Schimpfwörtern um sich werfen oder halb China die Knochen verfluchen können – es konnte nichts mehr schiefgehen. Der Opa strahlte und streichelte seinen Spielkartenhalter, die Kinder betrachteten erst das Bastelergebnis und dann Zoppo wie ein Weltwunder, Liu und seine Frau wirkten gerührt. Wang blickte zufrieden und ein wenig überrascht, wenn ich mich nicht täuschte. Und das Jiaozi-Essen war ein Genuss und lag wunderbar im Magen. Sicherheitshalber spülten wir mit ein paar Schnäpsen nach, die dauernd gereicht wurden, und tranken nebenher weiterhin tüchtig Tsingtao. Der Gastgeber, sein Bruder und zwei weitere Kollegen, die er eingeladen hatte, waren nicht unter den Tisch zu trinken. Und das, obwohl Zoppo und Helmut allein so viel wogen, wie Lius komplette Familie.

Ich hatte es irgendwie geschafft, unbemerkt zwei oder drei Runden Schnaps auszulassen, war aber schon vom Bier so enthemmt, dass ich, mit Hilfe der Übersetzerin, etwas Konversation wagte und in die Runde fragte, ob es stimme, dass der olle Konfuzius hier aus der Gegend käme. Ich vermute, die Übersetzerin ließ das »olle« weg und ich erfuhr einiges darüber, was der Philosoph Kluges zu den Themen Familie und auch Konfliktvermeidung gesagt hatte. Irgendwann traute ich mich, die Übersetzerin nach ihrem Namen zu fragen.

»Ich heiße Meigui.«

Hoffentlich kann ich mir das merken, dachte ich. »Und ich heiße…«

»Ich weiß: Du bist Jo Han«, unterbrach sie mich, »Freund und Berater des Firmenbesitzers Wang Fei. In der Hierarchie der Projektgruppe stehst du noch über der strengen Frau, die organisatorisch alles so beeindruckend im Griff hat.« Mir war gar nicht bewusst gewesen, dass es unterhalb von Wang noch eine Hierarchie gab. »Dein Name ist Jo Han«, wiederholte sie noch einmal.

Schließlich war es an der Zeit, Zoppo nach Hause zu bringen. Als der nämlich allen Ernstes versuchte, dem Gastgeber nebst Gattin und Nachkommenschaft das Lied »Drei Chinesen mit dem Kontrabass« beizubringen, sah ich mich veranlasst, ihn auf Helmut und Schnucki gestützt zum Minibus schaffen zu lassen.

»Sieh mal«, meinte Helmut, keuchend, einen Arm Zoppos um den Hals geschlungen, als Lius Frau unsere Jacken von den Kleiderhaken nahm und sie mir alle über den Arm legte, »die haben hier auch umhäkelte Kleiderbügel. Genau wie wir.«

»Tri Chinisen mit dim Kintribiss«, sang Zoppo im Bus halblaut vor sich hin. Mitten in »Trö Chönösön möt döm…« schlief er endlich ein.

Am darauffolgenden Morgen klang Zoppo, als habe er mit Schieferschotter gegurgelt. Wohl war ihm nicht, aber selbstverständlich erschien er pünktlich, als uns der Minibus zur Arbeit brachte. »Also trinken können sie«, war alles, was er auf der Fahrt brummte. Liu begrüßte uns herzlich, als wir am Weinberg ankamen, auch Zoppo. Der winkte kumpelhaft ab, was heißen sollte: Frag bloß nicht, in welchem Zustand ich aufgewacht bin. So einfach war das: Kaum hatte man sich einmal gemeinsam betrunken, schon fühlte man sich weniger fremd.

Der Schiefer war auf das gesamte Feld verteilt worden, und wir hatten am Tag zuvor den letzten Container entladen. Der war kleiner als die anderen, nur zwanzig Fuß lang, und es war kein Schiefer drin, sondern Holzstangen. Alte, gebrauchte Wingertspfähle, die von aufgegebenen Ruwerlagen stammten, auf denen jetzt Unkraut wuchs, oder von Weinbergen, wo die hölzernen Wingertspfähle durch Leichtmetallstangen ersetzt worden waren und die Wang im letzten Moment davor bewahrt hatte, als Feuerholz zu enden.

Die anderen, riesigen Weinfelder unten, im flacheren Teil des Anbaugebietes, hatten die Chinesen mit silberglänzenden Leichtmetallstangen ausgerüstet. Hier aber, im Shandonger Ruwer-Wingert, wollten sie Original-Holzpfähle haben. Zoppo, Helmut und Schnucki schlugen die ersten Pfähle in die tags zuvor dafür vorbereiteten Löcher ein. Zoppo ließ sich von Schnucki eine Wasserwaage reichen, um zu überprüfen, ob diese ersten Muster auch exakt senkrecht aus dem Schieferweinberg zum Himmel emporragten.

»Tipptopp«, verkündete Zoppo. Das musste nicht übersetzt werden. Dann kamen die chinesischen Arbeiter aufs Feld, halfen beim Setzen der Stangen, schnell und präzise, Schulter an Schulter mit Zoppo, Helmut und Schnucki. Anderthalb Tage früher als geplant war der Wingert fertig. Er sah unglaublich professionell aus, mit dem Schiefer und den ordentlich aufgereihten Holzpfählen. Ich musste unwillkürlich an Sonntagsausflüge zu Weinfesten mit meinen Großeltern denken, in einem Bus, den der Obst- und Gartenbauverein organisiert hatte. Alle im Bus sangen, sobald die ersten Weinreben in Sicht kamen. Auf dem Heimweg wurde dann die ganze Fahrt über gesungen.

Ich weiß nicht, ob die Chinesen bemerkten, wie gerührt Zoppo, Helmut und Schnucki auf den Hang schauten, als die Arbeit abgeschlossen war und der Milliardär Wang die Hand schüttelte. Am liebsten hätten wir gleich noch einen gebaut.

Es wurden Reden gehalten. Der Milliardär lobte Wang und seine Mannschaft, also uns. Die Übersetzerin übersetzte und lächelte mir dabei zu. Wang bedankte sich, auch in unserem Namen, und erzählte dem Shanghaier und seinen Leuten eine Geschichte, die ich ihm einige Wochen zuvor beim Nachmittagsbier erzählte und die ich selbst von einem Mosel-Winzer in Senheim gehört hatte: »Wenn es dir auf einem Weinfest, zu fortgeschrittener Stunde, gelingt«, pflegte der Winzer jedem jungen Mann zu empfehlen, »das Herz eines Mädchens zu gewinnen, mach nicht den Fehler, ihr vorzuschlagen, mit ihr runter zum Fluss zu spazieren, um sich dort ein wenig ins Gras zu setzten. Nachts wird es schnell kalt und feucht am Moselufer und es wird dort eher ungemütlich als romantisch. Überzeuge das Mädchen lieber, mit dir hoch in die Weinberge zu gehen. Setz dich mit ihr einfach auf den Schieferboden. Vielleicht kannst du galant deine Jacke ausbreiten, damit ihr euch draufsetzen könnt. Aber du musst dir keine Sorgen machen, es könnte euch kalt werden. Der Schiefer speichert die Wärme des Tages für viele Stunden und auch noch mitten in der Nacht ist es im Schiefer-Weinberg etliche Grad wärmer als unten am Fluss.«

Ohne dass Wang weiter ausführte, wie Junge und Mädchen ab dann über das gemeinsame Betrachten des Sternenhimmels hinaus weiter vorgehen könnten, gefiel diese Geschichte unseren chinesischen Freunden offenbar. Sie lächelten, ein fröhliches, unverkrampftes Lächeln, als stellten sie sich vor, selbst mit ihrer Liebsten im warmen Weinberg zu sitzen, vielleicht in dem, den wir gerade angelegt hatten.

Danach wurden rasch ein paar Tische aufgebaut und die Snacks aufgetragen sowie gut gekühltes Bier. Und Fräulein Martini hatte ein paar Flaschen *Muleweilete Shuǐguǒ Lièjǔ* hervorgezaubert, deren Inhalt sie auf fein geschliffene Schnapsgläschen verteilte und herumreichte. Das lief alles wunderbar. Wang wirkte dennoch angespannt. Ich sah, wie er sein Handy aus der Hosentasche nahm, kurz draufschaute, einen Knopf drückte und es rasch wieder verschwinden ließ.

Ich freute mich, als ich sah, dass die Übersetzerin an mich herantrat. Ich dachte, sie wolle ein wenig mit mir plaudern, aber sie war noch im Dienst. Ich bemerkte, dass auch der Milliardär sich aus einer größeren Gruppe gelöst hatte und zusammen mit der Übersetzerin auf mich zukam. Er war kleiner als ich, aber man merkte dennoch, dass er ein großer Mann war. Er sprach mit fester Stimme, die angenehm sonor klang. »Ich möchte noch einmal Ihnen und Ihrer Mannschaft ein Lob aussprechen, Herr Jo Han.«

Ich machte eine beschwichtigende Geste und versuchte in möglichst bescheidenem Tonfall »aber nein, wofür denn« zu sagen – Wang und auch die Martini hatten uns eingebläut, wir sollten keinen Dank für etwas erwarten, das selbstverständlich ist, wie zum Beispiel eine gut bezahlte Arbeit ordentlich zu verrichten. Aber es handelte sich nicht um Dank, sondern tatsächlich um seine Anerkennung, die der Milliardär zum Ausdruck bringen wollte. Wir sahen uns an.

Ich hörte die Frauenstimme übersetzen: »Es ist gut, Herr Jo Han, dass Wang Fei dort, in der Fremde, einen väterlichen Freund hat, der ihm stets mit Rat zur Seite steht.«

Ich wusste nicht, was ich darauf sagen sollte, also lächelte ich nur. Dies gefiel dem Shanghaier, vielleicht interpretierte er meine Sprachlosigkeit als Bescheidenheit, denn auch er lächelte und verbeugte sich ganz leicht vor mir. Ich verbeugte mich ebenfalls. Dann ging er zurück. Die Übersetzerin sah ihm nach. Ihr Boss war in einer Gruppe, die ausschließlich aus Chinesen bestand. Sie wurde im Augenblick nicht gebraucht. Also wandte sie sich mir zu und erklärte:

»Wang Fei hat nicht nur bewiesen, dass er eine größere Sache wie die mit dem Weinberg organisieren kann, sondern es wurde auch deutlich, dass er ein Team, das aus lauter Nicht-Chinesen besteht, führen kann und außerdem in Deutschland Freunde zu gewinnen vermochte, einer davon ein bescheidener, ruhiger und reifer Freund, und der ist fast genauso wertvoll wie ein naher Verwandter.«

Es hatte keinen Zweck zu widersprechen, und ich wollte sie auch gar nicht davon überzeugen, dass nicht zuletzt Wang meine Eigenschaften und Fähigkeiten wohl überschätzte. Vielleicht sah mich die Übersetzerin ja selbst im Licht der wunderbar klingenden Worte, die sie als Vermittlerin zwischen mir und dem Milliardär auszusprechen gezwungen war. Vielleicht gefielen ihr diese Worte, warum also sollte ich ihr sagen, dass bei mir zuhause niemand auf die Idee käme, ich könne mich als väterlicher Freund oder gar als altersweiser Berater eignen.

Ich sagte: »Vielen Dank, Meigui.« Sie errötete. Weil ich mir ihren Namen gemerkt hatte? Darüber war ich selbst am meisten überrascht.

Kurz bevor wir gingen, sahen wir wie zwei Laster an den neuangelegten Weinberg heranfuhren, und einige der chinesischen Arbeiter damit begannen, Weinreben auszuladen. Aus einer der beiden Fahrerkabinen stieg ein Europäer aus, ein Deutscher, wie sich herausstellte. Er inspizierte den Schiefer, den wir auf einen knappen Hektar China gepackt hatten, trat, kurz bevor wir abfuhren, noch an mich, Zoppo, Helmut und Schnucki heran, und meinte: »Ordentliche Arbeit, Leute, da können wir sogar einen Tag früher als geplant gleich mit dem Einpflanzen der Riesling-Rebstöcke beginnen.«

19

Bisher hatten wir von China vor allem unser Hotel und ein paar Restaurants gesehen, das Weinberganbaugebiet natürlich, sowie, durch die Scheiben unseres Minibusses, ein wenig von der Gegend um Shanting. Und natürlich das Haus des Vorarbeiters Liu, dessen Ausstattung wir Dank Zoppo um einen Spielkartenhalter für Menschen mit nur noch einem funktionstüchtigen Arm bereichert hatten.

Dadurch, dass die Arbeiten ein wenig vor der geplanten Zeit fertig geworden waren, gewannen wir einen Tag, den wir zu nutzen gedachten, uns als echte China-Touristen aufzuführen. Wang führte zwischendurch hektisch Telefonate und versuchte, einen früheren Rückflug zu kriegen, egal von welchem Flughafen aus, wenn er nur von Shanting aus einigermaßen gut erreichbar war und uns möglichst rasch aus dem Land brachte. Schließlich teilte er uns mit, dass wir, anders als geplant, einen Flug von Qingdao nach Frankfurt hätten, der zweieinhalb Stunden früher ging als der ursprünglich geplante – am frühen statt am späten Abend. Ich nehme an, dass er dafür ein paar Euro extra hatte drauflegen müssen, aber ihm schien es wichtig zu sein, so schnell wie möglich wegzukommen.

»Alles in Ordnung, Wang?«, fragte ich ihn. »Ist doch alles gelaufen wie geplant mit dem Weinberg? Oder erwartest du eventuell noch Beschwerden seitens deines Geschäftspartners?«

»Was? Nein, alles in Ordnung … mit dem Auftrag. Ja, hat sich gelohnt, ach so, ich verkünde nachher noch, dass ihr euch natürlich alle die Zusatzprämie verdient habt.«

»Da werden sich die Jungs freuen, und auch die Martini. Dann ist doch alles gutgegangen.«

»Bis jetzt.« Sein Handy vibrierte. Er blickte aufs Display, dann wandte er sich ab und entfernte sich ein paar Schritte von mir.

Als er das Handy wieder einsteckte, fragte ich ihn: »War das Benny?«

»Benny? Wieso?«

»Alles okay zuhause?«

Wangs »Nein« kam sehr schnell. Dann besann er sich: »Wie? Ach so, zuhause, jaja, alles in Ordnung bei Wangs Welthandel. Benny soll sich nur melden, wenn Bestellungen nicht fristgerecht geliefert werden können. Aber bisher keine Probleme. Ich wünschte, wir säßen schon im Flugzeug.«

»Wieso, was soll jetzt noch schiefgehen, außer dass Zoppo in Qingdao zu viel Tsingtau-Bier trinkt? Aber da passe ich schon auf, so gut ich kann.«

»Heute kann noch einiges schiefgehen.« Mehr sagte Wang nicht, und ich hatte immer noch nicht herausbekommen, wer ihn dauernd anrief.

Wir reisten sehr früh morgens vom Hotel ab und waren gegen Mittag im Stadtzentrum von Qingdao. Ein halber Tag sollte reichen, um sich China anzuschauen, fanden Helmut und Zoppo. Zuerst sollten wir uns das Biermuseum anschauen, schlug Wang vor.

»Ohne mich«, meinte die Martini. »Ich kann mich hier gut für ein paar Stunden alleine beschäftigen. Wir treffen uns heute Abend am Flughafen.«

Wang schaute verdutzt. Was sollte er machen? Der Job

war erledigt. Wang hatte selbst gesagt, wir seien jetzt wieder Privatpersonen. Fräulein Martini hatte frei und wollte diese Zeit nicht mit uns verbringen. Sie machte sich davon und verriet nicht einmal Wang, was sie vorhatte.

»Biermuseum klingt doch gut«, bestätigte ich. Zoppo, Helmut und Schnucki nickten. Natürlich. Irgendwas mit Bier klang immer gut. Es war nicht weit zur Brauerei und auf dem Weg dorthin steigerte Wang unsere Motivation dadurch, dass er uns erzählte, Qingdao sei eine Bierstadt, mit der ältesten Brauerei Chinas, und am Ende des zeitlich überschaubaren Museumsbesuchs gäbe es dann Freibier.

Wang hatte es eilig. »Seht ihr, da vorne ist es schon.« Sein Handy vibrierte wieder. »Oh nein!«, hörte ich ihn sagen. Er blieb stehen. Die anderen schritten bereits erwartungsfroh in Richtung Museumseingang.

»Was ist los, Wang, haben sie dich doch noch erwischt?«, fragte ich scherzhaft. »Hast du etwas ausgefressen, wirst polizeilich gesucht? Oder verfolgt dich eine ehemalige Flamme, die Alimente von dir verlangt?«

»Schlimmer«, brummte Wang, »Familie.«

Zoppo, Helmut und Schnucki schauten auf die Fassade des Museumsgebäudes, dann die breite Straße hoch und runter, bestaunten die bunten, wehenden Fahnen mit den chinesischen Schriftzeichen. Direkt neben ihnen standen zwei Chinesen, die an ihnen vorbeiblickten und offensichtlich nach jemandem Ausschau hielten. Sie entdeckten mich und Wang. Der Blick des älteren der beiden Männer hellte sich auf, er winkte und rief: »Xiaofei!«

Ich merkte, wie Wang neben mir den Atem anhielt. Dann setzte er ein Lächeln auf und rief – sonderbarerweise auf Deutsch: »Onkel Chongan!« Ich glaube, es sollte erfreut klingen. Und jetzt, aber wirklich erst jetzt, war Wang ganz anders als zuhause in »Muleweilete«. Er hatte zwar die Tage zuvor, noch mehr als bei uns im Dorf, den seriösen Geschäftsmann hervorgekehrt, aber das war lediglich eine ausgeprägtere Form des Wangs gewesen, wie ich ihn kannte. Jetzt aber wirkte er – und es war das erste Mal, dass ich ihn so sah – wie ein kleiner Junge. Der kleine Fei. Nun war also die Situation gekommen, in der Wang sich auf mich verlassen können musste.

Ich legte kaum merklich meine Hand an seinen Rücken und übte einen leichten Druck aus, als wolle ich Wang behutsam nach vorne schieben. Endlich bewegte er sich, ging auf seinen Onkel zu, umarmte ihn. Der rief aufgeregt etwas auf Chinesisch, wandte sich dann dem zweiten Mann zu, machte in dessen Richtung eine rudernde Armbewegung, die wohl bedeuten sollte: »Na los, komm schon her.« Wang und der zweite Mann begrüßten sich recht steif, so war mein Eindruck. Onkel Chongan rief etwas. Wang stellte mich vor, ich hörte deutlich die Silben »Jo Han«, und er deutete auch auf die drei vor der Museumstür. Die beiden Chinesen grüßten freundlich, sagten kurz etwas auf Chinesisch, versuchten vielleicht einen Mini-Smalltalk. Dann wandten sie sich wieder Wang zu. Ohne dass der etwas sagen musste, ging ich zu Zoppo und den anderen und schlug vor: »Lasst uns doch schon mal reingehen.«

»Bis du verrückt?«, antwortete Helmut. »Hier wird doch gerade etwas geboten. Also wenn du mich fragst, der da ist unserem Wang nicht grün.« Er deutete mit dem Finger auf den jüngeren der beiden Chinesen. Ich drückte Helmuts ausgestreckten Finger nach unten. Er ließ es geschehen und sagte: »Hört mal, da scheint es laut zu werden.«

»Das täuscht. Chinesisch klingt gelegentlich etwas barsch«, sagte ich, aber auch ich hatte den Eindruck, dass sie nicht nur Nettigkeiten austauschten.

Wangs Onkel Chongan schätzte ich auf höchstens ein paar Jahre älter als mich. Der zweite Chinese war etwa in Wangs Alter und ... sah ihm verdammt ähnlich.

»Also wenn ihr mich fragt«, flüsterte Helmut, der sich keinesfalls einen beginnenden Streit entgehen lassen wollte, »ist das alles dieselbe Mischpoke. Sagt jetzt nicht, alle Chinesen sehen gleich aus. Alle Chinesen sehen ähnlich aus, für uns zumindest, aber die da stammen alle aus einer Sippe.«

»Oh ja«, bestätigte Zoppo, »wie bei Matzens. Egal in welchen Kinderwagen du da reinguckst, du schaust immer ins Gesicht von Matzens Matz' Opa.«

Tatsächlich hatten Wang und der jüngere Chinese dieselben feinen Gesichtszüge, das volle, glänzende Haar, und vor allem die gleichen Augen. Sogar ihre Gestik und Mimik ähnelten sich. Und beide glichen sie dem Onkel.

Onkel Chongan redete laut, wandte dabei den Kopf von Wang zu dem anderen und wieder zurück. Es schien, als verhandele er mit den beiden über etwas. Alle drei Chinesen lächelten tapfer. Bei Wang konnte ich erkennen, dass sein Lächeln nicht das gleiche war, wie das, das er zeigte, wenn er zum Beispiel beim Kegeln den linken Bauern erwischte.

Wang machte eine beschwichtigende Geste mit den Händen, zeigte dann zu uns, eilte alleine zu uns herüber und verkündete ernst: »Bedauerlicherweise kann ich euch im Museum und bei der Bierprobe keine Gesellschaft leisten. Hier«, wandte er sich an mich und drückte mir eine Kreditkarte mit chinesischen Zeichen drauf in die Hand, »das reicht für heute. Führ die Jungs zum Essen aus oder kauft euch ein paar Armbanduhren oder Marken-Shirts oder was weiß ich. Hauptsache, ihr erscheint um halb acht abflugbereit in der Lobby. Los.«

Zoppo fragte: »Gehen dir die Typen auf die Nerven, Wang? Sollen wir sie verprügeln?«

Wang sah Zoppo an, als denke er darüber nach, ob das eine Option sei. »Bloß nicht«, brummte er schließlich, »ich muss das hier selbst klären. Das könnte, so steht zu befürchten, eine Weile dauern. Ihr könnt mir nicht helfen. Johann, ich verlasse mich darauf, dass du die Truppe pünktlich zum Flughafen bringst.«

»Kannst dich auf mich verlassen. Wang, wer ist der Mann da bei deinem Onkel?«

Wang zog mich ein Stück beiseite und flüsterte: »Ich hätte nicht gedacht, dass die so kurzfristig umdisponieren und hierherkommen. Über den Onkel allein hätte ich mich wirklich gefreut, aber … kein Wort zu den anderen, auch nicht zu Frau Martini: Der da, neben Onkel Chongan, das ist mein großer Bruder.«

»Macht der Schwierigkeiten?«

Wang sah mich traurig an: »Ja, und das schon seit seiner Geburt, oder sagen wir richtigerweise: seit meiner.« Dann setzte er wieder das gezwungene Lächeln auf und ging zurück zu seinem Onkel und seinem Bruder.

Nachdem Wang mit den beiden weggegangen war, strichen wir spontan den Museumsbesuch. Ich konnte nichts dafür. Die vom Museum waren selber schuld, denn gerade als wir reingehen wollten, kam aus der Eingangstür ein freundlicher junger Mann auf uns zu, drückte uns ein paar Flyer in die Hand und redete fröhlich auf Englisch auf uns ein. Ich verstand das Wort »Beer-Festival«. Auch Zoppo, Helmut und Schnucki, die kaum Englisch sprachen, hatten das verstanden. Der Museumsmitarbeiter deutete die Straße hinunter, dann wieder auf den Flyer, auf dem das Datum von heute stand.

»Wo soll dieses Bierfest sein?«, fragte Zoppo.

»Im Hafenviertel, wenn ich das richtig verstanden habe, das ist nicht weit von hier.«

Damit war die Entscheidung gefallen. Die vom Museum hatten recht: Warum zwischen Exponaten herumlaufen, wenn draußen die praktische Erfahrung lockte.

Wir fanden tatsächlich den Weg zum Hafenviertel. Dort begannen wir mit Tsingtau, an das wir schon gewöhnt waren, und trauten uns dann, zum Vergleich andere Biersorten zu testen. Wangs Kreditkarte wurde überall akzeptiert, auch wenn wir immer zuerst aufgefordert wurden, per Handy zu bezahlen. Auf Englisch bekamen wir Empfehlungen, welche Brauereiprodukte wir unbedingt noch probieren sollten und schließlich riet man uns, auch noch ein paar Straßen weiter zu gehen, wo es weitere Biersorten zu entdecken gab.

Die Getränke waren durchweg günstig. Und geschmacklich war da viel Gutes dabei. Die Wirkung der chinesischen Biere war ganz ähnlich, wie wir sie seit unseren ersten, frühjugendlichen Saarfürst-Versuchen bei Zeggels kannten. Wir entschieden, es sei sicherlich gut, Wangs Kreditkarte nicht mit unnötigen Anschaffungen modischer Accessoires zu belasten. Wir vergaßen auch völlig, etwas zu essen. Es war wunderbar. Am fünften oder sechsten Bierstand, genau mitgezählt hatte ich nicht, gelang es mir zum ersten Mal, mit vier Chinesen, die genauso zufrieden aussahen wie wir, anzustoßen und uns sogar namentlich vorzustellen: »Zo Po, Hele Mute, She Nu Ki, and I am the Jo Han.« Damit kamen wir locker durch.

»Schaut mal«, fiel Hele Mute auf, als die vier Chinesen uns eine Runde Bier anreichten, die sie uns spendierten, »die haben alle einen ganz langen Fingernagel an der einen Hand. Entweder sind die ein Gitarren-Quartett oder sie sind in derselben Geheimloge wie unser Wang.«

Zo Po ergriff ungeniert die Hand von einem der Männer und fragte, auf den Fingernagel zeigend: »You guitarplayer?« Sie lachten und schauten nun genauer auf unsere Hände.

»We are worker! We work. With hands, understand?«, sagte Hele Mute. »Wir können solche manikürten Krallen nicht gebrauchen.«

Dann entdeckte einer der Chinesen, dass meine Fingernägel an beiden Händen recht lang waren. Ich war in den letzten zehn Tagen nicht dazu gekommen, sie zu schneiden. Die Chinesen nickten anerkennend, auch, weil ich als nächstes Wangs Kreditkarte zückte und deutlich machte, die nächste Runde besorgen zu wollen. Dies ließen die Chinesen jedoch nicht zu: wir seien heute ihre Gäste in Qingdao.

Zum Glück bemerkte ich irgendwann, dass die Sonne bereits deutlich gen Westen wanderte. Ich sah mich genötigt, die Jungs zum Austrinken zu ermahnen und erkundigte mich bei unseren chinesischen Trinkgenossen, wie wir zum Flughafen kämen. Mit dem Bus, war die Antwort, begleitet von einem Wortschwall, dem ich entnahm, dass gerade damit begonnen werde, eine Metro direkt zum Airport zu bauen. Wenn wir das nächste Mal das Bierfestival besuchten, kämen wir noch schneller und bequemer zum Flughafen. Ich sah auf die Uhr. Noch hatten wir gut zwei Stunden Zeit, also fragte ich, ob wir nicht zum Airport laufen könnten – ich spekulierte darauf, dass ein Fußmarsch uns bis zum Abflug wieder halbwegs nüchtern machte. Aber ich musste erfahren, dass der Flughafen fast zwanzig Kilometer nördlich lag. Das würde nicht einmal Zo Po mit seinen langen Beinen schaffen. Sie erklärten uns, wie wir zur Bushaltestelle kämen, wollten uns sogar dorthin bringen oder ein Taxi rufen, aber Zoppo torkelte bereits los und sagte: »Wir werden doch wohl die Haltestelle finden, wir sind doch nicht aus Eiweiler.«

»Gleich gegenüber der Schnellstraße«, klang einfach, also verabschiedete ich mich höflich von unseren Trinkgenossen und sah zu, dass ich Zoppo und den anderen hinterherkam.

Wir mussten eine breite Straße überqueren. Es war ein Wunder, dass wir das schafften, ohne überfahren zu werden. Auf der anderen Seite angekommen deutete Schnucki auf ein Straßenschild, auf dem ein Flugzeug abgebildet war, mit einem Pfeil die Straße runter. Helmut wollte schon loslaufen. »Stopp!«, rief ich. »Das hat keinen Zweck, wir müssen in gut anderthalb Stunden da sein. Lasst uns diese Bushaltestelle finden.« Ich begann mir Sorgen zu machen, schaute die Straße rauf und runter, um jemanden zu finden, den wir fragen konnten. Zoppo entdeckte den Wassermelonenverkäufer im gleichen Augenblick wie ich.

»Ich habe Hunger«, rief Zoppo und Helmut stimmte ihm zu. Wir eilten zu dem dreirädrigen Pritschenwagen, der am Straßenrand in einer kleinen Einbuchtung stand. Auf der Ladefläche lagen zwei noch vollständige Melonen sowie eine halbe, die in vier große Stücke zerteilt war. Ich entschied, dass wir am schnellsten vorankämen, wenn ich den quengelnden Helmut und Zoppo je ein Stück Melone kaufte und dann versuchte, aus dem Melonenverkäufer herauszukriegen, wie wir zum Bus kämen.

Der Wassermelonenverkäufer war klein, hager und alt, jedenfalls sah er alt aus, sein schmales Gesicht war von Falten durchzogen. Sein Lächeln verriet, dass er nur noch wenige Zähne im Mund hatte. Endlich ein Klischeechinese, wie wir ihn uns vorstellten. Er trug sogar eine dunkelblaue Arbeiterjacke. Als ich ihm jedoch ein paar Geldscheine hinhielt, lachte er so unbeschwert, dass man seinen letzten verbliebenen Backenzahn sehen konnte. Er griff unter die Ladefläche und zog von dort ein Lesegerät fürs Bezahlen per Smartphone hervor.

»Ich werde verrückt«, kommentierte Helmut, »hier ist selbst der kleinste Gemüsebauer digital besser ausgerüstet als unsere Kreisverwaltung.«

Gott sei Dank nahm er auch Wangs Kreditkarte. Das Abbuchen ging ruckzuck, einmal kurz dranhalten. Der Melonenverkäufer nickte zufrieden und gab jedem von uns ein Viertel Wassermelone. Gut so, auch Schnucki und ich brauchten etwas zu Essen. Dann versuchte ich auf Englisch aus dem Mann herauszukriegen, wo wir hinmussten, um den Bus zum Flughafen zu kriegen. Er verstand nicht. Ich versuchte es nochmal, musste geduldig bleiben, obwohl die Zeit drängte. Offensichtlich verstand er das Wort »airport« nicht. Und auch nicht »bus-stop«.

Zoppo und Helmut breiteten die Arme aus und bewegten sie auf und ab, als wollten sie überdimensionale Hühner darstellen. An Helmuts ausgestrecktem linken Arm baumelte Handtäschchen Horst. Der zahnlose Alte lachte. Da zog Schnucki sein Flugticket aus der Hemdtasche hervor und zeigte es ihm. Auf den Tickets stand auch etwas auf Chinesisch. Der Mann nickte. Dann deutete er auf dem Ticket auf das Feld, wo die Abflugzeit stand, schaute zur Sonne und deutete dann mit einer schnellen Armbewegung auf die Ladefläche seines dreirädrigen Transporters. Er wiederholte die Armbewegung mehrmals und rief dabei etwas. Ich hätte wetten können, es bedeutete: »Na macht schon, ihr Deppen, beeilt euch!«

Wir dachten, er fährt uns zur nächsten Bushaltestelle. Aber nach einer halben Stunde auf der vibrierenden Ladefläche und nachdem wir etwa fünf Kubikmeter von dem Feinstaub weggeatmet hatten, den die knatternde Maschine nach hinten zu uns ausstieß, war klar: Er fährt uns zum Flughafen. Wir sahen die Schilder am Straßenrand, mit dem Flugzeug-Symbol und den abnehmenden Zahlen dahinter: 18, 15, 12. Ich verstand, dass das die Kilometerangaben sein mussten. Wenn wir in dem Tempo weiterfuhren, rechnete ich im Stillen aus, konnten wir es tatsächlich gerade noch rechtzeitig schaffen. Porsche Cayennes und andere Nobelkarossen überholten uns, ebenso schäbige Kleinwagen, Taxis mit Elektroantrieb, ein paar sehr laute Mopeds, und auch ein Bus mit dem Airport-Symbol auf der Zielort-Anzeige fuhr an uns vorbei, aber erst, als das Straßenschild sowieso nur noch »10 Kilometer« bis zum Flughafen ankündige. Viel später als der Bus würden wir also auch nicht vorfahren. Wir zogen an anderen dreirädrigen Minitransportern vorbei. Auf manchen der sehr kleinen Ladeflächen saßen mehr als vier Leute, eng zusammengerückt.

»Was ist das hier eigentlich«, fragte Helmut, »ein Mofa oder Moped? Vespa? Was schätzt ihr, wie schnell wir fahren? Fünfundzwanzig Sachen? Dreißig vielleicht?«

»Ich tippe auf umgebauten Rasenmähermotor«, meinte Zoppo, »oder irgendein landwirtschaftliches Gerät. Bestimmt frisiert, dem Geräusch nach zu urteilen. Jedenfalls ist es flotter als Mittelscheitels Aufsitzrasenmäher.«

Zoppos Analyse beruhigte mich. Schnucki und ich hielten jeder eine noch vollständige Melone im Arm. Nur so passten wir alle vier auf die Ladefläche. Zoppos und Helmuts Hintern nahmen viel Platz ein. Wir ließen die Beine runterbaumeln, winkten dem Fahrer der einzigen anderen motorisierten Transportpritsche, die uns überholte. Das schaffte ansonsten keiner der anderen rollenden Obst- oder Imbissstände.

»Erinnert ihr euch noch an Schweikerts Simon? Oder verwechsle ich den Vornamen jetzt mit dem seines Sohnes?« fragte Zoppo. »Jedenfalls der alte Bauer Schweikert. Mit seinem Pferdewagen und dem Gaul mit den langen, schwarzen Haaren an den Beinen.«

»Nicht so viele, wie du an den Beinen hast.«

Selbst Zoppo lachte über Helmuts Bemerkung. »Im Ernst, wer von euch ist als Kind beim Schweikert hinten auf dem Pferdewagen mitgefahren?«

Schnucki schüttelte den Kopf. Er war zu jung dafür. Der letzte Pferdewagen war verschwunden, bevor er alt genug gewesen war, auf Bauer Schweikerts Wagen mitgenommen zu werden. Helmut, der ein paar Jahre älter als Schnucki war, hatte diese Erfahrung ein einziges Mal machen dürfen (gerade noch so eben, bevor der alte Gaul den letzten Gang zum Abdecker machte), Zoppo immerhin ein paar Mal, und am häufigsten ich, wie sich herausstellte.

»Es war wunderbar, wenn Bauer Schweikert abends, wenn wir Jungs vom Allerswald-Bolzplatz zurück ins Dorf gingen, ebenfalls auf dem Weg nach Hause war und fragte, ob wir mitfahren wollten. Natürlich wollten wir. Immer.« Ich erinnerte mich daran, wie ich mit den Heck-Cousins, mit Justus, Beckers Peter und den anderen auf dem schockelnden Wagen saß und den Lederball im Arm hielt, wie jetzt die Wassermelone. Ich erinnerte mich, dass wir beim ersten Mal, als ich mitfuhr, Lieder sangen, denn da waren wir noch Kinder und genierten uns nicht so, und wie wir später, als große Jungs, nichts reden mussten, weil es schöner war, nach oben zu blicken und zuzuschauen, wie der Mond aufging oder die ersten Sterne glitzerten. Aber das erzählte ich Zoppo, Helmut und Schnucki nicht. Sie waren still geworden, schauten über die breite Straße zu den Lichtern der Stadt. Der Himmel wurde dunkler. Noch nicht wie Tinte, aber ein Königsblau deutete sich schon an. Helmut summte etwas vor sich hin, ich glaubte die Melodie von »Schön ist die Welt, drum Brüder lasst uns reisen« zu erkennen. Nach einer Weile stimmte Zoppo in das Summen mit ein. Unser Fahrer schaute kurz nach hinten, lächelte uns zu. Und wir betrachteten den Horizont, jetzt doch tintenblau, gesprenkelt mit Sternen und den Lichtern der Stadt.

»Was ist das?« fragte Helmut.

»Der Horizont, jetzt tintenblau«, antwortete ich, »gesprenkelt mit Sternen und den Lichtern der Stadt.«

»Nein, nicht das. Ich meine das Geräusch.« Ein Dröhnen wurde lauter. Wir schauten nach oben, in den Himmel. Eine große Maschine setzte zur Landung an. Wir passierten ein Straßenschild, das anzeigte, dass es nur noch drei Kilometer bis zum Flughafen waren.

Der Melonenverkäufer fuhr uns bis in die Nähe des Haupteingangs. Zwei Minuten hatten wir noch zu laufen.

Der Wassermelonenmann hatte sich nicht getraut, mit seinem frisierten Rasenmäher bis zwischen die Taxis vorzufahren. Er verabschiedete sich wortreich von uns. Wir riefen ihm warme Worte aufrichtigen Dankes zu. Schnucki kramte einen chinesischen Geldschein aus der Tasche hervor und forderte uns auf, es ihm gleich zu tun. Der Melonenverkäufer lachte und machte eine abwehrende Handbewegung. Schnucki zeigte in den Himmel und machte eine Wir-sind-gleich-weg-Handbewegung. Er wollte sagen: »Da wo wir hinfliegen, kriegen wir nichts für die Scheine.«

Dann deutete er auf die zwei Melonen, die er und ich während der Fahrt gehalten und beim Heruntersteigen auf der Ladefläche gelassen hatten. Unser Fahrer lachte wieder, überreichte uns die Wassermelonen, hob aber abwehrend die Hände, als She Nu Ki versuchte, ihm die Geldscheine zu geben. Wahrscheinlich war es ihm Lohn genug, später zuhause erzählen zu können, welche sonderbaren Vögel heute bei ihm auf der Pritsche mitgefahren waren. Aber Schnucki deutete in den Himmel und machte dann eine Geste, als wolle er die Scheine zerreißen. »Die können wir bei Zeggels oder im Kaufhaus Mechels nicht gebrauchen«, sagte er lächelnd zum Melonenverkäufer, »also nimm du sie lieber.« Immer noch widerwillig aber lachend und laut drauflosredend ließ er sich die Scheine schließlich aufdrängen. Ich hoffte, sein Redeschwall enthielt Sätze wie: Wenn ihr wieder mal in Qingdao vorbeischaut, könnt ihr gerne wieder bei mir auf der Pritsche mitfahren. Ich rette gerne verloren gegangene Europäer.

Wir lagen noch knapp in der Zeit, also winkten wir unserm Fahrer hinterher, bis wir ihn nicht mehr sahen. Hele Mute, Zo Po, She Nu Ki und Jo Han.

»Verdammt nochmal, da seid ihr ja endlich«, hörten wir sie schimpfen, kaum dass wir die Eingangshalle betreten hatten. Der Kühlschrank hatte auf uns gewartet. Ich schaute auf meine Armbanduhr: Gerade einmal exakt zwei Minuten nach der vereinbarten Zeit. Und wie sich herausstellen sollte, ging unser Flug sowieso zwanzig Minuten später. »Los, los«, schimpfte sie weiter, »da rüber, zum Einchecken. Dalli.« Sie nahm sich einen ziemlich gebieterischen Ton heraus. Aber selbst Zoppo war von unserer dreirädrigen Fahrt durchs abendliche Qingdao noch zu benommen, um die Martini zurechtzuweisen. Sie musterte uns von oben bis unten, und bevor sie voranging sagte sie zu mir und Schnucki: »Was wollt ihr denn damit? Die kriegt ihr nicht durch den Zoll.« Sie deutete auf die Wassermelonen. »Die könnt ihr da drüben in die große Mülltonne werfen.«

Schnucki sah aus, als finge er gleich zu weinen an. Er umfasste seine Melone fester, trotzig wie ein Kind, als sträubte er sich, die Melone alleine zurückzulassen.

»Sie hat Recht, Schnucki«, sagte ich, und Helmut nahm ihm die Melone aus dem Arm. Wir gingen zu viert zum Mülleimer, warfen die Melonen aber nicht rein, sondern legten sie sachte auf die Ablage daneben. Schnucki schaute auf die Melonen und faltete die Hände vorm Bauch.

»Vielleicht findet sie jemand vom Reinigungspersonal«, sagte ich, als stünden wir vor einer Babyklappe, »und nimmt sie mit nach Hause.« Schnucki nickte traurig.

»Jetzt aber los«, herrschte die Martini uns an, »ich will nicht wegen euch den Flug verpassen.«

Sie ging voran. Wir hatten Schwierigkeiten, mit ihr Schritt zu halten.

Nach dem Einchecken traute ich mich endlich zu fragen: »Wo ist denn Wang?«

»Der ist nicht da.«

»Wie, nicht da?«

»Herrgott, kapierst du es nicht? Er hat vorhin angerufen. Er kommt nicht mit uns zurück.«

20

Das Empfangskomitee bestand aus Benny und Jasmin. Als der Zug auf dem kleinen Bahnhof einrollte, sah ich durch die Fensterscheibe, wie Jasmin auf dem Bahnsteig aufgeregt den Hals reckte, wie ein Kind, das darauf wartet, dass sich die Tür zum Wohnzimmer öffnet und den Blick auf den Weihnachtsbaum freigibt, mit bunt verpackten Geschenken darunter. Hinter ihr stand Benny. Der reckte den Hals nicht. Es würde niemand aus dem Zug aussteigen, auf den er sich kindlich freute.

Ich hatte ein schlechtes Gewissen. Es wäre meine Aufgabe gewesen, Jasmin vorzuwarnen. Ob Wang das von mir erwartet hatte? Ich hätte sie anrufen können – nicht von China aus, aber spätestens, nachdem wir in Frankfurt gelandet waren, vom Bahnsteig aus zum Beispiel, als wir auf den Zug warteten. Oder spätestens, als wir im Abteil saßen.

Zoppo, Helmut und Schnucki wirkten müde vom Flug, und die Martini tat so, als gehöre sie nicht zu uns. Sie hielt ein paar Meter Abstand zu uns, setzte sich zwar ins selbe Zugabteil wie wir, machte es sich aber einige Sitzreihen von uns entfernt bequem, nachdem wir einen Vierer-Platz mit

Tisch in der Mitte besetzt hatten. Bis Mainz versuchte ich an etwas anderes zu denken als daran, zuhause anzukommen. Vor Ingelheim nickte ich ein, träumte von Wassermelonen, vom Abendhimmel über der Stadt, von der dieselumwehten Ladefläche eines dreirädrigen Pritschenwagens. Als ich hochschreckte, waren wir bereits tief im Nahetal. Auf den Sitzen mir gegenüber schliefen Helmut und Schnucki, die Köpfe leicht zueinander geneigt, wie ein altes Ehepaar. Auch Zoppo neben mir schlief. Ich zog mein Handy aus der Hosentasche. Kein Empfang. Wir waren in einem Tunnel. Ich musste mir nicht überlegen, was ich ihr sagen sollte, konnte mir einreden, es vielleicht ab Idar-Oberstein zu versuchen.

Es waren ein paar junge Chinesen im Zug. Die Handelsniederlassung Orchid Park hatte ihre eigene Bahnstation. Zum Glück stiegen die jungen Chinesen eine Station vor uns aus. Natürlich hätte Jasmin ihren Wang unter tausend Chinesen sofort erkannt, aber es war mir trotzdem lieber, wenn eine Station später nur wir fünf ausstiegen, und nicht auch noch gut gekleidete chinesische Männer, von denen keiner Wang war. Außerdem hoffte ich bis zum Schluss, sie sei nicht am Bahnhof, und ich könnte vielleicht zu ihr gehen, nachdem ich mein Gepäck zuhause abgestellt hatte.

Aber da stand sie und reckte den Hals. Jetzt oblag es mir, Weihnachten abzusagen und zu erklären, dass es keine Geschenke gab. Bevor ich die Chance bekam, irgendetwas zu sagen, hatte die Martini sich an mir vorbeigedrängt und stieg als erste aus. Jasmin schaute an ihr vorbei, suchte nach den vertrauten dunklen Augen. Im Vorbeigehen sagte sie zu ihr: »Brauchst nicht zu suchen, er ist nicht mit zurückgekommen.« Als sie bereits zwei Schritte an Jasmin vorbei war, blieb sie stehen, wandte sich zu ihr um, ließ das

Gesagte einen Augenblick wirken und fügte hinzu: »Wir wissen auch nicht, warum er sich im letzten Moment entschlossen hat, dort zu bleiben.« Das Fräulein genoss es offensichtlich, noch einen obendrauf zu setzen: »Eine Frau vielleicht, aus seinem früheren Leben, die er wieder getroffen hat«, sie schaute dabei auf den Ring, den Jasmin an ihrer Hand zur Schau trug, »wer weiß das schon. Wir alle haben unsere Vergangenheit, nicht wahr?« Dann ging sie weiter. Und ich hatte alle Mühe, Jasmin auf den Weg zum Parkplatz zu beruhigen. Dabei hörte ich mich nicht gerade beruhigende Sätze sagen, in denen Worte wie »kurzfristige dringende Familiensache, mit seinem Onkel« vorkamen oder ein ganz und gar nicht überzeugendes »Wahrscheinlich kommt er schon bald nach«. Ich gestand mir ein, dass ich letztlich nicht Jasmin davon überzeugen wollte, dass im Grunde alles in Ordnung sei, sondern mich selbst.

Ich bugsierte Jasmin auf die hintere Sitzbank und setzte mich neben sie. Reden wollte Jasmin während der Fahrt nach Hause nicht. Schräg vor mir saß die Martini. Sie grinste die ganze Fahrt über. Noch nie zuvor hatte ich sie so lange an einem Stück mit nach oben gezogenen Mundwinkeln gesehen.

Benny fuhr erst alle anderen vor die Haustür. Die Martini zuerst, als wolle er den Minibus möglichst rasch vom schlechten Karma befreien. Am Ende hielt er nicht vor meinem, sondern vor Jasmins Haus und sagte zu uns beiden: »So, da wären wir.« Sollte das bedeuten: »Ihr habt sicher noch etwas zu besprechen?«

Nachdem Benny weggefahren war, standen wir uns einige Sekunden wortlos gegenüber.

»Lass dich doch nicht vom Kühlschrank verrückt machen«, sagte ich, wohlwissend, dass es an mir war, etwas zu sagen. »Wang hat wohl noch wichtige Angelegenheiten mit seinem Onkel zu regeln.«

»Zum ersten Mal, seit er in China ist, ist er zur verabredeten Zeit nicht zu unserem Skype-Treffen erschienen. Er hat sich seitdem noch überhaupt nicht bei mir gemeldet«, sagte sie nur. Es klang wie: »Da kann doch nur eine Frau dahinterstecken.« Jasmin sah zugleich traurig und wütend aus.

Wang sei ganz bestimmt nicht wegen einer Frau länger in Qingdao geblieben, bekräftigte ich noch einmal. »Bis gestern war er doch selbst noch nie zuvor in dieser Stadt gewesen.« Das bewies natürlich gar nichts. Und ich konnte nicht sagen, wann er zurückkommen würde. Ich wusste nicht einmal, ob er überhaupt wiederkäme.

»Wang kommt nicht mit«, hatte die Martini in der Flughafenhalle nur gesagt und sich keine weiteren Details entlocken lassen.

Zwei Tage später meldete sich Wang bei Benny und nannte ihm die Uhrzeit, wann er am Bahnhof abgeholt zu werden wünsche. Ich fuhr mit. Ich wollte mich mit eigenen Augen davon überzeugen, dass wir ihn nicht für immer verloren hatten.

»Wie hat er geklungen?«, fragte ich Benny.

»Gut«, antwortete der, »wie immer.«

Jasmin fuhr nicht mit. Als ich ihr sagte, Wang habe alle Angelegenheiten schnellstmöglich erledigt und käme wieder zurück, glaubte ich Erleichterung in ihrem Gesicht zu entdecken. Aber keine Freude. Ein ausgefallenes Weihnachten kann man nicht einfach nachholen. Sie erzählte mir, dass Wang am Abend zuvor mehrmals versucht habe, sie per Skype zu erreichen, sie aber nicht darauf reagiert habe.

»Du hättest mich warnen müssen, Johann«, warf sie mir vor, »ein kurzer Anruf wenigstens.«

»Was hätte ich denn sagen sollen?«

»Was du? … na, dass er nicht mit euch im Zug ist. Du hättest dafür sorgen sollen, dass ich nicht wie eine Idiotin auf dem Bahnsteig stehe und mich von der Martini süffisant angrinsen lassen muss. Egal was oder wie du es gesagt hättest: Mich nicht vorzuwarnen, war das Falscheste, das du überhaupt tun konntest.«

»Entschuldige«, brachte ich kleinlaut hervor. »Du sagst doch Wang nichts davon?«

Jasmin schnaubte verächtlich.

Wir waren früh dran, also bat ich Benny, mich noch ins Dorf beim Orchid Park zu fahren. Ich hatte gehört, dass die Dorfmetzgerei sich auf die größer werdende chinesische Gemeinde einstellte und seit kurzem Schweinsohren feilbot. An dem Abend, als wir beim Vorarbeiter eingeladen waren, hatte ich Meigui gebeten, Liu nach dem Rezept zu fragen und es für mich zu übersetzen und aufzuschreiben. Ich hielt es für eine gute Idee, Wang beim nächsten Nachmittags-»Mah Yen« zur Abwechslung einmal Schweinsohrensalat statt Kuchen anzubieten.

Wie sich herausstellen sollte, machte er sich nicht viel aus Schweinsohren und aß nur eins. Er gestand mir, bei Liu nur aus Höflichkeit auch nur ein oder zwei davon gegessen zu haben. Wang liebte den Kuchen, den ich im Café Mörsdorf besorgte, also unternahm ich danach nie wieder den

Versuch, den Zwetschgenfladen oder Bienenstich durch irgendetwas anderes zu ersetzen.

Die Schweinsohren verfütterte ich an Schnucki, Helmut und Zoppo. Sie verputzten alle.

»Wehe du erzählst jemandem im Dorf etwas hiervon«, sagte Zoppo, als er sich den Teller zum zweiten Mal mit Schweinsohrsalat volllud. Wir saßen bei mir hinterm Haus auf der blickgeschützten Terrasse und der Jubel war groß, als ich zu den Schweinsohren ein paar Flaschen Tsingtau-Bier auftischte, die ich eigens im Trierer Asia Markt besorgt hatte. Es schmeckte nicht mehr ganz so großartig wie in Shanting oder in Qingdao, aber immer noch gut. Nach der dritten Runde nannten wir uns bei unseren chinesischen Namen – zum letzten Mal, danach hörten wir mit dem »She Nu Ki«- und »Hele Mute«-Quatsch endgültig auf.

Ich überlegte, ob ich unseren Dorfmetzgern den Tipp geben sollte, gekochte und marinierte Schweinsohren ins Sortiment aufzunehmen, verwarf den Gedanken aber wieder, als die Wirkung des Tsingtaus verflogen war.

Als Wang aus dem Zug stieg, konnte ich aus seinem Gesicht nicht ablesen, wie es gelaufen war. Er lächelte matt, als er mich sah. Er trug die braune Wildlederjacke, die Jasmin ihm geschenkt hatte. »Benny wartet auf dem Parkplatz«, begrüßte ich ihn.

»Du hast alle gut nach Hause gebracht, wie ich erfahren habe.« Ich sah ihn fragend an. »Frau Martini hat mich die letzten zwei Tage per Skype auf dem Laufenden gehalten. Die erste Nachricht übrigens, die sie noch vom Flughafen Qingdao schickte, wirkte auf mich etwas panisch: ›Die vier sind noch nicht da.‹ Aber dann kurz darauf kam ein: ›Endlich, auf die letzte Minute.‹«

»Die Martini soll sich nicht so aufspielen. Die ist immer so überpünktlich. Unser … Fahrer konnte nicht direkt vorm Flughafen parken und so brauchten wir zwei Minuten länger. Aber ich hatte das natürlich im Griff.« Wang nickte. »Hier«, ich gab ihm seine Kreditkarte zurück. »Wir haben nicht viel ausgegeben.« Er steckte sie ein. Nach den chinesischen Geldscheinen fragte er nicht. Ich erfuhr nie, wieviel Bargeld wir dem Wassermelonenverkäufer gegeben hatten.

»Wie war's im Museum?«, fragte Wang auf dem Weg zum Minibus.

»Wir haben verschiedene Biersorten getestet«, sagte ich, ohne lügen zu müssen, »und haben noch ein bisschen was von der Stadt gesehen. Es war schön.«

Wang nickte wieder. Er war mit den Gedanken woanders. Als er auf dem Parkplatz den Lieferwagen mit dem Schriftzug »Wangs Welthandel« erblickte, atmete er tief durch.

Nachdem Wang Benny freundlich begrüßt hatte, bedeutete er mir, ich solle auf der hinteren Sitzbank Platz nehmen. Er setzte sich neben mich und rückte recht nahe an mich heran. Benny drehte das Radio auf, bevor er losfuhr, die 80er-Show auf SWR 1, gerade so laut, dass wir uns noch unterhalten konnten, er selbst aber vorne nichts mitbekam. Die ganze Fahrt über summte er die Melodien mit, die er alle kannte, und trommelte dabei den Takt mit dem Daumen aufs Lenkrad. Mir soll keiner erzählen, Benny verstünde sein Geschäft nicht. Bei ihm hatte Wang klug gewählt.

»Seit vorgestern habe ich Ya Si Min nicht erreichen können«, sagte Wang.

Ich entschied, Wang nichts vorzumachen und ihn mit den

Tatsachen zu konfrontieren: »Das liegt wohl daran, dass du dich vor zwei Tagen aus Qingdao nicht bei ihr gemeldet hast. Ich habe mit Jasmin gesprochen und kann dir sagen: Du wirst dich anstrengen müssen, um sie zu besänftigen.« Ich verschwieg ihm zunächst, dass die Martini Jasmin den Floh ins Ohr gesetzt hatte, es könnte in China eine andere Frau im Spiel sein.

»Du hast ihr doch gesagt, dass ich noch dringende Angelegenheiten zu erledigen habe?«

»Ja, ich habe auch deinen Onkel Chongan erwähnt. Nur Onkel Chongan. Ich dachte, wenn ich ›dringende Familienangelegenheit‹ als Grund für deine spätere Rückreise anführe, akzeptiert Jasmin eher, dass du keine Zeit hattest, dich um pünktliche Skype-Anrufe zu kümmern.«

»Gut gemacht, Johann.«

»Allerdings will ich dir nicht verschweigen, Wang, dass sich bei Jasmin die Befürchtung festgesetzt haben könnte, das Treffen mit deinem Onkel habe den Zweck gehabt, über deine familiäre Zukunft zu reden, verstehst du – lieber keine Deutsche heiraten, sondern etwas mit einer standesgemäßen«, beinahe hätte ich gesagt: wohlhabenden, »Chinesin arrangieren.«

Wang lachte. »Wenn das mein einziges Problem wäre. Also das Thema war rasch abgehakt.« Ich schaute erstaunt. »Oh ja, gefragt hat der Onkel mich schon, ob ich nicht zurückkommen will, für eine Weile zumindest, unter anderem, um eine Familie zu gründen. Aber dieses Versprechen konnte er mir nicht abringen, und letzten Endes war ihm das auch nicht so wichtig. ›Hauptsache, du gründest überhaupt bald eine Familie, gerne auch mit einer Deutschen‹, meinte mein Onkel. ›Nur warte damit nicht zu lange‹. Aber …«

»Aber er hat dir ein anderes Versprechen abgerungen?«

Wang nickte. »Eins, bei dem es um meine … die Zukunft der Familie geht, eins, das mich einiges kosten wird. Apropos kosten: Was hältst du von diesem Geschmeide?« Er zog eine Schatulle aus seinem Rucksack und öffnete sie: Ein Armreif, zwei Halsketten, eine davon mit Perlen, die andere glänzte golden, und Ohrringe.

»Ist das alles echt?«, rutschte mir die Frage heraus.

»Natürlich«, antwortete Wang ungerührt, »aber günstig. Hier, schau mal, das sind echte Diamantohrringe.«

»Darüber wird Jasmin sich bestimmt freuen«, es klang nicht so sarkastisch, wie ich es meinte und ich fügte auch nicht hinzu: »Aber nur, falls man das alles zusammengenommen als Verlobungsschmuck interpretieren kann.«

»Das hoffe ich doch, dass sie sich darüber freut. Johann. Ich muss dir etwas sagen«, er blickte nach vorne zu Benny, der gerade einen beschwingten Song mitpfiff. Wang senkte die Stimme: »Onkel Chongan ist krank.« Er schwieg eine Weile, schluckte.

»Ist es sehr ernst?«, fragte ich, und weil ich etwas Tröstliches sagen wollte, fügte ich hinzu: »Er sah doch ganz gut aus, als wir ihn vor dem Biermuseum trafen.«

»Er ist unheilbar erkrankt. Die Ärzte glauben nicht, dass er den Sommer des nächsten Jahres noch erlebt. Und er hat sehr gute Ärzte. Mein Bruder wusste es schon. Er hat mit den Ärzten gesprochen.«

Ich war mir nicht sicher, welche Nachricht Wang schlimmer getroffen hatte: der Gesundheitszustand seines Onkels oder der Wissensvorsprung, den sein Bruder vor ihm selbst hatte.

»Bald ist niemand mehr aus unserer Vätergeneration da:

die biologischen Eltern nicht und wenn Onkel Chongan stirbt, auch keiner der beiden mehr, die für mich wie Vater und Mutter waren.« Über die Art der Erkrankung sagte er nichts.

»Und jetzt will dein Onkel … seine Angelegenheiten regeln?«

»Ja, die geschäftlichen und die familiären.« Ich verstand nicht, was das bedeuten sollte, auch nicht, als Wang weitersprach: »Er wird ein gutgehendes Unternehmen hinterlassen. Das will vererbt werden. Und er will, dass ich mich mit meinem Bruder aussöhne, jetzt, wo bald nur noch er und ich übrig sein werden.«

Ich beschloss, nicht nachzuhaken, wieso eine Aussöhnung nötig sei, sondern fragte: »Und bei Chongans Unternehmen reden wir von sehr viel Geld?«

»Natürlich, aber darum allein geht es nicht. Wenn es mit Wangs Welthandel so weiterläuft, bin ich schon in wenigen Jahren reicher als Onkel Chongan. Das Problem ist, dass mein Onkel will, dass mein Bruder und ich uns zusammentun und das Unternehmen gemeinsam führen.«

»Na und? Ich als dein Berater sage«, schlug ich übermütig vor, »gib deinem Bruder verdammt nochmal das Unternehmen in China und werde da stiller Teilhaber oder wie das heißt, und mach du hier weiter dein Ding. Was brauchst du noch ein Unternehmen in Nan…dings, wenn du hier schon in einigen Jahren mehrfacher Millionär sein kannst!«

Wang schüttelte den Kopf. »Du verstehst nicht. Mein Onkel meint es wirklich gut, er will, dass ich meinen Bruder unterstütze, dass ich ihm helfe, und dass wir schließlich beide Unternehmen gemeinsam führen: Onkel Chongans Handelsfirma *und* Wangs Welthandel. Ich habe versucht,

Nein zu sagen, aber ich bin meinem Onkel zu Dank verpflichtet wie einem Vater. Mehr als meinem richtigen Vater. Und diesen Dank muss ich durch Taten ausdrücken.«

Wir schwiegen. So viel hatte ich immerhin kapiert: Wenn Wang eines nicht wollte, war das, gleichberechtigt mit seinem Bruder zusammenarbeiten zu müssen. Vor allem aber wollte er ihn unbedingt aus Wangs Welthandel heraushalten.

»Meinst du, Ya Si Min möchte schon sehr bald Kinder haben?«, wechselte Wang abrupt das Thema. »Ich fürchte, ich weiß noch nicht genau, woran ich mit ihr bin.«

»Woran womit?«, fragte ich verdutzt. »Ob sie dich heiraten will? Mach ihr endlich einen Antrag, dann wirst du schon sehen, ob sie Ja sagt.«

»Ob sie wohl Kinder kriegen kann?«

Die Frage schien ihm wirklich wichtig zu sein. Ich nahm mir heraus, direkt zu sein: »Woher soll ich das wissen, ich bin nicht ihr Hausarzt. Am besten fragst du sie einfach selbst. So macht man das bei uns nämlich, wenn einem eine Beziehung wichtig ist: offen über alles reden.«

»Aber wie würde ich reagieren, wenn ich nicht das zu hören bekäme, was ich will.«

»Was willst du denn hören?« Da er verunsichert wirkte, fügte ich hinzu: »Vielleicht wünscht sich auch Jasmin nichts sehnlicher, als eine Familie mit dir zu gründen? Herrgott, dein Onkel hat Recht. Wenn du sie liebst, heirate sie.«

»Über Liebe haben Onkel Chongan und ich nicht gesprochen, sondern über die Zukunft.«

Er schwieg eine Weile, dann sagte er: »Weißt du zufällig etwas darüber, dass Ya Si Min, als sie noch sehr jung war, einmal schwanger war und es dabei zu … Komplikationen kam?«

»Nein.« Das hatte ich wirklich nicht gewusst. »Woher hast du das denn?«

»Frau Martini hat da vor einigen Tagen in China einmal angedeutet, dass in Ya Si Mins Jugendjahren angeblich etwas vorgefallen …«

»Der Kühlschrank? Also wirklich, Wang, lass dir von der nichts erzählen, die ist doch selbst hinter dir her.« Ich stellte fest, dass Wang durchaus im Stande war, verblüfft dreinzuschauen. »Man redet schon darüber, dass du an ihr Gefallen finden könntest, weil sie aussieht wie eine Chinesin mit europäischem Gesicht.«

Wang lachte so laut, dass Benny für einen Augenblick zu pfeifen vergaß und – einmal nur – in den Rückspiegel zur hinteren Sitzbank schaute.

»Was für eine verrückte Idee. Wer sagt denn so etwas?« Wang erwartete nicht, dass ich darauf antwortete. »Nein, mit Frau Martini habe ich etwas ganz anderes vor, aber bestimmt nicht … Johann«, er sprach wieder mit ernster Stimme, »ich muss sagen, du berätst mich wie immer gut. Ja, ich sollte mit meinen Plänen zur Familiengründung jetzt voranschreiten. Die nächsten Tage habe ich erst einmal genug damit zu tun, bei Ya Si Min die Wogen zu glätten, und ja, dieses Geschmeide in der Schatulle hier ist dabei nur ein Teil der Strategie. Aber falls ich mich fest zu binden entscheide, muss ich doch sicher sein, dass ich dann tatsächlich das bekomme, was ich will.« Er sah mich bittend an. Bittend und auffordernd.

»Gut«, sagte ich schließlich, »gib mir etwas Zeit.«

Ich machte mir Sorgen, Sorgen um Wang und um Jasmin. Ich wusste wirklich nicht, ob das mit den beiden etwas werden konnte oder ob Probleme zu erwarten waren. In den nächsten Tagen war es dann aber nicht Jasmin, die Wang Probleme bereiteten sollte, sondern Zoppo.

21

Schon vor der Weinbergaktion in China hatte Zoppo gelegentlich etwas aus der Firma mitgenommen. Nichts Wertvolles anfangs, ein paar Holzpaletten zuerst nur. Er parkte am Hintereingang der alten Fleischfabrik, am helllichten Tag, öffnete die Heckklappe und lud die Paletten ungeniert in seinen alten Kombi. Er tat das nur zu Zeiten, zu denen Wang nicht anwesend war. Auch Verpackungsmaterial, das in der neuen Halle am Eiweilerbach vorrätig war, eignete sich Zoppo auf diese unverfrorene Weise an. Er liebte die Milchpulverdosen. Helmut bezeugte später, dass zwei Dutzend davon auf den Regalen zuhause über Zoppos Werkbank aneinandergereiht standen. Dort bewahrte Zoppo Werkzeuge, Schrauben, Drähte, Kabel und andere Materialien auf, die er bei vorherigen Arbeitgebern »ausgeliehen« hatte. Bei den Milchpulverdosen, so hieß es, habe Zoppo nicht jedes Mal bei den noch unbefüllten Dosen zugegriffen, sondern er habe sich hin und wieder auch bei den versandbereiten Produkten bedient. Vermutlich verarbeitete er zuhause zunächst das Milchpulver – jeder im Dorf wusste, dass Zoppo heißen Kakao fasst so sehr schätzte wie gut gekühltes Flaschenbier – und sobald der Inhalt aufgebraucht war, fanden die Dosen dann Verwendung als Aufbewahrungsmittel für Gegenstände, die inzwischen per Gewohnheitsrecht in seinen persönlichen Besitzstand übergegangen waren.

Falls ihn jemand dabei sah – »erwischte« wäre das falsche Wort, denn Zoppo gab sich keine Mühe, sein Tun zu verheimlichen –, wie er Vorratsbestände von Wangs Welthandel in den eigenen Kofferraum verfrachtete, pflegte er das mit der Feststellung zu kommentieren: »Ab und zu muss man mal etwas aus der Firma mitnehmen, sonst kommt es noch weg.«

Ich kann mir durchaus vorstellen, dass Wang nicht Nein gesagt hätte, falls Zoppo ihn darum gebeten hätte, hin und wieder ein paar leere Dosen oder übriggebliebene Holzpaletten mitnehmen zu dürfen. Aber Zoppo nahm sich ungefragt Freiheiten heraus, weil er glaubte, dies stünde ihm zu. Dabei kannte er sich selbst gut genug, um zu ahnen, dass er es auf Dauer nicht bei ein paar Europaletten und Milchpulverdosen belassen würde. Vor allem nach der Geschäftsreise nach China lag offensichtlich das Missverständnis vor, und dies ausschließlich auf Seiten Zoppos, er habe nun Narrenfreiheit bei Wangs Welthandel.

Wang kamen Gerüchte zu Ohren, von denen er lieber gar nicht erst erfahren hätte. »Hast du auch schon gehört, Johann, Zoppo sei neulich in der Halle am Eiweilerbach eine Weile im Weinlager verschwunden, obwohl keinerlei dienstlicher Auftrag vorlag, der ihn dorthin führte?«

»Wang, wie soll ich mitkriegen, was in der Halle vor sich geht? Ich habe dort nichts verloren.« Wang blickte mich stumm an. »Und Schnucki, na ja, du kennst ihn ja, der redet nicht viel. Sogar dann nicht, wenn ihm etwas gegen den Strich geht.«

»Helmut dagegen redet doch recht viel und flüssig«, bemerkte Wang.

Ich seufzte. »Na gut, es kann durchaus sein, dass kürzlich bei Zeggels kolportiert wurde, Zoppo zweige gelegentlich die ein oder andere Flasche Wein für den Eigenbedarf ab.«

»Wenn es nur für den Eigenbedarf wäre, Johann, könnte ich ihn getrost darauf ansprechen und ihn fragen, welchen Riesling er zum Abendessen bevorzugt, und könnte ihm dann hin und wieder eine Flasche schenken. So mache ich das bei Frau Martini auch. Aber wir wissen beide: Zoppo macht sich nichts aus Wein. Ich fürchte daher …«

»Andererseits«, unterbrach ich Wang, »ist Zoppo grundsätzlich jede Flüssigkeit sympathisch, die einen alkoholischen Gärungsprozess durchlaufen hat. Ich hörte ihn einmal selbst sagen, in der Not trinke der Zoppo auch Dom Pérignon. Es muss eine gruselige Vorstellung für dich oder für Fräulein Martini sein, wie Zoppo auf barbarischste Weise schlecht gekühlten Wiltinger Scharzhofberger aus Glashumpen in sich hineinschüttet, als handele es sich um billiges Dosenbier …«

»Es handelt sich offenbar«, riss Wang die Unterredung wieder an sich, »nicht um die gelegentliche Flasche für den Eigenbedarf, sondern er zweigt vielleicht auch mal eine Sechserkiste Wein ab?« Diese als Frage formulierte Anschuldigung ließ Wang zwischen uns im Raum stehen. Sehr lange. Er wartete.

»Auch schon mal zwei«, rückte ich endlich heraus, »Sechserkisten, meine ich. Ja, Wang, du musst wohl davon ausgehen, dass Zoppo den besonders begehrten Saar-Riesling eher dutzendweise aus der Halle trägt.«

»Und ich befürchte«, schloss Wang die Unterredung ab, »dass er die Flaschen nicht selber trinkt, sondern sie irgendwo weiterverkauft. Dabei kegele ich mit dem Mann zweimal pro Monat! Halt dir das einmal vor Augen! Welch beklagenswerte Illoyalität.«

Das Unvermeidliche ereignete sich bereits wenige Tage danach: Eine geschäftliche Besprechung mit einem Milchpulver- und Babynahrungshersteller fiel kurzfristig aus, und Wang schaute unerwartet in der Halle am Eiweilerbach vorbei. Das war nicht als Kontrollgang gemeint, sondern es gab dort tatsächlich ein paar organisatorische Details mit dem Lageristen zu klären, und das gedachte Wang in der unverhofft gewonnen Zeit zu erledigen. Vielleicht wäre noch einmal alles gut gegangen, wenn Wang – er konnte danach selbst nicht mehr sagen wieso – sich nicht spontan dazu entschieden hätte, statt vor dem Gebäude zu parken, an der Halle vorbei zum Hintereingang zu fahren.

Dort stand Zoppos alter Kombi, mit geöffneter Heckklappe. Wang schaute in den Wagen. Auf der Ladefläche sah er zwei Sechserkisten Wein. Kaseler Nies'chen – Wang erinnerte sich daran, dass Ruth Martini ihm einmal gesagt hatte: »Der Nies'chen ist eigentlich ein Weltspitzenwein, auch wenn nur wenige in der Gegend sich dessen bewusst sind.« Die Hintertür wurde von einem Fuß aufgestoßen, der in einem schweren Arbeitsschuh Größe 45 steckte. Zoppo konzentrierte sich darauf, die beiden Sechserkisten, von denen er in jedem Arm eine trug, unbeschadet durch die Tür zu kriegen. Wang erkannte das Hitzlay-Etikett auf den beiden Kisten, ebenfalls eine besonders noble Marke aus dem Ruwertal, die ins Sortiment aufzunehmen Wang erst kürzlich gelungen war. Erst als Zoppo sich zur Heckklappe seines Wagens drehte, bemerkte er Wang, erschrak, eine der Kisten glitt aus seinem Arm und schlug auf den Schotterboden. Beide hörten, wie etwas in Scherben ging.

An dem Fenster neben der Hintertür erschien, vermutlich durch das berstende Geräusch angelockt, das Gesicht des bulgarischen Lagerarbeiters. Dann verschwand es wieder, um wenige Sekunden später Wange an Wange mit weiteren Gesichtern wieder hinter der Glasscheibe zu erscheinen. Eine der Frauen, die hinzugekommen waren, öffnete das Fenster auf Kippstellung, um besser hören zu können, was die beiden zueinander sagen würden.

Wang und Zoppo schwiegen einige Sekunden. Es war nicht klar, wer zuerst etwas sagen musste. Wang hörte, wie der bulgarische Lagerarbeiter weitere Mitarbeiterinnen hinzurief, um sich das zu erwartende Spektakel anzusehen.

Was hätte Wang getan, wenn Zoppo vor ihm auf die Knie gefallen wäre, bildlich gesprochen zumindest, und ihn um Verzeihung angefleht hätte? Dem Bulgaren war einmal, in einem unaufmerksamen Augenblick, beim Packen eine Kiste Wiltinger Schiefer-Riesling von einer Palette heruntergefallen. Er hatte sich dafür entschuldigen und versprechen müssen, sich künftig bei der Arbeit besser zu konzentrieren und mehr anzustrengen. Allerdings hatte er das nur unter vier Augen tun und nicht für den Schaden aufkommen müssen. »Vielleicht hätte ich schon bei diesem Fall härter durchgreifen sollen – das Huhn töten, um den Affen zu erschrecken, wie eine chinesische Redensart sagt«, meinte Wang später zu mir. »Aber der Schaden, den der Bulgare verursachte, geschah unabsichtlich.«

Wang wartete, ob Zoppo eine Entschuldigung hervorzubringen gedachte, oder einen Erklärungsversuch wagen wollte. Dabei gab es nichts zu erklären. »Ich habe ihn sozusagen mit blutigen Händen erwischt«, sagte Wang später.

Zoppo brachte keine Entschuldigung über die Lippen und auch sonst sagte er nichts. Er straffte den Rücken, schob das Kinn nach vorne und umschloss die noch unversehrte Weinkiste fester mit dem Arm. »Na leg schon mit deiner Standpauke los«, drückte seine Gestik aus.

»Ich wähnte dich eigentlich bei der Arbeit in der Werkstatt in der alten Fleischfabrik, oder zuhause im Bastelkeller«, sprach Wang endlich. Er wollte zunächst klarstellen, dass er Zoppo hier nicht gezielt hatte kontrollieren wollen. »Ich hatte doch darum gebeten, zwei weitere dieser Spielkartenhalter für Bekannte unseres chinesischen Geschäftspartners herzustellen.«

»Längst erledigt«, brummte Zoppo und sah dem Firmenchef unumwunden in die Augen. »Und? Was willst du jetzt machen?«, war aus seinem Blick herauszulesen. Wäre Wang ausgerastet, hätte Zoppo ihn nur angegrinst. Hinter dem gekippten Fenster klebten inzwischen sieben, acht Nasen an der Scheibe.

Wang brauchte nur kurz, um seine Wut zu kontrollieren. »Walter Eberhardt Trumpf«, sprach er, und Zoppo hob die Augenbrauen als er hörte, dass der Chinese seinen vollen Namen kannte, »ich muss Sie leider auffordern, das Fabrikgelände umgehend zu verlassen!«

»Ach, sind wir auf einmal wieder beim ›Sie‹?«

»Des Weiteren untersage ich Ihnen«, fuhr Wang in ruhigem Ton fort, »weder diesen Firmenbereich noch andere Einrichtungen von Wangs Welthandel je wieder zu betreten!«

Wang rief eine Bitte in Richtung der gekippten Fensterscheibe, von der sogleich drei Gesichter verschwanden. Der

Bulgare sowie zwei weitere Lagerarbeiter kamen herausgelaufen und beeilten sich, die Weinkisten aus Zoppos Auto wieder zurück ins Gebäude zu tragen. Als Wang langsam auf Zoppo zuging und die Hände ausstreckte, um die Weinkiste entgegenzunehmen, die Zoppo noch umschlungen hielt, löste der den Griff und ließ auch die zweite Kiste Ruwer-Riesling vor seine Füße fallen.

»Das Betretungsverbot, Herr Trumpf«, sprach Wang so ruhig weiter, dass er sich später nicht selbst den Vorwurf machen musste, mit diesem Barbaren auf gleicher Stufe zu stehen, »gilt ausdrücklich für alle Bereiche, die zu Wangs Welthandel gehören, also auch für das Gasthaus Zeggels und die Kegelbahn. Persönliche Gegenstände, die in der Werkstatt in der Fleischfabrik oder an anderer Stelle noch vorgefunden werden, werden Ihnen baldmöglichst zugesandt.« Er dämpfte die Stimme noch weiter: »Sie bekommen noch heute eine schriftliche Auflösung des Arbeitsverhältnisses und wenn Sie sich umgehend vom Gelände entfernen und hier nie wieder auftauchen, überlege ich eventuell, von einer Strafanzeige wegen Diebstahls abzusehen.«

Noch nie war Zoppo so leise angebrüllt worden.

»Du hast ihn also rausgeschmissen. Endgültig?«, fragte ich Wang.

»Natürlich, eine andere Option gab es nicht. Ich war öffentlich zum Handeln gezwungen gewesen.«

»Jetzt hast du einen weiteren Feind, und zwar einen gefährlicheren als Heiko.«

»Ich fürchte die Feindschaft Zoppos nicht.«

Da wussten weder Wang noch ich, dass sich die Zahl von Wangs Feinden noch weiter vergrößern sollte. Zoppo und Heiko, die zuvor nicht viel miteinander zu tun gehabt hatten und sich gegenseitig nicht sonderlich schätzten, bildeten bald eine Allianz gegen Wang. Sie provozierten ein paar unerfreuliche Auseinandersetzungen im öffentlichen Raum, wie zum Beispiel an der Fleischtheke im Kaufhaus Mechels, wo Helmut und Schnucki, die sich neutral zu verhalten versuchten, von ihnen als »Chinesen-Kulis« beschimpft wurden.

Benny wurde einmal, als er im Café Mörsdorf sein geschnittenes Roggenbrot abholte, von Heiko und Zoppo genötigt, sich auf ein Bierchen zu ihnen zu setzen, man könne doch wohl noch zusammen anstoßen unter Dorfleuten, auch wenn die einen freie Menschen und die anderen wirtschaftlich vom Chinesen abhängig seien. Zoppo oder Heiko – Benny konnte oder wollte im Nachhinein nicht mit Sicherheit sagen, welcher von beiden es gewesen war – soll im Laufe des Gesprächs die Drohung ausgestoßen haben: »Der Chinese soll bloß aufpassen, dass er sich nicht irgendwann mit gebrochenen Knochen auf seiner Kegelbahn wiederfindet.«

»Ich weiß gar nicht, was ihr wollt?«, hatte Benny sich immerhin zu entgegnen getraut. »Der Chinese meint es doch nur gut. Bringt Arbeitsplätze ins Dorf, unterstützt Vereine und kümmert sich um dörfliche Einrichtungen wie die Kegelbahn.«

»Findest du es nicht bedenklich, Benny«, fragte Heiko Zustimmung heischend, »dass sich ein so traditionelles Kulturgut des Dorfes in der Hand eines Asiaten befindet?«

»Als die Bahn zu vergammeln drohte«, gab Benny zu bedenken, »hat sich von euch jedenfalls keiner darum gekümmert.«

Danach zählten Zoppo und Heiko auch Benny zu den Chinesen-Kulis.

Kaum jemand ergriff direkt Partei für Zoppo und Heiko, aber auch nur ganz wenige für Wang, der, soviel stand immerhin fest, nicht unrecht gehandelt hatte. Aber man wollte sich nicht um den Spaß bringen, einem ordentlichen Streit beim Eskalieren zuzuschauen. Mecki sprach gar vom »Streit der Kulturen«, und meinte damit nicht Asien gegen Europa, sondern das Aufeinandertreffen zwischen dem kultivierten Unternehmertum und dem barbarischen Pöbel.

Zoppo ging diesen Streit geschickter an, als die meisten vermutet hätten. Er hielt sich, entgegen seiner sonstigen Gewohnheit, schon bald mit konkreten Gewaltandrohungen zurück und brachte auch nicht, wie ich befürchtet hätte, die eventuell fragwürdige Vorgehensweise mit den Probebohrungen in China in Umlauf. Zu dieser Aktion pflegte Zoppo in Erzählungen über »seine Zeit in China« auch nach dem Rauswurf bei Wangs Welthandel weiterhin seinen eigenen Mythos, den er nicht beschädigen wollte.

Heiko, Zoppo und ganz wenige weitere Verbündete, die Freude daran hatten, Unfrieden zu stiften, konzentrierten sich darauf, Gerüchte zu streuen, wie zum Beispiel jenes, da liefe etwas zwischen dem Chinesen und dem Kühlschrank. Dabei wurden Variationen sexueller Ausschweifungen feilgeboten, die man mit etwas Phantasie vielleicht der Martini, nicht aber dem netten Wang zugetraut hätte. Wangs guter Ruf litt durch diese offensichtlich konstruierten Gerüchte nicht nennenswert, zumal er klug genug war, sich bei keiner Gelegenheit zu einer Gegendarstellung oder gar Verteidigung hinreißen zu lassen. Er sorgte dafür, dass zwei neue Mitglieder im Kreis der Kegelfreunde aufgenommen wurden, pumpte weitere Spenden in den VfL und OGV, und bot ein paar bezahlte Praktikumsplätze im Bereich Welthandel-Management an, die allesamt von dankbaren Dorfjugendlichen besetzt wurden – und das, obwohl, wie Wang erwähnte, ihm das mit den Praktikantenstellen momentan eigentlich nicht passte.

Wang konnte sich leisten, die Gerüchte um ihn und Ruth Martini zu ignorieren. Jasmin kam damit schlechter klar. Und wenn ich ehrlich bin, wird Fräulein Martini wohl ebenfalls ihre Probleme damit gehabt haben, wobei Helmut einmal nach dem Kegelabend meinte, der Kühlschrank leide wohl eher darunter, dass an den Gerüchten nichts Wahres dran sei.

Ich glaubte nicht, dass es an den von Zoppo und Heiko befeuerten Gerüchten um die angeblich ausschweifende Affäre lag, als wenige Monate später Ruth Martini und Wangs Welthandel das Arbeitsverhältnis im gegenseitigen Einverständnis aufkündigten.

22

»Das ist nicht dein Ernst, Wang, du fragst mich, ob ich dir hunderttausend Euro leihen kann?«

»Nicht leihen, sondern dich an einem Geschäft beteiligen. Die Frage ist genauer gesagt: Hättest du mindestens hunderttausend? Unter einem sechsstelligen Betrag lohnt es sich kaum einzusteigen.«

»Ich bin Frührentner. Wie kommst du darauf, ich könnte noch irgendwo sechsstellige Beträge in Reserve haben? Ich halte nicht einmal Aktien von Bahn und Post. Und da bietest du mir an, mich an einer Handelsfirma zu beteiligen, von der noch nicht genau feststeht, womit sie handeln wird, von der du selbst nicht der Eigentümer bist und deren Hauptsitz in einer chinesischen Stadt liegt, deren Namen ich noch nie gehört habe?«

»Es handelt sich um eine Millionenstadt und Eigentümer wird mein großer Bruder sein.«

»Du vermittelst nicht gerade den Eindruck, dass du darüber glücklich bist.«

Darauf sagte er nichts, sondern machte geltend: »Es ist geplant, zu der Handelsgesellschaft in China eine Zweigstelle in Deutschland zu eröffnen. Im Oberbayrischen. Auf dem Land.«

»In einem Ort, von dem ich schon genau so oft gehört habe, wie von dieser Stadt in China, wo dein Bruder derzeit wohnt?«

»Auch von eurem schönen, grünen Tal hier hatte ich noch nie zuvor etwas gehört, dennoch habe ich genau hier Wangs Welthandel gegründet. Wer sagt, dass es nicht noch andere Dörfer gibt, in der Lüneburger Heide, im Thüringer Wald oder in den bayrischen Alpen, die genauso geeignet sind, wie dieses Tal hier, um etwas Großes zu beginnen. Du hast doch sicher schon vom ›Global Village‹ gehört?«

»Ja, ja, die Welt ist ein Dorf. Irgendwo auf der Welt werden Rindersteaks produziert, die, wenn sie hier auf den Tisch kommen, nicht halb so viel kosten wie das Rindfleisch vom Bauernhof gleich hier aus dem Dorf. Und das, obwohl das globale Fleisch zehntausende Seemeilen hinter sich hat, während Schweikerts Kühe anderthalb Kilometer vom Dorfmetzger entfernt grasen. Und deshalb ist hier heutzutage nix mehr mit der Fleischverarbeitung.«

»Das hast du im Grunde treffend beschrieben. Aber das Entscheidende bei der Idee des Global Village ist nicht das Globale, sondern das Dorf. Sobald die Fleischproduktion in einem Dorf irgendwo in Deutschland ruiniert ist und man die Dorfbewohner mit billigen Dosen von was weiß ich woher versorgt, kann man in eben diesem Dorf dann teures Ökofleisch produzieren, und damit dreimal so viel verdienen wie mit dem, was früher die Rinder einbrachten, die auf derselben Weide gegrast haben. Dieser Mechanismus der dörflichen Struktur ist weltweit übertragbar. Auf dem langen Marsch zum globalen Dorf heißt es, konkrete Dörfer zu finden, in denen die Globalisierung ordentlich funktioniert.«

»Aber ein Dorf ist doch nicht nur ein Produktions- oder Wirtschaftsstandort, ein Dorf ist doch vor allem … Heimat.«

Wang schwieg lange, bis er sagte: »Meine Heimat ist dort, wo es Geld zu verdienen gibt.«

»Aha, und verdienst du hier nicht genug? Suchst du jetzt eine neue Heimat am Jangtse oder wie der Fluss heißt, und in den bayrischen Alpen? Und brauchst du jetzt Geld, um das Geldverdienen anderswo anzukurbeln? Hier hast du doch auch mit nichts angefangen.«

»Unsinn, niemand fängt mit nichts an, nicht, wenn es groß werden und gut laufen soll. Onkel Chongan hat mir nicht nur wichtige Kontakte in China bereitgestellt, sondern sich anfangs auch finanziell beteiligt, mit Rendite natürlich. Das funktioniert unter chinesischen Familien ein bisschen so wie mit Aktienanteilen, nur ohne offizielle Börse, wenn du verstehst.«

»Und ob ich verstehe: Jetzt bist du an der Reihe, dich an der Firma zu beteiligen, die dein Bruder angehen will.«

»Ja«, Wang klang bitter. »Dabei geht es leider nicht nur um Geld. Onkel Chongan will die Familie wieder zusammenführen, beziehungsweise das, was von ihr noch übrig ist. Ich habe nur zwei Möglichkeiten: Entweder ich nehme meinen Bruder als gleichberechtigten Partner in Wangs Welthandel auf – das kommt natürlich nicht in Frage – oder ich helfe ihm, genauso erfolgreich zu werden wie ich, also meine Geschäftsstrategie zu kopieren, wenn auch in einem anderen Ortsteil des globalen Dorfes. Ich muss das machen.«

»Sonst was?«

»Sonst enterbt Onkel Chongan mich.«

»Das ist alles? Dann pfeif doch auf die chinesische Knete und konzentriere dich darauf, hier deine erste Million zu machen, und danach die nächste.«

»So einfach ist das nicht.« Wang erläuterte das nicht weiter, stattdessen meinte er: »Normalerweise hätte ich nichts dagegen, jemandem Geld zu leihen, der mein Bruder ist, wenn er die Fähigkeit besäße, sorgfältig und klug damit umzugehen. Ich weiß, ich sollte das nicht sagen, aber manchmal kann ich mich des Gedankens nicht erwehren, dass einer von uns beiden zu viel ist auf der Welt. Und ich fürchte, mein Bruder denkt insgeheim genauso.«

»Ich fasse nochmal zusammen: Du versuchst Anleihen für ein Unternehmen einzusammeln, das, abgesehen davon, dass nicht feststeht, womit es handeln wird, von jemandem geführt wird, dem du die dafür notwendigen Fähigkeiten absprichst und den du am liebsten loswärst – und er dich? Ganz ehrlich, Wang, wenn du mich um Rat fragen würdest, wieviel Geld du in so ein Unternehmen investieren solltest, welche Antwort würdest du von mir erwarten?«

Wang lachte: »Du bist ein kluger Kopf. Ja, es ist ein riskantes Unterfangen, bei dem man im Extremfall alles verlieren kann, was man einsetzt. Deshalb würde ich auch niemandem raten, sein gesamtes Habe einzusetzen. Ich selbst plane auch nur den Gewinn in das Unternehmen meines Bruders zu stecken, den Wangs Welthandel mit dem chinesischen Weinbergprojekt erzielt hat. Andererseits ist es, mit etwas Glück, nicht ausgeschlossen, dass du eine schöne Stange Geld dabei verdienen kannst. Manchmal laufen solche Handelsfirmen, wenn man auf die richtige Ware setzt, auch bei mittelmäßig gewitzter Geschäftsführung wie von selbst. Die Verdoppelung des Einsatzes wäre, bei einem Ausstieg aus dem Unternehmen im richtigen Moment, durchaus möglich. Wenn du zum Beispiel einen Kredit von hunderttausend Euro auf dein Häuschen aufnehmen würdest, könntest du dir mit dem Gewinn vielleicht bald ein zweites dazukaufen.«

»Und was sollte ich damit? Ich wüsste ja nicht einmal, wem ich dieses Haus vermachen könnte, wenn es mit mir einmal zu Ende geht. Wozu also ein zweites haben wollen? Viel wichtiger für mich ist es, dieses Haus hier bis zu meinem Lebensende mein Eigen zu nennen. Das ist meine Altersversicherung. Wohl tobet um die Mauern«, ich lächelte, um Wang zu zeigen, dass ich ihn gerade nicht ganz ernst nahm, »der Sturm in blinder Wut. Das Haus wird's überdauern, auf festem Grund es ruht.«

»Ihr denkt alle recht eingeschränkt hier in diesem Dorf. Recht … dörflich.«

»Und damit sind wir gut gefahren, wenn man auf die letzten Generationen zurückblickt.«

»Vielleicht stimmt das für die letzten Generationen, aber was ist mit den kommenden? Ich rede nicht vom großen

Sprung, aber wenigstens einen kleinen Hopser müsste dieses Dorf machen, und zwar am besten einen nach vorne. Von der Industrie- und Produktions- zur Dienstleistungs- und Handelsgesellschaft. Wenn ihr das nicht schafft, wird es eng für euch. Arbeit hat keine Heimat, sie zieht dorthin, wo sie gerade am billigsten ist, oder am produktivsten. Und genau das berücksichtigt mein Vorschlag, natürlich mit allen Risiken und Gewinnmöglichkeiten.«

»Wang, ich fürchte, du wirst hier niemanden finden, der sich auf dein Angebot einlässt.«

»Glaubst du?« Er schien überrascht. »Ich denke, die Frage ist nicht, ob sich überhaupt jemand darauf einlässt, sondern: wer zuerst? Für mich war es selbstverständlich, dass ich dich als ersten frage, und natürlich akzeptiere ich dein Nein. Vielleicht ist deine Entscheidung, bei deiner Lebensauffassung und deinen persönlichen Zielen, für dich die richtige.«

Wie sich noch zeigen sollte, war sie das. Und noch später stellte sich heraus, dass diejenige Person, die den kleinen Sprung wagte, in der großen Patsche landete.

Die Welthandel-Geschäfte liefen unterdessen reibungslos. Wang suchte weiteres Personal und es war nicht ganz leicht, den Überblick über die Anzahl der Fahrzeuge, die mit dem Welthandel-Aufdruck durch die Gegend fuhren, zu behalten, da sie kurz davor stand, auf eine zweistellige Zahl anzuwachsen. Dass es schließlich nicht mehr dazu kommen sollte, dass Wangs Welthandel-Fuhrpark noch ein zehntes Fahrzeug mit mindestens zwei Achten im Nummernschild bekam, hätte niemand angenommen. Die Geschäfte liefen, wie gesagt, gut.

Wang machte sich Gedanken wegen Ya Si Min. Ich wurde nicht schlau aus den beiden. Was erwarteten sie voneinander? Liebten sie sich nun oder nicht? Liebten sie sich genug, um sich zu schwören: In guten und in schlechten Zeiten?

Wang umwarb Jasmin ganz offenkundig, und das nicht nur durch das Verabreichen von glitzerndem Geschmeide. Er umgarnte Jasmin auch dadurch, dass er sie nicht nur in intimen Situationen, sondern auch öffentlich – beim Kegelabend zum Beispiel – »meine Holde« nannte, und die mit hoher Regelmäßigkeit stattfindenden Liebesnächte damit einleitete oder beendete – das variierte je nach Dringlichkeit des Verlangens –, dass er ihr vom Silberfluss Tinake erzählte, welcher die wunderschöne Weberin Zhinyu und den sich vor Leidenschaft verzehrenden Hirten Niulang voneinander trennte. Bald aber, so spendete Wang Ya Si Min und vielleicht auch sich selbst Trost, würde Quegiao, eine Brücke gebildet aus Elstern, die Kluft zwischen dem Kuhhirten und der Weberin überbrücken, so dass sie zueinander fänden.

»In unserem Kosmos sind Niulang und Zhinyu dieselben Sterne wie Atair und Wega in eurem All, und der Fluss Tinake ist die Milchstraße«, erklärte mir Wang, »aber eure unromantischen Bezeichnungen für die Sterne eignen sich nicht so gut, wenn man einer Frau ein märchenhaftes Bild der Zukunft malen will.«

»Ist es nicht sonderbar«, fragte ich ihn, »dass wir alle in denselben Sternenhimmel blicken, dort aber ganz verschiedene Bilder sehen?«

Wang machte große Augen. »Du stellst tatsächlich kluge Fragen, mein Freund, zumindest wenn es sich um allgemein philosophische handelt.«

»Gut, dann stelle ich dir eine ganz praktische Frage, die zu beantworten, ebenfalls klug wäre: Wann gedenkst du, Wang Fei, Jasmin Zenner endlich zu heiraten?«

»Sobald sie dazu bereit ist«, antwortete er ernst und wechselte daraufhin wieder zu allgemein philosophischen Themen.

Jasmin ihrerseits unterließ es nicht, in Gegenwart von Freundinnen oder auch jenen, die sich als solche ausgaben, von erfüllten Liebesnächten zu schwärmen. Sie glaubte wohl, dies tun zu müssen, um den nicht kleinzukriegenden Gerüchten entgegenzuwirken, Wang pflege neben der Beziehung zu Jasmin noch eine weitere, eher ungesunde erotische Liaison zum Fräulein Martini. Einem Mann, der mit wachsendem Erfolg Wein, Babynahrung, Elektronikkomponenten und Weinberge nach China verkaufte, traute man selbstverständlich mehr als nur eine einzige Liebschaft zu, und diese durchaus mit unterschiedlichen sexuellen Ausrichtungen.

Es erübrigt sich daher zu erwähnen, dass sich niemand mehr als Jasmin freute, als bekannt wurde, Wangs Welthandel und Ruth Martini hätten sich getrennt. Gütlich, wie es hieß.

23

Rückblickend kann ich durchaus behaupten, dass es Vorzeichen gab, die das Ende Wangs ankündigten. Zumindest zwei Ereignisse, die ich hautnah mitbekommen hatte, waren, wenn man sie richtig zu deuten wusste, Warnsignale gewesen: Das eine war der Bankrott eines Handelsunternehmens irgendwo am Jangtsekiang und in Oberbayern, das andere die Mülltonnenrennen-Weltmeisterschaft in einer Kleinstadt am Rande des Hunsrücks.

Startbereich und Fahrerlager befanden sich rund um das Gelände des Hochwaldmuseums. Wang war nicht davon abzubringen, an dem Rennen teilzunehmen. Benny hatte ihm ohne Hintergedanken davon erzählt, aber nachdem Wang auf Youtube ein paar Amateuraufnahmen zu dem Rennen entdeckt hatte, war seine Begeisterung nicht mehr zu bremsen. Zusätzlich angespornt wurde er dadurch, dass er erfahren musste, dass die letzten beiden Weltmeisterschaften ausgerechnet von einem Rennfahrer aus Kastel gewonnen worden waren. Niemand beherrschte die Hochgeschwindigkeitsmülltonne besser als Schäfers Nonnie aus dem nördlich gelegenen Nachbardorf. In einem Vorbericht in der Zeitung stand, er sei wieder der Topfavorit. Nonnies Rennmülltonnen-Konstrukteur und Techniker beim letztjährigen Weltmeistertitel ist der Schellen Paul aus Schwarzenbach gewesen.

»Wieso heißt der Schellen Paul eigentlich Schellen Paul?«, fragte Helmut, als wir im Gasthaus Zeggels über das bevorstehende Rennen sprachen. »Sein eigentlicher Nachname ist doch…«

»Na, weil der Großvater schon so genannt wurde, also Schellen Karl«, unterbrach Benny ihn, »und das kam daher, dass der Karl so eine Art Gemeindediener war, der immer mit der Schelle durchs Dorf ging, wenn es etwas anzukündigen gab, zum Beispiel wenn der Strom oder das Wasser vorübergehend abgestellt wurden.«

»Deshalb ist auf dem Renngerät auch irgendwo eine kleine Schelle aufgemalt«, konnte ich zur allgemeinen Erhellung beitragen, und fügte hinzu, als ich Wangs Stirnrunzeln sah, »also eine Handglocke, wie die Signatur bei einem Gemälde, ihr wisst schon, so wie Picasso oder Dali das immer gemacht haben.«

Benny, der keine der bisherigen Mülltonnenweltmeisterschaften verpasst hatte, wischte auf seinem Handy herum und hielt Wang ein Foto der Sieger-Tonne vors Gesicht. »Die Schelle sieht man auf dem Bild nicht, ist zu klein.«

Es war um Wang geschehen. Inzwischen kannte ich diesen Gesichtsausdruck, der bedeutete: Das will ich auch haben. Zunächst dachten wir, er wolle lediglich einen Mülltonnen-Rennstall gründen, dessen Sponsor und Chef er wäre. Wir blickten uns verstohlen an, in Erwartung der Frage: Wen nehmen wir als Fahrer? Als er sich aber erkundigte »Ist es schwierig, so eine Tonne zu fahren? Brauche ich einen Trainer, um das zu lernen?«, atmeten wir auf. Und sorgten uns zugleich. Zumindest ich sorgte mich. Nicht etwa darum, er könne sich schlimmstenfalls ein paar Knochen brechen, sondern eher, dass er sich allmählich in so einen dauerspätpubertären Hallodri entwickelt, von denen es schon reichlich genug in der Gegend gab.

»Die Weltmeisterschaft beginnt in fünf Wochen«, gab Helmut zu bedenken. »Ich glaube nicht, dass man das so schnell draufhat.«

»Wieso?«, wandte Mittelscheitels Junior ein, der sich ungefragt zu uns gesellte, was sein gutes Recht war. »Ist es so schwierig, eine 120-Liter-Tonne einen Berg hinunterrollen zu lassen?«

»Wenn man draufliegt schon«, gab Benny zu bedenken. »Das Lenken verlangt einiges an Können, und eine Schwierigkeit des Rennens besteht darin, im Endabschnitt der

Strecke richtig Tempo zu machen, da geht es nur noch geradeaus bergab. Da kannst du eine Menge Zeit gewinnen oder verlieren. Und dieses Jahr wollen sie die schwierigen Kurven rausnehmen und dafür das Gleitstück verlängern.«

»Gleitstück?«

»Ja, es kommt diesmal wohl noch mehr als sonst auf die Endgeschwindigkeit an und nicht so sehr auf die Kurvenbeherrschung. Um Geschwindigkeit draufzukriegen, brauchst du ein gut austrainiertes Fahrgefühl, und eine 1-A-Tonne natürlich. Wenn man beides nicht hat, hat man keine Chance, kauft sich besser ein Bier und eine Bratwurst und schaut sich das Spektakel von hinter der Absperrung an.«

Wir schauten auf Wang. Das Ganze hätte noch als Spinnerei abgetan werden können. Aber Wang sprach: »Wenn man bei einem Rennen mit einem Traktor gegen einen Porsche antreten soll, muss man dafür sorgen, dass das Rennen auf einem Acker stattfindet.«

»Ist das ein chinesisches Sprichwort?«.

»Nein, das habe ich soeben selbst erfunden, es hätte aber durchaus Potenzial, eins zu werden. Wir brauchen erst einmal eine Tonne. Kann man die irgendwie frisieren? Wie machen die anderen Rennställe das?«

»Alles genormt«, wusste Benny zu berichten, »selbst die Größe der Räder. Man kann allenfalls sicherstellen, dass die Tonne tipptopp in Ordnung ist und die beiden Räder ordentlich festsitzen. Dafür brauchst du keinen Zoppo zu engagier…« Benny biss sich auf die Lippe. Wir erwähnten Zoppo in Wangs Gegenwart eigentlich nicht mehr.

Wang überhörte es. »Okay, Benny, besorg mir diesen Schellen … Karl oder Paul.« Benny legte die Finger an die Krempe eines imaginären Kavalleriehutes und machte etwas ähnliches wie einen militärischen Gruß, als wolle er sofort losstürmen, um die Spezialmission zu erfüllen. »Wer hat eine brauchbare Mülltonne?«, fragte er in die Runde, und fügte nach kurzer Überlegung hinzu: »Wie sollen wir unser Rennteam nennen?«

Damit stand es fest: Es gab ein Team. Es gab ein »Wir«. Ich verspürte eigentlich keinerlei Lust, ein Teil davon zu sein.

»Wird auch Zeit, dass nicht schon wieder ein Kasteler Weltmeister wird«, meinte Helmut.

»Wieso?«, mischte Rosi sich von hinterm Tresen ein. »Besser der als ein Pfälzer, oder?«

Wir nickten und bestellten noch eine Runde. Der Zeitpunkt war bereits verpasst, Wang diese Schnapsidee noch auszureden.

Es handelte sich tatsächlich um eine Weltmeisterschaft. Denn die Mülltonnenpiloten kamen nicht nur aus den umliegenden Landkreisen, sondern auch aus der Pfalz, dem Schwarzwald, Norddeutschland, sogar aus Belgien, Luxemburg und Österreich. Angeblich hatte sich sogar ein Japaner angemeldet. Der reiste zwar nicht aus Asien an, sondern lebte schon seit frühester Kindheit in Konz bei Trier, aber er hatte, wie gesagt wurde, neben dem deutschen auch einen japanischen Pass, was für Wang eine zusätzliche Motivation bedeutete. Für den Fall, dass unser Chinese die Weltmeisterschaft nicht selbst zu gewinnen vermochte, hatte er sich als Minimalziel gesetzt, zumindest den Japaner hinter sich zu lassen.

Dem Mülltonnenrennen liegt ein urmännliches Prinzip zugrunde, nämlich sinnfreier Wagemut. Dennoch waren auch einige Frauenteams angemeldet – sowohl für die

Einzel- als auch für die Mannschaftswettbewerbe. Es gab eins-gegen-eins Ausscheidungsläufe im K.O.-System sowie Mannschaftswertungen. Letztere kam für uns nicht in Frage, da Wang niemanden aus dem Team überreden konnte, ebenfalls als Aktiver in den Mülltonnenrennsport einzusteigen. Wang war der einzige Fahrer. Also wurden wir anderen zum Boxenteam ernannt und Wang beschloss, sich völlig auf die Königsdisziplin zu konzentrieren, auf das am letzten Renntag stattfindende Einzelzeitfahren.

Genau wie die Konkurrenten aus Kastel legte Wang – unter Bennys, Helmuts, Schnuckis und meiner Aufsicht – einige Trainingseinheiten am Nordhang des Handenbergs ein. Wir dachten eigentlich, die ganze Kunst bestehe darin, eine handelsübliche Mülltonne umzukippen, eine geleerte natürlich, sich bäuchlings draufzulegen und eine abfallende Straße hinunter zu brettern. Dass es nicht ganz so einfach war, lag daran, dass eine Mülltonne lediglich zwei Räder hat und kein Lenkrad. Das Steuern muss also – ähnlich wie bei einem altmodischen Holzschlitten – mit den Füßen vorgenommen werden. Diese Technik beherrschte Wang erstaunlich schnell. Selbst Schäfers Nonnie und zwei weitere Rennpiloten aus seinem Team, die Wangs Trainingseinheiten durchaus wohlwollend beobachteten und anfangs noch korrigierende Tipps gaben, bescheinigten ihm ein außergewöhnliches Talent fürs Kurvenfahren. Umso alarmierter nahmen wir Nonnies Nachricht auf, dass in diesem Jahr, anders als bei den vorigen Weltmeisterschaften, tatsächlich eine fast schnurgerade Hochgeschwindigkeitsstrecke vorgesehen war, ohne eine einzige nennenswerte Biegung. Die Rennpiloten würden sich also auf das frühestmögliche Erreichen einer hohen Geschwindigkeit konzentrieren müssen und diese dann bis in Ziel halten. Ausgerechnet mit der Endgeschwindigkeit aber haperte es bei Wang noch.

Vielleicht muss das Sportgerät genauer erklärt werden: Die meisten Fahrer wählen das handelsübliche 120-Liter-Hausmülltonnen-Modell. Die Tonnen dürfen baulich in keiner Weise verändert und müssen so gefahren werden, dass sich die Achse mit den beiden Rädern hinten befindet und der Deckel nach vorne zeigt. Die einzige erlaubte Umgestaltungsmöglichkeit besteht darin, auf der Fläche, auf der man während der Fahrt liegt, eine Polsterung anzubringen.

Gleich nach dem Start werfen sich die Piloten auf diese Polsterung und ab dann muss die Mülltonne so ausbalanciert werden, dass nur noch die Räder Asphaltkontakt haben – am besten durchgehend. Der Rest des Renngeräts sollte so selten wie möglich auf der Straße schaben.

Eigentlich würde es also reichen, von zuhause eine leere Mülltonne mitzubringen, eine Startnummer auf den Deckel zu kleben, und sich so die Rennstrecke hinunterzustürzen. Aber natürlich machte das niemand so. Die meisten Fahrer und deren Teams hatten ihre 120-Liter-Boliden liebevoll verziert oder Werbebanner von Sponsoren draufgeklebt. Wang bestand auf beidem. Der Schellen Paul bekam den Auftrag, auf beiden Seiten der Mülltonne einen chinesischen Drachen aufzudrucken – Wang besorgte die dazu nötige Sprüh-Schablone – sowie den Firmennamen Wangs Welthandel in chinesischer Schrift. Bislang hatte keiner von uns feststellen können, dass Wang in irgendeiner Weise zur Chinatümelei tendierte. Aber in der Vorbereitung zur Mülltonnenweltmeisterschaft war er ganz Patriot. Als sein in rot und gelb erstrahlendes Renngerät schließlich aussah wie eine chinesische Bierreklame, fand Schellen Paul kaum noch Platz, die Tonne mit seiner kleinen Glocke zu signieren.

Wang hatte sich nicht nur um das Design seiner Mülltonne gekümmert, sondern auch um das Profil der Rennstrecke. In den Jahren zuvor hatte sich die Piste auf der am Ortsrand gelegenen kurvenreichen Anhöhe »Auf Abert« befunden. Dieses Mal aber hatten die Veranstalter, wohl um noch mehr Schaulustige anzulocken, beschlossen, die Fahrer mitten im Städtchen die breite, abfallende Trierer Straße hinunterzujagen, bis zum Zielstrich bei der Einmündung Borwiesenstraße, wo man die Mülltonne dann die links ansteigende Dechant-Greff-Straße hoch auslaufen lassen konnte. Wang unterstützte die Weltmeisterschafts-Organisatoren mit einer nicht unbedeutenden Fördersumme, ohne dass er dafür auf übermäßig große Werbebanner entlang der Strecke bestand. Er konnte jedoch die Rennleitung davon überzeugen, das Streckendesign sei zu eintönig, und er erwirkte, dass – zumindest beim Einzelzeitfahren – nicht einfach die Trierer Straße hinuntergefahren wurde, sondern dass seitlich vom Hochwaldmuseum, über den Fußweg und die 19 Treppenstufen, die hinauf zum Neuen Markt führten, eine Holzrampe errichtet wurde, von der aus gestartet wurde.

So wurde sichergestellt, dass man nicht bereits vor der Eisdiele *Venezia* die Höchstgeschwindigkeit von über 40 km/h erreicht haben musste, sondern unmittelbar davor überhaupt erst auf die Trierer Straße einbog. Zuvor musste eine schwierige 90-Grad-Kurve unfallfrei absolviert werden. Das würde nicht jedem gelingen, soviel stand fest. Die Rennleitung sah ein, dass durch eine zusätzlich eingebaute Kurve die Chancengleichheit zwischen Geschicklichkeit und Raserei hergestellt sei. So hatte Wang seinen Traktor gegen Porsche-Ansatz also umgesetzt: wenn du schlechter im Geradeausfahren bist als alle anderen, sorge für Kurven im Streckenprofil.

Am Renntag war es so heiß, dass die Luft über dem Asphalt der Rennstrecke flimmerte. Der heißeste Tag des Sommers, obwohl es fast schon Spätsommer war. Im Fahrerlager versuchte jeder einen Platz unter den wenigen Sonnenschirmen zu erhaschen.

Jasmin und die Mohrsch-Cousinen gaben hervorragende Boxenluder ab. Genau wie das Rennteam waren sie in rot und gelb gekleidet – in sehr wenig rot und gelb, um der Wahrheit die Ehre zu erweisen –, vor allem aber stellten sie wohlgebräunte Haut zur Schau. Sogar Ruth Martini war anwesend – das Rennen fand wenige Tage vor ihrem Ausscheiden aus Wangs Welthandel statt. Sie war allerdings nicht, wie zum Beispiel Jasmin und Wilma, in einem engen roten Top und in gelben Hot Pants erschienen, sondern trug trotz der Hitze eine schwarze Stoffhose und eine bis zum Hals geschlossene helle Seidenbluse. Sie hielt sich stets in Sichtweite von Wang auf, vermied es dabei allerdings, zu nahe an uns und vor allem an Jasmin und die Mohrsch-Cousinen heranzurücken.

Im Fahrerlager, das sich um das Museum herum ausgebreitet hatte, ging es entspannt zu. Mülltonnen mit den verschiedensten Seitenverzierungen und Liegeflächenpolstern standen einträchtig nebeneinander und warteten darauf, dass der Lautsprecher den Namen ihres jeweiligen Piloten aufrief. Außer einer Helmpflicht gab es keinerlei Kleidungsvorschriften, also war bei den Fahreroutfits alles vertreten, von Jeans und T-Shirt bis zu Overalls, die fast wie echte Rennanzüge aussahen. Eine große Einheitlichkeit bestand bei den Schuhen: die allermeisten Fahrer trugen klassische Arbeitsschuhe mit Stahlkappen. Einige Rennpiloten hatten sich sogar gebogene Stahlplättchen außen über die Schuhspitzen genagelt. Da gesteuert wurde, indem man die Fußspitze mal rechts, mal links auf den Asphalt setzte, war es wichtig, dass nicht bereits kurz hinter der Eisdiele *Venezia* das Leder weggeschabt war. Außerdem vergrößerten die außen angebrachten Stahlkappen das Renn-Spektakel, indem sie dafür sorgten, dass bei einem festen Aufsetzen auf den Straßenbelag die Funken spritzten und dabei ein Geräusch entstand, als ob ein Betrunkener probiert, durch eine enge Gasse zu fahren, die genau einen halben Zentimeter schmaler ist als das Auto.

Das Fahrerlager war für Schaulustige offen. Es gab Getränke- und Imbissbuden. Zuschauer und Mitglieder der Rennteams mischten sich, schwatzten, lachten, stießen mit gut gekühlten Bierflaschen an – auch einige der Fahrer. Benny behauptete, man dürfe natürlich nicht betrunken auf der Tonne liegen, aber ein oder zwei Bier kurz vorm Start gäben so manchem Piloten die nötige Balance für die Strecke. Vor allem diejenigen Fahrer gönnten sich ein zweites Bierchen, die ein Tierkostüm als Rennanzug trugen. Jemand in einem rosa Schweinchenoutfit prostete einem Bugs Bunny zu. Bei denen war klar, dass sie nur zum Spaß mitmachten.

Anfangs hatten wir versucht, Wang die Idee schmackhaft zu machen, als Spaßfahrer teilzunehmen, also optisch aufzufallen, die erste Kurve zu meistern, und sich dann entweder bis ins Ziel irgendwie auf der Tonne zu halten oder aber, bevor es zu schnell wurde, mit beiden Stahlkappen auf dem Asphalt abzubremsen und unter dem lachenden Applaus der Zuschauer slalomfahrend auf eine gute Rennzeit zu pfeifen. Wang jedoch orientierte sich offensichtlich nicht am olympischen Prinzip, sondern am darwinistischen. Es ging ihm nicht ums Dabeisein, er wollte gewinnen. Er trank kein Bier vor dem Rennen. Schäfers Nonnie ebenfalls nicht. Nonnie war der Star. Er war umringt von Blondinen beiderlei Geschlechts. Alle möglichen Leute drängten sich in seine Nähe, um ihm aufmunternd auf die Schulter zu klopfen. Er lächelte und hatte für jeden ein gutes Wort. Ein angenehmer Typ, ein Sportsmann.

Die Rennteams hatten lustige Namen, wie Müll-Ferraris, Trash Racing, Speed Recycler, Die Hornochsen (das ganze Team trug entsprechend gestaltete Helme), Nicht Handzahm, Free Pussy Riot oder, weniger poetisch, Team Belgien 1 und Belgien 2. Wir nannten uns: Die WeRace-Dragons.

Helmut hielt es für einen Nachteil, dass Wang die höchste Startnummer gezogen hatte: »Nummer 58. Bei der Hitze wird im Laufe des Nachmittags der Asphalt weich und die vielen Fahrer vor dir könnten Spurrillen darin hinterlassen«, fachsimpelte er. Da Schnucki zustimmend nickte, vermutete ich, dass Helmut keinen Scherz machte, sondern diesen Unsinn selbst glaubte.

Wang nahm die Startnummer-Diskussion auf und meinte: »Das mag sein, Helmut, aber der Vorteil ist, dass Schäfer Nonnie nur zwei Nummern vor mir startet. Das bedeutet, er findet für sein Rennen die gleichen Streckenbedingungen vor wie wir, aber wir wissen dann, welche Zeit es zu schlagen gilt. Das ist ein Vorteil.«

Wieder nickte Schnucki zustimmend, wahrscheinlich hatte die Mischung aus Flaschenbier und steigenden

Mittagstemperaturen sein Urteilsvermögen beeinträchtigt. Ich glaubte nicht, es könnte sich als Vorteil erweisen, Wang in dem Bewusstsein auf die Piste zu schicken, dass Nonnie eine Fabelzeit vorgelegt hatte.

Das Fahrerlager begann sich zu lichten. Die Rennpiloten mit niedrigen Startnummern schnappten sich ihre Mülltonnen und begaben sich Richtung Startrampe. Und die Schaulustigen besorgten sich rasch noch ein Getränk, bevor sie sich einen günstigen Platz hinter der Streckenabsperrung suchten. Dort hatten bereits hunderte Zuschauer Position bezogen. Unter denen, die noch im Fahrerlager herumlungerten, erkannte ich unter anderem Zoppo und Heiko.

Es war nicht verwunderlich, dass auch sie gekommen waren. So ein Mülltonnenrennen war ein Spektakel genau nach dem Geschmack der beiden. Zoppo interessierte sich für das Renntechnische und Heiko für die sommerlich gekleideten Frauen. Vielleicht waren sie auch nur gekommen, um Wang verlieren zu sehen. Ich beobachtete, wie sich die beiden die Rennmülltonnen ansahen, einige davon genauer. Zoppo nahm die Liegepolsterungen und die Deckel-Lackierungen genauer unter die Lupe, hob manche Tonnen sogar hoch und checkte, ob sich die Räder gut geölt drehten. Auch die gelb-rote Rennmülltonne mit dem Drachen drauf inspizierten sie ausgiebig. Ich überlegte, ob ich den beiden auf die Finger sehen sollte.

Der erste Fahrer wurde offiziell zum Start gerufen. Jemand namens Müller aus dem Team »Menschliche Kanonenkugeln«. Ich blieb zunächst noch bei Wang. Ich würde noch genug Starter zu sehen kriegen, wenn ich ab Startnummer

40 zur Strecke ging. Auch Schellen Paul war noch mit im Fahrerlager, überprüfte unsere Tonne wieder und wieder.

Wir hörten »Uuuuhs« von der Strecke und dann ein »Ooh-oh-ooh!«. Startnummer 4 hatte die Kurve nicht gekriegt und war in die eigens für solche Missgeschicke aufgestellten Strohballen gebrettert. Er sollte nicht der Letzte bleiben, dem dieses Missgeschick widerfuhr. Der Fahrer Nr. 4 hatte sich, wie wir später erfuhren, nicht nennenswert verletzt, rappelte sich wieder auf, zubbelte in aller Seelenruhe sein Kostüm zurecht – ein Ganzkörper-Onesie, der eine Kanonenkugel oder einen Torpedo darstellte – legte sich unter dem Applaus der Zuschauer wieder auf die Tonne und ließ es den Rest der Strecke gemütlich angehen. Knapp hundert Meter hinter der Eisdiele, zeigte das Geschwindigkeitsgerät, so eins, wie sie an manchen Ortseingängen stehen, gerade einmal 19 km/h an. Das Torpedo-Kostüm saß bis ins Ziel tadellos und Fahrer samt Team konnten sich ganz dem Feiern dieses schönen Sommertages widmen. Ich bedauerte, dass nicht auch wir, die WeRace-Dragons, schon so weit waren.

Wenn der Kommentator gerade nichts Aufregendes von der Strecke zu berichten wusste, wurden die Zuschauer über Lautsprecher mit bekannten Popsongs unterhalten, denen ein gewisser thematischer Zusammenhang zum Rennen nicht abzusprechen war. Neben AC/DC's *Highway to Hell*, den Queen Songs *Keep yourself alive* und *Don't stop me now* wurde gleich mehrmals *Staying Alive* von den Bee Gees eingespielt, und das war, wie sich herausstelle, für viele Teilnehmer auch die grundlegende Renntaktik: Lebend die Trierer Straße runterkommen. Wangs Lauf sollte wenig später von Gloria Gaynors *I will survive* akustisch untermalt werden, eine Liedauswahl, die sich als orakelhaft erweisen sollte.

Inzwischen hatten die Lautsprecher einige beachtliche Rennzeiten kundgetan.

»Du kommst hier alleine klar, Wang? Ich will dann mal zur Strecke gehen und schauen, was die Konkurrenz so macht.«

Wang nickte. Er wirkte konzentriert, hatte während der Trainingsphase von irgendwem erfahren, dass Bobpiloten vor dem Rennen die gesamte Strecke noch einmal vorm geistigen Auge durchgingen. Genau das tat Wang jetzt auch, obwohl noch nicht einmal die Hälfte der Rennteilnehmer gestartet waren und er noch viel Zeit hatte. Der Streckenkommentator gab weitere Ergebnisse durch: Zwischenbestzeit nach Startnummer 29 hielt ausgerechnet der Japaner aus Konz, der einem Lokalreporter seine Sichtweise des Laufes in breitestem Moselfränkisch ins Mikrofon diktierte.

Inzwischen trollte sich auch der Schellen Paul in Richtung Rennstrecke. Er erschien mir aufgeregt. Auch Zoppo und Heiko hatten ihre Inspektion beendet. Ich schaute noch einmal kurz nach unserer Rennmülltone, fand, wie ich mir eingestehen musste, dass sie übertrieben spektakulär aussah.

»Ich schaue mir erst einmal bei ein paar der anderen Fahrer an, wie die durch die Kurve kommen, und so ab Startnummer 50 gehe ich runter in Richtung Ziel«, hatte ich zuvor Wang gesagt und hinzugefügt, um ihm etwas Aufmunterndes mit auf den Weg zu geben: »Ich erwartete dich dort, mit der Bestzeit, natürlich.« In Wahrheit hoffte ich einfach nur, er möge seinen Lauf ohne größere Blessuren überstehen und danach genug von so einem Unsinn haben.

Die Strohballen in der Kurve, die auf Wangs Vorschlag in den Streckenverlauf eingefügt worden waren, machten bereits einen reichlich lädierten Eindruck. Als ich vorbeikam, schlug dort gerade wieder eine Mülltonne ein. Mit dem Fahrer drauf, natürlich. Der Pilot, in ein lustiges Federkostüm gekleidet, beeilte sich, wieder auf die Tonne zu kommen und das Rennen fortzusetzen. Eine vordere Platzierung war nach so einem Crash natürlich nicht mehr möglich. Die Kurve oberhalb der Eisdiele war tatsächlich der erste Scharfrichter der Piste, dem manche Ambition auf einen Podestplatz zum Opfer fiel. Wang war sich sicher, er würde mit den ramponierten Auffangballen nicht in Berührung kommen und diese technisch brisante Stelle mit Bravour meistern.

Im mittleren Streckenteil, von wo man die auf der elektronischen Anzeige die kurz vorm Ziel gemessene Geschwindigkeit ablesen konnte, traf ich auf Jasmin und die Mohrsch-Cousinen. Sie tankten Sekt und jubelten allen Fahrern zu, ganz gleich mit welcher Geschwindigkeit sie vorbeirollten. Wenige Meter weiter unterhalb sah ich Helmut, Schnucki und Benny. Zoppo und Heiko konnte ich nirgends entdecken. Auf der gegenüberliegenden Straßenseite erkannte ich Fräulein Martini hinter der Absperrung. Sie wandte sich gerade von ihrem Platz ab und ging die Straße hinunter in Richtung Ziel.

Bei der Startnummer 54 erschienen auf der Anzeigetafel 42 … 43, 44 km/h! Bisher die Höchstgeschwindigkeit. Applaus von hinter den Absperrungen. Im Ziel die Bestzeit. Der Fahrer hatte die Strecke vom Hochwaldmuseum bis zum Ziel bei der Borwiesenstraße unter einer Minute geschafft.

»So ein Lauf dauert ja kaum länger als ein Geschlechtsverkehr mit Heiko«, sagte Wilma.

»Schon«, griff Jasmin die Stichelei bereitwillig auf, »aber bestimmt werden in der Minute, die du auf der Mülltonne liegst, mehr Glückshormone ausgeschüttet, als auf Heiko.«

Der nächste Fahrer. Er hatte die Kurve passabel genommen, kam aber weiter unten bei der Höchstgeschwindigkeit nicht über die 40. Er setzte zu oft mit den Stahlkappen auf dem Asphalt auf, musste mehrmals die Richtung korrigieren. Und die Anfeuerungsrufe des Publikums wurden mehrmals vom *skrrrtschenden* Geräusch übertönt, das die Mülltonnendeckelscharniere verursachten, wenn sie auf dem Straßenbelag aufsetzten. Trotzdem. Ein gelungener Lauf, mit dem immerhin der Konzer Japaner verdrängt werden konnte, der bis dahin auf dem zweiten Platz gelegen hatte.

»Der Titelverteidiger ist am Start«, verkündeten die Lautsprecher. Wir hatten inzwischen im Zielbereich Position bezogen. Schafften es, einen Platz direkt vorne an der Absperrung zu ergattern. Unsere Gesichter zeigten die Anspannung. Von hier aus war die Kurve überm Venezia nicht mehr einsehbar.

»Uuuuh, das war knapp«, dröhnte es aus dem Lautsprecher. Und von weiter oben hörten wir Jubel und Applaus. Schäfers Nonnie hatte die Strohballen nur leicht touchiert. Sein Glück war, dass die Auffangabsperrung von mindestens 20 reingekrachten Fahrern schon einen halben Meter nach hinten verschoben worden war. Dann sahen wir ihn kommen und wurden Zeugen, wie das Mülltonnenrennen unterhalb der Eisdiele seine volle Ästhetik entfaltete. Nonnie lag so ruhig auf der Tonne, als sei er darauf festgewachsen.

Mit bloßem Auge war zu sehen, wie der 120-Liter-Mülleimer Geschwindigkeit aufnahm. Sekundenlang, eine kleine Ewigkeit, berührten weder Füße noch Scharniere den Asphalt. Nur die kleinen Plastikräder ratterten. Wie auf Schienen. Und weitere Sekunden kein *skrrrtsch*, kein Korrigieren mit den Stahlkappenfüßen. Nonnie schwebte. Schwebte über der hitzeflimmernden Straße. Er hielt den Vorderteil stabil, der Tonnendeckel höchstens zehn Zentimeter über dem Straßenbelag. Die Tafel zeigte: 45 km/h. Jubel. Nonnie flach auf der Tonne. Und … Bestzeit.

»Fa-bel-zeit«, schrie es aus den Lautsprechern.

Nonnie brauchte die Dechant-Greff-Straße ein gutes Stück weiter hinauf als alle anderen, um seine Tonne abzubremsen. Er stieg ab, nahm den Helm ab. Lächelte. Das Team Trash Racing stürmte auf seinen Mannschaftskapitän zu. Auch wir applaudierten. Was für ein Held!

»Süßer Kerl, eigentlich«, bemerkte Mohrsch Wilma.

Der zweitletzte Fahrer, aus dem Team Kannste-in-die-Tonne-treten, verschob die Strohballen einige weitere Zentimeter nach hinten, die Tonne verlor den Schwung, der Fahrer hatte keine Chance mehr auf eine Spitzenzeit.

»Und zum Abschluss des Rennes«, der Sprecher machte eine Kunstpause, während im Hintergrund Gloria Gaynor eingespielt wurde, »Mr. Wang vom Team WeRace-Dragons.«

»MISTER Wang?«, empörte sich Jasmin. »Das klingt nach Nudelsuppenverkäufer.«

Es blieb keine Zeit, sich zu ärgern. »Wooow…«, röhrte die Stimme des Kommentators über die Strecke, »so elegant hat noch keiner die Kurve genommen. Auf geht's, chinesischer Drache!«

Wir sahen ihn kommen. Die Füße nur ein-, zweimal kurz auf der Straße. Einmal vorne leicht aufgesetzt. *Skrrrtsch.* Nur kurz. Und er brachte aus der Kurve mindestens genau so viel Geschwindigkeit mit wie Nonnie. Wirkte nur unwesentlich instabiler auf der Tonne, im Vergleich zum Champion. Das Steilstück. »Füße hoch, Füße hoch Wang!«, schrien Jasmin und Wilma. Die Anzeigetafel 41 km/h! Und vielleicht noch ein, zwei Sekunden Vorsprung aus der Kurve. »Verdammt«, dachte ich, »solltest du nicht besser etwas abbremsen?« Keine 50 Meter zum Ziel. Das könnte …

Ich spüre Jasmins Fingernägel in meinen Unterarm, hörte Wilmas kurzen Schrei. Wang mit geschlossenem Visier. Seine Augen dahinter aufgerissen? Sein Kopf nickt heftig auf und ab, als wolle er ja, ja, ja, ja rufen. Die Tonne: wippt, in kurzen Stößen, als führe sie über kleine Schwellen. Ein letztes Hüpfen. *Skrrrrrtsch.* Hinterer Tonnenteil setzt auf, bricht nach links aus. Kippt. Wirft Wang ab. Tonne und Wang überschlagen sich. Nebeneinander. Tonne donnert in Seitenabsperrung. Leute springen zurück. Die Tonne zurück auf die Straße, überschlägt sich noch einmal. Wang rollt noch. Ein Plastikrad fliegt durch die Luft, verfehlt die Martini um Haaresbreite. Kann sich wegducken, als ob sie geahnt hatte, was passieren würde. Und Wang liegt still, kurz vorm Zielstrich. Bewegt sich nicht. Die Zeitnahme läuft weiter. Ein paar Meter weiter gerollt und er wäre noch unter den Top Ten gelandet. Wie kann man so etwas denken, in diesem Moment? Die Menschen um uns still. Auch der Streckenkommentartor schweigt. Nur Gloria Gaynor singt: *I will survive.*

24

Ich besuchte Wang im Krankenhaus. Seine linke Hand war in Gips. Er hatte sich zwei Finger gebrochen. Einfache Brüche, die Finger würden wieder funktionieren. Und worüber regte er sich auf? »Sieh dir das an, Johann«, die Fingerkuppen schauten aus dem Gips hervor, »abgebrochen! Der Fingernagel. Den hatte ich so gepflegt.«

»Wieso, sieht doch ordentlich aus.«

»Natürlich, glaubst du, ich laufe mit eingerissenem Fingernagel herum?«

»Momentan läufst du nicht, sondern du liegst.«

»Aber nur noch zur Beobachtung. Ich werde bald genesen. Ya Si Min wollte mir den Fingernagel komplett zurückschneiden, aber das ließ die Krankenschwester nicht zu und hat es schließlich selber gemacht, ganz vorsichtig. Der Arzt weiß auch nicht, wie man sich einen Fingernagel einreißen kann, der in einem Rennhandschuh steckt. Vielleicht sollte ich das mit dem langen Fingernagel endlich aufgeben. Habe ich dir eigentlich erzählt, dass der lange Fingernagel da, wo ich herkomme, ein Symbol dafür ist, dass man keine körperlich schwere Arbeit mehr verrichten muss? Zum Glück sind nur Finger der linken Hand gebrochen, ich kegele ja mit der rechten. So kann ich nächste Woche…«

»Jetzt mal langsam, Wang. Ich glaube nicht, dass du so rasch wieder auf Normalbetrieb gehen solltest. Die Wirbelsäule hat doch auch was abgekriegt.«

»Sie ist nur gestaucht, halb so wild.«

Wang erwies sich als harter Bursche. Neben den beiden gebrochenen Fingern hatte er eine leichte Gehirnerschütterung – sein Kopf war zweimal auf den Asphalt geprallt, der

Helm hatte ihn vor Schlimmerem bewahrt – ein Lendenwirbel war verstaucht, ein paar Sehnen gedehnt (aber nicht gerissen) und von den Prellungen redete er erst gar nicht.

Und ich hatte bei dem Unfall die Abdrücke von Jasmins Fingernägel in der Haut meines Unterarms davongetragen.

Als Wang regungslos auf der Straße lag, war der Arzt sofort zur Stelle gewesen. Ein Rettungswagen mit voller Teambesetzung stand im Zielraum. Der Notarzt, der bei Wang kniete und vorsichtig dessen Helmvisier öffnete, schaute besorgt drein. Aber sehen Notärzte nicht grundsätzlich besorgt aus? Berufskrankheit. Jasmin sah den Blick des Arztes ebenfalls und ihre Fingernägel krampften sich ein zweites Mal in mein Fleisch. Die Abdrücke waren noch Tage später zu sehen. Wie von einem Tierbiss.

»Oh nein«, stöhnte sie leise, »nicht jetzt, bitte, nicht ausgerechnet jetzt, wo ich doch nochmal versuchen will …«

Dann hörten wir Wangs Stimme. »Autsch, verdammt, vorsichtig bitte«, stieß er hervor, als der Arzt ansetzte, ihm den Handschuh auszuziehen.

»Natürlich lebe ich noch, was denn sonst«, sagte er barsch, als wir kurz darauf im Notarztwagen nach ihm schauen durften. »An so einem lächerlichen Unfall stirbt man doch nicht. Ich nicht.«

Ein Handy klingelte. Wang brauchte ein paar Klingeltöne lang, bis er merkte, dass sie aus der Tiefe seines Rennanzugs kamen. Der lederne Overall hatte ihm ebenfalls gute Dienste erwiesen: die verstärkten Polsterungen an Ellbogen, Knien und anderen Stellen hatten schwerwiegendere Verletzungen verhindert, und sie hatten das Handy unbeschadet überleben lassen.

»Jetzt lass doch das Handy«, sagte Jasmin sanft.

Aber Wang hatte es schon hervorgezogen. Ich erkannte es: das chinesische Handy.

»Da muss ich drangehen.« Er schien die Schmerzen vergessen zu haben.

»Wir fahren jetzt zum Krankenhaus«, sagte der Notarzt. Das galt Jasmin und mir. Wir sollten die Tür freigeben. »Na, und was macht denn unser Bruchpilot da? Telefonieren können Sie nachher im Krankenhaus, nach der Amputation. Kleiner Scherz.«

Wang hob abwehrend eine Hand, die mit den gebrochenen Fingern, um dem Arzt zu bedeuten: »Nur ganz kurz, bitte.« Wir hörten ihn ein paar Worte auf Chinesisch sagen. Das Gespräch dauerte nicht lange. Als er das Handy vom Ohr gleiten ließ, hörten wir ihn sagen: »Oh, so schnell ging das?« Er sah durch die geöffnete Tür an Jasmin und mir vorbei. »Das hätte ich nicht gedacht.« Ich wandte mich um. Hinter mir stand Ruth Martini. Sie schaute besorgt. Sorgte sie sich um die Gesundheit ihres Arbeitgebers? Ich schaute wieder auf Wang, der hielt den Blickkontakt mit Frau Martini. Er schüttelte den Kopf. »Wirklich, ich hatte nicht damit gerechnet, dass es so bald vorbei sein würde.«

Als die Türen geschlossen waren und der Krankenwagen losfuhr, spürte ich eine Hand auf meiner Schulter und hörte Bennys Stimme in mein Ohr flüstern: »Johann, komm mal mit da rüber, der Schellen Paul muss dir was zeigen.« Der stand etwas abseits vor der Bäckerei gleich hinterm Zielbereich. Selbst auf die Entfernung konnte ich erkennen, was er in der Hand hielt: das Plastikrad einer Mülltonne.

»Irgendjemand muss das Wang zeigen«, sagte er, hielt mir das Rad hin und zeigte auf die Stelle, wo die Achse in die Nabe führte. »Hoffentlich denkt Wang nicht, ich hätte damit etwas zu tun.« »Ich übernehme das, Paul, mach dir keine Sorgen deswegen«, beruhigte ich ihn.

Ich öffnete meinen Rucksack und trat näher an Wangs Bett.

»Du hast mir hoffentlich keine Weintrauben und eine Flasche Rotbäckchen mitgebracht?«

»Nein«, ich zog das Mülltonnenrad hervor, hielt es Wang vors Gesicht und deutete mit einem Finger auf den übriggebliebenen Teil der Achse.

»Und?«, fragte Wang. Er sah sich dann die Stelle, auf die ich deutete, genauer an und meinte schließlich: »Ich verstehe. Man sieht deutlich einen glatten Schnitt ein Stück in die Achse hinein. Das ist nicht einfach abgerissen, das hat jemand angesägt.« Wang blickte in mein ernstes Gesicht, amüsiert, wie mir schien. »Jetzt behaupte bitte nicht, Johann, dass jemand mich umbringen wollte.«

»Reden wir nicht gleich vom Umbringen, aber irgendwer, der sich an deiner Mülltonne zu schaffen gemacht hat, war daran interessiert, dass du nicht ins Ziel kommst.«

»Wer soll das gewesen sein? Und wer hatte die Möglichkeit zu dieser … wie sagt man?«

»Sabotage?«

»Nein, Unverschämtheit!«

Ich lachte. »So kann man es auch sehen. Also da wären Zoppo, Heiko, das komplette WeRace-Dragons-Team inklusive Schellen Paul – nur weil der mich auf die Manipulation hingewiesen hat, können wir ihn nicht aus dem Kreis der möglichen Saboteure ausschließen –, dann noch Jasmin und die Mohrsch-Mädels, Fräulein Martini, Schäfers Nonnie, der Japaner, alle anderen Rennfahrer sowie

Dutzende Zuschauer, die sich die Mülltonnen angesehen haben.«

»Zoppo hat sich kurz vorm Start bei meiner Mülltonne herumgedrückt, nicht wahr?«

»Ja, zusammen mit Heiko. Das habe ich auch gesehen. Sie haben sich aus dem Staub gemacht, als ich ihnen auf dem Weg zur Rennstrecke näher kam. Ich weiß nicht, wohin sie sich dann verkrümelten, aber ich kann mir nicht vorstellen, dass sie es riskiert hätten, mal eben rasch an der Achse zu sägen. Das wäre doch sicher aufgefallen, oder?«

Wang schwieg. Dachte nach. Wahrscheinlich ging er vor seinem geistigen Auge den ganzen Tag noch einmal durch, von der Ankunft im Fahrerlager bis zum Start. Er schüttelte den Kopf. »Nein, ich weiß auch nicht, wer es getan haben könnte. Nachweisen können wir Zoppo jedenfalls nichts.«

»Und was war das für ein Anruf«, wechselte ich vorsichtig das Thema, »den du so dringend annehmen musstest, mit gebrochenen Fingern und abgerissenem Nagel im Ziel liegend? Ich hoffe, es waren keine schlimmen Nachrichten von deinem Onkel?«

»Doch, waren es.« Als Wang mein entsetztes Gesicht sah, fügte er rasch hinzu: »Nein, Onkel Chongan lebt noch. Er war am Telefon, weil mein Bruder selbst zu feige war. Mein Onkel hat mich darüber informiert, dass mein Bruder das neue Handelsunternehmen tatsächlich in den Sand gesetzt hat. Bankrott in Rekordzeit. Mehrere hunderttausend Euro verbrannt. Der Idiot hat gleich mit einem großen, riskanten Geschäft angefangen, das dann geplatzt ist, anstatt zuerst einmal ein paar Selbstläufer-Geschäfte durchzuziehen und damit ein finanzielles Polster zu schaffen. Ein Anfängerfehler. Mein Bruder ist kein Geschäftsmann, er ist ein Spieler.

Johann, du hast gut daran getan, nicht in diese Firma zu investieren. Eine kluge Entscheidung.«

Ich versuchte, meine Entrüstung nicht allzu offensichtlich zu zeigen. »Na, vielen Dank auch. Warum hast du mir so einen Unsinn überhaupt vorgeschlagen?«

»Grundsätzlich war das kein Unsinn. Mit ein wenig Geschick und Geduld hätte etwas daraus werden können. Ich hatte gehofft, Onkel Chongan habe ein Auge auf die ersten Geschäftsvorgänge und würde notfalls einschreiten, falls mein Bruder hochriskante Transaktionen wagen sollte. Aber der Onkel scheint nicht mehr im Vollbesitz seiner Kräfte zu sein, die Krankheit schreitet rasch voran, fürchte ich.«

»Hast du viel Geld verloren, Wang?«

»Nun ja, ich habe noch etwas auf den Weinberg-Gewinn draufgelegt. Das tut schon weh. Aber es bringt mich nicht um.«

»Und ich hoffe, du hast sonst niemanden mit reingerissen, niemanden aus dem Dorf.«

Wang schwieg lange. »Leider doch. Aber es war eine frei getroffene Entscheidung. Ich hatte offen angesprochen, dass man viel gewinnen aber auch alles verlieren kann, und ich hatte davor gewarnt, die gesamten Ersparnisse einzusetzen.«

25

Am Tag als Wang sterben sollte, war bei mir zuhause tüchtig was los. Schon vor der Mittagessenszeit standen Zoppo und Heiko vor meiner Tür. Ich bat sie herein. Warum nicht?

Ich kannte die beiden seit einer Ewigkeit. Wir entschieden, es sei die richtige Zeit für einen Frühschoppen. Es entwickelte sich ein Gespräch, von dem ich nicht wusste, wo es hinführen sollte. Heiko sagte, er und Zoppo meinten es nur gut mit mir, ich sei im Grunde ein guter Kerl, auch wenn ich mich momentan mit dem Feind verbrüderte. Noch sei Zeit, auf den rechten Weg zurückzukehren.

Hätten sie dunkle Anzüge und weiße Hemden mit Schlips getragen, hätte man sie glatt für Zeugen Jehovas halten können. Ich bot ihnen ein zweites Bier an, weil das so Sitte ist, und wartete ab, ob sie Tacheles reden oder weiterhin undurchsichtiges Zeug brabbeln würden. Schließlich stieß Zoppo eine Art Warnung aus. Eine Warnung »im Guten«, wie er betonte. »Johann, alter Kumpel, im Ernst, du findest es doch auch nicht gut, dass dieser Wang eine Fabrikhalle nach der anderen aufkauft, oder? Und dass er unsere guten Weine nach China verscherbelt. Du hast gesehen, wie das mit dieser Weinberggeschichte gelaufen ist. Okay, eigentlich eine grandiose Aktion. Muss man einmal mitgemacht haben. Aber was verkauft er als nächstes: unsere Kirche? Unseren Wald? Unsere Kegelbahn samt Kneipe? Was, wenn ihm bald das ganze Dorf gehört? Wem gehören wir dann? Siehst du nicht, dass er aus unserem Dorf, aus uns, eine Handelsmarke macht?« Noch nie hatte ich Zoppo so viel auf einmal reden gehört. Es handelte sich nicht ausschließlich um Unsinn.

»Und was wollt ihr jetzt von mir?«, fragte ich, bevor ich mich noch dabei ertappte, an Zoppos Gerede irgendetwas gutzuheißen. »Dass ich Wang öffentlich abschwöre? Dass ich auf ihn einwirke, damit er seine Siebensachen packt und von hier fortgeht?«

Heiko und Zoppo nahmen jeder einen kräftigen Schluck Bier, wie man das eben macht, wenn man nicht weiß, was man sagen soll. Wahrscheinlich waren sie sich selbst nicht im Klaren darüber, was genau sie von mir wollten. »Wir hatten den Eindruck«, meinte Heiko und sah mich dabei sonderbar an, »du seist vielleicht auch nicht wahnsinnig traurig darüber gewesen, dass der Chinese nicht die Mülltonnenweltmeisterschaft gewonnen hat.«

Das war nun schon eine Weile her. »Wie kommt ihr jetzt darauf? Ja, mir war ziemlich egal, wer das blöde Rennen gewinnt. Hauptsache ist doch, dass er sich nicht schlimmer verletzt hat.«

Wieder nahmen sie einen kräftigen Schluck und ließen das Thema wieder fallen. »Mit dem wird es sowieso ein böses Ende nehmen«, orakelte Zoppo, bevor sie wieder abzogen, ohne dass wir uns über etwas einig geworden waren, aber auch, ohne uns ernsthaft gestritten zu haben.

Die leeren Bierflaschen waren gerade abgeräumt, da läutete es wieder an der Tür. Jemand, mit dem ich wirklich nicht gerechnet hätte: »Ach, sieh' an, der … die Frau Martini!«

Ich bat sie nicht gleich herein, ich weiß nicht warum, vielleicht fühlte ich mich unwohl bei dem Gedanken, jemand könnte mitbekommen, dass ich Besuch vom Kühlschrank habe.

Sie sagte: »Ich habe etwas mit dir zu besprechen. Ist es dir lieber, wir machen das hier vor der Tür oder besser drinnen?« Ich ließ sie rein. »Hier riecht es nach Bier, bisschen früh dafür, oder?«

»Zoppo und Heiko waren hier.« Mehr musste ich nicht erklären, jedenfalls nicht zum Bierduft. »Willst du auch eins? Ist ja schon Mittag.« Zu meiner Überraschung nahm sie eins.

»Hast du mit denen über die Sabotage an der Rennmülltonne gesprochen?«, fragte sie, nachdem wir angestoßen und einen kräftigen Schluck genommen hatten.

»Was? Wieso? Weißt du etwas darüber? Kannst du irgendetwas beweisen?«

»Muss ich das? Wang ist gesundheitlich inzwischen wieder auf dem Damm. Hat eine Weile gebraucht. Wang hat keine Strafanzeige gestellt, aber er fragt sich doch sicher, wer ihm etwas wollte.«

»Woher weißt du überhaupt, dass da technisch manipuliert wurde?« Ich erwähnte die angesägte Achse nicht, in der Hoffnung herauszubekommen, ob sie über dieses Detail Bescheid wusste.

»Ich war im Fahrerlager, schon vergessen? Ich habe gesehen, was ich gesehen habe.«

»Ja, und theoretisch hättest du auch selbst die Achse …«, ich sprach nicht weiter. Ich war doch kein so abgezockter Detektiv, wie ich es mir gewünscht hätte.

»Die wichtigere Frage ist doch«, gab die Martini zu bedenken, »ob Wang die Sache tatsächlich abhaken kann, oder ob er sich Sorgen machen muss. Vielleicht probiert ja noch einmal jemand, ihn … ihm Schaden zuzufügen. Körperlichen Schaden. Nun, mir kann es hoffentlich schon bald egal sein, ob Wang etwas zustößt. Aber das ist jetzt nicht das Thema, ich bin hier, um dich etwas zu fragen.« Sie machte eine Pause, als warte sie auf meine Erlaubnis, weiterreden zu dürfen. Ich nickte. »Sag mir ehrlich Johann, weißt du etwas darüber, dass Wang …«, sie stockte, » … dass er abhauen will?«

»Wie, abhauen? Wohin? Weswegen?«

»Wohin weiß ich nicht. Zurück nach China vielleicht, oder anderswohin in Deutschland. Ich glaube, der bereitet seinen Abgang vor.«

»Wie kommst du auf die Idee?«

»Ich habe in den letzten Monaten mehr über die geschäftlichen Aktivitäten von Wang Fei mitbekommen als irgendwer sonst. Nicht einmal der Steuerberater weiß so viel über Wangs Welthandel wie ich. Und ich bin mir sicher: Herr Wang arbeitet am Verkauf der Firma. Wenn der Deal nicht gar schon gelaufen ist.«

»Woher willst du das wissen? Wie ich höre, arbeitest du seit einiger Zeit nicht mehr für ihn. Seit kurz nach dem Mülltonnenrennen, oder? Nur weil er dich entlassen hat, heißt das nicht, dass es jetzt mit der Firma bergab geht.«

»Er hat mich nicht entlassen. Wir haben uns getrennt. Er hat mich betrogen.«

Nie hatte ich die Martini so erregt gesehen. »Reden wir jetzt noch vom Arbeitsverhältnis?«

»Natürlich reden wir vom geschäftlichen Verhältnis, von was denn sonst? Ich habe ihm vertraut. Ich hatte gehofft, er bleibt für immer und zieht hier ein richtig großes Unternehmen auf.«

»Und du hattest gehofft, dass da mehr für dich drin ist, mehr als nur Chefsekretärin.«

»Ja«, gab sie zu. Sie hatte sich wieder gefangen, gab sich kühl. »Teilhaberin vielleicht sogar.«

Ich konnte mir nicht vorstellen, dass Wang jemals so etwas in Erwägung gezogen hätte. »Und wie kommst du darauf, dass er plötzlich die Firma verkaufen will?«

»Nicht plötzlich, er hatte diese Option schon vor Monaten in Erwägung gezogen. Das war immer so eine Art Plan B.«

Ich wollte fragen, was denn der Plan A gewesen sei, entschied aber, sie weiterreden zu lassen. »Bereits vor einigen Monaten, nicht lange nachdem wir aus China zurück waren, hat er Kontakt zu einem Geschäftspartner im Orchid Park aufgenommen und mit ihm besprochen, ob er oder andere chinesische Landsleute daran interessiert wären, Wangs Welthandel zu übernehmen – rein hypothetisch – und falls ja, zu welchen Konditionen.«

»Kann doch sein, dass er einfach herauskriegen wollte, was seine Firma wert ist. Und inzwischen hat er die Sache längst wieder aufgegeben.«

»Hat er nicht. Er war vorgestern im Orchid Park und hat dort besagten Geschäftspartner getroffen und noch zwei Chinesen. Ich weiß das, weil ich ihm nachgefahren bin.«

»Du bist was? Spionierst du ihm hinterher, stalkst du ihn?«

»Ich will wissen, was er vorhat. Das ist wichtig für mich. Du musst das nicht verstehen. Ich habe während meiner Zeit bei Wang Fei viel über die Pläne mitbekommen, die er schmiedet. Und ich weiß, dass der Chinese, mit dem er sich gestern getroffen hat, Interesse am Kauf von Wangs Welthandel hat. Wieso sollte Wang hierbleiben, sobald er seine Firma verkauft hat?«

»Selbst wenn er verkaufen sollte, steht deswegen noch lange nicht fest, ob er von hier weggehen würde. Vielleicht hält ihn ja etwas anderes hier als die Firma. Jasmin zum Beispiel.«

Ich hatte erwartet, dass die Martini verächtlich darüber lacht, aber sie sagte: »Jasmin, das arme Ding«, es lag keinerlei Häme in ihrer Stimme. »Auch für sie wird es ein böses Erwachen geben. Also, weswegen ich hier bin, Johann, ist die Frage: Weißt du nicht doch etwas von eventuellen Abwanderungsplänen des Herrn Wang?«

»Natürlich nicht. Und ich glaube, dass du dich irrst, ganz gleich welche Aktivitäten …«

»Dann«, unterbrach sie mich, »betrügt er auch dich, Johann. So geht man unter Freunden nicht miteinander um. Aber das ist deine Sache. Er soll bloß nicht wagen, abzuhauen, ohne seine Angelegenheiten mit mir geklärt zu haben.«

»Soll ich ihm das so ausrichten?«, entgegnete ich bissig.

»Das werde ich ihm schon selbst beibringen – mit dem nötigen Nachdruck, wenn es sein muss. Heute Nachmittag habe ich noch einen Termin mit ihm, ich hoffe er nutzt ihn, um reinen Tisch mit mir zu machen.«

»Wieso machst du dir überhaupt so viele Gedanken darum, ob Wang geht oder bleibt? Du arbeitest nicht mehr für ihn, du hast keine sonstige Beziehung mit ihm, also was soll's?«

»Er ist mir noch etwas schuldig. Er sollte nicht auf die Idee kommen, Johann, zu verschwinden, ohne seine Schuld beglichen zu haben, das wäre schlecht – für alle Beteiligten. Und weißt du was, Johann, sag ihm das doch, sobald du ihn siehst. Ist vielleicht besser, wenn er von dir erst einmal vorgewarnt wird, bevor ich meine Angelegenheiten selber mit ihm regele. Sag ihm, dass er mich nicht als Gegnerin haben will. Und du, Johann, willst das sicherlich auch nicht.«

Keine halbe Stunde nachdem die Martini gegangen war, stellte sich der nächste Besuch ein. Normalerweise schaute Wang nie so früh zum »Mah Yen« bei mir vorbei. Ich hatte weder Kaffee gekocht noch Kuchen besorgt. »Macht nichts, dafür wäre es sowieso zu früh am Tag«, stellte Wang fest, »aber falls du ein Sankt Zeggels Pils dahast, würde ich dazu nicht Nein sagen.«

Wer hätte gedacht, dass an einem Tag, der sich beim Aufstehen noch wie ein Allerweltstag angefühlt hatte, mein Biervorrat dermaßen schrumpfen würde.

Wang tat unbeschwert. Er war gekommen, so gab er zumindest vor, um mich zu bitten, etwas früher als sonst zur Kegelbahn zu kommen. Er brauche Hilfe beim Vorbereiten, wolle zu den Getränken, die diesmal komplett auf seine Kosten gehen sollten, noch ein paar Snacks bestellen. Es würde ein besonderer Kegelabend werden, meinte er.

»Weil es dein letzter ist.« Ich hatte das nicht als Frage formuliert.

Wang blickte mich lange an. »Ich muss gestehen, Johann, entweder bist du noch klüger, als ich dachte, oder deine Informationsquellen sind besser, als ich mir vorstellen kann. Nun ja, ich werde dieses schöne Tal wohl bald verlassen müssen. Bald schon, am Kegelabend in zwei Wochen, werde ich wohl schon nicht mehr teilnehmen können. Aber ein besonderer Abend wird das heute aus einem anderen Grund – dazu später.« Er nahm einen großen Schluck. »Egal was passiert, Johann, wir werden in Kontakt bleiben, glaub mir.«

»Kommt darauf an, was genau passiert, Wang.« Ich konnte meine Verbitterung nicht verbergen.

»Ach, ich werde es vermissen, zu dir zum Mah Yen zu kommen – es hat mir wirklich etwas gebracht, dass ich das so oft tun durfte. Aber es muss sein, dass ich weggehe. Ich werde es dir erklären. Du wirst verstehen, dass ich es nur gut mit dir meine.«

Ich wollte nicht darüber reden, ob es etwas zu erklären und zu verstehen gab, also fragte ich: »Was ist mit Jasmin, hast du mit ihr schon darüber gesprochen?«

»Tja, wegen Ya Si Min«, während er sprach, legte er seine Hand auf meinen Unterarm als seien wir richtige Freunde, »bin ich hier. Ich will dich um einen Gefallen bitten.«

Mehrmals griff er nach meinem Arm, einmal fasste er mich, was er sonst nie tat, sanft an der Schulter, als ich nicht gleich darauf reagierte, was er sagte. Ich hörte zu. Nickte ein paarmal. Ich verstand. Oder glaubte, ihn zu verstehen. Denn bei Wang war es so: Zu hören, was er gesagt hat, bedeutet noch lange nicht, verstanden zu haben, was gemeint war. Nachdem er gesprochen hatte, hätte ich gerne gesagt: »Du kannst dich auf mich verlassen«, war aber noch zu benommen, um das über die Lippen zu bringen. Um dennoch zu zeigen, dass ich mir Sorgen um ihn machte und auch, um meine immer noch vorhandene Loyalität zu bezeugen, sagte ich: »Die Martini war hier. Mit der scheint es ein Problem zu geben.«

»Ich bin gerade dabei, es zu lösen. Was genau hat sie dir gesagt?«

Er seufzte, nachdem ich ihm alles vom Martini-Besuch berichtet hatte, und meinte: »Ich fürchte, ich bin dir noch eine weitere Erklärung schuldig. Vielleicht holst du uns noch eine weitere Runde Sankt Zeggels.«

Herrgott, dachte ich, egal was heute noch geschieht, ich kann auf jeden Fall auf verminderte Zurechnungsfähigkeit plädieren, bei dem, was ich hier mitsaufen muss.

Das Gespräch, das ein langes wurde, war noch nicht beendet, es war noch nicht alles gesagt, als ich durchs Fenster Jasmin auf meine Haustür zukommen sah. Wang wollte sie keinesfalls treffen. Nicht jetzt. Es blieb gerade genug Zeit, Wang hinten durch die Gartentür rauszulassen und die Bierflaschen abzuräumen.

Als ich Jasmin die Tür öffnete, schien sie mir sehr aufgeregt. Dabei war mein Bedarf an Aufregung für einen einzigen Tag längst übererfüllt. Wenigstens wollte sie kein Bier.

TEIL II
WANGS TOD

26

Eigentlich hatte der Chinese es nur gut gemeint, trotzdem liegt er jetzt tot auf der Kegelbahn.

TEIL III

NACH WANGS TOD

27

So geht das, wenn man einen Toten auf der Kegelbahn findet: Man ruft die Leute an, denen man vertraut. Johann ist zuerst da. Er wohnt nicht weit weg. Trotzdem wirkt er abgehetzt. Er hat wohl am Telefon aus Rosis Stimme herausgehört, dass es etwas Ernstes ist. Benny braucht ein paar Minuten länger als Johann, er ist gerade dabei gewesen, sich ein paar Forellen zu angeln. Sonst hat Rosi niemandem Bescheid gesagt, nur den beiden. Sie kennen den Toten am besten. Abgesehen von Jasmin. Aber sie herbeizurufen, kommt nicht in Frage.

Rosi weiß, dass sie die Polizei anrufen muss. Das wird sie auch tun, nachher, aber erst einmal will sie, dass jemand dasselbe sieht wie sie. Rosi ist nicht in Panik, aber sie findet die Situation zu irreal, um alleine damit klarzukommen. Sie kann erst glauben, dass Wang tatsächlich tot auf der Kegelbahn liegt, wenn ihr jemand sagt: »Ja, es stimmt.«

»Oh Gott, ja, es ist Wang«, sagt Benny, und Johann nickt stumm. Keiner der drei traut sich nahe an den Toten heran und schon gar nicht, ihn zu berühren. Es sieht aus als schaue er sie an, von dort hinten, vom Ende der Kegelbahn.

Später wird die Polizei sie dafür loben, dass sie nicht unnötig in dem Raum herumgetrampelt sind, der jetzt der Spurensicherung gehört. Die paar Meter direkt um die Leiche herum sind nicht kontaminiert, spurensicherungstechnisch gesehen. So kann die SpuSi später feststellen: Die Leiche wurde nicht transportiert, der Tod ist dort im Kegelkasten eingetreten.

Rosi, Johann und Benny stehen da und schauen auf den toten Chinesen. Eine Minute lang? Das ist schwer zu sagen. Alle drei haben wenig Erfahrung darin, einzuschätzen, wie viel Zeit vergeht, während man auf einen Toten schaut. Benny faltet die Hände kurz unterhalb des Bauchnabels. So hat er auch dagestanden, als er ans Bett seines gerade verstorbenen Vaters trat, oder als der Sarg seiner Großmutter ins Grab hinabgelassen wurde. Aber das waren ordentliche Tote. Nicht so wie Wang jetzt.

Keiner der drei traut sich, genauer hinzusehen. Die Lage der Leiche, halb liegend, halb hängend, wirkt abstoßend. Sie schauen gerade genau genug, um sicher gehen zu können, dass er tot ist. Ja, daran besteht kein Zweifel. Genauso wenig wie daran, dass der Tote Wang ist. So viele Chinesen gibt es hier nicht. Und selbst wenn: Wang könnten sie inzwischen von jedem anderen Chinesen unterscheiden, da sind sie sich sicher.

28

»Wieso hatte er die Jacke an?«, fragt der Kommissar. Mit der Frage hat Rosi nicht gerechnet. Sie hat sich alle möglichen Fragen vorgestellt, aber nicht die.

»Die Wildlederjacke war noch ziemlich neu«, antwortet sie. »Ich glaube, Jasmin hat sie ihm geschenkt. Seine … Freundin. Eine recht teure Jacke, glaube ich, Herr … Kommissar.« Rosi hat seinen Namen nicht verstanden, als er sich vorstellte. Oder sie hat ihn gleich wieder vergessen. Es wird hoffentlich nicht nötig sein, sich den Namen zu merken. Die Untersuchung kann eigentlich nicht lange dauern. Bestimmt ist es ein Unfall gewesen. »Er mochte diese Lederjacke sehr«, fügt sie hinzu. »war stolz darauf, sie als Geschenk bekommen zu haben. Er liebte sie.« Sie will sich kooperativ zeigen.

»Ja, gut, aber warum hatte er die Jacke an? Er wollte doch kegeln. Kegelt man denn in einer nagelneuen Lederjacke?«

»Die anderen waren noch nicht da. Bestimmt wollte er den Raum und die Bahn vorbereiten. Vielleicht hat etwas mit der Anlage nicht funktioniert und er wollte das erledigen, bevor die anderen kommen.«

»Eben, das meine ich ja. Was machen Sie zuerst, wenn Sie eine körperliche Arbeit verrichten wollen? Richtig«, beantwortet der Kommissar seine Frage selbst, »Sie ziehen die Jacke aus, erst recht, wenn es sich um eine neue, teure Jacke handelt. Da wollen Sie doch nicht, dass etwas drankommt.«

»Also ich weiß nicht, Herr Kommissar. Erledigen Sie nie schnell etwas, ohne die feinen Klamotten gegen die Arbeitsmontur zu wechseln?«

»Nein, nie, grundsätzlich nicht. Hatte Wang Fei Grundsätze?«

Rosi zuckt mit den Schultern. Sonst will die Polizei erst einmal nichts von Rosi wissen.

29

»Was halten Sie von diesem Johann … wie heißt der nochmal mit Nachnamen?«

»Moment, das habe ich mir hier notiert …«

Die beiden Polizisten wissen nicht, dass Rosi sie hören kann. Belauschen wäre das falsche Wort. Sie steht oben an der Treppe. Gerade ist sie in der Küche gewesen. Die Küche, von der aus früher die Feiern im Saal mit Essen versorgt wurden. Oder neulich noch, als Wang die Vorstandssitzung des VfL und des OGV mit warmem Essen versorgen ließ.

Die Polizisten kommen aus der Kegelbahn. Die ist im Erdgeschoss. Sie können die Treppe sehen, die nach oben zum Saal führt. Weil die Treppe um die Ecke geht, sehen sie nicht, dass Rosi dort oben steht und von dort jedes Wort hören kann.

Rosi erkennt eine der beiden Stimmen wieder: die des Kommissars. Viel zu belauschen gibt es nicht, wobei Rosi nicht belauscht, sondern nur zufällig hört, wie die andere Stimme zum Kommissar sagt: »… ist 59, geschieden, seit zwei Jahren in Frührente, Fan des 1. FC. Kaiserslautern …«

»Ich weiß Bescheid«, hört Rosi das verbale Pendant eines Abwinkens, »eine bedauernswerte Existenz.« Rosi tut es leid, mit anhören zu müssen, dass die Polizei Johann als bedauernswert klassifiziert. »Aber er ist nicht bei uns erfasst. Der ist wohl harmlos, oder?« Rosi hört keine Antwort.

Wahrscheinlich zuckt der Kommissar mit den Schultern. Oder er denkt nach. Was gibt es da nachzudenken? »Jedenfalls ist er eine der wenigen engen Bezugspersonen, die der Chinese hatte.«

Eine Weile schweigen die Polizisten, dann hört Rosi den Kommissar sagen: »So etwas hast du in deiner langen Laufbahn auch noch nicht gesehen, oder?«

»Darauf kannst du wetten. Sonderbare Art zu Sterben. Wen nehmen wir denn jetzt für die offizielle Identifizierung?«

»Hm, am besten wäre wohl …« Rosi hört nur noch Schritte, die sich zum Ausgang entfernen.

30

Nur Kopf, Hals und Schultern des Toten sind aufgedeckt, den Rest verhüllt ein Tuch, als könnte der darunterliegende Körper frieren, denkt Jasmin. Bevor sie näher an den Leichnam herantritt, bittet sie die Beamtin: »Können Sie das Tuch wegnehmen? Ganz wegnehmen?«

Zögerlich tritt die Beamtin vor und zieht das Tuch weg, ganz vorsichtig, nicht so, wie man eine Statue oder eine Gedenktafel bei einer Einweihung enthüllt. Die Bewegung des Tuches ist wie in Zeitlupe. Um den Toten darunter nicht zu erschrecken? Ist schon einmal jemand, dem man zu plötzlich das Leichentuch weggezogen hat, wieder zum Leben erwacht? Natürlich geht die Beamtin nicht wegen des Toten so bedächtig vor, begreift Jasmin, sondern wegen ihr, der Lebensgefährtin. Sie ist es, die nicht erschreckt werden soll.

Die Beamtin hat Jasmin nicht gefragt: »Warum? Können Sie den Mann nicht anhand seines Gesichts identifizieren?«

Jasmin weiß nicht, ob es sich bei der Frau neben ihr um eine Polizistin handelt oder um die Gerichtsmedizinerin. Sie hat nicht richtig zugehört, als sie sich vorstellte. Sie wirkt jedenfalls wie eine Beamtin. Ob sie öfter von Hinterbliebenen gebeten wird, den ganzen Körper eines Toten aufzudecken? Jasmin fragt sich, ob sie überhaupt eine richtige Hinterbliebene ist. Muss man dazu nicht verwandt sein, oder verheiratet? Gibt es auch hinterbliebene Geliebte?

Jasmin schaut auf den Leichnam. Sie soll den Toten offiziell identifizieren. Der Kommissar wartet darauf, diese Formalität abzuhaken. Auf ein paar Minuten wird es ihm nicht ankommen. Die Beamtin scheint Verständnis für Jasmin zu haben. Sie ist zwei Schritte zurückgetreten und lässt Jasmin die Zeit, die sie braucht. Warum braucht sie so viel Zeit? Um Wang sicher identifizieren zu können? Auf ein paar Minuten kommt es nicht an. Niemand drängt Jasmin. Es ist sowieso nur eine Formalität.

Der Leichnam ist nackt. Jasmin geht an dem unbedeckten Körper entlang. Ganz langsam, wie man an einem Kunstobjekt entlang geht, an einer enthüllten Skulptur, die man genau betrachtet, weil man jedes Detail erfassen will.

»Sie hat gestarrt«, berichtet die Gerichtsmedizinerin dem Kommissar.

»Wie, gestarrt?«

»Sie hat sehr lange auf den Körper gestarrt. Fast zwei Minuten. Also erst nicht aufs Gesicht, wie die meisten es tun, sondern sie hat den Körper mit Blicken abgetastet: die Beine, die Arme und Hände, und sie hat auf sein Geschlechtsteil geschaut, glaube ich, recht lange sogar. Zum Glück ist der Körper unterhalb des Halses unversehrt.«

»Chinesen sehen doch alle gleich aus«, witzelt der Beamte, der den Kommissar bei den Ermittlungen unterstützt. »Vielleicht erkennt sie ihn nur an seinem Schniedel wieder.«

Der Kommissar lacht nicht darüber, fragt nur: »Und weiter?«

»Nun, wer bin ich, dass ich mich darüber mokiere, wenn sie ihren Liebhaber noch einmal in seiner ganzen Pracht sehen will. Ein hübscher Kerl, übrigens. Nur dauerte es mir irgendwann zu lange, und da habe ich dann gefragt: ›Kennen Sie den Toten?‹ Sie hat eine Weile gebraucht, als ob sie erst einmal verstehen musste, wer da vor ihr liegt, dann endlich hat sie genickt und gesagt: ›Ja, das ist Wang.‹«

31

Einen Tag nachdem Jasmin Wang identifiziert hat, ist sie verschwunden. Niemand weiß, wohin. Die Polizei sucht nicht nach ihr. Jasmin ist nicht tatverdächtig. Sie hat ein Alibi für die Tatzeit. Und es gibt weder Anzeichen dafür, dass sie selbst Opfer eines Verbrechens geworden ist, noch dafür, dass sie sich etwas antun könnte, meint die Polizei. Aus ihrem Kleiderschrank fehlen etwa so viele Kleidungsstücke, wie man sie für einen zwei- bis dreiwöchigen Urlaub packen würde. Das hängt unter anderem davon ab, erklärt die Polizei Jasmins Mutter, wo man hinreist, und zu welchem Zweck. Zwei Reisekoffer fehlen. Jasmin besitzt genau zwei Koffer, das hat ihre Mutter der Polizei bestätigt.

Jasmin hat an dem Abend nach der Identifizierung der Leiche achthundert Euro Bargeld in der Dorffiliale der Sparkasse gezogen. Dass sie selbst das Geld gezogen hat, ist bewiesen. Die Überwachungskamera im Vorraum der Sparkasse hat aufgezeichnet, wie sie hereinkommt, zum Geldautomaten geht, abhebt und den Raum wieder verlässt. Sie wirkt auf der Aufzeichnung, als sei sie in Eile, aber nicht so, als handele sie überstürzt. So etwas kann die Polizei aus einer Überwachungskameraaufzeichnung herauslesen. Seit dem Morgen danach ist sie verschwunden, mit zwei Koffern und mit so vielen Kleidern, wie sie für eine zwei- bis dreiwöchige Reise reichen müssten. Auch mit genug Geld? Das kommt darauf an, wohin sie will und was sie dort vorhat. Sie ist mit ihrem Auto weg. Keine zehn Minuten, bevor sie das Geld zog, hat sie den Wagen vollgetankt, an der Dorf-Tankstelle, wie der alte Ludwig bezeugen kann.

Vielleicht braucht Jasmin einfach eine Auszeit. Ob sie nach zwei oder drei Wochen wieder zurückkommt? Johann hätte noch Fragen an Jasmin. Johann vermisst Wang.

32

Von der Polizei ist wenig zu sehen. Aber allen ist klar, dass Ermittlungen im Gange sind. Na und? Bestimmt hat niemand der Einheimischen etwas mit Wangs Tod zu tun. Überhaupt: Wahrscheinlich ist es ein Unfall gewesen. Oder die chinesische Mafia. Ja, die hätte einen so bizarren Tod inszenieren können. Aber die chinesische Mafia ist nie im Dorf aufgetaucht, jedenfalls nicht, soweit man wusste. Man wusste nicht einmal, ob überhaupt eine chinesische Mafia existierte. Es muss ein Unfall gewesen sein, was sonst. Wie wahrscheinlich ist es, sich selbst so unglücklich zu strangulieren? Wang ist selbst schuld, so ist die vorherrschende Meinung. Er hätte die Anlage reparieren lassen müssen und schon gar nicht alleine im Kegelaufstellkasten herumfummeln dürfen.

33

Jetzt sucht die Polizei doch nach Jasmin. Verschiedene Zeugenaussagen widersprechen sich. Wang war an jenem Tag früh im Gasthaus Zeggels gewesen. Finklers Uschi, die gegenüber vom Gasthaus wohnt, will gesehen haben, wie Wangs Auto »deutlich vor 17 Uhr, vielleicht so gegen halb fünf« die Auffahrt zum Parkplatz hinter der Kneipe hinauffuhr. Die Gerichtsmedizinerin kann mit Sicherheit sagen, dass der Tod »zwischen 17 Uhr und 17:30 Uhr« eingetreten sei, »keinesfalls später«.

Gut für Jasmin, so scheint es zunächst: Sie war »bis kurz nach halb sechs« bei Johann gewesen, wie der bestätigen kann. Jasmin hatte bei ihm vorbeigeschaut, »um mit ihm etwas Privates zu besprechen«. Von dort ging sie direkt nach Hause, wie sie der Polizei versichert hatte, um in Ruhe etwas zu essen, zu duschen und sich umzuziehen, bevor sie zum Kegeln ging. Der Kegelabend beginnt immer um 19 Uhr. Fast keiner kommt pünktlich. Bis alle eintrudeln, ist es viertel nach. Wang hatte sich oft darüber beschwert: »Warum könnt ihr nicht pünktlich sein? Ich dachte, der Deutsche an sich …« an der Stelle machte jedes Mal irgendwer einen Scherz über Tugenden und deren Sinnhaftigkeit.

Wang hatte die Angewohnheit gehabt, immer schon eine Weile bevor es losging da zu sein. Etwa eine Dreiviertelstunde meistens. Er nahm das Kegeln ernst und bereitete alles vor. Wenn die Kegelfreunde reinkamen, hatte er bereits mit Kreide die Tabelle an die Tafel gezeichnet, die Linien wie mit einem Lineal gezogen, ein Raster wie eine ausgedruckte Excel-Tabelle. Vorne standen, in Schönschrift, die Namen der Spieler. Wang testete die Anlage immer mit ein paar Würfen. Manchmal hakte die Mechanik beim Hochfahren der Kegel. Bis alle Klubmitglieder da waren, hatte er die Störung behoben. Nicht nur Johann hatte ihm schon mehrmals gesagt, er solle die alte Anlage generalüberholen lassen.

Warum Wang an jenem Tag fast zwei Stunden früher auf der Kegelbahn war als sonst, kann niemand der Polizei erklären.

Wenn Wang spätestens um 17:30 Uhr tot war, Jasmin aber erst gegen 17:35 Uhr bei Johann wegging, konnte sie nicht … was? Nichts mit Wangs Tod zu tun haben? Es war doch sowieso ein Unfall. Was denn sonst?

Giebels Mareike aber, die seitlich vom Gasthaus Zeggels wohnt und vom Küchenfenster einen guten Blick auf den hinterm Gasthaus liegenden Parkplatz hat, behauptet, sie habe Wang »kurz nach halb sechs über den Parkplatz laufen sehen«. Sie sei sich bei der Zeit ganz sicher. Sie habe kurz auf die Küchenuhr geschaut: 17:33 Uhr.

»Gelaufen?«, hatte der Kommissar nachgehakt.

»Also er ist nicht gerade gerannt, schien es aber eilig zu haben.«

»Sind Sie sicher, dass es Wang Fei war?«

»Wer soll es denn sonst gewesen sein?«

»Kannten Sie Wang Fei näher?«

»Was heißt näher? Ich habe ihn schon oft gesehen. Er war es. Ja, er lief kurz nach halb sechs aus dem Gebäude heraus über den Parkplatz ums Gebäude herum.«

»Trug er eine braune Wildlederjacke, als Sie ihn über den Parkplatz laufen sahen?«

Mareike hatte lange überlegen müssen. »Ich glaube nicht, oder doch, vielleicht. Er sah aus wie immer. Trug ein weißes Hemd, glaube ich. Oder, Moment, er trug etwas unterm Arm. Ja, das könnte eine Jacke gewesen sein oder so etwas.«

»Und haben Sie gesehen, ob er kurz darauf zurückkam und wieder hineinging?«

»Nein, ich musste aufs Klo. Außerdem kann er auch durch die Vordertür wieder rein sein, durch die Kneipe. Das hätte ich dann ja nicht sehen können.«

Mareike macht als Zeugin einen zuverlässigen Eindruck, und falls ihre Küchenuhr nicht falsch ging (geht sie nicht, das hat die Polizei überprüft), wären Jasmin und Wang gleichzeitig unterwegs gewesen. Johann wohnt höchstens drei Fußminuten vom Gasthaus Zeggels entfernt und wenn Wang, wie Mareike behauptet, kurz nach halb sechs um das Gasthaus herum Richtung Dorfstraße eilte, hätte Jasmin ihm auf ihrem Heimweg begegnen können. Und dann hätten die beiden zur Vordertür rein und durchs Gasthaus gemeinsam zur Kegelbahn gehen können. Und vielleicht wäre Jasmin dort Zeugin seines Todes geworden. Theoretisch.

Die Polizei hat ein Problem: »Allerspätestens 17:30 Uhr«, legt die Gerichtsmedizinerin sich beim Todeszeitpunkt fest,

»eher früher«. Normalerweise freut sich die Polizei, wenn die Gerichtsmedizin sich so eindeutig festlegt.

»Vielleicht irrt sich unsere Frau Doktor Heisle ausnahmsweise einmal«, denkt der Kommissar während einer Fallbesprechung laut nach, »nur um zehn, fünfzehn Minuten, vielleicht«.

»Wohl eher diese Mareike Giebel«, schlägt einer der anwesenden Kollegen vor.

Der Kommissar wiegt den Kopf hin und her. Er will dieses Detail klären. Deshalb sucht die Polizei jetzt doch nach Jasmin. Als Zeugin. Oder als Tatverdächtige?

»Also was nun, Mord oder Unfall?«, fragt die Staatsanwältin.

Der Kommissar windet sich. »Für einen Unfall ist mir das zu … ich weiß nicht. Da passt einiges nicht zusammen. Zum Beispiel, dass er eine neue, teure Jacke trug, wo er doch in der Kegelaufstellanlage herumfuhrwerkte.«

»Was haben Sie immer mit der Jacke, Herrgott? Er hat eben die Jacke angelassen, na und?«

»Wang Fei hatte die Jacke offensichtlich schon ausgezogen, als er den Kegelabend vorbereitete. Die Zeugin Mareike Giebels hat ihn kurz nach 17:30 Uhr ohne Jacke ums Haus laufen sehen. Wahrscheinlich trug er sie da unterm Arm. Kurz darauf muss er noch einmal zurück zur Kegelbahn gegangen sein, leider ohne, dass Frau Giebel ihn nochmal gesehen hat. Sie war bis etwa 17:40 Uhr auf der Toilette. Sie ist eine Zeugin, die sehr präzise Zeitangaben macht. Schade, dass sie nicht noch mehr gesehen hat. Also, der Chinese geht irgendwann wieder zurück zur Kegelbahn. Allein? Und dort zieht er dann seine teure Lieblingsjacke wieder an, ausgerechnet, um etwas im Kegelkasten zu reparieren? Doch wohl eher, weil er nochmal wegwollte, oder? Wang wollte bestimmt nicht, dass etwas an seine Jacke kommt. Er ging pfleglich mit wertvollen Sachen um, hatte Prinzipien.«

»Wer hat die nicht, und wer hält sich gelegentlich auch mal nicht daran? Denken Sie tatsächlich, jemand könnte ihn absichtlich stranguliert haben? Auf solche Art? Also wenn Sie mich fragen: Planen kann man das so nicht. Nein, Mord sehe ich da nicht. Fahrlässige Tötung vielleicht? Oder sehen Sie noch eine andere Möglichkeit?«

»Ja, vielleicht«, der Kommissar spricht mit Bedacht, »unterlassene Hilfeleistung.«

Die Gerichtsmedizinerin kommt hereingestürmt. »Ah, gut, dass ich Sie zusammen antreffe. Das wird Sie interessieren, also die Obduktion hat eindeutig ergeben: Er ist nicht erstickt. Er hatte einen Herzinfarkt. Wahrscheinlich kurz vor seinem Tod – unmittelbar davor, würde ich sagen, vielleicht auch während er sich die Kegelschnur, oder wie das Ding heißt, um den Hals wickelte.«

»Ich gehe nicht davon aus, dass er sich die Schnur selbst um den Hals gewickelt hat«, wirft der Kommissar ein.

»Genau«, bestätigt die Staatsanwältin, »das war ja wohl ein Unfall: Die Schnur wickelte sich zufällig um den Hals, und das war so ein Schock, dass das Herz ausgesetzt hat.«

»Hatte er denn Herzprobleme?«, fragt der Kommissar die Gerichtsmedizinerin.

»Und ob. Herzklappenfehler wie aus dem Lehrbuch. Alt wäre der sowieso nicht geworden, wenn er nicht bald operiert worden wäre. Sehr bald.«

»Ist das nicht ungewöhnlich, für einen so jungen Mann? Wie alt genau war er nochmal?«

»Wäre nächsten Monat dreißig geworden. Ungewöhnlich? Nicht unbedingt. Wenn zum Beispiel jemand eine Infektion übergeht und sich nie beim Arzt durchchecken lässt, kann es durchaus vorkommen, dass man auch schon mit dreißig den Löffel abgibt. Die Herzklappe war stark verdickt.«

»Ob das jemand gewusst hat?«, denkt der Kommissar laut nach.

»Und wenn schon. Würde das bedeuten, jemand hat ihn anhand einer per Kegelschnur herbeigeführten beginnenden Strangulation zu Tode erschreckt? Oder glauben Sie«, beginnt die Staatsanwältin kreative Vermutungen zu spinnen, »jemand hat gesehen, wie der Chinese einen Herzinfarkt kriegt, und ihn, anstatt einen Arzt zu rufen, post mortem aufgeknüpft? Wieso sollte jemand so etwas tun? Was sollte uns das sagen? Ist das etwas Symbolisches? Normalerweise läuft man dann doch auf die Straße und schreit: ›Der Chinese ist tot‹ … oder so.«

»Die entscheidende Frage ist«, gibt der Kommissar zu bedenken, »ob zu dem Zeitpunkt, als Herr Wang starb, noch jemand mit ihm in diesem Kegelbahnraum war.«

»Oder unmittelbar danach«, fügt die Staatsanwältin hinzu.

»Oder auch das. Wir haben ein noch widersprüchliches Bild davon, welche möglicherweise involvierten Personen wann genau wo waren.«

»Also gut. Fahren Sie noch einmal in dieses Kaff und stellen Sie fest, ob jemand von dem Herzfehler wusste. Überprüfen Sie außerdem die finanzielle Situation dieses Wangs Welthandel-Unternehmens. Und finden Sie endlich diese Freundin, vielleicht weiß die mehr, als sie bisher gesagt hat. Ist die eigentlich in Tränen ausgebrochen, als sie ihren Liebsten identifizierte?«

»Nicht alle fangen an zu weinen, wenn sie vor der Leiche eines geliebten Menschen stehen«, antwortet Dr. Heisle, »sondern tun dies erst später, wenn sie alleine mit sich sind. Andere wiederum brechen sofort regelrecht zusammen. Aber diese Frau hat sonderbar reagiert. Sie war fix und fertig. Die hat gelitten, als sie da vor dem Toten stand. Sie hat lange geschaut. Okay, das machen manche. Aber diejenigen, die länger bei dem Toten sein wollen, berühren ihn dann auch meistens. Die Hand wenigstens, oder die Wange, das Haar. Diese Frau jedoch nicht. Je länger sie auf den Leichnam schaute, desto … wütender hat sie auf mich gewirkt.«

»Wütend?«

»Ja, in der hat es gebrodelt. Ist zwar selten, kommt aber gelegentlich vor, dass die Leute wütend darüber sind, dass sie ›verlassen wurden‹. So empfinden das manche, wenn jemand stirbt, den sie lieben.«

»Wütend?«, fragt der Kommissar noch einmal, und zur Staatsanwältin sagt er: »Sie haben Recht, wir müssen diese Jasmin Zenner finden und herauskriegen, wo genau sie war, als Wang starb. Vielleicht war sie zu dem Zeitpunkt doch nicht mehr bei diesem Johann.«

34

Es klingelt an der Tür. Johann öffnet. Jasmins Mutter steht vor ihm. Sie lächelt nicht. Sie wirkt, als wolle sie sich klein machen. »Komm doch herein«, sagt Johann, als kenne er sie schon seit einer Ewigkeit. Im Grunde trifft das ja zu. Was will sie von ihm? Sie schaut sich nicht im Wohnzimmer um, in das Johann sie führt. Setzt sich.

»Willst … wollen Sie etwas trinken? Einen Kaffee? Tee? Ein Bier vielleicht?«

»Also falls zufällig ein Klarer im Haus wäre?«

»Da würde ich nicht von Zufall sprechen. Und ich trinke gern einen mit. Zwetschge, Kirsch oder Mirabelle?«

»Egal, ich schließe mich gerne an.«

Sie vermeidet es, »du« oder »Sie« benutzen zu müssen.

Johann ist selbst von seinem Wagemut überrascht, als er fragt: »Darf ich vorschlagen, dass wir uns Duzen? Mein Name ist Johann.«

»Ich weiß. Ich heiße Andrea.«

Sie trinken einen Mirabellenschnaps. Johann gießt nochmal nach. Er hat keine Ahnung, was Jasmins Mutter von ihm will. Er sieht ihr an, wie schwer es ihr fällt, ihr Anliegen vorzubringen.

»Sie … du warst doch mit diesem Chinesen näher … bekannt? Befreundet?« Johann fasst das nicht als Frage auf und lässt Andrea weiterreden. »Ich habe ihr immer gesagt, sie soll nichts mit dem anfangen, nichts Ernstes jedenfalls.«

»Wieso nicht? Ein stattlicher Bursche. Erfolgreich. Höflich. Hier im Dorf gibt es etliche Frauen, die ihn reizvoll fanden.«

»Eben, das ist es ja. Der hätte jede haben können, auch wenn man das nicht gerne zugibt. Wieso hätte der es mit meiner Jasmin ernst meinen sollen? Der hätte eine Jüngere haben können, eine Zielstrebigere, eine Vorzeigbarere.«

»Er hat sich in sie verliebt. So einfach ist das.«

Jasmins Mutter wiegt den Kopf hin und her. »Das mit dem Verlieben könnte zutreffen. Männer verlieben sich schnell in meine ältere Tochter. Die Jüngere ist solider. Aber verlieben und es mit einer Beziehung ernst meinen, das ist nicht dasselbe.«

»Hast du irgendetwas von ihr gehört?«, traut Johann sich zu fragen.

»Sie hat mich heute angerufen, kurz nur, gerade mal eine Minute, um zu sagen, dass es ihr gut geht.« Andrea sieht Johann aufatmen. »Sie sagt nicht, wo sie ist, oder wie lange sie wegbleibt. Und …«, fährt Andrea zögernd fort, »und sie ist schwanger.«

»Ich weiß«, sagt Johann, »schwanger von Wang.« Andrea sieht ihn überrascht an. »Sie hat es mir selbst erzählt. An dem Nachmittag als Wang … umkam. Sie wollte mit mir über Wang sprechen, darüber, wie sie es ihm … also, um es auf Deutsch zu sagen: Er kam nicht richtig in die Pötte mit dem Heiraten. So eine Art inoffizielle Verlobung hat es wohl gegeben, wie du weißt, und Wang hatte angedeutet, meint Jasmin, er sei einer Ehe nicht abgeneigt, hat ihr aber keinen offiziellen Antrag gemacht oder über ein konkretes Datum gesprochen. Sie hätte ihm früher sagen sollen, dass sie schwanger von ihm ist.«

»Was? Das wusste er noch gar nicht?«

»Sie wollte bis zum Ende der 12. Woche warten, um sicher zu gehen. Das war genau an dem Tag. Sie wollte es ihm an dem Tag sagen, war sich noch nicht sicher, ob noch vor oder erst nach dem Kegelabend. Von mir wollte sie wissen, was ich glaube, wie er reagiert. Sie war sich nicht sicher, ob sie es ihm einfach sagen sollte, ohne Umschweife, oder ob ich glaube, er müsse schonend darauf vorbereitet werden. Wann hast du denn erfahren, dass sie schwanger ist?«

»Erst einen Tag nach Wangs Tod hat sie es mir gesagt. Was hast du meiner Tochter empfohlen, wie sie vorgehen sollte?«

»Dass sie ihm so schnell wie möglich sagen soll, dass er Vater wird, natürlich. Auf genau diese Nachricht hat Wang gewartet. Er war nicht sicher, dass deine Tochter schwanger werden kann. Es soll angeblich einmal medizinische Schwierigkeiten gegeben haben, bei einem Abbruch …«

»Woher wusste Wang das denn?« Andrea sieht Johann lange an. Der antwortet nicht. »Da war sie fast noch ein Kind, ein Teenager, Herrgott nochmal. Das ist eine Ewigkeit her.«

»Und seitdem war sie nie wieder schwanger.«

»Weil sie klüger geworden ist und aufpasst, nicht wieder von einem Hallodri …«

»Jedenfalls kann ich mir gut vorstellen, dass Wang sich über die Nachricht gefreut hätte, Vater zu werden.«

»Warum hat sie dann nicht früher mit ihm darüber gesprochen, 12. Woche hin oder her?«

»Die beiden haben miteinander geturtelt und geträumt und ge…, aber sie haben nicht offen miteinander über ihre Zukunft gesprochen. Und in den Tagen vor seinem Tod haben sie sich seltener gesehen als normalerweise. Wang war zuvor geschäftlich viel unterwegs gewesen und kam an den Tagen vor jenem geplanten Kegelabend immer sehr spät heim. Er schlief dann in seiner Wohnung in der Fleischfabrik und hat am nächsten Tag, wie immer, ab 6:30 Uhr gearbeitet. Jasmin wusste, dass er währenddessen nicht gestört werden wollte. Aber ab nachmittags hielt sie es dann nicht länger aus. Sie wollte wissen, wie er reagiert. Sie wusste, dass er an den Kegelabenden besonders pünktlich in der Firma Schluss machte. Sie wusste, wo sie ihn finden konnte. Alleine. Bis es mit dem Kegeln losging, würde er die Nachricht verarbeitet haben. So oder so. Sie musste es jedenfalls endlich loswerden. Ich habe ihr geraten, mit der Verkündigung der frohen Botschaft lieber bis nach dem Kegeln zu warten: Einfach wie immer um Viertel nach sieben da sein, mitkegeln, lachen, genau wie zwei Wochen zuvor behaupten, sie will keinen Alkohol trinken, weil sie immer noch Magenprobleme hätte. Ich hätte dann dafür gesorgt, dass der Kegelabend nicht zu lange dauert. Danach hätten die beiden den Rest des Abends Zeit gehabt, sich gemeinsam zu freuen, oder ... nun ja, jedenfalls hätte ich es nicht riskiert, so eine wichtige persönlich Sache direkt vorm Kegelabend zu besprechen, sondern lieber in Ruhe danach. Obwohl«, wiederholt Johann noch einmal, »ich mir sicher bin, dass Wang freudig darauf reagiert hätte, Vater zu werden, egal ob er vor oder nach dem Kegelabend davon erfahren hätte.«

»Ich erinnere mich daran, wie es war, als ich dem Vater von Jasmin, also dem biologischen Vater, gestand, dass ich schwanger bin.« Andrea klingt traurig. »Keine schöne Erinnerung.«

Sie trinken noch einen Mirabellenschnaps, schweigen eine Weile.

Schließlich fragt Johann: »Warum bist du hier? Was willst du von mir?«

Andrea räuspert sich. »Du hast vielleicht schon gehört, dass die Polizei nach ihr sucht.«

»Ja. Ich weiß nicht, wo sie ist. Wirklich nicht.«

»Natürlich nicht«, sagt Andrea barsch, »wenn sie es selbst mir nicht sagt.« Sie stockt. Vielleicht denkt sie: »Sie hat Johann vor mir erzählt, dass sie schwanger ist, auch wenn sie dafür besondere Gründe gehabt haben mag.« »Ich will nicht lange drum herumreden: Giebels Mareike, die blöde Trulla, behauptet, sie habe Wang nach halb sechs noch gesehen.

Und die Polizei denkt jetzt, Jasmin könnte ihn noch getroffen haben, kurz vor seinem Tod?«

»Ja und?«

»Verstehst du nicht: Ich will meine Tochter schützen, um jeden Preis – meine Tochter und mein ungeborenes Enkelkind.«

»Was gibt es da zu beschützen? Jasmin hat doch nichts Schlimmes getan, oder?«

»Es interessiert mich nicht, ob sie etwas getan hat oder nicht. Ich will sie und das Baby auf der sicheren Seite wissen.«

»Und wie komme ich da ins Spiel?«

»Herrgott, das ist doch wohl offensichtlich. Du hast ausgesagt, dass sie bis kurz nach halb sechs hier war an dem Tag.«

»Ja, habe ich, und weiter?«

»Verdammt nochmal, jetzt lass mich nicht so zappeln. Johann, könntest du dich nicht einfach nochmal bei der Polizei melden und sagen, du hättest dich geirrt? Es sei wohl doch schon viertel vor sechs gewesen, oder sag besser: zehn vor.«

Johann sieht Andrea eindringlich an, so lange, dass es ihr unangenehm wird. Schließlich sagt er: »Das Problem ist: Ein bisschen hatte ich sowieso schon geflunkert, bei der Polizei, meine ich. Als Jasmin mein Haus verließ, war es eher Punkt halb sechs als ein paar Minuten später.« Johann sieht, dass Andrea bei dieser Information verängstigt schaut. »Und du willst also, dass ich für Jasmin lüge, für Jasmin und für dich.«

»Ja. Ich will meine Tochter aus der Schusslinie bringen, verstehst du das nicht? Ich bin mir sicher … ganz sicher, dass sie ihm nichts angetan … es ist alles so verwirrend.

Warum verschwindet sie plötzlich? Hat sie etwa vor, das Kind wegmachen zu lassen? Hat sie Wang noch sagen können, dass sie von ihm schwanger ist? Und falls ja, wie hat er darauf reagiert? Ich weiß gar nicht, ob ich wissen will, ob die Polizei damit Recht haben könnte, dass sie ihn noch gesehen hat, nachdem sie von dir hier weggegangen ist. Und es geht mir nicht nur um die Polizeiermittlungen. Ich will vor allem verhindern, dass im Dorf unschöne Spekulationen aufkommen, falls Jasmin kein Alibi hat.«

»Ich soll also für dich lügen?«, wiederholt Johann noch einmal.

Andrea sagt darauf nichts, blickt ihn flehentlich an. Vielleicht erinnert sich Johann in diesem Moment daran, dass Wang einmal zu ihm gesagt hatte: »Du bist zu zurückhaltend, mein Guter, ich wette, dir werden sich noch Gelegenheiten bieten. Wenn es soweit ist: ergreif sie.«

Johann sagt, sich selbst überraschend: »Was kriege ich dafür?«

35

»Das ist in der Tat interessant, Herr Leuchtner.«

»Helmut. Sagen Sie ruhig Helmut, Herr Kommissar.«

»Sie meinen also, dass«, der Kommissar schaut auf seine Notizen, »eine tiefgreifende Zerrüttung zwischen Wang Fei und diesem Walter Trumpf, genannt Zoppo, bestand.«

»Zerrüttung? Das haben Sie so formuliert, Herr Kommissar. Einen ausgewachsenen Knatsch hatten die beiden miteinander. Zoppo hat dem Wang Wein geklaut. Hat ihm eine

Kiste teuren Stoff vor die Füße geworfen. Und Zoppo hat gedroht, ihm sämtliche Knochen zu brechen. Auf der Kegelbahn, wenn ich mich richtig erinnere.«

»Der einzige Knochen, der dem Chinesen gebrochen worden ist, war das Zungenbein«, wirft der Mitarbeiter des Kommissars ein und erntet einen scharfen Blick seines Vorgesetzten.

»Und wie war das mit diesem Mülltonnenrennen?«

»Das war wohl der erste Mordanschlag auf Wang«, antwortet Helmut beflissen. »Zumindest der erste, von dem wir wissen. Das hätte leicht schiefgehen können für Wang. Wie ich inzwischen aus sicherer Quelle weiß, war ein Rad seiner Rennmülltone angesägt. Die Achse, genau gesagt. Mit vierzig Sachen ist Wang die Straße runtergerast. Ein Wunder, dass er das überlebt hat. Und Zoppo, also der war vorher im Fahrerlager und hat an der Tonne rumgemacht.«

»Haben Sie das selbst gesehen, Herr Leuchtner.«

»Ich? Nein. Ich habe das gehört. Aus sicherer Quelle. Ich selbst hab gar nichts gesehen, nicht einmal das angesägte Rad … Achse.« Helmut hat tatsächlich sämtliche Informationen – Indizien, wie er sagt – aus zweiter Hand. Er erzählt der Polizei nicht, dass Heiko ebenfalls dabei gewesen sein soll, als Zoppo die Räder der Tonne inspiziert hatte. Gegen Heiko hat Helmut nichts. »Das war ein erster Versuch, Wang umzubringen.«

Der Kommissar notiert etwas und fragt: »Von wem haben Sie diese Information?«

Helmut zögert lange, bis er sagt: »Von Benny.« Er nennt Bennys vollständigen Namen. Der andere Polizeibeamte geht zu einer großen Moderationstafel und schreibt Zoppos Namen darauf – den richtigen und in Anführungszeichen auch: »Zoppo«. Er malt ein Fragezeichen dahinter und schreibt dazu »Mülltonnenrennen«, mit Ort und Datum.

»Zoppo Trumpf? Ist das nicht der Bösewicht aus *Kleiner König Kalle Wirsch*?«, fragt der Kommissar. Er und Helmut sind ungefähr der gleiche Jahrgang.

Helmut nickt bedeutungsvoll, sagt: »Zoppo Trump, um genau zu sein, der Kalle Wirsch immer Fallen stellt. Und den Schnucki, also den Müller Thomas, können Sie auch fragen, der hat ebenfalls gesehen, wie das Rad weggeflogen ist und der Wang sich mit der Tonne überschlagen hat, x-mal mindestens.«

Zoppo wird nach seinem Alibi gefragt. Er hat keins. Er war in seiner Werkstatt. Allein. Das ist kein Alibi. Er war einmal kurz in der Garage, bei offener Garagentür, behauptet er. Niemand kann das bestätigen. »Gewöhnlich stecken die Leute überall ihre Nase rein«, knurrt Zoppo abends im Löwenhof an der Theke, »und jeder will wissen, was du gerade treibst. Aber sobald du mal ein Alibi brauchst, will kein Mensch dich gesehen haben.«

36

»Hört das denn nie auf?«

»Was?«, fragt Johann.

»Dass die Männer etwas von mir wollen. Ich bin 61, Herrgott nochmal.«

Johann wirkt verlegen. »Ich weiß, das ist nicht sehr ritterlich von mir.«

»Ich pfeife auf ritterlich, zuverlässig würde mir zur Abwechslung genügen. Vertrauenswürdig.«

»Ich bin vertrauenswürdig. Deshalb hat mich Wang ja …« Beinahe hätte er gesagt: auserwählt. »Du kannst mir vertrauen. Niemand wird je etwas davon erfahren. Und ich fordere … ich bitte dich nur um ein einziges Mal, darauf kannst du dich verlassen. Also: Wenn es dir wichtig ist, dass die Polizei davon ausgehen muss, ich könnte mich in der Zeitangabe vertan haben und ich sage, dass ich mit Jasmin, nachdem sie hier von diesem Tisch aufgestanden ist, noch ein paar Minuten an der Haustür gequatscht habe … tja, dann könntest du das praktisch jetzt schon als erledigt betrachten.« Als Andrea ihn eine Zeit lang schweigend betrachtet, fährt er fort: »Und wenn dann die Polizei deine Tochter als Verdächtige oder als sonst irgendwie Involvierte ausschließt, dann kannst du dich immer noch bei mir … erkenntlich zeigen. Ich dränge dich zu nichts«, fügt er rasch hinzu.

Andrea tut etwas, das Johann überrascht. Sie lächelt. Lächelt ihn an. »Du warst immer schon scharf auf mich, stimmt's?«

»Wie bitte, wie kommst du darauf?« Er errötet.

»Glaubst du, ich habe nicht bemerkt, wie du mir hinterhergeschaut hast bei jeder Kirmes? Sogar als ich Jasmin schon hatte. Viele haben geglotzt, damals, als ich noch jung war. Du hast eher sehnsüchtig geschaut. Auf jeder Kirmes, etliche Jahre hintereinander. Warum hast du mich nie zum Tanzen aufgefordert? Ich tanze für mein Leben gern. Ich hätte nicht Nein gesagt. Oder mich wenigstens zu einem Cocktail eingeladen, einem von diesen komischen Affärenbeschleunigern, die es angeblich auf euren Dorffesten gibt? Du warst ziemlich schüchtern, stimmt's?«

»Es ging sogar schon früher los«, gibt Johann zu.

»Ja, ich weiß, schon damals im Freibad. Ich fand es amüsant, wie du deine Augen gar nicht von mir lassen konntest.«

»Das hast du bemerkt? Du hast nie zurückgeschaut.«

»Doch, habe ich, kurz und unauffällig. Herrgott, du warst noch ein Kind. Warst du nicht zwei Klassen unter mir? Ich musste auf mein Image achten.«

Falls Johann denkt: »Das mit dem aufs Image achten hat aber nicht so richtig gut geklappt, du hattest den Ruf, nicht besonders wählerisch zu sein«, verbirgt er es gekonnt. Stattdessen sagt er: »Du hast bezaubernd ausgesehen in diesem raffinierten grünen Bikini.«

Andrea runzelt die Stirn: »Welcher Bikini?« Dann glätten sich die Falten über ihren Augenbrauen. »Ach herrjeh, ich erinnere mich. Ich hatte so ein Teil«, sie lacht, »das war wirklich spektakulär. Aber du kriegst nicht mehr dieses Mädchen im grünen Bikini, Johann, das weißt du schon, oder? Du bekämst eine Frau von Anfang sechzig, und ganz ehrlich, ich bin inzwischen etwas aus der Übung.« Aber sie sieht, dass Johann immer noch bezaubert ist. Oder: wieder bezaubert.

»Deine Tochter braucht ein Alibi«, sagt er. »Ich verstehe das. Mach dir keine Sorgen. Die Polizei wird davon ausgehen müssen, dass Jasmin erst um … sagen wir viertel vor sechs hier weggegangen ist. Dann ist sie auf der sicheren Seite. Du kannst dich auf mich verlassen.«

Andrea sieht ihn fest an. »Danke. Du wirst es nicht bereuen.«

37

Jeder weiß: Hätte Zoppo den Plan gefasst, Wang um die Ecke zu bringen, hätte es wie ein richtiger Unfall ausgesehen. Da wäre nicht so ein halbgarer Tod dabei herausgekommen, bei dem man notfalls auf Selbstmord spekulieren könnte (ein Vorwurf, gegen den niemand den toten Wang verteidigt), oder gar auf Mord. Nein, Zoppo hat mit dieser Sache auf der Kegelbahn wohl eher nichts zu tun, auch wenn die Polizei sich momentan auf ihn konzentriert. Sie tut das, weil er kein Alibi hat und ein Motiv. Und Zoppo kennt sich mit der Kegelkastenbedienanlage aus, das haben mehrere Mitglieder des Klubs »Alle Acht und einer« der Polizei bestätigt.

»Nur weil Zoppo von Wang rausgeschmissen wurde, ist das kein Motiv, ihn umzu…«, Benny spricht nicht weiter. Es war ein Unfall gewesen, ganz sicher. »Das war nicht Zoppos erste Kündigung. Wenn der sich bei jedem ehemaligen Boss revanchiert hätte …«

»Du kennst nicht die ganze Wahrheit«, unterbricht ihn Helmut und bestellt bei Rosi noch eine Runde. »Wang hat wegen des geklauten Weins doch noch eine Strafanzeige gegen Zoppo gestellt.«

»Woher weißt du das denn?«

»Von Mecki. Und der hat es von der Cousine seiner Schwägerin, die Sekretärin in dem Polizeidezernat ist, wo die Diebstähle bearbeitet werden. Mecki hat auf dem 85. Geburtstag von Oma Hertha mit dieser Cousine, also mit der Sekretärin, zwei oder drei Kirschlikör getrunken und kam dann auf die Ereignisse hier bei uns im Dorf zu sprechen. Offensichtlich hat Zoppo mehr Wein abgezweigt, als Wang zunächst annahm. Nach einer genaueren Überprüfung hat Wang, so habe ich erfahren, Zoppo die Gelegenheit gegeben, zumindest für die zwölf Kisten, die ihm nachgewiesen werden konnten, den Einkaufspreis zu erstatten. Diese Chance hat Zoppo ungenutzt verstreichen lassen. Jetzt hat er eine Strafanzeige am Hals, die richtig unangenehm werden kann.«

»Wird die denn automatisch aufrechterhalten, selbst wenn der Kläger tot ist?«, fragt Benny.

»Eben! Wahrscheinlich nicht, und wo kein Kläger …«

»Quatsch, man windet sich doch nicht aus einer Anzeige wegen ein paar geklauter Weinflaschen heraus, indem man … einen Unfall fingiert.«

»Wissen wir das? Zoppo ist alles zuzutrauen.« Bevor Wang tot auf der Kegelbahn lag, hätte niemand Zoppo alles zugetraut. Aber bevor Wang ins Dorf kam, hätte auch keiner Zoppo zugetraut, dass er zum Probebohren nach China fährt und dabei hilft, dort einen Weinberg anzulegen. »Und es gibt Indizien dafür, dass er es schon einmal versucht hat?« Das Wort Indizien gehört erst seit kurzem zu Helmuts aktivem Wortschatz. »Ich will ja nichts gesagt haben, aber ich sage nur: angesägtes Mülltonnenrad.«

All diese Informationen – Zoppos Diebstahl und sein Zerwürfnis mit Wang, die Sabotage an der Rennmülltonne – bilden nun auch den neuesten Wissensstand der Polizei. Es ist erstaunlich, welche Informationen aus manchen Dorfleuten herauszulocken sind, von denen niemand etwas gesagt haben will.

Johann findet es richtig, dass er Helmut vertraulich erzählt hat, er habe Zoppo und Heiko dabei beobachtet, wie sie sich bei den Rennmülltonen herumgedrückt hatten. Wem, wenn nicht Zoppo war es zuzutrauen, dass er zu solchen Gelegenheiten eine handliche Metallsäge bei sich trug? Johann hat nichts dagegen, dass die Polizei diese Spur verfolgt. Das ist gut für Jasmin. Die Polizei sucht zwar immer noch nach ihr, aber nicht so intensiv, wie sie es tun würde, wenn sonst keinerlei Verdachtsmomente vorlägen, an denen sie sich abarbeiten kann. Das verschafft Jasmin Zeit und Johann Vorteile bei ihrer Mutter.

Auch anderthalb Wochen nach ihrem Verschwinden hat Jasmin noch nicht wieder Geld abgehoben und auch nirgendwo per Karte bezahlt. Die Polizei überwacht das. Ohne Erfolg, bisher. Wo kommt man wie lange mit achthundert Euro Bargeld aus?

Andrea sagt der Polizei nicht, dass ihre Tochter sich inzwischen bei ihr gemeldet hat. Auch Johann informiert den Kommissar nicht darüber. Er kann den Kerl sowieso nicht leiden. Deshalb hat Johann auch kein schlechtes Gewissen – zumindest nicht gegenüber der Polizei – Jasmin ein zeitlich erweitertes Alibi verschafft zu haben. Johann genießt Andreas Besuche. Sie hat schon dreimal bei ihm gelegen. Das ist mehr, als er zu fordern und zu hoffen gewagt hatte.

»Habt ihr schon gehört«, fragt Benny Helmut und Schnucki, »Johann soll angeblich eine Freundin haben?«

»Nein, das ist uns neu«, antwortet Helmut für sich und für Schnucki. »Aber das ist eine wirklich gute Nachricht, denn wenn selbst der noch eine abkriegt, bedeutet das, dass auch für Schnucki und mich noch Hoffnung besteht.«

Helmut und Schnucki hatten die Tage zuvor alles andere als gute Nachrichten erhalten. Sie hatten keinen Job mehr.

Wangs Welthandel war verkauft worden und zwar bereits vor Wangs Tod, wie sich herausstellte. Keiner im Dorf wusste, wann genau der Verkauf vonstattengegangen war, und wieso der Chinese verkauft hatte. Jedenfalls steht fest: Selbst, wenn Wang noch quicklebendig wäre, müssten Helmut und Schnucki sich arbeitslos melden. Genau wie einige andere. Es hat vor allem die Angestellten getroffen, die aus dem Dorf stammen. Die hatten die besten Jobs. Auch Benny fährt nicht mehr für Wangs Welthandel. Umstrukturierungen.

Das Unternehmen gehört jetzt einem anderen Chinesen aus dem gar nicht weit entfernten Orchid Park. Diese chinesische Handelsniederlassung im Nachbarkreis ist in letzter Zeit sehr gewachsen. Der neue Besitzer braucht von Wangs Welthandel nur die Handelskontakte und die beiden Hallen als Warenlager. Einige der osteuropäischen Arbeitskräfte be- und entladen immer noch Laster bei der Fleischfabrik und vor allem an der Halle am Eiweilerbach. Aber Geschäfte werden derzeit von dort aus keine mehr abgewickelt. Einer der Sekretärinnen, die von der Martini stets untergebuttert wurde, hat man eine Stelle im Orchid Park angeboten – sie hatte die gute Idee in die Tat umgesetzt, im Laufe des letzten Jahres, unbemerkt vom Kühlschrank, etwas Chinesisch zu lernen.

Es wird darüber spekuliert, wieviel der Verkauf von Wangs Welthandel wohl eingebracht hat, und wo das Geld jetzt ist. Noch auf Wangs Konto?

Einmal kam an der Tiefkühltheke des Kaufhaus Mechels, wo Johann, Mohrsch Wilma und ein paar weitere Leute den neusten Dorfklatsch austauschten, die Frage auf: »Wenn Wang den Laden verkaufen wollte, warum dann nicht an jemanden aus dem Dorf? Hier gibt es doch auch Geschäftsleute.«

»Ja, warum haben wir nicht den Welthandel übernommen?«

»Wer wir? Das ganze Dorf?«

»Ja, nein, nicht das ganze Dorf, aber warum haben sich nicht zehn Leute zusammengetan, oder zwanzig? Jeder bringt ein paar zehntausend Euro Privatvermögen ein und man leiht dazu noch Hunderttausend von der Bank, oder was weiß ich, was so ein Welthandel-Unternehmen wert ist. Jedenfalls braucht man nur genug Leute, die gemeinsam …«

»Vergiss es, du kriegst doch kein Dutzend Leute aus dem Dorf zusammen, die gemeinschaftlich einen gewinnbringenden Betrieb übernehmen, ohne sich dabei heillos zu zerstreiten.«

Alle lachten. Sie wussten, dass das zutrifft.

»Außerdem: Was der Chinese erst einmal hat, gibt er nicht wieder her. Der Chinese an sich verkauft nur an andere Chinesen weiter. Da bleibt alles in der Familie.«

»Ist das eine chinesische Weisheit? Es hätte doch einer von uns wenigstens versuchen können, Wangs Welthandel weiterzuführen. Warum ist nicht irgendwer aus dem Dorf schon Partner oder Teilhaber geworden, als Wang noch da war?«

»Jasmin ist das mit der Fusion ja zumindest auf dem privaten Sektor angegangen. Und der Kühlschrank wohl ebenfalls.«

»Fräulein Martini hat sicher auch probiert, als geschäftliche Partnerin einen Fuß in Wangs Welthandel zu kriegen.«

»Ich finde, Wilma, du wärst die richtige Businessfrau für so ein Handelsunternehmen gewesen.«

»Ich hätte jedenfalls«, behauptet Mohrsch Wilma, »Helmut und Schnucki nicht entlassen.«

Helmut und Schnucki fühlen sich nicht ungerecht behandelt. Sie haben eine kleine Abfindung bekommen. Das stand so im Verkaufsvertrag. Einigen Mitarbeitern von Wangs Welthandel, sie waren im Vertrag namentlich aufgelistet, wurden im Falle einer Umstrukturierung und damit verbundenen Entlassungen eine festgesetzte Abfindungssumme zugesichert. Die neuen Besitzer zogen diese Option, also die Entlassungen. Die Abfindungen waren nicht üppig, aber immerhin so hoch, dass man sich ein wenig darüber freuen konnte, dass Wang daran gedacht hatte, dies als Verkaufsbedingung mit einzubauen. Die Martini hatte keine Abfindung zu erwarten. Sie war zum Zeitpunkt des Vertragsabschlusses nicht mehr Angestellte von Wangs Welthandel, ebenso wenig wie Zoppo. Auch Benny bekommt nichts, er war kein Angestellter, sondern selbständig gewesen. Das hatte Wang wohl nicht berücksichtigt. Allen anderen ehemaligen Mitarbeitern aus dem Dorf hätte Wang noch in die Augen sehen können, falls er nach dem Verkauf im Dorf geblieben wäre. Hatte er das vorgehabt?

38

Die Nachricht verbreitet sich wie ein Lauffeuer: Wang hat ein Testament hinterlassen. Das ist, für sich genommen, noch keine Sensation. Aber vielleicht darf eine solche erwartet werden. Es gibt Vorzeichen: Die Polizei hat eine zeitliche Verschiebung der Testamentseröffnung veranlasst.

Der Kommissar wolle vorher noch einige Details dazu abklären, wie und wann genau das Dokument seine rechtskräftige Form erhielt. Es durfte also noch spekuliert werden, was Wang wem hinterlassen hat. Der hatte Familie in China, soviel weiß man von Johann. Es wäre nur selbstverständlich, wenn Wangs Vermögen an den Onkel oder Bruder ginge. Aber: Wie hoch ist das Vermögen? Ist hier von einem sechsstelligen Betrag die Rede? Oder gar von mehr? Die kursierenden Schätzungen und Mutmaßungen variieren stark. Und selbst wenn das Vermögen an die chinesischen Verwandten ginge, würde bedeuten: das gesamte Vermögen? Oder gibt es da jemandem aus dem Dorf, den Wang bedacht hat?

Soviel steht fest: Zur Testamentseröffnung, wann immer die endlich stattfinden wird, werden verschiedene Personen eingeladen. Mecki kennt die Sachbearbeiterin des Notars aus der Kreisstadt. Er kennt sie sogar näher, behauptet er. Mecki bereitet es großen Kummer, wenn nicht gar Bauchschmerzen, etwas Aufsehenerregendes für sich zu behalten. Aus Gründen der psychischen Gesundheit tut er das dann auch nicht. Die Sachbearbeiterin des Notars hat also gut daran getan, egal wie nah sie Mecki tatsächlich stehen mag, nicht mehr zu erzählen, als dass das Testament für Überraschungen sorgen dürfte. Schon dass diese Information ihr entschlüpft ist, hat ihr einen heftigen Rüffel ihres Chefs eingebracht.

Nun warten alle darauf, zu erfahren, wer zur Testamentsverlesung eingeladen ist. Wetten werden noch angenommen. Für manche Namen gibt es keine attraktiven Quoten.

39

Der Kommissar lungert schon seit anderthalb Stunden auf der Kegelbahn herum. So hat Rosi es Mecki und Mittelscheitels Junior gegenüber formuliert. Benny kommt rein. Er trägt einen Eimer bei sich, in dem es platscht. »Willst du eine Forelle, Rosi?«

»Gerne.« Sie zapft ein Pils, stellt es Benny auf einen Bierdeckel, macht aber keinen Strich auf den Deckel. »Nimmst du mir die nachher auch noch aus? Hinterm Haus?«

»Mache ich.« Rosi stellt ihm einen Klaren zum Bier, ebenfalls ohne einen Strich auf den Deckel zu machen. »Was will dieser Kommissar heute hier?«, fragt Benny, er hat das Auto vor der Tür gesehen. »Es ist Sonntag, verdammt nochmal, Frühschoppenzeit. Hat der nicht frei?«

Niemand am Tresen antwortet auf diese Frage. Vielleicht, weil alle denken, dass das gar nicht die entscheidende Frage ist. Die müsste nämlich lauten: Was will die Polizei überhaupt noch hier, egal ob montags, freitagabends oder sonntagmorgens? Vielleicht denkt einer von ihnen: Eine Kegelschnur um den Hals, ein kurzer, heftiger Ruck der maroden Aufstellanlage und … Exitus? So etwas kann nur zufällig passieren. Vielleicht denkt Rosi dran, wie sie Wang vorgefunden hat: den Kopf bizarr zur Seite, ein Kegel, das Hinterholz vermutlich, vorne auf seiner Brust, wie eine überdimensionale, aufgeblasene Krawatte. Hatte die Zunge herausgehangen? Benny kann sich nicht an die Zunge erinnern, nur an den aufgerissenen Mund. Rosi dagegen ist sich sicher, dass zumindest ein Stück der Zunge zu sehen war. Woran sich beide erinnern: Die linke Hand am Jackenkragen, die andere herabhängend. Die untere Körperhälfte sonderbar verdreht. So stirbt doch kein chinesischer Entrepreneur, schon gar nicht hier in diesem Tal. Ob der Kommissar das auch so sieht? Ob der sich auch fragt: Kann das etwas anderes gewesen sein als ein Unfall? Wer will sich etwas anderes vorstellen? Manche Fragen bleiben unbeantwortet, weil niemand sie stellt.

Rosi schaut auf die Uhr: »Seit 90 Minuten ist der schon da drin. Ich musste ihm den Schlüssel aushändigen, für den Raum und für die Anlage. Was macht der da drin?«

Der Kommissar kegelt. Er kann das. Als Kind war er mit seinem Großvater auf verschiedenen Bahnen der Gegend gewesen, von den Kohle- und Stahlstädten im Süden bis rauf nach Trier. Sein Großvater hatte lange im Verein gespielt, in einer der höchsten deutschen Ligen. Die Kegelbahn, eine Bundeskegelbahn, im Stammlokal seines Großvaters gibt es nicht mehr. Der Gaststättenteil ist in Büroräume umfunktioniert worden, die ehemalige Kneipe zu einem Matratzenverkaufslager. Der Kommissar macht viele Würfe. Manchmal verknoten sich die Kegelschnüre ineinander. Dann muss er die Kegel auf- und abfahren, bis sie sich wieder entwirren. Er probiert das weiter aus, an die Fünfzigmal. Zweimal verwickeln sich die Schnüre dermaßen ineinander, dass ein einmaliges Ablassen und wieder Hochfahren nicht ausreicht. Er muss geduldig die Anlage immer wieder betätigen, bis sich die Schnüre endlich entwirren. Er testet das weiter.

Der Kommissar hat schon andere Todesfälle gesehen, die höchst unwahrscheinlich erschienen. Dieser hier allerdings gehört eindeutig zu seinen persönlichen Top Drei, war sogar ein Kandidat für die Spitzenposition – ein Kopf-an-Kopf-

Rennen mit dem Bauern, der von seinen eigenen Hausschweinen aufgefressen worden war. Der Bauer war Alkoholiker gewesen und hatte tagelang vergessen, die Schweine zu füttern. Zu Trinken hatten sie noch, über eine Zuleitung, deren Ventilklappe sie mit der Schnauze selbst betätigen konnten. Aber die Schweine waren halb verhungert, als der Bauer sturzbetrunken kopfüber über das Gatter fiel. Wang war nicht betrunken gewesen. Das hatte die Obduktion ergeben. Kein Alkohol-Abusus. Nur eine fehlerhafte Herzklappe. Die Schweine damals wurden geschlachtet. Einen Prozess konnte man ihnen nicht machen. Den Kegeln an ihren Schnüren auch nicht – sie sind, genau wie die Hausschweine, keine juristische Person.

Einen Wurf gönnt der Kommissar sich noch. Mit Schmackes. Alle Neune. Er macht mit geballter Faust die Säge. Er will die Kegelanlage ausschalten, aber die hängt noch. Der deftige Wurf hat die Kegel so durcheinandergewirbelt, dass sie sich besonders verworren ineinander verschlungen haben. Er drückt den Knopf zum Herunterlassen. Ein, zwei Kegel entwirren sich beim erneuten Hochziehen, aber drei hängen noch aneinander. Runter, hoch, runter. Es klappt nicht. Und schließlich reagiert die Aufstellanlage nicht einmal mehr auf das Knöpfedrücken. »Verdammt«, brummt der Kommissar und geht an der Kegelbahn entlang in Richtung Kegelkasten. Er will der Wirtin die Bahn nicht in verhaktem Zustand hinterlassen. Auf halbem Weg: ein mechanisches Geräusch, die Schnüre zucken, werden ein Stück hochgezogen, einer der Kegel löst sich aus dem Dreierpack, wirbelt einmal um die anderen herum, wieder zuckt die Anlage, der frei gewordene Kegel umkreist die beiden anderen, nochmal ein Ruck, und die Schnur wickelt sich wieder um die beiden anderen Kegel. Stille. Die Mechanik steckt fest. »Wer zum Teufel …«, der Kommissar wirbelt herum. Niemand da. Der Schaltkasten hängt an der Wand gegenüber der Eingangstür. Das sind etwa fünf Meter, hin und zurück zehn. Selbst während der Zeit, als er auf dem Weg zum Kegelkasten war, hätte unmöglich jemand unbemerkt hereinkommen, die Knöpfe drücken und wieder verschwinden können.

»Kommt das öfter vor«, fragt der Kommissar, zurück in der Kneipe, »dass die Anlage sich selbständig macht?« Rosi schaut alarmiert. Dabei kommt es dem Kommissar überhaupt nicht in den Sinn, sie für irgendetwas zur Verantwortung zu ziehen. Er weiß, dass Wang zum Zeitpunkt seines Todes selbst Besitzer und Betreiber der Bahn war. »Wusste Wang, dass man keinesfalls alleine zwischen diesen Kegeln und Schnüren herumkriechen durfte?«

Da Rosi verängstig schweigt, antwortet Benny: »Ja, Johann hat's ihm oft genug gesagt. Und Rosi auch, nicht wahr?« Benny ist nicht sicher, ob Rosi mit Wang je über die unzuverlässige Aufstellanlage gesprochen hat, deshalb schaut er Unterstützung suchend in die Runde. Mecki nickt, und auch Mittelscheitels Junior.

Der schaut danach auf die Uhr und meint: »Muss gleich los, um zwölf wird gegessen.« Auch die anderen trinken aus.

»Lassen Sie sich ruhig Zeit«, sagt der Kommissar. »Ich bin hier fertig.«

Erst als die Tür hinter dem Polizisten zufällt, findet Rosi wieder Worte: »Hoffentlich fertig für immer.«

»Was ist denn jetzt mit der Kegelbahn?«, fragt Mecki Rosi. »Wie geht's damit weiter?«

»Keine Ahnung, ich weiß nicht einmal, wie es mit der Kneipe weitergeht. Die gehört … gehörte dem Chinesen.«

»Spielen kann man auf der Bahn nicht mehr«, meint Mittelscheitel. »Da lastet jetzt doch ein Fluch drauf.«

»Der lag schon vorher drauf. Das Ende der Kegelbahn war sowieso nah, dafür musste nicht erst ein Chinese von ihr stranguliert werden.«

Als der Kommissar in sein vorm Gasthaus geparktes Auto steigt, denkt er: »Vergiss es, da gibt's nichts weiter zu holen.« Aber er kennt die finanziellen Verhältnisse des Toten, weiß, was beim Verkauf von Wangs Welthandel herausgekommen ist, und er hat bereits Einsicht in das Testament nehmen können. Also kann er sich des Gedankens nicht erwehren: »Aber gelegen kam sein Tod ein paar Leuten schon.«

40

»Was meinst du, Johann, wirst du auch zu dieser Testamentseröffnung eingeladen?«

Er sieht Andrea zu, wie sie sich zur Seite dreht und ihre Zigarette im Aschenbecher ausdrückt, den er ihr auf den Nachttisch gestellt hat. Er hat noch nie zuvor eine Frau geküsst, die nach Nikotin schmeckt. Er war einmal mit einer zusammen, vor Jahren, deren Atem nach Alkohol roch. Er weiß, dass Andrea auf seine Antwort wartet. »Wieso? Ich war doch nur … sein Kumpel. Ein Trinkkumpan und Kegelbruder.«

»Manche im Dorf sagen, ihr seid richtig dicke gewesen. Freunde, dachte ich.«

»Du dachtest aber auch, er würde deine Tochter heiraten.« Johann könnte sich auf die Zunge beißen. Das hätte er nicht sagen sollen. Aber Andrea bleibt gelassen. Langsam bewegt sie einen Arm nach hinten, legt die Hand zwischen Kissen und Hinterkopf. Dabei rutschen ihre Brüste unter dem Laken hervor.

»Vielleicht hätte er das ja getan. Was wissen wir denn schon? Vielleicht war er ein Ehrenmann und hätte dem Kind seinen Namen gegeben. Meinen Segen hätten sie gehabt. Meine Tochter hat dermaßen unbrauchbare Hinze und Kunze und Heikos angeschleppt, oder abgeschleppt, dass mir ein ordentlicher Wang oder Jang oder Jing hundertmal lieber gewesen wäre.«

»Du hast Recht, wir wissen nicht, wie es mit Wang und Jasmin weitergegangen wäre, nur, wie soll ich sagen, seit dem Ring, den er ihr kurz vor der Reise nach China geschenkt hat und den Jasmin als, sagen wir, inoffizielles Verlobungsgeschenk interpretierte, hat er dann irgendwie keine rechten Anstalten mehr gemacht. Zum nächsten Schritt, meine ich.«

»Mit dem Verlobungsring, falls der als solcher gemeint war, war Jasmin schon einen Schritt weiter, als ich es jemals gewesen bin. Die beiden Male, als ich schwanger war, hatte ich nicht einmal einen festen Freund. Als Jasmin auf die Welt kam, war ich solo. Allerdings ist das bei ihr jetzt genauso«, fügt sie hinzu, »wenn auch aufgrund anderer Umstände. Ich frage mich, was die Polizei schlussfolgert, falls Jasmin erbt. Also richtig viel erbt, eine Menge Geld, wenn sie sogar Haupterbin wird. Soll ich ihr dann empfehlen, das Gasthaus Zeggels zurückzugeben? Was meinst du?«

Erwartet sie darauf eine Antwort von Johann? Er schaut auf ihre Brüste. Er denkt daran, wie wunderbar sie sich vorhin angefühlt haben. Sie sind nicht mehr an derselben Stelle wie damals, als der grüne Bikini sie bedeckte. »Die hängen jetzt etwas weiter südlich«, hatte Heiko einmal einen Scherz gemacht. Dabei ging es nicht um Jasmins Mutter, sondern um eine alte Flamme von Heiko. Andreas zarte Haut riecht wunderbar. Ihre Brüste sind üppig und weich. Er küsst sie.

»Mach dir keine Sorgen«, sagt er schließlich. »Die Polizei soll denken, was sie will.«

»Und die haben sich wirklich nicht gewundert, dass du deine Aussage geändert hast?«

»Nein, kommt wohl öfter vor, dass jemandem einfällt, dass er sich bei der Zeitangabe zunächst vertan hat. Sie haben es zu Protokoll genommen: 17:45 Uhr.«

Andrea dreht sich wieder zum Nachttisch, schaut auf ihre Armbanduhr. Eine sehr billige Uhr. »Oha, schon halb sieben.« Johann lacht. Ein zufriedenes Lachen.

»Was gibt's denn da zu lachen?«, sagt Andrea. »Du bist ja leicht zu amüsieren. Ich muss in einer dreiviertel Stunde zuhause sein, Tante Erna kommt noch vorbei. Es wird auch gleich schon dunkel.«

»Du fährst doch nur zehn Minuten. Bleib noch ein bisschen. Hat Jasmin sich nochmal gemeldet?«

Andrea scheint zu überlegen, ob sie ihm darauf antworten will. Schließlich sagt sie: »Wieder nur anderthalb Minuten. Und ich versuchte erst gar nicht, herauszukriegen, wo sie steckt. Ich kenne meine Tochter. Wenn sie nichts erzählen will, erzählt sie nichts. Ich habe ihr klar gemacht, dass sie ein Alibi bis viertel vor sechs hat. ›Glaubst du denn, ich brauche eins?‹, hat sie mich gefragt, dann aber hinzugefügt: ›Danke Mama, das schadet jedenfalls nicht.‹ Sie meinte noch, sie selbst habe wirklich keine Ahnung, wann genau sie an jenem Nachmittag wo war. Sie habe andere Sorgen gehabt, als alle fünf Minuten auf die Uhr zu schauen. Irgendwie klingt das beunruhigend, finde ich.«

»Wichtig ist doch, dass ihre Angaben sich mit meinen decken, wenn die Polizei sie noch einmal danach fragt. Und machen wir uns nichts vor: das wird sie, irgendwann. Dann kann Jasmin zur Tatzeit, ich meine, Unfallzeit … als es passierte, nicht auf der Kegelbahn gewesen sein, und das ist doch beruhigend, egal, was letztlich vorgefallen ist. Solange ich bei meiner Aussage bleibe, hat sie ein Alibi.«

»Ja«, erwidert Andrea, »damit hat sie ein Alibi. Und du auch.«

41

Der Kommissar ist im Obergeschoss der ehemaligen Fleischfabrik, in Wangs Wohnung. Wangs ehemaliger Wohnung, um genau zu sein. Jetzt gehört sie einem anderen Chinesen. Wang hätte die Wohnung, laut Verkaufsvertrag, seit letzter Woche geräumt haben müssen. Nun ist Wang nicht mehr da, um zu räumen. Der neue Besitzer nutzt bereits die angebaute Halle als Lagerraum und übt sich ansonsten wegen der Nutzung des vorderen Hausteils in Geduld. Das sei kein Problem, hat der neue Chinese der Polizei gegenüber verlauten lassen. Er will nach der Testamentseröffnung Verwandten oder Freunden des Verstorbenen für ein paar weitere Tage die Möglichkeit einräumen, bei Bedarf persönliche Dinge aus der Wohnung zu holen. Vielleicht will ja gar keiner mehr in die Wohnung, sobald feststeht, wer was geerbt hat.

Bis dahin hat der neue Besitzer von Wangs Welthandel, ohne viel Aufhebens darum zu machen, der Polizei den Schlüssel zur Wohnung in der alten Fleischfabrik überlassen. Der Kommissar hat eigentlich keine Zeit, sich weiter um diesen toten Chinesen zu kümmern. Er zweifelt zusehends selbst daran, dass es Mord war. Aber handelt es sich wirklich nur um einen dummen Unfall? Es gibt mehrere Zeugenaussagen, die beschreiben, dass ähnliche Probleme mit der Kegelanlage schon vorgekommen waren, wenn auch mit harmlosen Folgen. Schon einmal hatte es Wang Fei erwischt und er wurde leicht am Handgelenk verletzt. War Wang so dumm, den gleichen Fehler zweimal zu begehen? Der Kommissar ist gestresst – ein anderer Fall, der seine Aufmerksamkeit beansprucht. Aber der Kegelbahnfall, wie er im Dezernat 3 des LKA genannt wird, weist noch Ungereimtheiten auf, und so etwas lässt ihm keine Ruhe.

Vor ein paar Tagen ist er schon einmal hier in Wangs Wohnung gewesen und hatte sich darüber gewundert, wie sauber und ordentlich alles ist. Sieht gar nicht wie eine Junggesellenbude aus. Angeblich hat der Chinese nie jemanden in seine privaten Wohnräume reingelassen. Dabei ist alles picobello: So sauber, dass man glaubt, keine Spuren des Bewohners finden zu können. Aber natürlich findet die Polizei immer etwas. Als der Kommissar zum ersten Mal in Wangs Wohnung gewesen war, hatte er ein paar Haare mitgenommen, die er in der Haarbürste auf der Ablage vorm Badezimmerspiegel fand. Er sorgte dafür, dass die Spurensicherung diese Haare mit dem der Leiche abglich. Medizinische Unterlagen, Arztbriefe oder

Ähnliches, wurden keine gefunden. Offensichtlich hatte Wang keine in der EU gültige Krankenversicherung abgeschlossen. Kaum zu glauben. Er hatte wohl eine chinesische Versicherung, eine nicht ganz billige, deren Beiträge offensichtlich von einem Onkel in China überwiesen wurden. Wenn Wang krank geworden wäre, hätte er sich in China von sehr guten Ärzten behandeln lassen können. Aber hätte er dafür nach China reisen müssen? Gab es auch chinesische Ärzte in Deutschland, die ihn behandelt hätten, oder dies sogar getan hatten? Darüber war nichts herauszufinden. Seit seiner Studentenzeit war Wang offensichtlich kein einziges Mal beim Arzt gewesen, nicht einmal beim Zahnarzt. Das ist nichts völlig Ungewöhnliches für einen jungen, kerngesunden Mann von knapp Dreißig. Aber Wang hatte Herzprobleme. Ist es möglich, dass ihm das gar nicht bewusst gewesen war?

Der Kommissar hatte nicht gewagt, Dr. Heisle darum zu bitten, die Haarproben selbst zu überprüfen, sondern hatte einen Mitarbeiter der SpuSi damit betraut, der ihm noch etwas schuldig war. Die Heisle hätte ihn gefragt, ob er sonst nichts zu tun habe und ob er spinne, so einen Arbeitsaufwand zu verursachen, bei einer Leiche, die nicht nur offiziell von Jasmin Zenner, sondern im Grunde auch schon von den dreien, die den Toten auf der Kegelbahn gefunden hatten, identifiziert worden war. Und die Papiere, die der Tote bei sich gehabt hatte, wiesen ihn ebenfalls eindeutig aus, auch aufgrund der Fotos auf den Dokumenten.

»Trotzdem«, hatte er den Kollegen, bei dem er noch etwas guthatte, gebeten, »will ich auf Nummer sicher gehen.« Mit seiner Pedanterie verwundert der Kommissar niemanden seiner Kollegen mehr. Er gilt als »Mister-hundert-Prozent«.

Seit heute Morgen hat er seine hundertprozentige Gewissheit: »Also Kollege, ich habe die Haare aus der Bürste mit ein paar Haaren des Toten abgeglichen: absolut identisch.«

Gut, es liegt also kein Irrtum vor: Der Tote ist Wang. Aber warum hat der Kommissar dann das Gefühl, dass hier etwas nicht stimmt? Das Wohn- und selbst das Schlafzimmer kommen ihm sonderbar unpersönlich vor. Wie eine Hotelsuite. Ein paar geschmackvolle Poster und Kunstdrucke an den Wänden, einige davon zeigen chinesische Motive, aber es gibt keinerlei persönliche Bilder, keine Fotos von Freunden, Familie, Reisen, oder wenigstens von einer Examensabschlussparty oder so etwas. Ein Master-Zeugnis von einer deutschen Uni hatte er. Das Dokument ist überprüft worden. Es ist echt. Alles ist in Ordnung. Das gilt auch für die Finanzen des Chinesen. Die hatte er ebenfalls überprüft: tipptopp. Dieser Wang ist ein Musterknabe gewesen. Aber wenn er in nächster Zeit hier weggewollt hätte, hätte er kaum etwas zurückgelassen, was an ihn erinnerte. Und er hatte weggewollt, sehr bald schon. Angeblich hatte Wang kurz davorgestanden, zurück nach China zu gehen. Das weiß die Polizei von dem Chinesen, der Wangs Welthandel gekauft hat. Es war jedenfalls Wangs Begründung gewesen, wieso er verkaufte.

Und jetzt drängt dieser Johann darauf, dass der Leichnam des Chinesen freigegeben wird. Er hat darum gebeten, Wang auf dem Dorffriedhof beisetzen zu dürfen, auf eigene Kosten. Dagegen gibt es nichts einzuwenden. Die Obduktion ist längst abgeschlossen. Es liegen keine besonderen Verdachtsmomente vor, die eine Begründung liefern würden, warum der Leichnam nicht freigegeben werden sollte. Die beiden engeren Verwandten in China sind – auch darum hat sich dieser Johann gekümmert – über den Tod Wang Feis informiert worden, und sie machen keinerlei Anstalten, die Leiche überführen zu lassen. Die Polizei und die Behörden freuen sich darüber, dass jemand bereit ist, sich um den Bestattungskram zu kümmern.

42

Es ist die erwartete Sensation. Zum einen besteht sie darin, wer zur Testamentseröffnung eingeladen ist und wer nicht. Zum anderen besteht sie in dem Gerücht, wie viel genau es zu vererben gibt. Vor allem Letzteres sickert rasch durch. Es ist nicht nur die Höhe der Summe, die alle überrascht, sondern ihre Exaktheit: Genau eine Million. 1.000.000 Euro und null Cent. Sonst wird in dem Testament nichts erwähnt, was direkt zu Wangs Unternehmen gehörte: keine der beiden Firmen-Immobilien, keine Fahrzeuge des Welthandel-Fuhrparks, keine von den Maschinen in den Hallen und nichts von den Waren, die zum Zeitpunkt des Verkaufs noch gelagert waren. Nicht einmal mehr der Firmenname hat Wang am Tage seines Todes noch gehört. Selbst die Kisten Kaseler Nies'chen, die noch irgendwo herumstanden, waren nicht mehr sein Eigen gewesen. Er hatte zwei Tage vor seinem Tod alles verkauft: Gebäude, Waren, Maschinen, den Namen seiner Firma, und auch die Schulden, die noch vom Kauf und Umbau der Halle am Eiweilerbach herrührten. Den Kredit dafür hatte Wang erst zu einem geringen Teil getilgt. Die alte Fleischfabrik dagegen hatte er damals auf einmal bezahlt und auch für die Renovierung hatte er keinerlei Geld aufnehmen müssen. Und weil der neue Besitzer eine der beiden Immobilien belastungsfrei bekam, war er wohl auf den Deal eingegangen, die noch vorhandenen Schulden für die neue Halle zu übernehmen. Außerdem kommt der neue Chinese noch recht frisch aus China und hat sicher alle Mühe, seine Gesichtszüge zu kontrollieren, wenn er die Summen sieht, zu denen ihm hier Gebäude und Grundstücke angeboten werden. Er hatte Wang erlaubt, bis zur bald bevorstehenden Abreise nach China seine privaten Wohnräume in der alten Fleischfabrik noch nutzen zu dürfen.

Wangs Welthandel ist als Gesamtpaket verkauft worden. Für genau eine Million Euro. An einen Chinesen, der im 20 Autominuten entfernten Orchid Park gerade dabei ist, eine große Import-Export-Firma aufzubauen. Wangs Welthandel ist jetzt eine Tochterfirma von Li's Global Trade, und das seit etwa 48 Stunden vor Wangs Tod auf der Kegelbahn. Die Meinungen drüber, was das zu bedeuten haben könnte, gehen weit auseinander.

»Jedenfalls hat er sein Ziel erreicht«, brummt Johann, als er davon erfährt. »Er hat es innerhalb von knapp zwei Jahren geschafft, Millionär zu werden.«

»Aber der war doch nicht der Typ,« entgegnet Helmut ihm, »der sagt: Eine Million reicht mir, ich verscherbele alles und setze mich zur Ruhe. Seine erste Million hätte ihn allenfalls angespornt, möglichst rasch die zweite zu verdienen. Irgendetwas stimmt da nicht. Ich verstehe nicht, was es ihm hätte bringen sollen, sein Geschäft hier zu verkaufen.«

Darauf kann auch Johann nichts entgegnen.

Aber damit nicht genug der Sensationen: Das Testament hatte Wang offensichtlich an seinem Todestag verfasst, am frühen Nachmittag. Das konnte natürlich ein Zufall sein. Denn Unfälle geschehen ja zufällig, und Wang wird bestimmt nicht gedacht haben: »Für den Fall, dass mir heute auf der Bundeskegelbahn ein Unglück widerfährt, schreibe ich besser mal meinen letzten Willen nieder.« Der Notar hatte das Dokument früh am Morgen des Tages nach Wangs Tod in seinem Briefkasten vorgefunden. Es musste irgendwann zwischen den letzten Stunden, in denen Wang noch gelebt hatte bis höchstens fünfzehn Stunden nach seinem Tod dort eingeworfen worden sein. Es klebte keine Briefmarke auf dem Umschlag. Das Testament ist rechtskräftig. Ort, Datum, sogar die genaue Uhrzeit sind darauf vermerkt. Zwei Zeugen haben es unterschrieben. Vor allem aber hatte Wang dem Notar eine Vorabversion zukommen lassen und angekündigt, die handschriftlich unterzeichnete Papierversion würde in den nächsten Tagen folgen. Der Entwurf, den der Notar bereits kannte, und die Endversion, die er am Morgen nach Wangs Tod in seinem Briefkasten vorfand, weisen keinerlei Abweichungen voneinander auf. Alles hat seine Ordnung.

Dass die beiden Vereinsvorsitzenden des VfL und des Obst- und Gartenbauvereins zur Testamentseröffnung eingeladen sind, ist noch die geringste Überraschung. Wang hatte stets eine wohltätige Ader gezeigt und niemand wundert sich darüber, dass er »seine« Vereine auch über seinen Tod hinaus unterstützen wollte. Ebenfalls verwundert es kaum jemanden, dass zur Testamentseröffnung ein chinesischer Advokat aus München anreisen wird, der Wangs Familie, genauer gesagt Onkel Chongan sowie Wangs älteren Bruder, als Anwalt vertreten wird.

Der Chinese an sich, meint Mecki zu wissen, sei ein Familienmensch und es sei wohl davon auszugehen, dass der Löwenanteil letztlich Wangs eigen Fleisch und Blut zufließen wird.

Schon eher das Lüpfen einiger Augenbrauen verursacht allerdings, dass Benny gutgelaunt verkünden darf, zur Testamentseröffnung eingeladen zu sein – ohne sich allzu viel zu erwarten, wie er selbst betont. Und auch Rosi kann oder will nicht lange verheimlichen, dass sie ebenfalls eine Einladung bekommen hat.

Dieser noch unbefriedigende Wissensstand veranlasst Mecki, seine Quelle in der Kreisstadt noch einmal eindringlich zu verführen, weitere Fakten durchsickern zu lassen. Dabei kommt heraus: Auch eine gewisse Ruth Martini wird bei der Testamentsverlesung anwesend sein. An Johann allerdings, so weiß Meckis Notargehilfin zu berichten, sei definitiv keine Einladung ergangen, er sei ebenso mit keinem einzigen Wort in dem Testament erwähnt wie – und das ist nun wirklich eine Sensation – Jasmin Zenner.

43

»Wusstest du schon länger, dass er einen Bruder hat?«

Andrea beruhigt sich einigermaßen, aber ihre roten Wangen zeigen, wie sehr sie sich geärgert hat. Sie ist sich ganz sicher gewesen, dass ihre Tochter etwas erbt, und hat es erst nicht glauben wollen, als sie erfuhr, Jasmin sei nicht zur Testamentseröffnung eingeladen.

»Da kann doch etwas nicht stimmen, Johann«, waren ihre ersten Worte gewesen, als sie vorhin zur Tür hereingestürmt ist. Inzwischen hat es den Anschein, als fühle sie sich bei Johann schon wie zuhause. »Sie waren doch verlobt, irgendwie. Wie kann er da … oder diese Martini steckt dahinter. Wer weiß, welchen Einfluss die auf ihn hatte.«

»Den Bruder habe ich einmal getroffen, ganz kurz, in Qingdao.« Johann schweigt, um ihr Gelegenheit zu der Frage zu geben: Wo ist das denn? Andrea sieht ihn stumm an. »Die beiden ähneln sich. Sehr sogar. Also äußerlich. Ich habe keine Ahnung, ob sie sich auch sonst ähnlich sind, charakterlich, meine ich.« Andrea sieht Johann weiter herausfordernd an. Ihr Blick sagt: »Warum hast du mich nicht längst darüber informiert, dass es einen Bruder gibt?« Sie will heute nicht mit Johann ins Bett. Er hat Verständnis dafür. Sie ist nicht in der Stimmung. Vorgestern, als die neuesten Informationen zum Testament noch nicht durchgesickert waren, hatten sie sich lange aneinandergeschmiegt und geküsst. Der Duft ihrer Haut macht ihn verrückt. Vielleicht morgen oder übermorgen wieder, wenn sie sich wieder gefangen hat. Das ist auch gut so, für heute, er braucht jedes Mal zwei, drei Tage, um sich davon zu erholen. Zum Glück hat sie heute keinen Schnaps verlangt, obwohl sie so aufgebracht ist. Sie trinkt nur selten etwas. Darüber ist Johann froh. Er bietet ihr nie von sich aus etwas Alkoholisches an. Nur ein- oder zweimal hat sie selbst nach einem Schnaps gefragt. Um in Stimmung zu kommen? Er mag es nicht, wenn sie nach Alkohol riecht. Dann duftet ihre Haut nicht mehr. Das Nikotin in ihrem Atem stört ihn sonderbarerweise gar nicht.

»Ja, also der Bruder, Xue«, Johann sieht, dass Andrea wartet, »über den weiß ich selbst erst seit Kurzem etwas mehr. Xue, das bedeutet so viel wie … na, ist jetzt nicht wichtig, der kam 1988 zur Welt. Unser Wang Fei ist nur ein gutes Jahr nach seinem Bruder geboren, Anfang Dezember 1989.«

»Die arme Mutter«, unterbricht Andrea ihn. »Konnte der Alte ihr keine längere Pause gönnen?«

»Wang Fei war ein Siebenmonatskind, es war anfangs nicht klar, ob er durchkommt, aber auch das ist nicht weiter wichtig, sondern, dass Wang Fei niemals hätte geboren werden dürfen.«

»Wieso das denn?«

»Wegen der Ein-Kind-Politik, die damals galt. Das wurde zumeist recht streng gehandhabt. Die Wangs …«, – Johann erklärt kurz, dass Wang der Familienname ist und Fei der Vorname, was Andrea nicht sonderlich interessiert –, »… die Eltern hatten schon ein Kind, einen Sohn sogar, und es gab etliche Vergünstigungen für Ein-Kind-Familien: einen kostenlosen Kindergartenplatz, attraktive Wohnungszuteilungen, kostenlose Arztbesuche, eine Gratisausbildung für das Kind bis zum 14. Lebensjahr, und für die Eltern eine Arbeitsplatzgarantie, Kindergeld, mehr Urlaub und sogar einen Zuschlag zur Rente.«

Andrea nickt. »Verstehe, und das war alles weg, als Wang, also Fei, unterwegs war. Vielleicht hat sie versucht, das Kind wegmachen zu lassen, er hätte also im wahrsten Sinne des Wortes nicht auf die Welt kommen sollen, und wer weiß …«

»Darüber weiß ich nichts, lass uns nicht spekulieren. Aber ja, die Vergünstigungen wären bei einem zweiten Kind weg gewesen. Der Vater hätte seinen Arbeitsplatz verloren, was noch sein geringstes Problem war – er plante sowieso, sich mit einer Art Straßenimbiss selbständig zu machen. Schlimmer war, dass auch für den erst einjährigen Bruder Nachteile bei der Zuteilung eines Kindergartenplatzes zu erwarten waren, Arztbesuche würden etwas kosten, die Wohnung, die die Wangs gleich zur Geburt des ersten Kindes bekommen hatten, hätten sie wieder räumen müssen, das Kindergeld wäre gestrichen worden, auch das für den älteren Bruder, und vor allem hätte, anstatt dass die Ausbildung für ein Kind kostenlos gewesen wäre, der Vater dann die doppelten Kosten für die beiden Söhne aufbringen müssen. Es gab damals ein Amt für Bevölkerungskontrolle, bei dem ein Kinderwunsch beantragt werden musste. Und das Wohngebiet, in dem die Familie Wang beheimatet war, hatte eine Geburtenrate zugeteilt bekommen, deren Einhaltung konsequent durchgesetzt wurde.«

»Oha, das wäre nichts für mich gewesen, mit meinen zwei Mädchen, von zwei verschiedenen Männern und dann auch noch unverheiratet.« Andrea meint es nicht so witzig, wie es klingt.

»Aber«, fährt Johann fort, »es gab eine Lösung!«

»Unser kleiner Wang, also Fei, wurde meistbietend verkauft?«

»Also Andrea! Natürlich nicht … oder, hm, irgendwie … nein, es gab eine viel elegantere Lösung. Wang Feis Vater hatte einen jüngeren Bruder, Chongan, der mit seiner Frau Wenyan nach Nanjing gezogen war und dort einen Baustoffhandel führte, nachdem Chongan zunächst als Maurer und schließlich als Elektriker im Baugewerbe gearbeitet hatte. Später machte er dann auch mit Immobilien Geld. Chongan und Wenyan blieben kinderlos, und das lag nicht etwa daran, dass sie sich nicht genügend anstrengt und es immer wieder versucht hätten.«

Andrea nickt, weiß schon was kommt. »Ich sehe schon, gute Voraussetzungen für einen Deal.«

»Genau, und zwar einer zum beiderseitigen Nutzen: Chongan und Wenyan melden einen Kinderwunsch an, Wang Fei kommt zu Welt. Eventuell war es bis zu den Behörden durchgesickert, dass bei einer Ein-Kind-Familie etwas nicht Geplantes unterwegs war. So etwas sollte nicht passieren. Vor allem die Frauen mussten vor der Heirat behördlich nachweisen, dass sie sich in der Schwangerschaftsverhütung auskannten. Aber der Chinese an sich, wie Mecki sagen würde, kann durchaus pragmatisch auf ernsthafte Probleme reagieren. Wir haben da also zwei Brüder. Der eine hat kein Kind, will aber eins, und der andere dagegen hat definitiv eins zu viel an der Backe. Warum also nicht, zum Vorteil aller, die beiden Jungs aufteilen: Der jüngere Sohn wird vom jüngeren Bruder des Vaters adoptiert oder was weiß ich, ob und wie das offiziell gelaufen ist, und sowohl dem Gesetz ist genüge getan als auch die Harmonie wiederhergestellt.«

»Die arme Mutter! Obwohl meine beiden Kinder mich einen Haufen Geld, Chancen und vor allem Nerven gekostet haben, hätte ich zu keiner Zeit eines hergeben wollen.«

»Auch nicht, wenn du nicht mehr gewusst hättest, wie du sie ernähren und ihnen eine halbwegs brauchbare Ausbildung zukommen lassen kannst? Und wenn du zudem das zweite Kind nicht irgendwelchen Fremden zur Adoption überlässt, sondern es zum Beispiel in die Obhut deiner Schwester Erna hättest geben können, die, so ist mein Eindruck, ein vernünftiger und liebevoller Mensch ist? Und dann stell dir vor, sie wäre dazu noch wohlhabend.«

»Wohlhabend?«, wird Andrea hellhörig.

»Ja, während Wang Feis biologischer Vater mit seinen beruflichen Unternehmungen Pech hatte – er versuchte es mit einem größeren Restaurant und später sogar mit einer Imbisskette, geriet aber immer wieder in finanzielle Notlagen – mauserte sich sein kleiner Bruder, Onkel Chongan, zum erfolgreichen Geschäftsmann. Sein Baustoff- und Elektro-Unternehmen gedieh, und beim An- und Verkauf von Immobilien hatte er ein glückliches Händchen. Das bedeutete übrigens auch, dass Chongan und Wenyan ihren Pflegesohn auf die allerbesten Schulen schicken konnten. Danach bestand Chongan zunächst darauf, dass sein Neffe sich in das Baugewerbe und Immobiliengeschäft einarbeitete, um ihm dann schließlich ein Studium zu ermöglichen – sogar eins im europäischen Ausland. Chongan hätte sich zwar gewünscht, Wang Fei würde die Richtung Ingenieurwesen einschlagen oder, noch besser, Architekt werden, war aber klug genug einzusehen, dass der Neffe, den er und seine Frau wie einen Sohn liebten, sich mehr für Wirtschaft und Handel interessierte und dies klugerweise mit seiner außergewöhnlichen Begabung zum Fremdsprachenlernen zu kombinieren gedachte. Dass Wang Fei dabei eine besondere Verehrung für die deutsche Sprache entwickelte – er konnte schon als Junge, mit glockenheller Stimme, sämtliche Lieder aus einem roten Büchlein namens *Die Mundorgel* vorsingen – war Zufall, oder genauer gesagt einem engagierten Lehrer zu verdanken. Ob Englisch oder Französisch oder Deutsch war Onkel Chongan egal, Hauptsache es handelte sich um die Sprache einer Region in Europa, in der ordentlich Geld zu verdienen war. Chongan selbst hatte Wang Fei empfohlen, nach dem Studium noch einige Jahre im Ausland Erfahrungen zu sammeln, bevor er irgendwann zurückkäme. Der Junge entwickelte sich prächtig. Sein älterer Bruder dagegen war, nun ja, nicht eine völlige Enttäuschung, stand aber als junger Erwachsener deutlich schlechter da als Fei. Dies allein auf die ungünstigeren finanziellen Verhältnisse zu schieben, wäre nicht ganz richtig. Denn auch Xue wurde eine ordentliche Schulbildung zuteil, und nach der Vollendung des 14. Lebensjahres sagte Chongan auch Xue finanzielle Unterstützung zu, was die weitere Ausbildung betraf. Überhaupt griff Chongan Wang Feis Eltern immer wieder unter die Arme, wenn es finanziell wieder mal eng für sie wurde. Der Familie gegenüber, noch dazu einer für chinesische Verhältnisse recht überschaubaren, zeigte sich Chongan stets loyal. Das hielt er für seine Pflicht, nein, das war seine Pflicht. Dass Feis Bruder Xue sich als antriebsschwach herausstellte und die gar nicht so schlechten Möglichkeiten (wenn auch nicht so brillante, wie Fei sie geboten bekam), nicht zu nutzen wusste, war nicht Onkel Chongan anzulasten. Der hatte sich nichts vorzuwerfen und bedauerte aufrichtig, dass Xue etwas Schwächliches hatte (und dennoch ein wenig zum Prahlerischen neigte), und freute sich stattdessen, dass ›sein Junge‹ zielstrebig seinen Weg ging.«

»Unterm Strich waren dann doch alle soweit zufrieden, oder nicht?«

»Alle, außer Wang Fei.«

»Wieso? Der hatte, wie sich alles so fügte, doch das große Los gezogen. Ab wann wusste er denn, dass Chongan und Wenyan nicht seine leiblichen Eltern sind?«

»Von Anfang an, oder sagen wir richtigerweise, seit er zu sprechen gelernt hatte. Seine ersten Worte waren nicht ›Mama‹ und ›Papa‹, sondern ›Tante‹ und ›Onkel‹. Seine leiblichen Eltern hatten darauf bestanden, dass dem kleinen Fei früh gesagt wurde, dass er an die Verwandtschaft nur ausgeliehen war. Letzteres hätte unser Wang selbst nicht so formuliert, das überspitze ich jetzt.«

»Aber er war doch glücklich bei Chongan und Wenyan.«

»Genau das ist ja das Problem. Es gab Tante Wenyan und Onkel Wang Chongan und Wang Fei, und der hätte sonst keine weiteren Wangs gebraucht. Beide Familien trafen sich gelegentlich und trichterten den beiden Brüdern von Kindheit an ein, dass sie später im Leben nicht nur die Eltern (für Fei hieß das: auch die leiblichen) sondern auch sich gegenseitig unterstützen mussten. Fei dämmerte es schon früh, dass das keine Win-win-Situation für ihn werden sollte.«

»Ja, aber verstand er denn nicht, dass seine Eltern in große Schwierigkeiten geraten wären, wenn sie ihn behalten …«

»Natürlich sah er das ein, und sein Verstand sagte ihm: Im Grunde war es gut so, wie es gekommen ist. Dennoch hatte er immer das Gefühl, der Sohn zu sein, den seine richtigen Eltern nicht gewollt hatten. Immerhin hätten sie die Wahl gehabt, zu sagen: Okay, dann nehmen wir die ganzen Nachteile eben in Kauf, aber wir stehen dazu, Ein-Kind-Politik hin oder her, wir haben zwei Söhne. Natürlich hätte Chongan seinen Bruder immer irgendwie unterstützt, die beiden Jungs wären nicht verhungert, aber solch außergewöhnliche Möglichkeiten hätten sich Fei niemals geboten, wenn er nicht zu Onkel Chongan und Tante Wenyan gekommen wäre. Aber da war immer der ältere Bruder, für den er notfalls noch einstehen musste. Darauf bestand nicht nur der leibliche Vater, sondern auch Onkel Chongan. Wang hat mir gesagt, der einzige Mensch, auf den er je eifersüchtig gewesen ist, sei sein eigener Bruder.«

»Seit wann kennst du eigentlich Wangs komplette Familiengeschichte?«

»Seit dem Nachmittag als … das Unglück auf der Kegelbahn geschah.«

Beide schweigen eine Weile. Dann sagt Johann: »Du musst das verstehen. Wang musste seinen Bruder im Testament mit bedenken, alles andere hätte Onkel Chongan nicht geduldet.«

»Dagegen sage ich nichts, aber muss meine Tochter deswegen leer ausgehen?«

44

Erst will Johann nicht mit in die Stadt fahren. Aber Benny verspricht, ihn nach der Testamentseröffnung zu einem Essen und »ordentlich was zu Trinken« einzuladen, ganz egal was er erben wird. Benny ist aufgeregt. Er hat noch nie etwas geerbt.

Auch die Vereinsvorsitzenden vom VfL und OGV haben angekündigt, mit Benny und Johann noch um die Häuser zu ziehen, wo man schon mal in der Stadt ist.

»Außerdem«, meint der VfL-Vereinspräsident – der eigentlich nur 1. Vorsitzender ist, den eigens für Wang geschaffenen Titel aber nicht verkommen lassen will und ihn derzeit selbst aufträgt –, »fühlt es sich irgendwie richtiger an, wenn Johann während der Testamentsverkündung zumindest in der Nähe ist und als erster erfährt, was dabei herausgekommen ist.«

Während die anderen zum Vollzug des Verwaltungsaktes beim Notar sind, setzt Johann sich auf dem Marktplatz gegenüber der spätgotischen Basilika ins Café und gönnt sich ein Stück Kuchen. Er trinkt nicht gern alleine, daher wartet er mit dem ersten Bier, bis Benny und die Vereinsvorsitzenden ihm Gesellschaft leisten können. Das Café ist nach der Mutter von Prinz Albert benannt, der als Ehegatte von Königin Viktoria in Großbritannien den Weihnachtsbaum einführte. Johann lächelt. »Wang und Weihnachten«, denkt er, und erinnert sich daran, wie niemand im Chor bei der Christmette inniger Weihnachtslieder schmetterte als Wang, der nicht an die Geburt Christi glaubte. Letztes Jahr hatte Johann, nach langer Zeit, bei sich zuhause wieder einen Weihnachtsbaum aufgestellt und die alten Kugeln vom Speicher geholt. Wangs Augen hatten geleuchtet wie die eines Kindes, als er zum Nachmittagskuchen kam. Beinah hätte Johann sich überreden lassen, mit ihm ›Oh Tannenbaum‹ zu singen. Ob Johann je wieder einen Weihnachtsbaum schmücken würde? Für wen?

»Darf ich mich zu Ihnen setzen?«

Johann schaut auf. Der Kommissar steht vor ihm. Wie heißt der nochmal? Johann tauft ihn für sich »Schaum Joachim«, so heißt der Hauptkommissar einer Krimireihe von Brabänder, von der er jeden Band gelesen hat. Johann stellt sich den schnoddrigen Krimi-Kommissar genau so vor, wie den Polizisten, der jetzt vor ihm steht und auf eine Antwort wartet.

»Natürlich, gern.«

Der Kommissar macht nicht den Eindruck, als ob er Johann das »gern« abnimmt. »Sind Sie gespannt zu hören, wer wieviel erbt?«, fragt er.

Johann zögert eine Weile bevor er antwortet: »Nein, ich weiß es bereits, so im Wesentlichen zumindest.«

»Warum überrascht mich das nicht? Dann wissen Sie auch, dass niemand unzufrieden aus dieser Testamentseröffnung herauskommen wird. Enttäuscht können allenfalls diejenigen sein, die sowieso nicht eingeladen waren.«

»Falls Sie mich damit meinen sollten: Ich bin keineswegs enttäuscht. Und was machen Sie eigentlich hier, wo Sie das Testament doch schon haben einsehen können?«

»Muss mir unmittelbar nach der Veröffentlichung noch jemanden der Begünstigten vorknöpfen. Da kommt mir etwas sonderbar vor. Sie können mir vielleicht in einer Angelegenheit weiterhelfen: Warum hat Wang Fei in den Tagen unmittelbar vor seinem Tod an seinem Testament herumgebastelt? Gab es dafür einen bestimmten Grund? Hat er darüber mit Ihnen gesprochen?«

»Sie formulieren das beinahe so, als habe Wang gewusst, dass der Todesfall kurz bevorstand.«

»Nun, jedenfalls stand er in den Tagen davor in regem Austausch mit dem Notarbüro sowie mit seinem Onkel in China und einem deutsch-chinesischen Anwaltsbüro, das eine Niederlassung in München hat. Verschiedene Fassungen des letzten Willens wurden hin und her gemailt und etliche Änderungen eingearbeitet, bis schließlich die beglaubigte Endversion stand. Diese ist dann von zwei Zeugen unterzeichnet worden. Einer davon ist ein Vertreter des Münchner Anwaltsbüros. Der war tatsächlich am Todestag vormittags bei Wang, hat seine Unterschrift unter das Dokument gesetzt und dann Scans davon nach München und nach China gemailt. Mit dem Vermerk, dass formhalber noch eine zweite Person bezeugen wird, den Inhalt des Testaments zur Kenntnis genommen zu haben.« Der Kommissar wartet einen Augenblick, ob Johann sich zu fragen traut, wer diese zweite Person war, aber so dreist ist der nicht. »Sie waren Wangs Vertrauter. Wissen Sie, was dieses sonderbare Testament soll?«

»Was ist denn Sonderbares daran, dass er einen großen Teil seines Vermögens an seinen engsten Blutsverwandten vererbt? Und zu den anderen Angelegenheiten, die im Testament geregelt werden, kann ich nur sagen: Er wollte sich bei einigen Leuten als dankbar erweisen und ansonsten niemandem etwas schuldig bleiben.«

»Schuldig, welche Schuld denn?«

»Aber Herr Kommissar, da sind Sie doch sicher schon dran, oder?«

Der Polizist grinst, wird dann wieder ernst: »Mich interessiert vor allem, wie es mit dem Testament, also dem Originaldokument weiterging. Jemand muss es noch am Tag von Wangs Tod, spätestens aber bis früh am folgenden Morgen in den Briefkasten des Notariats eingeworfen haben. Es war mit zwei Zeugenunterschriften versehen, mit Datum und Uhrzeit versehen – die erste, von einem Vertreter der chinesischen Anwaltskanzlei, erfolgte um 15:30 Uhr, die zweite Unterschrift um 16 Uhr. Es handelt sich um einen letzten Willen, der verdammt knapp geäußert wurde, gerade noch so eben ohne Kegelschnur um den Hals und somit bei voller Sauerstoffversorgung des Gehirns.«

Johann schaut angewidert. Der Kommissar merkt, dass er zu weit gegangen ist und wird wieder sachlich. »Diese gültige Version des letzten Willens fand eine Mitarbeiterin im hauseigenen Briefkasten des Notars vor, an dem Morgen nach Wangs Tod. Um 17 Uhr wird das Büro geschlossen. Nun frage ich mich natürlich: Wer hat die Dokumente hingebracht? Wenn die zweite Zeugenunterschrift tatsächlich erst um 16 Uhr erfolgte, hätte Wang um halb fünf hier gewesen sein können. Allerdings hätte er das Testament dann ja auch persönlich abgeben können. Warum hat er das nicht getan? Okay, nehmen wir an, er wirft den Umschlag in den Briefkasten und fährt sofort wieder los, mit durchdrehenden Reifen und unter Missachtung sämtlicher Geschwindigkeitsbeschränkungen? Dann hätte er tatsächlich so gegen viertel vor fünf, sagen wir allerspätestens zehn vor, auf dem Parkplatz vom Gasthaus Zeggels sein können, wie die Zeugin Ursula Finkler bestätigt hat. Wissen Sie, mich stört, dass ich bisher keine minutengenaue Rekonstruktion der Stunde hinbekomme, in der Wang ums Leben gekommen ist. Und sämtliche in dem Fall relevante Personen haben kein eindeutiges Alibi.«

»Jasmin Zenner schon.«

»Ja«, brummt der Kommissar, »falls Sie die Wahrheit sagen. Nehmen Sie das nicht persönlich. Berufskrankheit. Ich würde jedenfalls gerne auch Frau Zenner nochmal persönlich befragen. Aber jetzt frage ich erst einmal Sie: Haben Sie das Testament zum Notar gebracht? Ich meine, das wäre ja nicht strafbar.«

»Ich kann Ihnen leider nicht sagen, wer Wangs Testament zum Notar gebracht hat. Ich war es jedenfalls nicht.«

Eine klare Aussage. Normalerweise freut sich die Polizei über klare Aussagen. Das Smartphone des Kommissars vibriert. Er schaut drauf: »Oh, muss los. Will mir, wie gesagt, noch jemand aus dem Kreis der Erben vorknöpfen.«

Wie sich bei der ersten Runde Pils herausstellt, hatte Wang ein Gespür für das Angemessene bewiesen. Das trifft zum einen für die Vereinskassen des OGV und des VfL zu. Beide hat Wang mit einmalig auszuzahlenden Summen bedacht, die zwar keine Begeisterungsstürme, aber auch keine enttäuschten Gesichter hervorriefen. Es handelt sich um so viel Geld, dass beiden Vereinen für die nächsten drei, vier Jahre noch genug Spielraum für Investitionen bleibt. Sowohl der Kicker- als auch der Schnapsbrenner-Vorstand prosten zufrieden in die Runde. Und auch Benny schaut gerührt.

»Der Benz«, schluchzt er dramatisch, »Wang hat mir seinen alten Benz hinterlassen. Als Anerkennung für treue Dienste, hat der Notar vorgelesen, treue Dienste von der allerersten Minute, heißt es genau. Das stimmt. Ich habe Wang zuerst gesehen – und seinen Benz –, als der Chinese zum ersten Mal ins Dorf kam und sich nach der alten Fleischfabrik erkundete.« Johann und den anderen ist klar, dass sie diese Geschichte, obwohl sie nun wirklich nicht zu den unterhaltsamsten gehört, in Zukunft von Benny noch unzählige Male zu hören bekommen werden. »Nur noch zweieinhalb Jahre muss ich warten, dann kriegt der alte Benz eine H-Nummer. Das hätte Wang sicher so gewollt.« Benny liebt alte Fahrzeuge, vor allem alte Kleinlaster und Lieferwagen. Es steht jedoch außer Frage, dass er auch einen alten Benz wird lieben können. »Der Benz, musst du wissen«, wendet er sich an Johann, »gehörte zu Wangs persönlichem Privatbesitz und nicht, wie alles andere, auch der Fuhrpark mit den Transportern, zum Firmenkapital. Ist das nicht nett von Wang?«

»Wieso war Rosi eingeladen?«, lenkt Johann das Gespräch auf ein anderes Thema, als die Rührung Benny zu übermannen droht. »Hat sie das Gasthaus zurückgekriegt?«

»Nicht direkt«, erklärt der OGV-Vorsitzende. »Wang hat

eine Verfügung hinterlassen, nach der Rosi ein lebenslanges Nutzungsrecht für Zeggels behält. Sie darf, ohne Miete zahlen zu müssen, das Gasthaus so lange weiterführen wie sie will, und die Einkünfte kann sie behalten. Er hat ihr zusätzlich fünftausend Euro zukommen lassen, für künftige kleinere Reparaturen.« Alle vier schweigen eine Weile.

Wahrscheinlich denken sie: »Ob Rosi das Geld nutzt, um die Kegelbahn wieder flott zu kriegen?«

Dann übernimmt Benny das Weitererzählen: »Und nach Rosi – Gott gebe, dass sie uns noch lange erhalten bleibt – geht das Gasthaus an die Gemeinde über. Aber nur, wenn es weiter als Kneipe oder sonst irgendwie ›als Ort der Begegnung‹ genutzt wird. So hat Wang es formuliert, der Gute. Verkauft werden darf es nicht. Ansonsten ginge auch das Geld einfach an den Haupterben. Die Markennamen für den Schnaps und fürs Sankt Zeggels Pils hat der Chinese … also der neue, der vom Orchid Park, beim Kauf von Wangs Welthandel mit erworben. Die neuen Marketingnamen sind weg, das Gasthaus ist noch da. Schade, dass Rosi schon nach Hause gefahren ist und nicht mit uns anstoßen kann. Sie ist zurückgefahren, weil sie die Kneipe pünktlich öffnen will. Trinken wir auf ein langes Leben von Rosi!«

»Auf ein langes Leben von Rosi!« Alle vier heben ihre Gläser. Die nächste Runde wird bestellt.

Johann sieht den dreien an, dass sie sich das Beste bis zum Schluss aufgehoben haben. Der Fußballpräsident grinst. Sie wollen ihn auf die Folter spannen. Johann tut ihnen nicht den Gefallen, ungeduldig zu wirken.

Er fragt: »Ich nehme an, Wangs Bruder ist der Haupterbe?«

»Was, ach ja, das ist nicht weiter spannend. Wir mussten

uns einen gar nicht so kurzen Vortrag, vorgelesen vom Notar, über die Familie als wichtigster Grundlage des menschlichen Daseins anhören – auf Deutsch und Chinesisch, obwohl der chinesische Anwalt aus München recht passabel Deutsch spricht. Ist es nicht verblüffend, dass es in Deutschland jetzt schon Anwaltsbüros von Chinesen für Chinesen gibt, na jedenfalls, um es kurz zu machen: Der Großteil der Million geht an den Bruder. Vor wenigen Wochen hat es offensichtlich eine Video-Konferenz gegeben, mit Wang, dessen Bruder, einem chinesischen Anwalt aus München sowie mit diesem Onkel Tschongtschang und der hat dabei verkündet, dass sein eigenes Erbe, das zweifellos in nicht allzu ferner Zukunft fällig werden wird, zu gleichen Teilen an seine beiden Neffen gehen wird, aber dass sie die chinesische Firma nur bekommen, wenn diese von beiden Brüdern gemeinsam geführt wird. Onkelchen hat verfügt, dass die beiden Neffen nur unter der Bedingung erben, dass die beiden zuvor selbst jeder ein Testament aufsetzen, worin die Brüder sich wiederum gegenseitig als Haupterben ihres jeweiligen Vermögens einsetzen. Der Onkel hat klargestellt, dass er sein eigenes Testament erst dann unterschreiben wird, sobald er die gültigen Exemplare der beiden Testamente gesehen hat oder wenigstens vom Anwalt bestätigte Scans davon. Ob er wohl einem der beiden Brüder nicht traut? Außerdem hat dieser Onkel noch verfügt, dass sobald ein oder mehrere wangsche Großneffen zur Welt kommen, diese dann automatisch ebenfalls als Teilhaber der gemeinsamen Firma der Familie Wang eingetragen werden. So will der Alte wohl sicherstellen, dass das Vermögen in der Familie bleibt, egal wer zuerst den Löffel …, der Präsident stockt, besinnt sich einen

Augenblick und korrigiert, »egal, was passiert. Also: Wangs Bruder, der Glückpils, ist jetzt schon mal um über 800.000 Euro reicher und wird dazu wohl bald auch das Unternehmen des Onkels erben.«

Sie sehen Johann an, warten auf dessen Reaktion. Ist ihm anzusehen, ob er im Kopf rechnet? Er kann sich wohl ungefähr denken, was beide Vereine gekriegt haben, dann noch die 5.000 für Rosi, über 800.000 für den Bruder – da fällt die Schätzung nicht schwer, die er, auch um den anderen den Gefallen zu tun, ausspricht: »Da fehlen dann aber zur vollen Million, wenn ich mich nicht täusche, noch so um die hunderttausend Euro?«

»Oh ja«, ruft Benny, der es nicht länger aushält, »gut geschätzt, Johann. Es sind genau 100.750 Euro. Komische Summe, oder? Warum nicht einfach 100.000. Kommt doch auf die 750 auch nicht mehr an.«

»Und die erbt«, schaltet der VfL-Präsident sich ein, weil er befürchtet, Benny könne die Dramaturgie des Augenblicks verderben, »das Fräulein Martini.«

Sie trinken, schauen auf Johann. Der trinkt ebenfalls, stellt das Glas ab und sagt: »Dabei hatte die doch schon einige Wochen vor Wangs Tod gekündigt. Ob das Geld ebenso wie beim Benz für Benny für treu geleistete Dienste im Welthandel bestimmt war?«

Die anderen hätten sich eine aufgeregtere Reaktion von Johann gewünscht, aber der ist gleich zur Kernfrage vorgedrungen, die sie gerne aufnehmen: »Richtig«, sagt der OGV-Vorsitzende, »wofür kriegt der Kühlschrank hunderttausend Euro?«

»Und siebenhundertfünfzig?«, ergänzt Benny. »Im Testament wurde jedoch nichts, wie bei mir, von treuen

Diensten oder so vorgelesen, nur, dass sie die genannte Summe kriegt.«

»Vielleicht«, meint der VfL-Präsident, »ist doch etwas dran, was Zoppo behauptet hat, dass zwischen den beiden etwas Sexuelles gewesen ist.«

»Das wären dann aber außergewöhnlich hoch vergütete Schäferstündchen.«

»Dem Kühlschrank traue ich ›Spezialbehandlungen‹ aus der oberen Preiskategorie zu.«

»Ach, du kennst dich in dem Milieu wohl mit den Preisen aus?«

»Haha, aber vielleicht erklärt das die 750 Euro, die waren vielleicht Materialkosten, für ausgefallenes Sexspielzeug.«

»Weiß eigentlich einer von euch«, lenkt Johann die Diskussion wieder in andere Bahnen, »wer, außer dem Münchner Anwalt, das Testament als Zeuge unterschrieben hat?«

»Sonderbar, dass du danach fragst«, sagt Benny. »Das hätten wir jetzt fast vergessen zu erzählen.« Johann bemerkt, dass die anderen drei ratlose Blicke tauschen. »Das kam gleich zu Anfang der Eröffnung, dass alles formal in Ordnung sei und so. Und dass die bezeugende Person ›zulässig‹ sei, oder wie das heißt, obwohl sie selbst im Testament bedacht wurde.«

»Was? Wer hat das Testament bezeugt?«

Auch hier lautet die Antwort: »Das Fräulein Martini. Obwohl sie doch gar nicht mehr seine Sekretärin war.«

»Ja, das ergibt Sinn«, sagt Johann, mehr zu sich selbst als zu den anderen.

Sie sitzen eine Weile stumm da, dann fällt Benny auf, dass er mit Bierholen dran ist. »Gut, dass wir mit dem Bus da sind«, sagt er im Aufstehen. »Bis wann fährt die Linie R2?

Übrigens, dieser Kommissar hat den Kühlschrank abgefangen, als wir aus dem Notarzimmer kamen. Ich weiß nicht, was er von ihr will. Er hat mit seinen Fragen gewartet, bis wir alle gegangen waren.«

45

»Die Martini war's!« Die Nachricht geht wie ein Lauffeuer durchs Dorf. Streng genommen ist es keine Nachricht, sondern ein Gerücht. Ein Gerücht immerhin, das sich aus Fakten nährt, wie zum Beispiel aus der Tatsache, dass die Polizei die Martini abgeholt hat. Morgens, zuhause. Beobachtet und bezeugt von drei Nachbarn. Und da Ruth Martini bis zum Nachmittag nicht wieder zurückgebracht wird, ist aus »abgeholt« »abgeführt« geworden. Bei der dadurch angezettelten Fräulein-Martini-war's-Debatte stellt Johann am Abend im überfüllten Löwenhof die Frage: »War was? Was genau wird ihr vorgeworfen? Feiger Mord? Es war doch ein Unfall. Mutwillige Herbeiführung eines Unfalls vielleicht? Oder gar arglistiges Erben von hunderttausend Euro?«

»Genau hunderttausend und siebenhundertfünfzig«, greift irgendwer diesen Hinweis bereitwillig auf. »Wofür kriegt sie so viel Geld von Wang?«

»Für außergewöhnliche sexuelle Dienste?«, schlägt Heiko vor.

»Hätte dann nicht Jasmin mindestens eine halbe Million erben müssen?«, gibt Helmut zu bedenken.

»Ach was, Jasmin ist zwar aktiv, aber harmlos. Was das Sexuelle betrifft, meine ich.«

Jasmins immer noch ungeklärter Verbleib gibt ebenfalls Anlass zu Verdachtsspekulationen, wobei die Frage bleibt: verdächtig welcher Tat eigentlich? Aber die Stimmung kippt eindeutig zu Ungunsten des Kühlschranks. Jasmin hat zwar, legt man bürgerliche Kategorien zugrunde, keinen makellosen Ruf, gilt aber allgemein als umgänglich und sympathisch. Mehr Vergnügen bereitet es da, einer Person ein – worin auch immer bestehendes – Verbrechen zuzutrauen, die keinerlei Sympathiewerte besitzt. Das Verbrechen besteht im Grunde darin, einen beachtlichen Batzen von dem im Welthandel rasch verdienten Geld geerbt zu haben. Es ist eine Genugtuung, sich vorzustellen, die Martini habe auf irgendeine Weise die Finger dabei im Spiel gehabt, dass Wang einen so schauderhaften Tod auf der örtlichen Bundeskegelbahn gefunden hat.

»Die Martini hatte sicher Seiten, die keiner von uns auch nur ahnte«, Heiko kann nicht verbergen, wie viel Freude ihm so ein Abend mit uneingeschränkter Spekulationsfreiheit bereitet. »Und irgendeinen Einfluss, einen Bann, muss sie auf unseren armen Wang ausgeübt haben. Wieso bedenkt er sie sonst in seinem Testament mit einer sechsstelligen Summe?«

Seit seinem Tod wird Wang gelegentlich mit dem Beinamen »der Arme« versehen. Johann bedauert, dass Wang nicht selbst miterleben kann, wie innig und unwidersprochen er jetzt als »einer von uns« akzeptiert wird. So leicht geht das: Kaum verstirbt man an einer um die Kehle gezurrten Kegelschnur, schon gehört man zu einer Dorfgemeinschaft, die vorher keinesfalls einmütig hinter einer fürsorglichen Integration gestanden hätte.

46

»Was wird das? Ein Verhör?«

»Wie kommen Sie denn darauf, Frau Martini? Sie sind doch nicht verhaftet. Es geht um eine dringende Aussage, die wir von Ihnen benötigen, und da Sie sich bei den Ermittlungen bislang nicht sonderlich kooperativ gezeigt haben, hielten wir es für notwendig, Sie hierher ins Polizeipräsidium einzuladen.«

»Ja, das hat mir ihr Terrier da auch so gesagt.« Ruth Martini deutet mit einem Kopfnicken auf den Kollegen, der neben dem Kommissar sitzt. Sie wirkt gelassen. Kühl.

Der Kommissar greift nach seiner Jacke, die über der Stuhllehne hängt. Er zieht sie an. Er fröstelt. Dabei ist es nicht kalt in seinem Büro. »Wissen Sie, wie Wang Fei gestorben ist?«

»Wie sollte ich das wissen? Ich war nicht dabei, kenne nur die Gerüchte. Erhängt, sagt man. Stimmt das?«

»Nicht ganz.« Der Kommissar scheint zu überlegen, ob er ins Detail gehen soll. »Die Schnur eines Kegels war um seinen Hals gewickelt«, erläutert er schließlich, »und die Anlage hat ihn beim Hoch- und Runterfahren mehrmals ruckartig hochgezogen. Aufgrund der Abdrücke, die die Schnur am Hals hinterlassen hat, können wir genau nachvollziehen, wie oft die Anlage, mit Herrn Wang dran, hoch- und runterruckte.« Der Kommissar sieht Ruth Martini an, als warte er auf die Frage »Wie oft?«, aber sie schweigt. »Fünfmal«, verrät er. Einer ihrer Mundwinkel zuckt kaum merklich nach oben. Der Kommissar schließt den Reißverschluss seiner Jacke bis auf Brusthöhe. »Wir wissen nicht, ob jemand in der Nähe war, als Wang Fei das im Kegelkasten widerfuhr. Es gibt keine Kampfspuren. Es gibt nicht einmal Spuren an seinen Fingerkuppen, die darauf deuten ließen, dass er versucht hat, die Finger noch zwischen die Schnüre und die Kehle zu bekommen. Wenn er sich die Schnur nicht selbst um den Hals gelegt hat, könnte das ruckartige Hochziehen der Kegel durch die Apparatur die Schnur so in Schwingung gebracht haben, dass sie so unglücklich um seinen Hals …«

»Ja«, unterbricht ihn Ruth Martini, »so habe ich das auch gehört. Und mehr kann ich Ihnen dazu nicht sagen.« Ihr Mundwinkel zieht sich noch ein wenig höher. »Ist er also erstickt?«

Der Kommissar scheint sich nicht sicher zu sein, ob er diese Frage beantworten soll, sagt aber schließlich: »Dazu hat das Strangulieren nicht lange genug gedauert. Und es hätte eigentlich genug Zeit bleiben müssen, sich selbst rechtzeitig von der Schnur zu befreien. Das wäre zwar nicht einfach, solange die Aufstellmaschine weiterläuft, aber dennoch machbar. Er ist, wie die Obduktion ergeben hat, an einem Herzinfarkt gestorben. Wenig später wäre er tatsächlich erstickt, wenn die Schnüre um den Hals nicht gelockert worden wären. Das Zungenbein war gebrochen. Hätte es den Herzinfarkt nicht gegeben und hätte jemand, der in der Nähe war, rechtzeitig diese Kegelaufstellmaschine gestoppt, hätte er es wohl überlebt, wenn auch schwer verletzt.«

»War wohl gerade keiner in der Nähe«, sagt die Martini kühl. »Können Sie nicht die Mechanik dieser Kegelaufstellmaschine verhaften? Oder den Kegelbahnbesitzer?«

Der Kommissar weiß, dass Ruth Martini weiß, dass Wang selbst der Besitzer war. Er fragt sie: »Hatte er ein schwaches Herz?«

»Nicht dass ich wüsste. Der Zustand von Herrn Wangs Herz hat mich nicht interessiert.«

»Sein Herz hat versagt, während er da hing und die Kegelaufstellmaschine ihn immer wieder hochgezogen hat.« Ruth Martini zeigt keinerlei Reaktion. Der Kommissar kann dem Drang nicht widerstehen, den Reißverschluss seiner Jacke weitere zwei fingerbreit zu schließen. »Unsere Gerichtsmedizinerin hat herausgefunden, dass er an einem Herzfehler litt. Einem ziemlich schwerwiegenden. Wissen Sie, ob er selbst davon gewusst hat?«

»Wang Fei und ich haben nie über Herzensangelegenheiten gesprochen. Und auch nicht über etwaige medizinische Befunde, wobei ich mich nicht an irgendwelche Arztbesuche Wang Feis erinnern könnte, zumindest nicht, während der Zeit, in der ich für Wangs Welthandel gearbeitet habe.«

Der Kommissar sieht sie eine Weile an. Er muss sich anstrengen, ihrem Blick standzuhalten. »Zum Testament: Sie haben gewusst, dass Sie in Wang Feis Testament bedacht werden, und zwar mit einer erheblichen Summe?«

»Natürlich«, bestätigt Ruth Martini, »das wissen Sie doch. Ich habe das Testament als Zeugin unterschrieben. Ich wusste vor der Veröffentlichung, was drinsteht.«

»Wofür haben Sie die hunderttausend Euro bekommen?«

»Hunderttausend und siebenhundertfünfzig. Wollen Sie einen Zusammenhang zwischen der Erbschaftssumme und dem Herzinfarkt herstellen, Herr Kommissar?«

»Wir wissen, dass Ihnen das Geld sehr gelegen kommt. Sie haben praktisch keinen Cent mehr auf dem Konto. Vor einigen Monaten sah das noch anders aus, da verfügten Sie noch über Spareinlagen von gut 90.000 Euro. Und dann haben Sie das alles auf einmal leergeräumt. Alles schon ausgegeben, Frau Martini? Es wäre falsch zu behaupten, dass Sie bis zum Tag von Wangs Tod bankrott waren, immerhin besitzen Sie eine schuldenfreie Immobilie, aber wenn jetzt mal die Waschmaschine oder die Heizung streikt, müssten Sie einen Kredit aufnehmen. Und Sie haben bisher noch nie in Ihrem Leben einen Kredit bedienen müssen, wie die SCHUFA uns bestätigt hat. Hatten Sie immer noch eine Reserve unter der Matratze versteckt?«

Ruth Martini nickt. »Wollen Sie raten, wieviel, Herr Kommissar?«

»Gerne. Ich schätze mal, so um die zehntausend?« Hierauf sagt Ruth Martini nichts. »Macht zusammen hunderttausend, oder waren es zusammen hunderttausendsiebenhundertfünfzig?«

»Nein, genau hunderttausend. Ich habe Wang genau einhunderttausend gegeben. Die siebenhundertfünfzig Euro sind die Zinsen. Für drei Monate. Drei Prozent garantierte Mindestrendite hatte Herr Wang mir zugesagt. Eigentlich hatte ich und auch er selbst deutlich mehr Gewinn erwartet. Aber auch drei Prozent waren nicht schlecht. Wo kriegen Sie heute sonst noch drei Prozent für kurzfristige Anlagen garantiert?«

»Kurzfristige Anlagen? Hat er spekuliert?«

Frau Martini wiegt den Kopf hin und her. »Spekuliert? Ja, irgendwie schon. Er hat darauf spekuliert, dass sein Erfolgsrezept – denn das war Wangs Welthandel: ein Erfolgsrezept – auch anderswo und für andere funktionieren könnte.« Sie scheint sich ihren nächsten Satz gut überlegen zu müssen. »Für seinen Bruder zum Beispiel.«

»Seinen Bruder? Was hat der damit zu tun?«

»Eine Menge hat der damit zu tun. Alles. Sein Bruder,

Wang Xue, wollte auch so einen deutsch-chinesischen Handel aufziehen. Und dafür hat Herr Wang Geldgeber gesucht, auch hier in Deutschland.«

»Ach, und in China gab es wohl schon Geldgeber?«

»Ja, den Onkel. Der hat das nötige Kleingeld für die Kosten bereitgestellt, die in China anfallen. Für das Startkapital hier vor Ort sollte Wang Fei sorgen.«

»Wie jetzt, wollte Wang, also der Wang, der schon hier war, eine zweite Firma gründen? Eine Konkurrenz vor der eigenen Haustür?«

»Unsinn, die neue Welthandel-Firma oder -Filiale oder was genau es letztlich werden sollte, wäre doch nicht hier gegründet worden, sondern möglichst weit entfernt. Wo genau, stand noch gar nicht fest, als ich eingestiegen bin. Die Niederlausitz, Oberbayern oder Mittelfranken waren zuletzt im Gespräch.«

»Was ging schief?«

Ruth Martini seufzt. Zum ersten Mal seit Beginn des Gesprächs wirkt sie nicht überheblich. »Alles, und das auch noch schnell. Der Bruder hat offensichtlich kein Händchen fürs Geschäft. Wie ich weiß, hat dieser Onkel in China beide Neffen mit ordentlich Startkapital ausgestattet. Und dann zeigte sich der Unterschied: Während unser Wang aus seinem Startkapital in weniger als zwei Jahren eine Million macht, macht der Bruder daraus in wenigen Monaten: Null.«

Alle im Büro schweigen für einige Sekunden. Der Kommissar denkt vielleicht darüber nach, wieviel Geld er auf Sparkonten hat. Es ist weniger, als bei der Martini. Es wäre eine Katastrophe, wenn er dieses Geld verlieren würde.

»Wang Fei selbst hat ebenfalls privates Geld verloren«,

fährt Ruth Martini schließlich fort, »weil sein Bruder die Geschäftsgründung vergeigt hat. Hundertfünfzigtausend, soviel ich weiß, oder sogar zweihunderttausend. Alles, was er eigentlich für sich privat schon aus der Firma herausgezogen und auf die hohe Kante gelegt hatte – für ›persönliche Pläne‹, was immer er damit gemeint haben mag. Heiraten vielleicht. Aber es ist leichter, so einen Verlust zu verschmerzen, wenn man noch eine gutgehende Firma hat, die man jederzeit für eine Million verkaufen kann. Er hat nur fünfzehn oder zwanzig Prozent seines Vermögens verloren. Ich dagegen …«

»Hatten Sie einen schriftlichen Vertrag mit Wang Fei?«

»Nein«, antwortet Ruth Martini offen, »das war nicht nötig. Er hat mir sein Wort gegeben, dass ich entweder an einer großen Gewinnspanne beteiligt werde, oder aber mein Geld nach einer Weile zurückkriege, mit drei Prozent Zinsen. Auf die drei Prozent habe ich eigentlich nicht spekuliert, mir wäre es lieber gewesen, mit meiner Geldeinlage auf lange Sicht Teilhaberin an Wangs Welthandel zu werden.«

»Sie wirken auf mich nicht wie eine Frau, die einfach so auf das Wort eines Mannes vertraut.«

»Ich habe nicht auf das Wort irgendeines Mannes, sondern auf das von Wang Fei vertraut.«

»Darauf und auf das Testament, nicht wahr, Frau Martini? Wann genau haben Sie das Testament unterschrieben?«

»Das können Sie im Dokument selbst nachlesen, der genaue Zeitpunkt wird dort genannt.«

»Und wo waren Sie zum Zeitpunkt des Todes von Wang Fei?«

»Sie haben mir noch gar nicht gesagt, wann genau er denn mit der Schnur um den Hals die letzten Zuckungen vollzog? Vom Dorffunk weiß ich lediglich, wann er gefunden wurde.«

»Sehr mitfühlend scheinen Sie nicht zu sein?«

»Ist das strafbar?«

»Nein. Ich versuche nachzuvollziehen, Frau Martini, wer der potenziell Beteiligten wo war, als Wang Fei starb. Also, wo waren Sie an jenem Tag zwischen fünf und viertel vor sechs?«

»Und was wollen Sie tun, falls ich nicht antworte, Herr Kommissar?«, sie lächelt ihn kühl an. »Mich in ein nasskaltes Verlies in Beugehaft sperren? Also gut, ich war zuhause. Und nein, dafür habe ich keine Zeugen. Ich fürchte, weiter kann ich Ihnen bei der Aufklärung dieses Falls nicht behilflich sein.«

»Ach, wir haben also einen Fall?«

»Würde ich sonst hier sitzen? Ich gehe bis jetzt, wie alle anderen im Dorf, davon aus, dass es sich bei Herrn Wangs Tod um einen tragischen Unfall handelt. Oder um Selbstmord vielleicht? Wir wundern uns, warum überhaupt noch Ermittlungen im Gange sind.«

»Wegen der Unstimmigkeiten.« Als Ruth Martini daraufhin eine Augenbraue hochzieht, fügt der Kommissar hinzu: »Wegen der Jacke. Er trug unter anderem eine sehr teure Armbanduhr, vor allem aber eine hochwertige Designer-Wildlederjacke. War ein Geschenk von seiner Liebsten. Wenn ich in einen Kegelkasten klettere, um dort etwas zu reparieren, lege ich doch alles ab, was beschädigt werden könnte. Eventuell kann man in so einem Fall vergessen, die teure Uhr abzulegen, auf jeden Fall aber zieht man doch eine so teure Lederjacke aus, bevor man zwischen die Kegel kriecht, oder? Wieso scheint dieses Detail sonst niemanden zu stören?« Er schaut von Ruth Martini zu seinem Kollegen, dann wieder zurück zur Martini.

Sie hat die Augenbraue wieder sinken lassen, kräuselt die Stirn und sagt: »Das ist allerdings sonderbar. Er hat wegen dieser blöden Jacke weiß Gott was daher gemacht. Vielleicht hat er es eilig gehabt?«

Die unerwartete Zustimmung bringt den Kommissar für einen Moment aus dem Konzept. »Also, Frau Martini«, fängt er sich wieder, »waren Sie es, die das Testament zum Notar brachte?«

»Wie kommen Sie darauf, dass ausgerechnet ich das erledigt haben soll?«

»Sie hätten ein Interesse daran gehabt, dass es möglichst schnell und sicher zum Notar gelangt. An diesem Tag wussten Sie, ab 16 Uhr, dass Sie Ihre Hunderttausend bald wiederhätten, falls Wang etwas zustoßen sollte. Ich finde es sonderbar, dass Wang ausgerechnet Sie als Zeugin einsetzte, obwohl er Sie zuvor aus der Firma entlassen …«

»Das Arbeitsverhältnis wurde in gegenseitigem Einvernehmen aufgelöst, um genau zu sein. Herr Wang hat mir an jenem Tag versprochen, dass er mir mein Geld erstattet, sobald er zurück in China sei und dort seine finanzielle Situation geregelt habe – obwohl er das nicht musste, aber er hatte wohl doch ein schlechtes Gewissen, mich in das Geschäft seines Bruders mit reingezogen zu haben. Und um mich abzusichern, hat er im Testament verfügt, dass ich auch dann mein Geld wiederbekäme, wenn ihm vorher etwas … Wang Fei hat mir vertraut und ich ihm. Gegenseitige Loyalität, verstehen Sie?«

»Oh ja, ich verstehe. Vielleicht hat Wang Fei Ihnen so sehr vertraut, dass er Sie beauftragte, das Testament sofort nach der Fertigstellung zum Notar zu bringen. Zeitlich käme es dann hin, dass Sie zum Todeszeitpunkt von Wang wieder zurück im Dorf hätten sein können. Auf oder in der Nähe der Kegelbahn zum Beispiel.«

»Sie irren sich, und das gleich zweifach: Zum einen hat er die unterschriebenen Dokumente niemandem ausgehändigt, nicht einmal dem chinesischen Anwalt, sondern er hat alles in seinem Schreibtisch eingeschlossen und angekündigt, er wolle das Testament gleich am nächsten Morgen zum Notar bringen. Er konnte ja nicht wissen, dass er das nicht mehr selbst würde erledigen können. Um 16 Uhr wollte Herr Wang mich dann schnell loswerden, er wollte noch irgendwohin und hatte es sehr eilig. Wohin er wollte und was er vorhatte, weiß ich nicht.« Der Kommissar will kurz einhaken, aber sie lässt ihm dazu keine Gelegenheit. »Und zum anderen pflege ich nicht auf oder im Umfeld von Kegelbahnen zu verkehren. Ich war dort nicht. Ich war seit Jahrzehnten nicht mehr auf dieser Kegelbahn und schon gar nicht am Tag dieses … Unfalls. Ach, übrigens, gibt es beim Notariat keine Überwachungskamera, die aufzeichnet, wer da wann etwas in den Briefkasten wirft?«

»Nein, wir sind hier doch nicht in China.«

»Ja, leider«, schaltet sich zum ersten Mal der Kollege neben dem Kommissar ein. »Hätten wir die, müssten wir jetzt nicht dieses Verhör … dann säßen wir jetzt nicht hier. Und eine höhere Aufklärungsrate hätten wir auch, wenn es uns überwachungstechnisch erlaubt wäre …«

»Ist ja gut, Klaus«, unterbricht der Kommissar seinen Kollegen und wendet sich wieder an Ruth Martini. »Wenn niemand bezeugen kann, wo Sie zu der Zeit waren, als Wang Fei starb oder in der Zeit unmittelbar danach, haben Sie kein Alibi?«

»Brauche ich denn eins?«

»Sie profitieren von dem Testament.«

»Schon, aber das trifft nicht nur auf mich zu. Der Bruder, Wang Xue, hat deutlich mehr geerbt. Leider ist der in China. Ob der jemanden beauftragt hat, Wang Fei zu … Sie sollten vielleicht überprüfen, ob und wieviel von den 800.000 schon abgegangen sind, und für wen. Rosi profitiert ebenfalls von dem Testament, und das ordentlich. Vielleicht wusste sie das. Vielleicht hat Herr Wang ihr verraten, dass Sie in dem Fall, dass er vor ihr das Zeitliche segnet, ›ihr‹ Gasthaus wieder zurückbekommt, solange sie lebt. Im Gegensatz zu mir hat Rosi einen Schlüssel für die Kneipe und die Kegelbahn. Als einzige von allen ›potenziell Beteiligten‹, wie Sie es formulieren, Herr Kommissar, wäre Rosi zur Todeszeit in die Kegelbahn reingekommen, ohne irgendeine Tür aufbrechen zu müssen. Haben Sie das einmal bedacht?« Der Kollege des Kommissars beginnt, unruhig auf seinem Stuhl hin und her zu rutschen. Ruth Martini grinst. »Ich sage ja nicht, dass Rosi irgendwie aktiv … eingegriffen hat, aber stellen Sie sich vor, da hängt einer in der Kegelbahn, die eigentlich dir gehört, und vollzieht die letzten Zuckungen. Da käme ich vielleicht auch in Versuchung, den Laden zunächst einmal wieder abzuschließen und erst dann die Polizei zu rufen, wenn ich sicher wäre, dass es sich endgültig ausgezuckt hat. Und nicht zu vergessen: Benny! Der würde für einen alten Benz töten, vermute ich.« Dass sie sogar Witze macht, bereitet dem Kommissar Unbehagen. »Oder glauben Sie, ich hätte das Testament gefälscht? Ich muss Ihnen wohl nicht sagen, dass Wang Fei seinen Nachlass lehrbuchmäßig geordnet hat. Und die Tatsache, dass er mir noch etwas schuldig war und er das, für den unwahrscheinlichen Fall, dass ihm etwas zustößt, im Testament absichern wolle, hatte er zuvor mit seinem Onkel in China abgeklärt. Sie haben ja sicher den Zusatzpassus gelesen, dass dieser Teil des Testaments hinfällig wird, sobald Wang Fei das Geld zurückerstattet hat. Ja, ich wusste, welche Summe ich im Falle eines vorzeitigen Ablebens von Wang Fei kriegen würde – und das hat er selbst, mit freiem Willen, so entschieden und verfügt. Sie glauben doch nicht, ich könnte Herrn Wangs Handschrift fälschen und das Ganze auch noch auf Chinesisch? Und der Umschlag war versiegelt, als er es in seinen Schreibtisch einschloss. Das Testament ist hundertprozentig rechtsgültig. Alles andere interessiert mich nicht.«

»Es gibt einen Unterschied zwischen Ihnen und den anderen Erben, die Sie mir gerade als Verdächtige unterzujubeln versuchen: Sie, Frau Martini, wussten im Gegensatz zu den anderen, ab etwa anderthalb Stunden vor Wangs Tod, dass Sie erben würden und auch wieviel.«

»Ich war mir aber auch sicher, dass Herr Wang sein Wort halten und mir das Geld zurückzahlen würde. Er hat mir gegenüber selbst eingestanden, dass er mir niemals hätte empfehlen dürfen, in die Firma seines Bruders zu investieren.«

Ruth Martini fühlt sich nicht nur absolut sicher, sie fühlt sich überlegen. Sie lächelt kühl. Der Kommissar findet es an der Zeit, dagegen etwas zu unternehmen: »Gut. Was uns auch noch interessiert, Frau Martini, sind die Internetseiten, auf denen Sie öfter verkehren.« Er hat einen Knopf auf seinem Telefonapparat gedrückt. Ihr Lächeln verschwindet. »Ja, da haben die Kollegen richtig gut gearbeitet.« Ein junger Mann kommt ins Büro. Er übergibt dem Kommissar ein aufgeklapptes Laptop, drückt auf eine Taste und geht wieder. »Ah, da haben wir es ja. Na, das nenne ich doch mal eine lupenreine Perversion, Frau Martini.« Ihre Mundwinkel bewegen sich nach unten. Wahrscheinlich stellt die Martini sich vor, wie es im Dorf herumgeht: Der Kühlschrank steht also auf Strangulationsphantasien. Sie blickt den Kommissar an. Wahrscheinlich würde ihm keinerlei Indiskretion nachgesagt werden können, geschweige denn nachgewiesen, aber die Polizei würde sich auch nicht gerade darüber empören, dass von Heiko bis Mecki, von Jasmins Mutter bis Mohrsch Wilma, von den Kirchenbänken über die Dorfkneipen-Tresen bis zur Fleischtheke im Kaufhaus Mechels genüsslich über das Ausmaß der kühlschrankschen Perversion spekuliert werden würde. Das wäre doch mal ein ganz anderes Kaliber als das Gerücht, Helmut und Schnucki blätterten gelegentlich gerne gemeinsam Kataloge für Damenunterwäsche durch.

»Die Internetseiten, Frau Martini, die Sie regelmäßig besuchen … Besuchen« wendet er sich an seinen Kollegen, »das klingt wie zum Kaffee bei Tante Hertha. Nun«, richtet er das Wort wieder an Ruth Martini, »diese Internetseiten weisen eine sexuelle Orientierung auf, die wir im Kegelbahnfall nicht ignorieren können.« Er lässt das Gesagte einen Augenblick wirken. »Wie man bei Ihnen im Dorf wohl über so eine Art von Perversion denkt? Das traut man doch üblicherweise eher Einwohnern von Großstädten mit moralisch zweifelhaftem Ruf und hoher Politiker- oder Managerpopulation zu, rund um die Spree zum Beispiel oder am Main.«

»Wieso dürfen Sie überhaupt meine Internetaktivitäten … Ihnen ist doch sicher aufgefallen«, scheint die Martini sich wieder zu fangen, »dass ich ausschließlich auf legalen Websites über die sexuellen Praktiken recherchiert habe, für die ich mich interessiere, und mehr als Interesse werden Sie mir nicht nachweisen können.«

»Das stimmt. Sie haben sich ausschließlich auf nur zwei Rollenspiel- und Fesselungs-Websites herumgetrieben, auf der sich die User vor allem über Sicherheitsvorkehrungen und den verantwortungsvollen Umgang mit dieser Neigung austauschen. Das vorhandene Bild- und Videomaterial dieser Website besteht aus Lehrfilmen und persönlichen Erfahrungsberichten mit gut gemeinten Warnhinweisen.«

So verstörend die Vorstellung von Fräulein Martinis Vorlieben für biedere Polizisten oder Dorfbewohner auch sein mögen, so übertrieben wäre es, zu behaupten, sie habe sich knallharte Gewalt-Pornos angeschaut. Einige Szenen aus Heikos Gebrauchsliteratur sind deutlich fragwürdiger. Es ist der Martini keinesfalls nachzuweisen, dass sie auch nur ansatzweise versucht hat, die im Internet angeschauten Lehrfilme eigenständig zu praktizieren (was schade ist, denn die Frage »falls ja, mit wem?« hätte im Kommissariat Spekulationsanlässe zu möglichen Tathergängen und im Dorf wochenlang den spannendsten Gesprächsstoff geboten). Egal wie theoretisch oder praktisch Ruth Martini bislang mit Strangulationsphantasien umgegangen ist: Wenn ihr ehemaliger Chef, von dem sie sich beruflich zuvor getrennt hatte, sie mit einem sechsstelligen Betrag im Testament bedenkt, dieser Chef am Tag der Testamentsunterzeichnung tot mit einer Schnur um den Hals aufgefunden wird – zu einer Zeit, für die Ruth Martini kein Alibi vorweisen kann –, dann muss sie folgerichtig Zoppo als bisherigen Hauptverdächtigen ablösen.

»Glauben Sie allen Ernstes«, fragt sie den Kommissar, »ich hätte Wang Fei die Kegelschnur um den Hals gewickelt?«

»Das vielleicht nicht, aber vielleicht hat er das selbst getan, Sie haben dabei zugesehen und dann ging etwas schief. Sie haben ihn vielleicht zu einem perversen Spielchen überredet – bei dem er die Designerlederjacke anbehalten sollte – und die Kegelanlage geriet außer Kontrolle. Vielleicht haben Sie Panik bekommen, obwohl ich Sie mir ehrlich gesagt, nicht in Panik vorstellen kann, und Sie haben es unterlassen, Hilfe zu leisten.«

»Ich werde mit Ihnen nicht darüber sprechen, was ich mir aus welchen Gründen im Internet ansehe, aber eins können Sie mir glauben, Herr Kommissar: Wenn ich irgendjemanden – und das wäre sicher nicht Wang Fei gewesen – zu einem ›sexuellen Spielchen‹ hätte animieren wollen, wäre der allerletzte Ort, den ich dafür als erregend gefunden hätte, die alte Bundeskegelbahn gewesen, mit oder ohne verdammter Lederjacke. Ich ärgere mich offen gestanden nicht so sehr darüber, dass Sie mir eine solche Tat, eine unterlassene Hilfeleistung, zutrauen, sondern finde es beleidigend, dass Sie mir einen solchen Mangel an Stil beim angeblichen Ausleben meiner ›Phantasien‹ unterstellen.« Sie lässt das Gesagte einen Moment wirken, stellt fest, dass die beiden Polizisten keine weiteren Fragen haben, und bevor der Kommissar ihr mitteilt, dass sie gehen kann, äußert sie, fast kleinlaut, eine Bitte: »Sie werden es doch nicht öffentlich machen? Ich meine, es ist doch nicht notwendig, dass alle im Dorf erfahren …«

»Was erfahren, Frau Martini?«

»Nun, ich gebe zu, es wäre mir peinlich, wenn alle Leute wüssten, dass ich … so blöd war und hunderttausend Euro verzockt habe. Das passt nicht zu meinem Image.«

Die beiden Polizisten schauen verblüfft, der Kommissar allerdings nur für einen Moment. »Aber das haben Sie ja nicht, nicht wirklich. Sie haben ihr Geld wiederbekommen. Und wieso? Weil Wang Fei genau im richtigen Moment tot an der Kegelschnur hing.«

47

Wangs Leiche ist zur Beerdigung freigegeben. Johann kümmert sich um alles. Andrea will nicht zur Beerdigung kommen (»eigentlich kannte ich ihn ja kaum«), informiert aber ihre Tochter darüber, als die sich – wieder nur kurz – bei ihr meldet, dass Wang in fünf Tagen auf dem Dorffriedhof beigesetzt wird.

»Was hat sie gesagt?«, will Johann von Andrea wissen.

»Ja.«

»Ja? Hast du sie gefragt, ob sie zur Beerdigung kommen wird? War das ihre Antwort darauf?«

»Nein, ich habe sie nicht gefragt, ob sie kommt, ich habe ihr einfach gesagt, was jetzt mit Wangs sterblichen Überresten geschieht. Darauf hat sie eine Weile geschwiegen und dann einfach ›Ja‹ gesagt. Vielleicht soll das bedeuten ›Ja, ich habe verstanden‹ oder ›Ja, das finde ich gut so‹.«

Die Behörden hatten, mithilfe von Johann und aufgrund von Testaments- und Vertragsunterlagen, die Adressen von zwei nahen Verwandten ermittelt und sind froh darüber, dass Johann sich um alles kümmert – vom Informieren der Angehörigen bis zur Organisation und Kostenübernahme der Bestattung. Als Johann über die Freigabe des Leichnams informiert wird, sorgt er für eine rasche Verbreitung dieser Nachricht. Niemand findet es unpassend, dass Wang auf dem Dorffriedhof beerdigt werden soll. Zu Wangs Bruder Xue, so berichtet Johann sowohl Benny als auch Helmut, Schnucki und einigen der Mohrsch-Cousinen, habe er keinen Kontakt herstellen können. Der Onkel aber habe zurückmeldet, da sein Neffe sich entschlossen habe, in Deutschland zu sterben, möge er auch zusehen, wie er dort unter die Erde kommt. Außerdem habe es den Onkel beruhigt, zu hören, dass Johann und andere Leute im Dorf sich sowohl um die Beerdigung als auch später um die Grabpflege ordentlich kümmern werden.

Die Ims findet bei Zeggels im Saal statt. Eine Ims, also eine Leichenfeier, hatte Wang während seiner Zeit im Dorf nicht miterlebt. Es gibt Leichenfeiern, an die sich manch einer noch lange zurückerinnert. Legendär war zum Beispiel die Ims anlässlich des viel zu frühen Tods von Schnuckis Vater. Helmut war damals noch nicht so eng mit Schnucki gewesen und erschien nur auf der Ims, weil der seine gebrechliche Tante bis zum Saal begleiten musste. Er wollte eigentlich nur die Tante abliefern, einen Kaffee trinken, ein Stück Kuchen essen und dann wieder abhauen, um die Tante in zwei Stunden wieder abzuholen. Aber nach dem Kaffee bahnte sich an, was zu einer lebenslangen Freundschaft werden sollte. Vielleicht ist auch nur eine Zweckgemeinschaft entstanden, die sich wie Freundschaft anfühlt. Aber es muss festgehalten werden, dass Helmut und Schnucki seit dieser Ims unzertrennlich sind. Natürlich brauchte es dazu mehr als Kaffee und Kuchen und die nachfolgenden Schnittchen. Wie lange genau es dauerte, bis die beiden Freundschaft schlossen, lässt sich nicht mehr rekonstruieren, immerhin stammt von dem Montag nach der Ims, die so harmlos mit einem Kaffee begann, Helmuts Ausspruch: »Ich frage mich, was ich in der Nacht von Freitag auf Sonntag gemacht habe.«

Helmuts Tante jedenfalls musste von einem anderen Neffen nach Hause gebracht werden. Auch bei ihr reichten die anfänglich geplanten zwei Stunden nicht aus, um von dem gar nicht so arg nahen Verwandten Abschied zu nehmen, aber immerhin konnte sie noch vor Einbruch der Dunkelheit nach Hause bugsiert werden.

Helmut und Schnucki verließen die Ims, soviel war immerhin verbürgt, am späten Abend, und verlegten das Anbahnen ihrer Freundschaft ein Stockwerk nach unten in den Schankraum. Dort wurden Sie auch an den folgenden beiden Tagen öfter gesehen – ob sie durchgängig dort blieben, ist nicht bewiesen, jedoch spricht einiges dafür, dass sie das Zeggels-Gebäude mindestens 48 Stunden lang nicht verließen. Wahrscheinlich haben sie zwischendurch auf der Kegelbahn geschlafen. Von dort ist es nicht weit zur Toilette. Rosis Vater Karl bestätigte damals, dass im Nachgang zu dieser Ims zumindest niemand irgendwo hingepinkelt habe, wo er dies nicht gutgeheißen hätte. Sonst war aus Karl nichts herauszuholen. Er wusste, wie heute Rosi, welche Anekdoten zur Erheiterung aller öffentlich gemacht werden durften, und welche man besser verschwieg.

Die Ims für Schnuckis Vater war nicht die einzige gewesen, die sich einen legendären Ruf erworben hatte. Und wer hätte gedacht, dass ausgerechnet Wangs Ims sich in die Bestenliste der Dorf-Leichenfeiern einreihen sollte.

Es gab keine Messe, denn Wang war nicht katholisch

gewesen, nicht einmal irgendetwas, was auch nur in die Nähe von katholisch kam. Der Dorfpfarrer war ein liberaler Mensch und hätte jedem eine Messe gelesen, der an irgendetwas glaubte, das man als überirdisch gelten lassen konnte. Aus Ermangelung einer Alternative stand der Sarg dann dennoch in der Leichenkapelle, zwischen den beiden Glasfenstern, die den Heiligen Nikolaus und die Heilige Barbara zeigen.

Johann hatte Helmut und Schnucki gefragt, ob sie sich im Stande sähen, als Sargträger zu fungieren und weitere vier Freiwillige zu finden, die sie dabei unterstützen würden. Johanns Frage muss etwas zögerlich geklungen haben, vielleicht sogar unsicher, also hatte Helmut ihn beruhigt: »Du fragst den Richtigen, Johann, ich bin sozusagen der Christiano Ronaldo unter den Sargträgern«, und er zählte alle bisherigen Einsätze als Sargträger an den Fingern auf. Er brauchte acht dazu. »Und Schnucki, na, der ist eben der Lionel Messi. Verlass dich auf uns, Johann, wir stellen dir ein ordentliches Team zusammen.« Der Sarg, der von mittlerer Qualität und ebensolchem Gewicht war (er kam weder zu bescheiden noch zu prunkvoll daher) hätte mit dem vergleichsweise leichten Körper des toten Wang darin eigentlich keiner sechs Träger bedurft. Vier hätten auch gereicht. Aber es war tatsächlich kein Problem, genug Träger zu finden, um den Sarg gebührend einzurahmen. Benny, die beiden Vorsitzenden vom VfL und OGV, und sogar Mecki ließen es sich nicht nehmen, den Chinesen an sich zu Grabe zu tragen.

Es waren nicht ganz so viele Leute auf dem Friedhof, wie bei der Beerdigung eines alteingesessenen Dörflers mit großer Verwandtschaft. Aber hätte jemand vor zwei Jahren die

Prognose gewagt, dass zur Beerdigung eines zugereisten Chinesen immerhin ein halbes Hundert Trauergäste erschienen, hätte man ihn für verrückt erklärt. Dabei fehlten einige, die man bei dieser Grablegung ganz sicher erwartet haben würde, hätte sie ein halbes Jahr früher stattgefunden: Zoppo zum Beispiel, Heiko vielleicht, und ganz sicher Jasmin Zenner.

Letztere war es dann auch, die alle überraschte, im letzten Augenblick. Der Sarg wartete, über der Grube stehend, darauf, hinabgelassen zu werden, die meisten Trauergäste waren bereits an Sarg und Kränzen vorbeidefiliert und wandten sich zum Gehen, da betrat Jasmin, in einen langen schwarzen Wintermantel gehüllt, den Friedhof, schritt ohne jemanden anzublicken ans Grab, legte ein paar Blumen auf den Sarg, stand einige Augenblicke davor – wer kann schon sagen, wie viele Sekunden vergehen, während man auf einen Sarg schaut –, weinte nicht, sagte kein Wort, und später wurde man sich rasch darüber einig, Jasmin habe ernst dreingeschaut, sehr ernst, aber ohne Verzweiflung oder nagende Trauer zur Schau zu stellen. Sie wandte sich zum Gehen, wieder ohne irgendjemanden anzusehen, und erst als sie schon fast am Friedhofstor angekommen war, eilte Johann ihr hinterher. Die Trauergäste sahen, dass er sie vor der Leichenkapelle erreichte, ein paar Worte mit ihr wechselte, Jasmin den Kopf schüttelte, zweimal, dann mit den Achseln zuckte und schließlich einmal kurz nickte.

Jetzt sitzen alle bei Zeggels im Saal. Es riecht nach Kaffee. Aus Kannen und Tassen dampft es. Der Kuchen ist buttercremig auf altmodischen Platten drapiert. Irgendwer schneidet das erste Stück. Man hört Schnucki sagen, er will keinen Kaffee.

Helmut bedeutet ihm, er müsse noch ein Weilchen warten, bis die Schnittchen aufgetragen werden, dies böte dann eine gute Ausrede, um das erste Bier zu bestellen. Und natürlich wird Johann von allen Seiten bedrängt.

»Ja, sie hat gesagt, sie käme noch.« Mehr ist nicht aus ihm herauszubekommen.

Zum Zeitvertreib unterhält man sich mit »Wisst-ihr-noch«-Geschichten: »Wisst ihr noch, als Benny im Kaufhaus Mechels aufkreuzte und erzählte, der Chinese wolle die Fleischindustrie hier im Dorf wiederbeleben? Wisst ihr noch, wie Wang komische Geräusche von hinter der Tür hörte, als ob jemand mit einem Stock an Bambusstäben entlangschlägt? Wisst ihr noch, wie Buonasera Hans unserem Chinesen erklärte: ›Unserem Herrgott sein Bub sein Vater war Schreiner. Und ich war früher auch Schreiner‹ und wie er Wang zum Beweis die Hand mit den fehlenden Fingern vor die Augen hielt und Wang das urkomisch fand, also das mit den Fingern, nicht mit dem Herrgott?«

»Und wisst ihr noch«, beginnt Helmut eine Geschichte, die Johann noch gar nicht kennt, was zeigt, wie viele Anekdoten um Wang entstanden sind, »wisst ihr noch«, Helmut verdirbt den Spaß beinahe dadurch, dass er wieder einmal zu viel und zu laut lacht, bevor er den Witz zu Ende erzählt hat, »wisst ihr noch, wie Mecki Wang den Witz mit den toten Trinkkameraden erzählte?« Helmut erzählt den Witz, obwohl die meisten ihn kennen: »›He, Wang, kennste den?‹, hat Mecki zu Wang gesagt. ›Ein Mann kommt in die Kneipe und bestellt drei Bier. Der Wirt wundert sich: ›Sie sind doch alleine, wieso drei Bier?‹ – ›Gewohnheit‹, antwortet der Gast, ›Jahrzehntelang habe ich mich regelmäßig mit zwei alten Kumpels in der Kneipe getroffen und drei Bier bestellt.

Jetzt sind beide tot und ich bin zu alt, um meine Gewohnheiten zu ändern.‹ Irgendwann kommt der Gast wieder rein und bestellt zwei Bier. ›Wieso denn heute nur zwei Bier?‹, fragt der Wirt, und der Mann antwortet: ›Es ist doch Fastenzeit, da trinke ich kein Bier.‹« Und wisst ihr noch«, erstickt Helmut fast an seinem eigenen Glucksen, »wie Wang mit todernstem Gesicht fragte: ›Was ist denn Fastenzeit?‹« Alle lachen, teils aus Höflichkeit, teils aus Sentimentalität.

»Der Witz ist wirklich gut«, sagt Johann, und man hört mitschwingen: »Obwohl Helmut ihn erzählt hat.« Rosi fragt in die Runde, ob jemand zu den Schnittchen, die aufgetragen werden, etwas anderes als Kaffee will. Die Gäste machen sich einen Spaß und bestellen wild durcheinander: einen Weißwein, ein Alkoholfreies, einen Glühwein, einen Doktor, ein Pils, einen Schuss, ne Cola, noch ein Pils, ein Hefeweizen. Rosi kommt mit einem vollgeladenen Tablett wieder und stellt jedem genau das vor die Nase, was er bestellt hat. Alle blicken Rosi bewundernd hinterher. »Sie hat ein fotografisches Gehör«, sagt Wilma und hebt ihr Glas. »Auf Wang!«

»Auf Wang!«, rufen alle. Von etlichen hört man: »Auf unseren Wang.«

»Unser Wang«, gibt Benny mit melancholischer Stimme in die Runde, »war glatter als ein Eimer voller Forellen.« Er sieht fragende Blicke und fühlt sich genötigt zu erläutern: »Ich meine das als Kompliment, wirklich, ich hatte von unserem Wang von Anfang an den Eindruck, dass man ihn nie richtig zu fassen kriegt, ihr versteht was ich meine? Selbst wenn man denkt, jetzt weiß ich, wo er hinwill, flutscht er einem wieder durch die Finger. War schon ein toller Typ, unser Wang, der konnte sich überall rauswinden.«

»Aber nicht aus der Kegelschnur«, denkt vielleicht Helmut oder Wilma oder Schnucki. Niemand spricht das laut aus.

Die Tür öffnet sich, aber nicht Rosi, sondern Jasmin kommt herein. Mohrsch Wilma und Bärbel wissen, was sich gehört, springen auf, gehen auf sie zu, begrüßen sie und zeigen ihre Freude darüber, dass Jasmin wieder da ist. Bärbel greift einen leeren Stuhl, schiebt ihn neben den von Wilma und lädt Jasmin ein, sich zu ihnen zu setzen. Keiner traut sich, gleich zu fragen, wo sie denn gewesen sei. Stattdessen verkündet Helmut: »Haste schon gehört, Jasmin, der Kühlschrank war's.«

»Quatsch«, widerspricht Mecki, »das Fräulein Martini wurde zwar verhaftet, aber es konnte ihr nichts bewiesen werden.«

»Nicht verhaftet«, schaltet Benny sich ein, »nur verhört. Oder befragt.«

»Lasst doch die Martini in Ruhe«, sagt Jasmin, »was soll die schon getan haben? Bestimmt nichts, was unmittelbar mit Wangs Tod zu tun hat.«

»Aber du weißt schon, dass sie hundert Riesen geerbt hat?«, versucht Helmut die Diskussion am Köcheln zu halten.

»Und siebenhundertfünfzig Euro«, wirft jemand ein.

»Andererseits«, nimmt Wilma dem Geschwätz den Wind aus den Segeln, »wäre der Kühlschrank sich zu fein, auch nur die Nase durch die Kegelbahntür zu stecken.« Dem setzt niemand etwas entgegen. Wilma drückt Jasmins Hand und spürt dabei etwas. Wilma nimmt Blickkontakt zu ihrer Cousine Bärbel auf. Und Jasmin spürt, wie ihre Freundin ihren Ringfinger ertastet. Wilma lächelt sie an. Sie ist nicht nur neugierig, sie freut sich auch für Jasmin. Vor allem aber ist sie neugierig: »Wo warst du denn die letzten drei Wochen, Jasmin?«, fragt Bärbel so unschuldig wie möglich. »Und was hast du in der ganzen Zeit gemacht?« Wenn es darum geht, Informationen zu ziehen, sind Bärbel und Wilma ein besseres Duo als jedes Polizei-Team.

Jasmin atmet tief durch. Alles verstummt um sie herum, auch an den Nachbartischen. »Ich war«, beginnt Jasmin zögerlich und schaut dabei nicht Johann an, sieht abwechselnd zu Wilma und zu Bärbel, deren Blicke ihr Halt geben, »ich war in Bayern. Oberbayern.« Sie atmet tief durch, »Und ich habe mich dort verlobt. Offiziell verlobt.«

Jetzt ist es wirklich totenstill im Raum, wie es sich für eine Leichenfeier eigentlich gehört. Wilma öffnet vorsichtig Jasmins Hand, gibt deren Finger frei. Am Ringfinger glitzert ein ovaler, dunkelblauer Edelstein. Ist das etwa ein echter Saphir? Eingerahmt ist er von einem Kranz winziger Diamanten, die das Blau besonders hervorheben – das Blau des Edelsteins und das Blau Jasmins leuchtender Augen. Jasmin weiß, welche Preisgabe als nächstes von ihr erwartet wird: »Ich werde«, sie nimmt allen Mut zusammen, »ich werde in Kürze einen Chinesen heiraten, der am Chiemsee gerade eine Welthandels-Firma auflösen musste. Er heißt … Wang. Bald werde ich auch Wang heißen. Zenner-Wang.« Sie spürt die Blicke, die sie anstarren. Glaubt sie, etwas zu ihrer Verteidigung vorbringen zu müssen? »Ich will auch in Zukunft hören, wie jemand meinen Namen Ya Si Min ausspricht.«

»Du hast …«, sagt Johann mit ruhiger Stimme – er muss nicht laut werden, es ist sowieso stiller als je zuvor bei einer Ims, »du hast also Wangs Bruder getroffen? Und dich mit ihm verlobt? Ist er noch in Bayern?« Jetzt starren alle auf Johann.

»Wangs Bruder? Ist das nicht der Fahlgesichtige, den wir vorm Biermuseum getroffen haben?«, fragt Helmut.

»Genau«, nickt Johann, »das war Wangs Bruder. Den haben wir damals gesehen.«

»Ich fasse es nicht, Jasmin, kaum hat der eine Wang den Löffel abgegeben, schon schnappst du dir den reichen Bruder …« Johanns Blick lässt Helmut verstummen. »Na, wenigstens ist der altersmäßig näher an Jasmin dran als unser Wang, wenn ich den recht in Erinnerung habe«, brummt Helmut in Richtung Schnucki.

»Das finde ich nur fair von diesem anderen Wang«, sagt Wilma lächelnd, nicht an Jasmin gewandt, sondern in die Runde. Sie legt ihre Hand auf Jasmins Bauch. »Wo doch jetzt ein kleiner Wang unterwegs ist, nicht wahr?« Jasmin sieht Wilma dankbar an.

Die Ims-Gesellschaft wird laut. Stimmen sprechen durcheinander. Gläser werden erhoben. »Auf den verstorbenen Wang und auf den kleinen Wang, der bald das Licht dieser Welt erblickt!«, ruft Benny. Die Feiern im Gasthaus Zeggels haben von jeher etwas vom Kreislauf der Natur, von Tod und Geburt, vom Gang der Welt.

Jasmin berichtet den Mohrsch-Cousinen, dass der Geburtstermin im Juni sein wird, wenn alles gutgeht. Jasmin weint kurz, Wilma legt den Arm um sie. »Die Hormone.«

Helmut, der es nicht böse meint, rückt näher an sie heran und sagt: »Mal ehrlich, Jasmin, haste gut gemacht: den Kühlschrank um das Achtfache übertrumpft! Die hat nur hunderttausend gekriegt, und der Bruder hat über 800.000 geerbt. Der Chinese an sich überlässt das Verwalten der Haushaltskasse doch der Frau, wie ich gehört habe. Also: gut hingekriegt.« Wilma lacht, damit das, was Helmut sagt, lächerlich klingt.

Jasmin zeigt den Ring. Jemand will wissen: »Und wann heiratet ihr? Und wo?«

»In China«, antwortet Jasmin geduldig. »Gleich nächsten Monat, der Termin steht schon fest. Wird eine kleine Hochzeit. Und leider nicht in der Kirche, Wang ... also die Wangs sind ja nicht katholisch ... nicht christlich. Wir heiraten nur standesamtlich. Das Aufgebot ist bestellt, die nötigen Dokumente sind fertig.« Sie strahlt Mohrsch Wilma an: »Der Antrag war ganz stilecht: Willst du, Ya Si Min, meine Frau werden? Willst du mich heiraten? Kaum hatte ich ›Ja‹ gehaucht, steckte er mir diesen Verlobungsring an den Finger. Ich habe gar nicht mitbekommen, wo er den plötzlich hervorholte. Er hat explizit das Wort ›Verlobungsring‹ verwendet.«

»Das ging aber sehr flott«, bemerkt Benny. Er will keinesfalls vorwurfsvoll klingen. »Woher wusstest du denn, dass Wangs Bruder gerade in Oberbayern ist?« Da Jasmin nicht gleich antwortet, schiebt Benny die Frage hinterher: »Und wie hast du ihn so schnell überzeugen können, dich heiraten zu wollen, ich meine, ist das so wie in der Bibel, wo der Bruder sich um die Frau des Bruders kümmern muss?«

»Ja, das ist tatsächlich irgendwie so ähnlich, Benny«, Ya Si Min lächelt milde. »Weißt du, hier wird viel über Wangs Testament und über sein Geld gesprochen, aber ihr müsst wissen, der Onkel, Wang Chongan, mit dem geht es bald zu Ende, ein paar Monate höchstens noch, also dieser Onkel ist ein guter Mensch. Er hat verfügt, dass sein einziger noch lebender Neffe die Firma in China bekommt, Anteile davon sowie das sonstige Vermögen zunächst nur treuhänderisch verwaltet. Als Haupterben hat der Onkel – und ich wusste gar nicht, dass das geht – seinen noch ungeborenen Großneffen eingesetzt.«

»Neffe? Wird es denn ein Junge?«

Jasmin zögert. »Ja, ich glaube … vielleicht schon. Eine Frau spürt so etwas.«

Wilma und Bärbel lachen laut auf. »Gut gemacht«, ruft Bärbel, und Wilma erklärt Benny und Helmut: »Also ich würde auch ganz sicher spüren, dass ich einen gesunden Bub unterm Herzen trage, wenn ich wüsste, der kriegt einmal ein Millionenerbe. Da würde ich notfalls Drillinge spüren, alle drei männlich, wenn's hilft, das sag ich euch. Und was soll schon passieren? Stellt euch vor, der Onkel erlebt in seinen allerletzten Tagen noch, wie ihm eine wundervolle Großnichte geboren wird, da wird der doch schwach werden.«

»Andrea Wenyan soll sie heißen«, wirft Jasmin ein. »Also, falls es doch ein Mädchen wird.«

Johann ist aufgestanden und gesellt sich zu ihnen. Jasmin vermeidet es, ihn direkt anzublicken.

»Und wie ist er so, der neue Wang?« Es schwingt keinerlei Sarkasmus in Johanns Stimme mit.

Jasmin will etwas antworten. Überlegt noch einmal. Setzt wieder an, etwas zu sagen. Die Saaltür fliegt auf. Herein stürmt der Kommissar, begleitet von einer Polizistin. Der Kommissar schaut grimmig drein.

»Herr Kommissar!«, ruft Helmut. »Haben Sie die Martini schon überführt?«

Es fällt dem Kriminalbeamten nicht leicht, den Spott zu ignorieren. Er muss sich auf sein eigentliches Anliegen konzentrieren: »Frau Zenner, schön, dass Sie wieder da sind!«

»Bald Zenner-Wang!«, berichtigt Wilma.

»Ach, sieh an, Sie haben sich also in ihrer Abwesenheit verlobt? War das zufällig in Grabenstätt am Chiemsee?« Er formuliert das als Frage, wedelt aber mit einem Blatt, das er in der Hand hält. »Dort haben Sie gestern jedenfalls in der Sparkasse Bargeld gezogen. Hier der Beleg. Und ich habe einen Kollegen vor Ort darauf angesetzt. Der hat herausgefunden, dass Sie die letzten Wochen bei einem gewissen Wang Xue gewohnt haben.«

»Ich sehe, Herr Kommissar, Sie haben sich regelrecht in diese Kegelbahnsache verbissen. Sicher wissen Sie über ihren Kollegen vor Ort, dass besagter Wang bereits abgereist ist. Zurückgeflogen nach China, um dort unsere Vermählung vorzubereiten.«

»Ich finde es höchst interessant, dass Sie sich kurz nach dem Tod des einen Wang gleich den nächsten aus der Familie Wang geangelt haben.«

»Und was hat das mit dem Unfall auf der Kegelbahn zu tun?«, fragt Wilma. »Darf man sich jetzt nicht einmal mehr spontan verloben, ohne … wessen genau verdächtigt zu werden?«

»Danke, Wilma, ja Herr Kommissar, was genau wollen Sie mir vorhalten: Spontanität? Flexibilität? Kompromissbereitschaft?«

»Kompromissbereitschaft? Jedenfalls zeigt das, dass Ihnen das Ideal der Liebe nicht viel bedeutet.« Nicht nur die Imsgäste, sondern auch die Polizistin sehen den Kommissar überrascht an. Es passt nicht zu ihm, vom Ideal der Liebe zu sprechen.

Ausgerechnet Schnucki, der schon wieder seit Tagen oder gar seit Wochen kein einziges Wort von sich hat vernehmen lassen, sagt in den Augenblick der Stille hinein: »So ist das: Die Ideale, die wir haben, zeigen uns, wer wir gerne wären. Die Kompromisse, die wir eingehen, verraten uns, wer wir wirklich sind.«

Es vergehen einige Sekunden. Sie fühlen sich an wie ein gemeinsames Innehalten. Schließlich wird der Kommissar wieder ganz offiziell. »Frau Zenner, ich muss Sie bitten, uns zu begleiten. Wir brauchen dringend noch einige Angaben von Ihnen.«

»Wozu?«, mischt Bärbel sich ein. »Wegen Ihres ungeklärten Todesfalles? Haben Sie nicht schon genug Verdächtige zusammen? Zoppo? Die Martini? Oder vielleicht Heiko?«

»Bitte, Frau Zenner«, probiert es nun die Polizistin, »Sie sind nicht verpflichtet, uns aufs Präsidium zu begleiten, wir wären Ihnen daher dankbar, wenn wir wenigstens kurz zu Ihnen nach Hause ... Sie müssen verstehen, wenn wir erfahren, dass der Bruder des Toten zu der Zeit in Deutschland war, als das Testament vollstreckt ...«, unsicher sieht sie ihren Vorgesetzten an.

Jetzt schaut Jasmin doch zu Johann, blickt ihm direkt in die Augen. Der nickt kaum merklich.

Jasmin erhebt sich mit einem Seufzen. Johann ebenfalls und er verkündet: »Vor allem interessieren wird die Polizei, dass dieser Bruder, Wang Xue, vor drei Wochen hier gewesen ist, hier im Dorf.«

48

»Wir sollten es ihr sagen. Das ist doch lächerlich.«

»Du hast Recht, Johann, es fühlt sich an, als seien wir zwei Teenager, die nicht wollen, dass die Eltern herauskriegen was läuft. Moment mal, jetzt, wo ich darüber nachdenke, finde ich das irgendwie aufregend.«

Sie lachen. Es tut ihnen gut, gemeinsam zu lachen. Sie liegen auf Johanns Bett. Zuvor haben sie zusammen Kaffee getrunken. Andrea hat selbstgemachten Kuchen mitgebracht.

»Trotzdem«, wird Johann schließlich wieder ernst, »du solltest deiner Tochter … beiden Töchtern reinen Wein einschenken. Es ist nur noch eine Frage von Tagen, vielleicht von Stunden, bis irgendjemand Jasmin sagt: ›Haste schon gehört, deine Mutter und Johann haben etwas miteinander.‹ Wer weiß, vielleicht erzählt ihr es gerade jetzt jemand.«

»Eher nicht«, unterbricht ihn Andrea. »Seit sie mit der Polizei geredet hat, bleibt sie zuhause und vermeidet es, Leute zu treffen.« Andrea schaut traurig und sagt: »Ich glaube, nein, ich weiß, sie bereitet alles vor, um nach China zu gehen.« Sie schluchzt. »Für immer.«

»Das bedeutet doch nicht, dass ihr euch nie wieder seht, du kannst sie doch … sie wird dich doch sicher ab und zu …« Johann merkt, dass es ihm nicht gelingt, Andrea zu trösten. »Geh doch einfach mit ihr nach China.«

»Spinnst du, was soll ich denn in China? Und hier alles aufgeben?«

»Was alles?«

Andrea fällt nichts ein, was sie darauf antworten soll. »Immerhin habe ich noch eine Tochter«, bringt sie schließlich hervor, »und eine Enkelin.«

»Und wie oft siehst du die? Die werden doch völlig von der Familie der Schwiegereltern vereinnahmt, und die kannst du nicht leiden. Nicht einmal ihren Mann kannst du leiden. Und wie oft siehst du deine Enkelin?« Er weiß wie oft: manchmal zwei, drei Monate lang nicht. »Mit zwei oder drei Besuchen pro Jahr – und so oft könntest du locker hinfliegen …«, versucht er ihr Mut zu machen, »würdest du sie fast genauso häufig sehen, wie du jetzt …« Er sieht, dass es so keinen Zweck hat.

»Machen wir uns nichts vor, Johann, ich bin nicht der Typ, der sich in meinem Alter noch umpflanzen lässt. Nach China, ich bitte dich! Ich fahre ja nicht einmal richtig in Urlaub.«

»Du fährst jedes Jahr nach Puttelange-aux-Lacs an den Diefenbacher Weiher, das weiß ich von Helmut.«

»Ja, schon seit 36 Jahren, immer im Juli, und weißt du was, letztes Jahr war ich tatsächlich auch mal am Wasser, also am Ufer des Weihers, zum allerersten Mal, in 36 Jahren! Sonst habe ich immer auf dem Campingplatz das Zelt aufgebaut und danach den Rest der Woche hauptsächlich geschlafen, gekocht, gegessen, Radio gehört, und abends mit Bekannten von zuhause, die zur selben Zeit auch gerade dort waren, ordentlich was getrunken. Wusstest du, dass es vom Diefenbacher Weiher keine 70 Kilometer bis nach Metz sind, und glaubst du, ich sei auch nur ein einziges Mal dorthin gefahren? Dabei soll Metz sehr schön sein.«

Johann sagt nicht: »Oh ja, wunderschön.« Er fährt jedes Jahr aufs Mirabellenfest und bleibt dann über Nacht, in einem kleinen Hotelzimmer mit Blick auf einen Altarm der Mosel.

»Also wirklich, China«, schnaubt Andrea, »jetzt wo ich alt bin und allmählich das Gefühl kriege, angekommen zu sein.«

»Wie kannst du irgendwo ankommen, wenn du nie irgendwo hinfährst? Die eine Woche Diefenbacher Weiher pro Jahr zählt tatsächlich nicht.«

»Weißt du, dass Jasmin damals, nach der Abtrei… als sie noch so jung war und diese Enttäuschungen hinnehmen und Entscheidungen fällen musste, also da meinte sie einmal, es sei vielleicht besser, wegzugehen und anderswo neu anzufangen – und weißt du, was ich ihr gesagt habe?« Sie wartet nicht ab, ob Johann fragt »Was?« »Ich habe sie angefleht, nicht zu gehen: ›Geh nicht in die Welt‹, habe ich gesagt, ›dir könnte dort etwas zustoßen‹, und sie meinte: ›Gerade ist mir hier etwas zugestoßen, und auch in Zukunft könnte mir, genau hier, wieder etwas passieren‹. Und dann hat sie noch hinzugefügt: ›Ich könnte mich hier zum Beispiel zu Tode langweilen.‹«

»Wang hat mir einmal gesagt, wir seien hier nicht frei.«

»Na, der muss es ja wissen, als Chinese.«

»Genau. Er hat das richtig erkannt, für sich und für uns. Er meinte, wir hingen dermaßen an unserer Heimat, unserem Dorf, dass wir nicht frei wären, jederzeit weggehen zu können. Da ist doch was dran, oder? Wir haben Angst vor Veränderung. Wir wünschen uns, dass alles so bleibt wie es ist, sogar dann, wenn es nur einigermaßen gut läuft, oder gerade so eben erträglich ist. Dabei ist der Wandel doch der Naturzustand. Das Leben ist eine Baustelle – du kennst die Sprüche. Ich habe Wang einmal gefragt, kurz vor dem Mülltonnenrennen war das, ob er inzwischen das Gefühl habe, hier angekommen zu sein.«

»Was hat er geantwortet?«

»Ankommen sei ein Konzept für Flüge und Bahnfahrten. Fürs Leben sei ›ankommen‹ nicht vorgesehen.«

Andrea denkt eine Weile nach. »Ja, ich sollte unbedingt mit Jasmin reden, über alles, auch über uns, vor allem aber über sie, über das Kind, das unterwegs ist, wo und wie es aufwachsen soll, und über diesen Mann natürlich, den sie so plötzlich und unerwartet heiraten will.«

»Frag sie doch einfach, ob du sie nach China begleiten sollst, oder nachkommen, sobald das Baby auf der Welt ist, fürs erste Jahr wenigstens. Sie kann sicher Hilfe gebrauchen, wenn das Kind da ist und sie sich gleichzeitig an das neue Leben gewöhnen muss. Wahrscheinlich sagt sie: ›Oh ja, bitte Mama, komm mit.‹«

»Du willst mich wohl loswerden, Johann?«, frotzelt Andrea.

»Du kannst mich ja mitnehmen. Der neue Wang hat sicher nichts dagegen.«

Andrea sieht Johann an, dass er das ernst meint. Schließlich fragt sie: »Was ist da auf der Kegelbahn passiert, Johann?«

Mechels Christoph sagt, als sich zufällig wieder einmal mehre Leute um seine Tiefkühltheke treffen: »Mal ehrlich, allmählich haben wir verdachtsmäßig das halbe Dorf durch.«

Das ist natürlich übertrieben, birgt aber einen wahren Kern. Die Martini steht weiterhin mit oben auf der Verdächtigenliste, Zoppo ist noch nicht aus dem Rennen und selbst auf Heiko laufen Außenseiterwetten. Eher halbherzig und wohl nur der Vollständigkeit halber werden zwischenzeitlich sogar Benny und auch Rosi ins Spiel gebracht, immerhin haben beide etwas geerbt. Aber die Topfavoriten sind inzwischen natürlich die Frischverlobten: Wang Xue und seine Verlobte. Jasmin selbst hat zwar ein Alibi – noch dazu eins, das von niemand geringerem als Johann gestützt wird –, aber Wangs Bruder, also der Bruder von dem Wang, der jetzt ›unser Wang‹ genannt wird, ist zur Todeszeit im Dorf gewesen, wahrscheinlich sogar auf der Kegelbahn.

Finklers Uschi glaubt inzwischen doch gesehen zu haben, dass noch jemand mit im Auto saß, als unser Wang kurz vor seinem Tod die Auffahrt zum Parkplatz hinter der Kneipe hinauffuhr. »Genau konnte ich es nicht sehen«, hat sie der Polizei gesagt, als die sie noch einmal befragte, »aber es könnte sein, dass jemand in einem dunklen Kapuzenpulli auf dem Beifahrersitz saß.«

»Mit der Kapuze über dem Kopf?«

»Ich glaube schon.« Die Polizei ist nicht sicher, ob die Zeugenaussage als zuverlässig gelten darf. Bei der ersten Befragung hatte Uschi nichts von einem Beifahrer gesagt. »Weil mich niemand danach gefragt hat«, behauptet sie jetzt, aber die Polizei glaubt: Weil inzwischen jeder im Dorf weiß, dass an Wangs Todestag dessen Bruder im Ort gewesen war. Und weil plötzlich noch ein oder zwei Zeugen den ominösen Kapuzenmann gesehen haben wollen. So etwas beflügelt die Phantasie, auch bei Uschi. Dabei hatte die Polizei sie durchaus schon beim ersten Mal gefragt, ob Wang alleine war, als er zum Parkplatz abbog. »Er war immer alleine«, hatte Uschi damals geantwortet, »wenn er so früh zur Kegelbahn fuhr, die anderen kamen erst viel später. Also, wer hätte denn da schon bei Wang gewesen sein sollen?«

Die Polizei vermutet, die Zeugin Ursula Finkler habe lediglich Wangs Benz die Auffahrt zum Parkplatz hochfahren sehen und gar nicht so genau hingesehen, ob nur eine oder zwei Personen im Auto saßen. Aber egal ob der Mann im Kapuzenpulli mit im Auto saß oder nicht: Es gab ihn. Und es gab den Bruder von Wang, der im Dorf gewesen sein soll. War der Fremde im dunklen Kapuzenpulli Wang Xue, der Bruder des Toten und baldige Ehemann Jasmins? Und falls ja, was wollte er hier? Ist er auf der Kegelbahn gewesen? Und könnte es sein, dass Jasmin diesen Xue vielleicht doch schon kennengelernt hatte, bevor Wang Fei ums Leben kam?

Schließlich muss Schnucki die Leute im Kaufhaus daran erinnern, dass es sich doch wohl um einen Unfall handelte: »Wieso suchen wir bei einem Unfall nach Schuldigen?« Er fischt eine Packung Rahmspinat und zwei Packungen Tiefkühlerbsen aus der Truhe.

»Weil es Spaß macht«, meint jemand und bekommt dafür viel Zustimmung. »Weil man so herrlich spekulieren kann, und weil – selbst wenn es kein Mord war – vielleicht doch jemand etwas getan hat, was er nicht hätte tun dürfen.«

Die Stimmung auf dem Kommissariat ist miserabel. Genauer gesagt, gilt das für die Stimmung des Kommissars, die anderen Polizeibeamten sehen den Auftritt der Staatsanwältin nicht so tragisch. Gerade ist sie raus aus dem Büro. Die Kollegen sehen den Kommissar nicht an, tun so, als hätten sie gerade etwas Dringendes zu erledigen. Haben sie tatsächlich auch. Die Staatsanwältin hat kein Donnerwetter losgelassen. Sie hat lediglich Klartext geredet und eine Ansage gemacht, wo es jetzt langgeht.

Der Kommissar ist der erste, der wieder das Wort ergreift: »Also, dann wissen wir ja, was wir zu tun haben.« Brummend fügt er noch hinzu: »Verdammt, ich bin mir sicher, dass wir ganz nah dran waren, diesen Fall aufzuklären.« Die Kollegen kennen ihn, wissen, dass es jetzt besser ist, nicht zu widersprechen, sogar ein Kopfschütteln wäre zu viel. Sie stimmen im Grunde mit der Staatsanwältin überein: Sie haben wichtigeres zu tun, als die genauen Umstände eines Unfalls auf einer Dorfkegelbahn aufzudecken.

Johann und Andrea liegen immer noch auf dem Bett. Es ist warm im Zimmer. Das Nachmittagslicht schwächelt bereits. Sie warten gemeinsam darauf, dass es dunkel wird. Johann hat den Arm um Andreas nackte Schulter gelegt. Andrea ist nachdenklich. Wägt sie ab, ob Johann einen annehmbaren Vorschlag gemacht hat? Sollte sie ihre Tochter tatsächlich fragen, ob sie mit nach China kommen soll? Sie sieht Johann an. Solange die ganze Sache nicht endgültig durchgestanden ist, ist es wohl besser, sich weiter an ihn zu halten.

Johann deutet Andreas stummen Blick als Aufforderung, endlich ihre Frage zu beantworten. »Ich kann dir nicht genau sagen, was dort auf der Kegelbahn passiert ist, aber eins kann ich dir versichern,« er stockt kurz, scheint nicht sicher zu sein, ob er weitersprechen soll, sagt dann aber »nämlich, dass Jasmin keinen Mörder heiraten wird.«

»Bist du dir da sicher? Warst du dabei, als es geschah?«

Johann antwortet darauf weder mit Ja noch mit Nein, sondern erzählt: »Ich sah ihn schon auf das Haus zukommen, den Kapuzenmann. Ich habe den anderen natürlich nicht gesagt, dass er hierhergekommen ist, zu mir, hab einfach gesagt, dass ich jemanden in einem dunkelgrauen Kapuzenpulli gesehen habe, der hier lang gegangen ist, eiligen Schrittes, habe ich gesagt, nicht nur der Polizei, hab's auch bei Zeggels erzählt und Uschi und noch ein paar Leuten. Eiligen Schrittes stimmt übrigens. Ich sah, wie die Kapuze auf meine Tür zueilte. ›Was ist denn das für einer?‹, habe ich gedacht. Ein Typ mit tief in die Stirn gezogenem Hoodie, so heißt eine Kapuze heutzutage, glaube ich. Der Hoodie sah abgenutzt aus, war schmutzig. Der Mann ging nach vorne gebeugt, als wolle er sich klein machen, und er machte kurze Trippelschritte. Ich erkannte erst gar nicht, dass es sich um einen Asiaten handelte. Bis zu dem Tag war ich ausschließlich gut gekleideten Chinesen begegnet, allen voran unserem Wang. Aber der, der da auf mein Haus zukam, war schlechter angezogen als Benny an guten Tagen. Der Hoodie-Mann klingelte an meiner Tür. Ich öffnete. Als er vor mir stand, hob er bedächtig den Kopf, als traue er sich nicht, mir direkt ins Gesicht zu schauen. Dann erkannte ich erst, dass es ein Chinese war, und im nächsten Augenblick dachte ich: ›Wang!‹ Ich sah in ein Gesicht, das nicht zur Kleidung passte und nicht zu der Körperhaltung, aber ein Gesicht, das mir vertraut vorkam. Weißt du übrigens, Andrea, dass ich inzwischen gelernt habe, chinesische Gesichter recht gut zu unterscheiden? Das ist fast, wie wenn man hier bei uns in einen Kinderwagen schaut und sofort sieht: Das ist doch ein Enkel von Matzens Matz. Du weißt, was ich meine. Ich will nur sagen: Wang Fei und Wang Xue sehen sich verdammt ähnlich. Unterscheiden konnte man die beiden dadurch, dass das Gesicht Wangs, also das unseres Wangs, im Vergleich zu dem seines Bruders deutlich mehr Selbstvertrauen ausstrahlte. Ich weiß ja nicht, ob … wann du deinen Schwiegersohn einmal sehen wirst, aber ich muss dich warnen: Erschrick bitte nicht, wenn du ihn dann siehst.«

»Was hat er gesagt, der Chinese«, will Andrea wissen, »als er vor deiner Tür stand?«

»Nachdem unsere Blicke sich trafen und ich einen Augenblick brauchte … und als er sah, dass ich ihn erkannte, sagte er ›Johann?‹ und ging dabei mit der Stimme hoch, als sei mein Name eine Frage. ›Es ist etwas Furchtbares geschehen. Kannst du mir helfen?‹«

»Und was hast du getan?«

»Ich habe ihn natürlich hereingebeten.«

49

Dabei hatte es kurzzeitig so vielversprechend ausgesehen, findet der Kommissar noch immer. Nachdem sie die beiden nach der Leichenfeier getrennt voneinander befragt hatten, stand fest: An Wang Feis Todestag hat ihn dessen Bruder, Wang Xue, besucht. Jasmin Zenner gab an, nichts davon gewusst zu haben. Sie sei lediglich darüber informiert gewesen, dass es da noch einen Wang im Oberbayrischen gab und sie habe sich dazu entschlossen, ihn zu besuchen und ihm zu eröffnen, dass unter ihrem Herzen ein neues Leben aus dem Blute seiner Familie heranwuchs. Nachdem sie am Chiemsee angekommen sei, habe sie das dramatische »aus dem Blute« doch lieber durch »mit den Genen der Wangs ausgestattet« ersetzt, stieß mit dieser Nachricht auf große Freude und dann habe sich das mit der Verlobung und dem Festlegen des Heiratstermins recht spontan ergeben. Sie gab ebenfalls an, vor diesem tragischen Ereignis auf der Kegelbahn Wang Xue nie gesehen zu haben. Das Gegenteil kann ihr nicht bewiesen werden, aber so recht glauben will der Kommissar diese Aussage noch nicht.

Um der Gerüchteküche etwas Dampf aus dem Kessel zu nehmen, erzählt Johann diese Version auch sämtlichen Freunden und Bekannten von Jasmin und sorgt so dafür, dass der Ermittlungsstand innerhalb des Dorfes in etwa dem der Kripo entspricht. Außerdem lässt Johann wissen, dass er seit Längerem von der Existenz dieses Bruders gewusst und ihn in China sogar einmal kurz getroffen habe. Letzteres reklamieren auch Helmut, Schnucki und Zoppo für sich, allerdings können sie, da sie Wang Xue nicht näher hatten inspizieren können, keine Details zur Diskussion beitragen. Johann konnte auf Rückfragen, sowohl der Polizei als auch der Dorfbewohner, nicht überzeugend erklären, warum er die Information so lange zurückgehalten habe, dass Wang Fei an jenem Tag seinen Bruder zu einem Kurzbesuch erwartete. »Familienangelegenheiten«, hatte Johann gesagt, »die die beiden besprechen wollten. Der Besuch des Bruders war eigentlich erst für später am Nachmittag geplant gewesen.« Johann hatte auch noch verraten, dass er von dem anstehenden Besuch wusste, weil »unser Wang« ihn zuvor gefragt hatte, ob es eine gute Idee sei, Wang Xue als Überraschungsgast beim Kegelabend zu präsentieren.

Für die Dorfbewohner stand fest: Der Kapuzenmann muss Wang Xue gewesen sein, der Bruder von »unserem Wang«. Uschis Erinnerungsvermögen festigte sich zusehends, sie war sich inzwischen sicher, den Kapuzenmann auf dem Beifahrersitz neben Wang gesehen zu haben, wenn auch nur schemenhaft. Beflügelt wurde Uschis Gedächtnis eventuell dadurch, dass sie nicht die Einzige war, die von dem Fremden im Hoodie zu berichten wusste. Jasmin nämlich gab in ihrer Zeugenaussage an, »jemanden in einem dunklen Hoodie mit hochgezogener Kapuze« gesehen zu haben, kurz nachdem sie sich von Johann verabschiedet und sich auf den Nachhauseweg gemacht hatte. Allerdings sei der Typ ihr auf der anderen Straßenseite entgegengekommen, schnellen Schrittes, und wegen der tief in die Stirn gezogenen Kapuze habe sie sein Gesicht nicht sehen können, und überhaupt sei sie noch von dem Gespräch mit Johann aufgewühlt gewesen, habe ihren Gedanken nachgehangen und daher nicht weiter auf den Unbekannten geachtet, der da vorbeieilte. Die Mohrsch-Cousinen fanden zugleich etwas Romantisches wie auch Tragisches darin, dass Jasmin also unwissentlich und flüchtig ihrem zukünftigen (steinreichen) Ehemann begegnet war, und nur wenige Schritte später an dem Gebäude vorbeikam, in dem ihr bisheriger Liebhaber (und Vater ihres ungeborenen Kindes) gerade auf schreckliche Weise ums Leben gekommen war. »Wie nahe Ende und Anfang doch manchmal beieinander liegen«, philosophierte Mohrsch Bärbel. Andere Dorfbewohner interessierte eher der kriminalistische Aspekt dieser Zeugenaussage, nämlich die Frage: Waren der fremde Wang und »unser Wang« gemeinsam auf der Kegelbahn gewesen? Nicht nur Zoppo erfreute diese Frage, sogar die Martini verlor als Hauptverdächtige an Attraktivität. Ja, der Kapuzenmann musste der Schlüssel zum Was-geschah-auf-der-Kegelbahn-Rätsel sein, zumal noch ein dritter Zeuge ihn gesehen hatte, wenn auch kurz nur, nämlich Johann. Der war, wie er selbst beteuerte, wieder ins Haus gegangen, nachdem er Jasmin an der Tür verabschiedet hatte. Er habe ihr durchs Fenster noch nachgeschaut – nachdenklich nachgeschaut, war sein genauer Wortlaut – bis sie aus seinem Sichtfeld verschwunden war, und kurz darauf habe auch er ihn gesehen, den Mann mit in die Stirn gezogener Kapuze, der trippelnden Schrittes und mit hängenden Schultern die Straße hocheilte.

Rätselhaft ist allerdings, dass sich die Spur des ominösen Fremden ab dort verliert. Danach hat ihn niemand mehr im Dorf gesehen. Kramersch Bäbbchen gelangte zwar zu kurzzeitiger Berühmtheit, weil sie tatsächlich jemanden im Hoodie vorm Gasthaus Löwenhof vorbeilaufen sah, etwa zehn Minuten nachdem Jasmin und Johann ihn gesehen haben wollen, es stellte sich jedoch heraus, dass der Hoodie rot war und nicht dunkelgrau, und Bäbbchen, kurzsichtig wie sie war, ihren eigenen Enkelsohn nicht erkannt hatte. »Man sollte diese Kapuzendinger verbieten«, schimpfte sie.

Was Johann den Leuten nicht erzählt hat, ist, wie sauer der Kommissar auf ihn gewesen war.

»Also nochmal: Wang Fei stirbt unter noch immer ungeklärten Umständen, nachdem er kurz zuvor seinen Bruder Wang Xue getroffen hat, den er – wiederum kurz zuvor – als Haupterben eines beträchtlichen Vermögens einsetzte. Woher wussten Sie überhaupt, dass ein Besuch des Bruders angesagt war?«

»Von Wang selbst«, hatte Johann dem Kommissar in aller Ruhe erklärt, nachdem der ihn auf der Ims gebeten hatte, zu einer Befragung mitzukommen. »Der Besuch des Bruders stand nicht im Zusammenhang mit dem Testament, damit war bereits alles erledigt, sondern es ging um den schwerkranken Onkel Chongan, den beide im Laufe der kommenden Wochen gemeinsam zu besuchen planten. Es war, ein Quäntchen zu dramatisch vielleicht, von ›an sein Totenbett eilen‹ die Rede. Xue sollte über Nacht bleiben und bereits am darauffolgenden Nachmittag wieder abreisen. Wang, also unser Wang, hat mir das deshalb anvertraut, weil er überlegte, nicht gleich auf der Fahrt vom Bahnhof ins Dorf Familienangelegenheiten besprechen zu wollen. Er fragte mich, ob ich es für eine gute Idee hielte, den Bruder mit zum Kegelabend zu bringen und ihm dort seine Freundin vorzustellen. Dass Jasmin von ihm schwanger war, wusste er da noch nicht.«

»Was meinen Sie mit ›noch nicht?‹ Wenn alle Alibis stimmen, hat Wang das vor seinem Tod ja nicht mehr erfahren, stimmt's?«

Ein aufmerksamer Terrier, dieser Kommissar, hat einen Riecher fürs Detail. Bei dem muss man auf jedes Wort aufpassen, das man sagt.

»Ja, stimmt«, antwortete Johann und fuhr fort: »Allerdings muss Xue eine Stunde früher als geplant angekommen sein, da Wang ihn schon kurz vor halb fünf vom Bahnhof abgeholt hat … also das schlussfolgere ich jetzt mal.«

»Sie hätten ruhig früher schlussfolgern dürfen, und zwar laut und mir gegenüber. Mit dem Verschweigen der Tatsache, dass zur Todeszeit der Bruder anwesend war, behindern sie die Polizeiarbeit.«

»Wobei? Es war doch ein Unfall.«

»Na und, auch ein Unfallhergang will aufgeklärt sein.«

»Ich wundere mich, offen gesagt, dass unsere Polizei nichts Dringenderes zu tun hat.«

Etwas ganz Ähnliches hat jetzt auch die Staatsanwältin gesagt. Gerade eben ist sie aus dem Büro gestürmt. Sie hat nicht mehr gehört, wie der Kommissar flucht: »Verdammt› ich bin mir sicher, dass wir ganz nah dran waren, diesen Fall aufzuklären‹. Er versteht die Einstellung der Staatsanwältin, die auch von all seinen Kollegen geteilt wird – selbst wenn die ihm das jetzt nicht offen sagen. Ein Sechsjähriger ist verschwunden. Eine Zeugin glaubt gesehen zu haben, wie der Junge in ein Auto mit dem Kennzeichen des Nachbarkreises eingestiegen ist. Die Eltern wüssten nicht, dass sie im Nachbarkreis irgendwelche Bekannten hätten. Das war vor nunmehr fast 24 Stunden. Seitdem: keine Spur von dem Jungen. Alle Polizeikräfte konzentrieren sich auf diesen Fall. Aufgrund des Fahrzeugtyps und des ersten Kennzeichenteils läuft eine Großfahndung an. »Und da will ich nix, aber auch gar nix mehr von einem toten Chinesen auf der Kegelbahn hören und noch weniger von einer verdammten Wildlederjacke, die nicht ins Bild passt. Es gibt keinerlei Hinweise auf Fremdeinwirkung und der Unfallhergang bleibt eben unklar, basta«, der Kommissar hört die Worte der Staatsanwältin nachhallen. »Wir haben wirklich Dringenderes zu tun.« Letzteres hatte sie nicht an den Kommissar, sondern an alle im Büro gerichtet.

Ein Kollege kommt hereingestürmt. »Es geht los, Leute«, ruft er aufgeregt, »Zugriff läuft.«

»Haben wir den Jungen gefunden?«, fragt der Kollege des Kommissars.

»Noch nicht, aber wir haben den Halter des Wagens ermittelt und den haben wir auf einer privaten Überwachungskamera gefunden, ganz in der Nähe, wo der Junge ins Auto stieg. Los jetzt!«

Der Kommissar springt auf und eilt den Kollegen hinterher, steigt in einen der bereitstehenden Polizeiwagen. Auch ein Kollege der Spurensicherung eilt hinzu, er sitzt auf der Rückbank neben dem Kommissar. Sie hören auf eine Durchsage des Polizeifunks. Das SEK steht schon bereit, um eine Verhaftung vorzunehmen. Hoffentlich lebt der Junge noch. Falls ja, muss jeder seine Arbeit perfekt machen, bei der Spurensicherung, bei der Befragung. Und das gilt auch, falls der Junge nicht mehr lebt. Nach der Durchsage schweigen alle im Wagen, als ob jeder von ihnen sich für die bevorstehende Aufgabe sammelt. Sie brauchen noch ein paar Minuten, bis sie da sind. »Sag mal«, reißt der Kommissar den SpuSi-Kollegen aus den Gedanken, »der Kegelbahnfall ist zwar abgeschlossen, aber wie habt ihr damals den Haarabgleich gemacht. Ich hatte dir doch Haare aus der Bürste dieses Wang Fei gegeben. Wie habt ihr das überprüft? Habt ihr dem Toten auf der Kegelbahn ein Haarbüschel abgeschnitten?«

»War nicht nötig, da waren haufenweise Haare auf dem Kragenjacken, vielleicht abgeschabt durch die Kegelschnüre, oder vielleicht hatte er einfach Haarausfall, jedenfalls, die Kollegen die vor Ort waren, haben genügend Haare eingetütet, die sie auf seinem Jackenkragen gefunden haben. Die DNA-Probe hat dann gezeigt: absolut identisch. War aber doch sowieso ein Fall, bei dem man ausnahmsweise mit dem bloßen Auge hätte sagen können … und angefühlt haben sich die Haare aus der Bürste und von der Jacke auch völlig gleich. Wusstest du, dass asiatisches Kopfhaar sich anders anfühlt …«

»Verdammt!«, flucht der Kommissar leise.

»Was? Jetzt komm mir bloß nicht, wir hätten Haare abschneiden sollen. Ich fand es bei dem Unfall sowieso übertrieben, extra noch einen DNA-Abgleich …«

»Da vorne ist es!«, ruft der Fahrer. In der Kurve vor ihnen stehen Polizeiautos. Blaulicht. Der Spurensicherer schaut aufgeregt raus, greift bereits zum Türgriff, bevor der Wagen zum Stehen kommt.

»Ich Idiot«, sagt der Kommissar halblaut zu sich selbst. »Ich dachte, dieser Johann deckt Jasmin Zenner. Natürlich! Er hat alles eingefädelt.« Dann beeilt er sich, aus dem Wagen zu kommen.

Johann schaut Jasmin beim Packen zu. Man sieht ihm an, dass er sich nicht wohl in seiner Haut fühlt. »Hat deine Mutter schon mit dir darüber gesprochen, ob sie dich nach

China begleiten oder nachkommen soll, sobald das Baby da ist?«

Es ist eine wichtige Frage, auch für Jasmin, dennoch klingt es wie Smalltalk, um zu vermeiden, auf das Wesentliche zu sprechen kommen zu müssen.

»Nicht sie hat mich gefragt, sondern ich sie«, antwortet Jasmin widerwillig. »Sie hat Nein gesagt, ohne lange nachzudenken. Vielleicht bleibt sie ja lieber bei dir, Johann. Ich schaffe das auch ohne sie.« Johann sagt darauf nichts. »Ich habe ihr versichert, dass ich einen guten Mann heiraten werde. Und weißt du, was sie dazu meinte: ›Wie willst du das wissen, nach zwei Wochen am Chiemsee. Immerhin seid ihr finanziell gut versorgt, du und das Kind.‹ Ich konnte ihr nicht klarmachen, dass ich mich tatsächlich neu verliebt habe, irgendwie, und dass Wang sich wirklich auf das Kind freut.«

»Du solltest dich allmählich umstellen und deinen Verlobten Xue nennen, zumindest so lange du noch hier …«

»Hör auf mich zu belehren, Johann, und mir dauernd vorzuschreiben, was ich wann bei wem sagen darf.«

»Wieso, hat doch alles geklappt bisher.« Johann versucht, beschwichtigend zu klingen.

Jasmin schließt mit einer übertriebenen Bewegung den Kofferdeckel, so wie man eine Tür hinter sich zuwirft, aus der man erbost hinausstürmt. »Johann! Ich würde dich am liebsten auf den Mond schießen. Es ist nicht gerade deine Stärke, mich rechtzeitig über die wirklich wichtigen Dinge zu informieren. Erst lässt du es zu, dass ich wie eine Idiotin alleine auf dem Bahnhof stehe, als ihr aus China zurückkamt. Da dachte ich schon, ich hätte ihn verloren. Und dann muss ich die Identifizierung der Leiche auf mich nehmen, ohne dass du mich vorwarnst.«

»Ich konnte doch nicht ahnen, dass sie dich dafür auswählen. Eigentlich dachte ich, die wollen mich dafür haben. Ich war gerade auf dem Weg zu dir, um dich auf den neuesten Stand zu bringen, als ich erfuhr, dass sie ausgerechnet dich für die Identifizierung nehmen und du schon in der Gerichtsmedizin bist. Vorher hat sich einfach keine Chance ergeben, mit dir alleine zu reden. Was glaubst du, wie ich gelitten habe, während du dort in der Gerichtsmedizin warst. Immerhin habe ich es dann geschafft, gleich nachdem du von der Identifizierung zurück warst, dir den Zettel mit der Adresse drauf unbemerkt zuzustecken, obwohl dich deine Mutter und Wilma und Bärbel keinen Augenblick alleine gelassen haben. Gott sei Dank hast du gleich verstanden, was der Zettel bedeutet. Als ich hörte, dass du verschwunden bist, hoffte … wusste ich: Du bist auf dem Weg zu ihm.«

Jasmin schaut ernst. »Kannst du dir überhaupt vorstellen, wie sich das angefühlt hat, mit der Erwartung in die Gerichtsmedizin zu gehen: Jetzt sehe ich Wang zum letzten Mal. Nein, ich werde nicht ihn sehen, dachte ich, sondern nur die tote Hülle, ihn selbst sehe ich nie wieder. Da wusste ich noch nicht, was dabei herauskommen sollte, als du mir die Adresse in Oberbayern zustecktest und mir rasch zugeflüstert hast, ich solle mich dringend dorthin wenden. Als ich durch die Tür zu diesem schrecklichen Raum ging und aus der Entfernung das dunkle, dichte Haar sah, das diesen unverwechselbaren Glanz hat …« Es fällt ihr sichtlich schwer, die Fassung zu bewahren. Noch einmal durchleidet sie den Augenblick, wie sie an den Obduktionstisch herantrat.

»Umso mehr bewundere ich dich dafür, dass du die Fassung bewahrt hast.« Die nächste Frage bringt Johann nur zögerlich hervor: »Wann … wie hast du denn gesehen … also, woran hast du gemerkt …?«

»Die Hände«, unterbricht sie sein Gestammel. »Ich habe erst nicht gewagt, auf sein Gesicht zu schauen, also bat ich die Beamtin, den Leichnam komplett aufzudecken, um nicht seine Gesichtszüge schauen zu müssen, sondern eine andere Stelle des Körpers, irgendeine. Zuerst sah ich nur den toten Körper. Der war ein Körper wie der von Wang, nur ohne Leben darin … und dann sah ich, weil ich irgendwo hinsehen musste, auf die Hände, obwohl ich die vom ersten Augenblick, als ich Wang traf, genauso wunderschön fand wie sein Gesicht. Auf seine Hände zu schauen fiel mir fast so schwer, wie in sein Gesicht. Das Gesicht wollte ich so lange wie möglich vermeiden. Oder ganz vermeiden. Mein Blick ruhte auf seiner linken Hand, und dann … ich verstand erst nicht, was das bedeuten sollte, aber ich sah ihn ganz deutlich, seinen kleinen Finger.«

»Was war damit?«

»Er war lang. Der Fingernagel. Der linke Fingernagel war übermäßig lang.«

»Und nachdem du den langgewachsenen Fingernagel gesehen hattest, konntest du die Leiche genauer betrachten?«

»Natürlich. Seit dem Mülltonnenrennen schnitt Wang seine Fingernägel immer ganz kurz, auch am kleinen Finger. Den langen Fingernagel fand ich sowieso affig. Damals im Krankenhaus, sagte ich ihm: ›Um zu beweisen, dass du nicht körperlich arbeiten musst und es zu etwas gebracht hast, brauchst du dir doch nicht diese Hahnenkralle wachsen zu lassen, dazu reicht ein neuer Benz, oder ein Porsche.‹ Ich starrte also auf den kleinen Finger. Auf die Hand. Auf die Leiche. Brauchte eine Weile, um mich zu sammeln. Du kannst dir nicht vorstellen, wie wütend ich war? Auf Wang. Und auf dich. Ja, ich dachte in diesem Moment: ›Bestimmt weiß Johann, dass Wang … ›mein Wang‹ nicht hier in der Gerichtsmedizin liegt.‹ Ich schaute auf diesen fremden Körper, der dem von Wang so verdammt ähnlich sah. Ich wollte schreien: ›Was geht hier vor, verdammt nochmal‹, schaffte es aber, meine Wut in ein minutenlanges Starren zu verwandeln. Versuchte nachzudenken: Als ich mir sicher war, weder umzukippen noch loszuschreien, war mein erster Gedanke: ›Wo ist Wang?‹ Und mein zweiter: ›Wessen Leiche ist das?‹ Ein Gedanke blitzte in mir auf: ›Alle Chinesen sehen gleich … Unsinn, du weißt es inzwischen besser. Ich würde Wangs Gesicht sofort aus hundert anderen chinesischen Gesichtern erkennen. Und der da, der sieht aus, wie meinem Wang aus dem Gesicht geschnitten. Nur bleicher. Aber sonst: Der gleicht Wang noch deutlicher als ich meiner Schwester. Selbst ein Zwillingsbruder hätte meinem Wang nicht viel ähnlicher sehen können.‹ Hätte dort irgendein Chinese gelegen, hätte ich tief durchgeatmet und gesagt: ›Nein, das muss ein Irrtum sein.‹ So aber dachte ich: ›Was verdammt nochmal geht hier vor? Hier liegt ein Wang, wenn auch nicht mein Wang. Wangs Bruder, ja, das würde erklären, was ich hier sehe. Nur das kann die Erklärung sein.‹ Auf die Frage der Beamtin: ›Ist das Wang?‹, schaffte ich es mit Mühe, zu nicken und ›Ja‹ zu sagen. Ich musste nicht einmal lügen. Ich wollte erst herausfinden, wo mein Wang ist und was er mit dem Toten auf dem Obduktionstisch zu tun hat – und mit dessen Tod.«

»Es war nicht geplant, wirklich nicht, das musst du mir glauben, dich so lange im Unklaren zu lassen. Ich musste mich um so viel anderes kümmern. Und dann warst du bereits auf dem Weg, als ich erfuhr, dass sie dich zur Identifizierung auserkoren hatten. Nicht umsonst hatte ich dir bei der ersten sich bietenden Gelegenheit den Zettel mit der Adresse in Oberbayern zugesteckt. Reden konnte ich mit dir bis dahin nicht, nie warst du allein, nicht einmal nachts. Eigentlich schön, wenn man Freundinnen und eine Mutter hat, die in so einer schwierigen Phase immer um dich herum sind. Ja, ich weiß, du hast fast einen Tag lang geglaubt … und es war klar, dass du, egal wie verzweifelt du bist, dir niemals selbst etwas angetan hättest. Ich habe Wang gesagt: ›Auf keinen Fall wird Jasmin sich etwas antun. Du musst dir keine Sorgen machen.‹ – ›Woher willst du das wissen?‹, fragte er. Da musste ich doch sagen: ›Aus Verantwortungsgefühl. Was immer Jasmin sich jetzt antut, ist keine Entscheidung mehr, die nur ihr eigenes Leben betrifft.‹« Jasmin sagt nichts, sieht Johann weiterhin strafend an. Ihm wäre es lieber, sie käme zu ihm und verpasste ihm eine Ohrfeige. Vielleicht würde das beiden helfen. Johann versucht die unangenehme Stimmung zu überspielen: »Da siehst du mal, dass es letztlich doch nützlich war, dass ich bei diesem Rennen Wangs Mülltonne angesägt hatte, sonst hätte er immer noch einen langen Fingernagel und du hättest nicht erkennen können, dass …«

»Komm mir bloß nicht so, Johann, das war überhaupt die dämlichste Aktion, die du in deinem ganzen Leben gebracht hast. Du kannst froh sein, dass Wang dabei nichts Schlimmeres zugestoßen ist, sonst säße ich jetzt nämlich im Gefängnis. Wegen Mord. Mord an dir. Herrje, ich könnte dich jetzt noch dafür umbringen! Du Idiot! Ich konnte das kaum glauben, als er mir das erzählte. Und er hat dir verziehen! Verziehen! Das hat er mir kurz nach der Verlobung bei einem Spaziergang am See erzählt. An seiner Stelle hätte ich nie wieder ein Wort mit dir gesprochen.«

»Wang versteht, warum ich das getan habe. Ich hatte mich sehr darüber geärgert, dass er anfängt, sich schon genau so verrückt zu benehmen, wie alle anderen, die ich kenne. Mülltonnenrennen! Ich bitte dich! Ich befürchtete: Am Ende gewinnt er noch und will dann jedes Jahr mitmachen, oder sucht sich in Zukunft noch andere Spektakel. Ich weiß, es war furchtbar, was ich getan habe. Aber ich war absolut sicher, das Rad kracht schon auf der Startrampe weg. Oder er schafft es allerhöchstens bis zur scharfen Kurve gleich nach dem Start, und purzelt dort lustig in die gut gepolsterten Strohballen, wie ein gutes Drittel aller anderen Fahrer. Da kann nicht viel passieren. Dann laufen wir alle zu ihm hoch, klopfen ihm auf die Schulter, lachen, machen uns noch einen schönen Tag und ich kann ihn danach davon überzeugen, von so einem Quatsch zukünftig die Finger zu lassen. Ich dachte, das bisschen Ansägen hätte gereicht, um ganz schnell … als ich ihn dann die Straße runterrasen kommen sah, dachte ich erst, er habe die Mülltonne gewechselt. Später hat mir dann dieser Schellen Paul gesteckt: ›Das war eine besonders bösartige Manipulation. Der Saboteur hätte die Achse ja auch an der Seite ansägen können, die in der Extremkurve stärker belastet wird, dann wäre sie dort schon gebrochen, bei viel geringerer Geschwindigkeit.‹ So aber sei das angesägte Stück im oberen Rennabschnitt sogar noch entlastet worden. ›Umbringen sollte man diesen Kerl‹, hatte der Schellen Paul geflucht, ›wenn schon Sabotage, dann doch bitte so, dass es für den Fahrer ungefährlich bleibt.‹ Herrgott, Jasmin, ich hatte doch keine Ahnung … ich bin technisch völlig unbegabt. Ich hatte, als alle weg waren, auch Zoppo und Heiko, und auch sonst keiner guckte, die Mini-Metallsäge aus der Tasche hervorgeholt, und so viel gesägt, dass man den Schnitt mit dem bloßen Auge sehen konnte. Ich dachte, das reicht, das hält jetzt nicht mehr lange. Was weiß ich schon von ›forcierte Materialermüdung berechnen‹, oder was der Schellen Paul mir da nachher erklärt hat. Sein Opa lief noch mit der Schelle durchs Dorf und jetzt ist der so ein Hochtechnologie-Werkstoff-Experte.«

»Und du bist zu blöd, um ein Saboteur zu sein. Wang hat dir das verziehen, einfach so.« Jasmin schüttelt verständnislos den Kopf. «Wang meinte, du wolltest lediglich das Huhn töten um den Affen in ihm zu erschrecken. Muss wohl so ein Männerding sein.«

»Ich habe es ihm gebeichtet. Es ihm erklärt. Das wollte ich die ganze Zeit schon tun. Und ich wusste, es war meine letzte Chance und die richtige Gelegenheit, ihm alles zu sagen, wo er doch gerade mir alles gesagt hatte, was passiert war. Ich wusste, es war keine Zeit fürs drum Herumreden, als er in diesem lächerlichen Kapuzenpulli vor meiner Tür stand und mich fragend ansah.«

50

Wang Fei sitzt am Bett seines Onkels. Vorhin haben sie eine Weile miteinander geredet, jetzt schweigt der Onkel eine Weile. Er sammelt Kraft. Kraft für die wenigen Sätze, die er gleich sagen will. Er sieht seinen Neffen an. Blickt ihm direkt in die Augen. Das ist ein gutes Zeichen. Ein Satz müsste gehen, fürs erste, ohne dass er zu sehr außer Atem gerät: »Du bist mir wie ein Sohn, Xiaofei.«

Fei weiß das. Er nickt. Es versetzt ihm einen Stich ins Herz, Xiaofei genannt zu werden – »kleiner Fei« – so hatte ihn auch seine Tante Wenyan ihn immer gerufen. Er weiß, er sollte nicht alleine an diesem Krankenbett sitzen. Sein Bruder sollte dabei sein. Und seine schwangere Braut. Die zumindest kann in Kürze nachkommen. Hoffentlich erlebt der Onkel noch die Hochzeit. Wie zufrieden Chongan sterben könnte, wenn nicht Fei alleine an seinem Bett säße. Aber nur er ist jetzt da. Also erzählt er: »Ich sagte Xue, es sei nicht notwendig, dass er extra zu mir kommt, wir könnten auch alles so regeln. Xue brauchte etwas Geld.« Onkel Chongans Mundwinkel zuckt. Das soll wohl bedeuten: »Ja, ich weiß, er brauchte dauernd Geld.«

»Keine Summe, die mir Schwierigkeiten bereitete, zehntausend, aber in bar. Darauf bestand Xue. Wegen des gerade abgeschlossenen Insolvenzverfahrens. Es sei besser, wenn kein Guthaben mehr auf seinem deutschen Bankkonto erschien. Aber er habe noch private Dinge zu klären, für die er ein paar tausend bräuchte. Ich sagte ihm: ›Kein Problem, ich lasse dir Bargeld zukommen, über einen chinesischen Anwalt, oder über vertrauenswürdige Geschäftspartner.‹ Xue stand kurz vor der Rückreise nach China. Wie ich auch. Wir hätten uns sowieso zwei oder drei Wochen später hier bei dir getroffen, warum also wollte er mich besuchen kommen?«

Onkel Chongan sieht Fei nachdenklich an. Weiß Fei nicht, dass Xue mit eigenen Augen sehen wollte: »Hat mein Bruder es tatsächlich geschafft, dort in diesem Dorf, nicht nur als Geschäftsmann? Hat er dort Freunde gefunden? Gehören ihm tatsächlich zwei Dorfvereine? Gibt es wirklich diese Frau? Wie weit ist er mit ihr? Wird das etwas Ernstes?«

»Ich könnte jederzeit heiraten, Onkel«, hatte Xue gesagt, bevor er abreiste, um in Deutschland ebenfalls sein Glück zu versuchen. »Es gäbe durchaus Interessentinnen.«

»Dann tu das, wenn eine davon gut für dich ist«, hatte der Onkel ihn ermuntert. »Sobald wie möglich. Das Jahr geht weiter und ehe man sich's versieht, ist für die Tulpen, die man im Herbst nicht gepflanzt hat, die Zeit gekommen, nicht zu blühen. Das ist doch eine Schande: zwei Männer von Anfang dreißig und bis jetzt hat noch keiner von beiden eine Familie gegründet. Ich habe zwei männliche Shengnüs als Neffen. Es wird Zeit, dass mindestens einer von euch beiden das endlich ändert.« Vielleicht hatte Xue sehen wollen, wie groß der Vorsprung seines kleinen Bruders in Sachen Erfolg tatsächlich war.

»Er hat es nur gut gemeint«, bringt der Onkel mit Mühe hervor, »und er wollte ausloten, ob ihr beiden euch einander annähern könnt.«

Für ein Annähern wäre alles vorbereitet gewesen. Chongans und Feis Blicke treffen sich. Beide stimmen überein: Die beiden Brüder hätten sich besser nicht getroffen, dort in Deutschland in dem Dorf auf der Kegelbahn, auch wenn Xue es nur gut gemeint hatte.

Fei erzählt weiter: »Und dann kam er auch noch eine Stunde früher als verabredet. Ich holte ihn vom Bahnhof ab. Weißt du, dass man dort, auf diesem winzigen, alten Bahnhof gar nicht auffällt, Onkel? Direkt oberhalb des Bahnhofs, im Orchid Park, leben mehrere hundert Chinesen. Als Xue ankam, stiegen noch zwei Landsleute vor ihm aus. Die waren besser gekleidet als mein Bruder. Er trug einen dunklen

Hoodie, als sei er ein amerikanischer Rapper oder so etwas. Auf der Fahrt nach Hause … zu mir in das Dorf, erklärte ich, dass ich ihm zuerst mein Gasthaus zeigen wolle. Und meine Bundeskegelbahn. Wir könnten von meinem Sankt Zeggels Pils trinken. Ich sagte ihm, dass ich den Vereinsabend von ›Alle Acht und einer‹ vorbereiten müsse und lud ihn ein, am Kegelabend teilzunehmen. Er war begeistert von der Idee. ›Dann lerne ich auch deine Geliebte kennen‹, meinte er, ›und deine Freunde und einige deiner Angestellten. Im Bowling bin ich richtig gut, du wirst sehen, da kann ich mit euch mithalten.‹ Ich klärte seine Fehleinschätzungen nicht gleich auf. Erst als wir auf den Parkplatz des Gasthaus Zeggels einbogen, sagte ich ihm, dass das nicht ganz dasselbe sei: Kegeln und Bowlen. Und ich bat ihn, doch endlich die Kapuze herunterzunehmen. Er tat es erst, als wir auf der Kegelbahn waren. ›Hier riecht es aber muffig‹, nörgelte er. Erst ohne Kapuze konnte ich sein Gesicht richtig sehen. Er war blass, wirkte kränklich. Da war es kurz vor fünf Uhr, und keiner von uns beiden wusste, dass Xue keine halbe Stunde mehr zu leben hatte.« Fei nimmt ein Glas Wasser und will es dem Onkel zu Munde führen. Der aber nimmt ihm das Glas aus der Hand, zeigt, dass er das noch ohne Hilfe kann, auch wenn seine Hand schwach ist. »Ich schlug ihm vor, zu üben, bevor es losging, damit er sich ein wenig an den Unterschied zum Bowlen gewöhnte. ›Die Kugeln haben ja gar keine Löcher für die Finger‹, lachte er, und ich korrigierte ihn: ›Man nennt sie eigentlich Scheibe‹. Und er: ›Gilt das auch für die Erde? Nennen sie die hier in diesem Dorf auch noch Scheibe, oder haben sie schon erkannt, dass es sich auch dabei um eine Kugel handelt? Wir sind hier doch im fortschrittlichen Deutschland.‹ Dann warf er die ersten vier Versuche in den Graben, zwei links, zwei rechts. Wir lachten. Ich zog meine Wildlederjacke aus – ein Geschenk von Ya Si Min – und demonstrierte mit einem Wurf, wie es geht: Acht! Im zweiten Wurf räumte ich den stehengebliebenen linken Bauern ab. Xue nickte anerkennend. Bei seinem nächsten Wurf führte ich seine Hand, seinen Arm. Ich kann mich nicht erinnern, ihm schon einmal so nahe gewesen zu sein. Dann schaffte er einen Wurf, der auf der Bahn blieb und drei Kegel umwarf. Genau durch die Mitte: Vorderholz, König, Hinterholz. ›Wenn wir später Kleine Hausnummer spielen, lass eine drei im ersten Wurf in die Mitte schreiben.‹ Er probierte es noch einmal, setzte den nächsten Wurf wieder in den Graben. Dann beim nächsten Versuch: vier. Die gleichen Kegel wie die drei zuvor und dazu noch die linke Hinterdame. Beim Hochziehen verhedderten sich die Kegel. Hoch- und Runterfahren half nichts, also zog ich den Schlüssel heraus, legte ihn auf dem Kreidekästchen ab, ging nach vorne, entknotete die Schnüre und rief Xue zu: ›Kannst gleich den nächsten Wurf probieren.‹

Er meinte: ›Das ist aber kein Beispiel für deutsche Wertarbeit.‹

›Immerhin funktioniert die Anlage schon seit Jahrzehnten, meistens jedenfalls und vielleicht funktioniert sie noch weitere Jahrzehnte.‹

›Du redest schon wie ein Europäer. Pferdekutschen funktionieren auch, oder zu dreirädrigen Pritschen umgebaute Rasenmähermotoren. Man kann damit immer noch Waren oder Leute von A nach B transportieren. Aber mit dem Hochgeschwindigkeitszug geht das schneller und bequemer.‹

Ich wollte nicht mit ihm streiten, und er auch nicht mit mir. Also einigten wir uns darauf, dass wir hier gerade in einer Art lebendem Museum sind. Er übte weitere Würfe. Es war ihm ernst damit, mithalten zu können, später, wenn die Vereinsmitglieder kämen. Dann musste ich zur Toilette. Bevor ich ging, sagte ich ihm, er könne ruhig alleine weiterüben, wenn er wolle, aber – und das musst du mir glauben, Onkel Chongan – ich warnte ihn davor, bloß die Finger von der Elektrik zu lassen und erst recht von der Mechanik, falls sich wieder etwas verheddert. ›Mach keinen Stress, kleiner Bruder‹, meinte er. Es war das letzte, was er sagte.

Auf der Toilette, das gebe ich offen zu, Onkel, schoss mir durch den Kopf: ›Er und ich sollen gleichberechtigte Teilhaber werden? In China, in Onkels Unternehmen?‹ Ich weiß, Onkel, es ist … war dein Wunsch, uns Brüder wieder zusammenzubringen.«

Chongan holt tief Luft und räuspert sich. Er spricht leise: »Wir waren schon in meiner Generation eine viel zu kleine Familie, und ich hatte es mir zur Aufgabe gemacht, bevor ich diese Welt verlasse, wenigstens den kleinen Rest der Familie zu vereinigen. Ich kenne die Fehler und Schwächen von Xue und ich kenne deine Stärken und Fähigkeiten. Ich musste meinem Bruder, deinem Vater, so oft unter die Arme greifen, dass es ihm und mir nicht gutgetan hat. Daher dachte ich, es sei eine gute Idee …« Er hatte so schnell gesprochen, dass er zu keuchen begann.

Fei legt seine Hand auf den Arm des Onkels. Das beruhigt ihn. »Ich war also auf der Toilette«, erzählt Fei weiter, »blieb dort länger, als notwendig gewesen wäre, und ich gestehe, dass ich dachte: ›Egal was Onkel Chongan will, warum bleibe ich nicht einfach hier, in Deutschland, in Europa? Ich habe Geld, genug Startkapital aus dem Verkauf von Wangs Welthandel, um wieder etwas aufzuziehen, hier oder anderswo, ich weiß doch, wie es geht. Vielleicht bin ich am erfolgreichsten, wenn ich mich lossage von meinem Bruder – soll er dann doch alles alleine erben vom Onkel … aber, und auch das musst du mir glauben, Onkel, ich verwarf diesen Gedanken wieder. Ich werde mich mit meinem Bruder so arrangieren, dass es ihm dabei gutgeht, nahm ich mir vor, und muss nur darauf achten, dass er bei den wirklich wichtigen Entscheidungen im Unternehmen nichts verderben kann. Natürlich war mir auch klar, dass er seinen Erbanspruch nicht für eine warme Suppe verkaufen wird.« Der Onkel runzelt die Stirn, weiß nicht genau, was Fei damit sagen will. Der redet manchmal schon wie ein Europäer. »Da höre ich nebenan eine Art Donnergeräusch – dass kommt vom Rollen der Scheiben auf der Holzbahn, musst du wissen. Ich halte den Atem an, und dann: ein Geräusch als ob jemand mit einem Stock an einem Zaun aus Bambusstäben entlangschlägt. Ich lächle: Na also, er lernt es noch. Man kann die Geräusche der Kegelbahn hören, dort auf der Toilette, vor allem, wenn niemand sonst im Gasthaus und im ganzen Gebäude still ist. Wieder höre ich es hinten im Kegelkasten einschlagen. Du hast einen ziemlichen Bums, großer Bruder – ich muss über mich selbst lachen, ich klinge tatsächlich schon wie ein Europäer – aber du musst noch das richtige Gefühl fürs Kegeln kriegen. Ya Si Min wirft nur halb so fest wie du – nur halb so fest wie ich – und hat trotzdem eine bessere Trefferquote. Ich stelle mir die Frage: ›Was würde Onkel Chongan meinen, wenn ich sage: Mein Bruder Xue soll sein Leben leben, ich lebe meins? Ich will nicht mit ihm zusammenarbeiten. Ich fühle mich meinem Bruder nicht verpflichtet.‹ Eine Stimme in mir sagt: ›Aber dem Onkel fühlst du dich verpflichtet. Chongan ist mir wie ein Vater. Und den Willen des Vaters muss man achten.‹ Ich schaue in den Spiegel. Vielleicht könnte ich mit meinem Bruder einen Deal machen, später, ihn irgendwann großzügig auszahlen, falls es nicht funktioniert, gemeinsam mit ihm ein Unternehmen zu führen. Aber er würde wieder und wieder in Schwierigkeiten geraten. Wie mein biologischer Vater. Und dann wäre Xue immer noch mein Bruder. Ich merke, dass es nebenan auf der Kegelbahn sonderbar still geworden ist. Höre nicht mehr das Geräusch von einem Stock, der an Bambusstäben entlangschlägt. Doch. Jetzt höre ich ein Geräusch … das ist doch … das Rucken der Schnüre. Ich erstarre. Er wird doch nicht … ich höre das Geräusch ein zweites Mal. Und drei! Ich haste zurück zur Kegelbahn. Reiße die Tür auf. Ich sehe Xue nicht. Mein Blick fällt zuerst auf den Stuhl, der vor der Punktetafel steht. Über die Stuhllehne habe ich meine Lederjacke gehängt. Jetzt liegt der graue Kapuzenpulli darüber. Ich schaue auf den Schaltkasten. Der Schlüssel steckt. Ich schaue die Bahn hinunter. Xues Kopf wird ruckartig hochgezogen. Vier, zähle ich unwillkürlich mit. Und ein fünftes Mal. Der Kopf, der Körper zuckt hoch. Hüpft. Wie eine Marionette im Puppentheater. Ich springe zum Schaltkasten, drehe den Schlüssel, reiße ihn raus. Wie von Zoppo gelernt. Springe über die Schnur, laufe über die Holzbahn. ›Beweg dich doch, großer Bruder!‹ Seine Arme hängen schlaff. Sein Kopf dreht sich, als wolle er sich mir zuwenden, mich anblicken, von dort hinten, vom Ende der Bundeskegelbahn. Ich bin bei ihm. Knie mich direkt vor ihn. Er trägt ein weißes Hemd. Die gleiche Marke, die ich auch trage. Das habe ich vorher nicht gesehen, unter dem Hoodie. Ein Kegel hängt vor seiner Brust. König oder Hinterholz. Wie eine übergroße, dreidimensionale Krawatte. Irgendetwas stimmt nicht mit seinem Unterkiefer. Und mit den Augen. Aufgerissen. Sein Gesicht ist verzerrt …« Fei hält inne, er darf sich nicht so gehen lassen, kann dem Onkel die grässlichen Details doch ersparen. Er beschreibt nicht, wie die Zunge herausquillt, wie die Striemen am Hals rot leuchten. Wie Xue sich noch einmal hin und her dreht, wenige Zentimeter, das kommt vom Auspendeln der Schnur, und wie sich dadurch Xues erstarrtes Gesicht ihm zuwendet, als wolle es ihn ein letztes Mal anblicken. Dann steht alles still. »Ich schreie: ›Bruder!‹ Es hallt dumpf im Kegelkasten. Er atmet nicht. Ich fühle seinen Puls. Nichts. Fühle am Hals. Onkel, ich schwöre dir, es bestand nicht der geringste Zweifel daran, dass jede Hilfe zu spät … man muss kein Arzt sein, man muss noch nicht einmal je zuvor im Leben einen Toten gesehen haben, um zu wissen, dass kein Leben mehr in diesem Körper ist. Dabei war ich doch nur ein paar Minuten weg gewesen.« Er senkt den Blick, spricht stockend: »Hätte … ich mich auf der Toilette nicht in diesen unwürdigen Gedanken verloren, würde er vielleicht noch leben. So schnell kann man doch nicht ersticken, dachte ich verzweifelt, nicht einmal, wenn der König oder das Hinterholz sich einem um den Hals wickelt zu zuzieht. Später erst habe ich erfahren, dass er nicht erstickt ist, sondern dass sein Herz versagt hat. Wie kann denn …?«

Onkel Chongan unterbricht seinen Neffen, verrät ihm, was der noch nicht wusste: Ein gefährlicher Herzklappenfehler. Die Operation wäre für nächsten Monat geplant gewesen. Und ganz leise hört Wang Fei Worte, die »…gebe dir doch keine Schuld« lauten könnten. Der Onkel atmet schwer.

Fei sagt: »Wenn ich im Raum gewesen wäre, Onkel, hätte ich alles getan, um ihm zu helfen.« Er sagt es so nachdrücklich, als wolle er nicht nur seinen Onkel davon überzeugen, dass das die Wahrheit ist, sondern auch sich selbst. »Ich kniete eine Weile vor ihm. Ich weiß nicht, wie lange. Es war so schrecklich still. Und dann dachte ich plötzlich: ›Wie soll ich das dem Onkel erklären?‹« Er sieht seinen Onkel schweigend an. Der atmet schwer, aber sein Blick ist wach. »Und wie den anderen erklären? Ya Si Min, Johann, Rosi, den Leuten ... der Polizei. Ich besann mich. ›Reiß dich zusammen! Es ist nicht deine Schuld. Wirklich nicht? Wer wird dir das glauben? Ich stehe kurz davor, Deutschland zu verlassen, mit einer Menge Geld. Was, wenn herauskommt, dass ich außerdem den millionenschweren Anteil meines Bruders – des Toten – an dem Unternehmen unseres Onkels in China erbe? Das ist in meinem eigenen Testament mit als Begründung vermerkt worden, weshalb ich wiederum meinen Bruder als meinen Haupterben einsetze. Das kann die Polizei beim Notar nachlesen. Kann ich beweisen, dass es ein Unfall war? Dass ich nicht dabei zugeschaut habe, wie er ... vielleicht wirft man mir vor, ich habe ihn absichtlich in den Kegelkasten geschickt, um die Schnüre zu entwirren, wohlwissend, dass manchmal ... warum bin ich mit ihm überhaupt zum Kegeln gegangen? Am Ende behauptet noch jemand – Zoppo, Heiko, irgendwer wird sich finden – ich habe selbst den Hochfahr-Mechanismus ... wenn nun niemand mir glauben will, dass es ein Unfall war. Ein Unfall! Auf meiner Bundeskegelbahn. Ich bin der Kegelbahnbesitzer. Der Betreiber. Hafte ich nicht für alle Schäden? Bin ich dagegen versichert? Gegen einen toten Bruder mit einer Schnur um den Hals? Alle haben mir gesagt, ich solle die alte Schaltanlage ersetzen. Bin ich haftbar? Für ... wie heißt das ... fahrlässige Tötung? Oh nein, nicht jetzt! Eigentlich bin ich doch schon so gut wie weg hier.‹« Fei streicht sich mit einer Hand über die Stirn, während er die Augenblicke wieder erlebt, wie er vor seinem toten Bruder kniet. »Ich versuche mich zu beruhigen, meine Gedanken zu ordnen. Ich gehe zurück zum Schaltkasten. Ich kann nicht denken, solange ich meinen Bruder von Nahem sehe. Ich überlege: ›Soll ich den Toten irgendwo anders hinbringen? Verstecken, wo man ihn erst findet, wenn ich in China bin?‹ Ich sehe mich um. Sein Hoodie über meiner Jacke. Ich nehme den Hoodie an mich. Es fällt etwas aus der Seitentasche. Papier. Ich hebe es auf. Deutsche Bahn. Eine Fahrkarte. Rückfahrkarte. Nach Traunstein am Chiemsee. Über München. Rückfahrkarte! Ich schaue vorsichtig in Richtung Kegelkasten. Mein Bruder im weißen Hemd. Er hat meine Statur. Ich überlege: ›Ich muss hier weg. Ich muss nach China, zu dir, Onkel. Ich kann mir kein monatelanges Untersuchungsverfahren leisten. Am Ende kommt es noch zu einer Gerichtsverhandlung. Und selbst wenn man feststellt, dass ich keine Schuld trage, ist es zu spät für dich … für uns, Onkel.‹ Ich schaue noch einmal: Ja, mein großer Bruder hat meine Statur. Wenn Wang Xue tot auf der Kegelbahn liegt, lassen sie Wang Fei bestimmt nicht ein oder zwei Wochen später mir nichts, dir nicht nach China abreisen. Aber wenn Wang Fei tot auf der Kegelbahn liegt und niemand weiß, dass sein Bruder ihn hier im Dorf besucht hat, wer schert sich dann darum, wenn ein Wang Xue von München aus nach China fliegt? Wenn Wang Fei tot ist, kann ihm nichts mehr passieren. Wenn ich für tot gehalten werde, kann ich bald in Sicherheit sein. Ich stecke das Bahnticket ein. Und seinen Reisepass. Einen Wohnungsschlüssel. Das Smartphone meines Bruders ist auch in der Hoodietasche. Seine Kreditkarte.

Ich schaue auf die Uhr. Kurz vor halb sechs. Noch habe ich Zeit. Ich brauche nur ein paar Minuten, um alles zurechtzumachen. Ich nehme meine braune Wildlederjacke. Mein Lieblingskleidungsstück. Ich lasse alles in der Jacke: mein Smartphone, den Pass, Kreditkarte. Lediglich das Bargeld nehme ich heraus, das ich dabeihabe. Das Geld, dass ich meinem Bruder geben wollte. Ein paar hundert Euro davon lasse ich in meiner Jacke. Es ist realistischer, wenn sich etwas Bargeld in meiner Jacke befindet. In Deutschland habe ich immer genug Bargeld dabei. Ich muss noch einmal zurück zu Xue. Ich ziehe ihm meine Jacke an, tausche auch die Schuhe. Mein Bruder dreht sich, an der Schnur des Königs oder Hinterholzes hängend, ein paar Zentimeter in meine Richtung. Hose tauschen ist nicht nötig, ich war schon im Freizeitmodus, wir tragen beide Jeans. Aber meine Uhr ziehe ich ihm an. Vor allem aber ist es die Jacke, die dem Toten Würde zu verleihen scheint. Eine Hand meines Bruders lege ich so an den Jackenkragen, dass es aussieht, als habe er noch nach der Schnur greifen und sich von ihr befreien wollen. Damit es nach einem Unfall aussieht. Es war ja ein Unfall! Ich gehe ein Stück zurück. Ich erschrecke. Aus ein paar Metern Entfernung sieht er tatsächlich aus wie ich. Wie ich als Toter. Und wenn man näher herangeht? Das Gesicht ist verzerrt. Sehe ich so aus, wenn mein Gesicht verzerrt ist? Wen sieht man aus der Nähe, wenn man schon von der Tür aus sieht, dass nur ich es sein kann, der da hinten im Kegelkasten hängt? Wer wird mich als erster sehen? Rosi. Sie wird vor den Keglern da sein. Wird hier reinschauen, wenn sie mein Auto auf dem Parkplatz sieht. Wie nahe wird sie sich an den Toten … an mich … herantrauen? Sie wird, auch aus etlichen Metern Entfernung sofort erkennen: Er ist tot, so verdreht wie er da hängt. Wen wird sie rufen? Einen Arzt? Die Polizei! Ja, bestimmt. Wen noch? Nicht Ya Si Min, nein, bestimmt nicht. Johann? Natürlich, Johann! Ich mache mich sofort auf den Weg. Schaue nicht ein letztes Mal zu meinem Benz, während ich über den Parkplatz eile. Erst als ich die Auffahrt hinunterlaufe bemerke ich, dass ich den Hoodie noch unterm Arm trage. ›Konzentrier dich‹, tadele ich mich. Rasch ziehe ich den Hoodie über, die Kapuze tief ins Gesicht.«

Wieder schweigen sie eine Weile, bis der Onkel leise fragt: »Wie war es dort, in diesem Dorf?«

»Schön. Wirklich schön.«

51

»Dann bin ich an jenem Tag Wang tatsächlich begegnet? Kaum zu glauben, dass ich ihn nicht erkannt habe.« Jasmin hievt den geschlossenen Koffer vom Bett, stellt ihn neben den anderen, der ebenfalls schon gepackt ist. Sie steckt ihren Reisepass in die Handtasche.

»Eben! Nicht nur du wunderst dich darüber«, sagt Johann, »auch dieser Kommissar wäre davon nur schwer zu überzeugen gewesen. Obwohl das doch nicht so unwahrscheinlich ist: Du hast nicht genau hingeschaut. Was schert dich ein Typ im Hoodie, mit tief ins Gesicht gezogener Kapuze, der auf der anderen Straßenseite entlangeilt? Da denkst du doch nicht, das könnte Wang sein. Der trägt nie einen Hoodie. Deshalb war es gut, dass du ein Alibi hattest.«

»Komm mir nicht so, Johann, dir hat dieses Alibi mindestens genauso gut gepasst wie mir. Also weiter, er stand bei dir vor der Tür. Hast du ihn gleich erkannt in diesem ungewohnten Aufzug?«

»Nicht sofort, erst, als er sagte: ›Johann?‹ – er sprach meinen Namen, als wolle er fragen: Bist du noch mein Freund, Johann? Ich verstand nicht, was das bedeutete, bis er meinte: ›Es ist etwas Schreckliches passiert‹, und sich dabei ängstlich umblickte. Ich zog ihn ins Haus. Meine Wohnzimmeruhr zeigte etwa zwanzig vor sechs. Er erzählte alles, ohne Umschweife. Auch, dass er soeben seine Identität gewechselt habe. ›Du spinnst‹, sagte ich ihm, ›das klappt nie‹. ›Klappt nie‹ habe er die letzten Jahre hier recht oft gehört, antwortete er, ›könnte knifflig werden‹ würde er akzeptieren, jedenfalls müsse er es versuchen. Den Weg von der Kegelbahn zu meinem Haus hatte er genutzt, um einen Plan zu fassen. Höchstens drei Minuten! Einen Plan, den ich in drei Stunden nicht zusammenbekommen hätte. ›Du fährst mich gleich zum Bahnhof. Den Zug nach Frankfurt kriegen wir noch. Ticket habe ich schon. Nachdem du vom Bahnhof zurück bist,‹ er hielt einen Schlüsselbund hoch, ›fährst du zu meiner Wohnung. Der hier‹ – er zeigte mir einen der Schlüssel – ›ist für die Eingangstür, und dann der zur Wohnung und der da: abschließbares Schubfach in meinem privaten Schreibtisch.‹ Er gab mir den Schlüsselbund. ›Da holst du das Testament heraus. Liegt ganz oben. Großer brauner Umschlag. Adresse des Notars steht drauf. Dieser Umschlag muss so schnell wie möglich zum Notariat.‹

›Wann soll ich das erledigen, gleich nachdem ich dich zum Bahnhof gebracht und das Testament aus deinem Schreibtisch geholt habe?‹

›Nein, dazu reicht die Zeit nicht, wenn du pünktlich zum

Kegeltreffen da sein willst. Und das musst du – es ist besser, wenn du spätestens ab viertel vor sieben gut zu erreichen bist.‹

›Dann später? Nachts? Den Umschlag einwerfen kann ich ja jederzeit.‹

›Schon, aber du solltest auch später jederzeit zur Verfügung stehen, je nachdem wie Ya Si Min es aufnimmt, wenn sie hört, was geschehen ist.‹

›Jasmin! Wang ich muss …‹

›Jetzt nicht. Der Plan ist folgender: Du holst das Testament aus meiner Wohnung und bringst es zu Frau Martini. Das könnte zeitlich so hinhauen, dass du das vorher schaffst, bevor du zur Kegelbahn musst. Ansonsten kannst du ihr es auch noch späteren am Abend rasch vorbeibringen. Sie wird den Umschlag dann gleich wegbringen. Mir ist es wichtig, dass du jederzeit hier vor Ort bist.‹

›Die Martini, bist du sicher? Arbeitet die noch für dich? Kann da nichts schiefgehen?‹

›Sie arbeitet vor allem für sich selbst, und dies, das kannst du mir glauben, bedeutet, dass auch sie ein Interesse daran hat, dass der Notar gleich ab morgen mit den Vorbereitungen zur Testamentsvollstreckung beginnen kann. Je schneller desto besser. Wenn Wang Xue aus München abreist, sollte außer Zweifel feststehen, dass er Wang Feis Vermögen erbt.‹

›Wird die Martini keine Fragen stellen?‹

›Nein. Sag ihr einfach, ich hätte alles geregelt, und ansonsten glaube mir einfach, dass sie das Testament umgehend am Bestimmungsort abgeben wird – vor allem dann, wenn sie hört, dass ich tot bin. Also los, hol deinen Polo aus der Garage. Du musst rechtzeitig wieder zuhause sein, bevor Rosi auf der Kegelbahn ist. Sie kommt wohl gegen viertel vor sieben rein. Ich nehme an, sie wird dich anrufen. Wird dir zeigen wollen, was sie gesehen hat.‹

›Ja, gut, verstanden, aber was ist mit dir, was hast du vor?‹

›Ich komme heute Nacht spät in Bayern an, da tauche ich zunächst einmal in der Wohnung meines Bruders unter. Ich habe sein Handy. Und noch ein chinesisches Prepaid Smartphone. Ich muss bei Onkel Chongan sein, bevor die Polizei mich … länger aufhält. Nicht auszudenken, wenn der Onkel stirbt, bevor ich persönlich mit ihm gesprochen habe.‹

›Brauchst du Geld?‹

Er zog ein Bündel Bargeld hervor, mindestens fünftausend, eher mehr, schätzte ich. ›Das war eigentlich für meinen großen Bruder gedacht. Jetzt kann ich es gut gebrauchen. In der Wohnung meines Bruders finde ich hoffentlich sein Flugticket. Auf dem Weg vom Bahnhof zur Bundeskegelbahn hat er mir erzählt, sein Rückflug sei bereits gebucht. Mit Zwischenlandung in … das ist jetzt nicht wichtig. Falls ich sein Ticket nicht finde, kaufe ich mir hiermit‹, er zeigt noch einmal das Bündel Geldscheine, ›jemanden, der das mit dem Flugbuchen für mich erledigt. So oder so fliege ich als Wang Xue, Geschäftsmann.‹

›Und dann?‹

›Ich fliege nur bis zur Zwischenlandung. Der ist in einem arabischen Staat. Dort werde ich ein paar Tage krank oder was weiß ich, sage meinen Weiterflug ab, weil mir etwas Geschäftliches dazwischengekommen ist. Ich werde ein paar Tage brauchen.‹

›Wofür?‹

›Um mich wieder in Wang Fei zu verwandeln. Dort, wo ich zwischenlande, gibt es einen engen Geschäftspartner meines Onkels. Ich werde ihn bitten, einen Flug für mich nach Nanjing zu buchen. Das wird teuer. Da reicht kein Bündel Bargeld, sondern ich werde für den nächsten Verkaufsdeal Zugeständnisse machen müssen. Einen neuen Reisepass brauche ich von dort wohl auch. Meinen habe ich in der Lederjacke gelassen. Absichtlich. Ein Reisepass kann mal verloren gehen, dafür wird man Verständnis aufbringen. Ich habe allerdings noch einen alten chinesischen Personalausweis, aus meiner Studienzeit. Der könnte hilfreich sein. Den wird die deutsche Polizei nicht vermissen, wenn sie alles andere bei dem Toten findet. Und so wird ein Wang Fei, der viele Jahre in Deutschland gelebt hat, wohlbehalten in der alten Heimat landen – obwohl du einen Wang Fei auf dem Dorffriedhof hast beerdigen lassen. Das wirst du doch für mich tun, Johann! Also los, auf zum Bahnhof, nicht dass es noch eng wird.‹

›Wang, ich … du kannst nicht einfach so weg, nicht jetzt, nicht alleine, du musst … also du solltest überlegen, ob du nicht noch jemand mitnimmst, nach China.‹

›Johann, ich würde mich freuen, wenn ich dich mitnehmen könnte, aber momentan ist das … vielleicht kannst du später irgendwann nachkommen.‹

›Es geht nicht um mich. Herrgott, Wang, ich habe dir auch etwas … einiges zu sagen.‹

Er sah mich kurz an: ›Im Auto.‹

Die Fahrt reichte gerade aus. War besser so. Keine Zeit, groß drum herum zu reden. Als ich ihn am Bahnhof rausließ, überlegte er, zögerte, dann schrieb er eine Adresse auf einen Zettel: ›Gib den Jasmin erst kurz bevor sie losfährt, um zu mir zu kommen. Sie … ihr dürft es niemandem verraten. Sobald Wang Fei zurück in China ist, wird alles gut. Ich verspreche es.‹ Und das war das letzte«, seufzt Johann, »was ich bis jetzt von ihm gehört habe.«

Jasmin hat ihre Handtasche auf den bereitstehenden Koffern abgelegt. Sowohl sie als auch Johann scheinen zu überlegen, ob es noch etwas zu besprechen gibt. »Ach ja?«, will Jasmin wissen. »Wieso darf meine Mutter von alldem noch nichts wissen? Wang besteht darauf genauso ausdrücklich wie du. Die kann dichthalten.«

»Wir dürfen … ihr dürft keinerlei Risiko eingehen. Wer weiß, auf welche Ideen dieser Kommissar noch käme. Wang ist gut in China angekommen. Auch die 800.000 Euro, die er als Wang Xue geerbt hat, sind inzwischen auf ein chinesisches Konto transferiert worden, das Onkel Chongan treuhänderisch verwaltet. Nun musst nur noch du nachkommen.«

»Und das rasch. Da Onkel Chongan selbst nicht mehr daran glaubt, dass er bis zur Geburt durchhält, ist sein letzter Wunsch, zumindest die Hand einmal auf den Bauch legen zu dürfen, in dem das Kind heranwächst, das er jetzt schon wie seinen eigenen Enkel liebt. So soll er es gesagt haben. Und er soll ausdrücklich betont haben, dass er auch mich dringend kennenlernen will. Wenn ich vor dem alten Mann stehe, werde ich einfach ehrlich zu ihm sein und ihm sagen, dass es sich doch eher nach einem Mädchen anfühlt.«

»Wie geht es Wang?«

Zum ersten Mal huscht ein Lächeln über Jasmins Gesicht. »Er vermisst mich, sagt er. Am Telefon erschien er mir immer noch aufgewühlt wegen der Ereignisse der letzten Wochen. Er wird wieder zur Ruhe kommen, jetzt da er sich mit Onkel Chongan ausgesprochen hat und alles geklärt ist. Also mach's gut, Johann. Benny fährt mich zum Bahnhof.«

»Mit Wangs altem Benz«, denkt Johann.

»Wer weiß, vielleicht sehen wir uns ja wieder. Wang würde sich freuen, das weiß ich.« Sie sagt nicht: »Und ich würde mich auch freuen.« Vielleicht ist es dafür noch zu früh. »Ich kann mich darauf verlassen, dass du meine Mutter davon überzeugst, dass ich einen guten Mann geheiratet habe? Den Richtigen. Gib ein wenig acht auf sie, ja?« Jasmin klingt versöhnlicher. »Und behandele sie gut.« Johann weiß, dass es nicht der richtige Moment ist, zu gestehen, dass er und Andrea auf Dauer wohl doch nicht zusammenpassen. »Ich finde, du kannst ihr ruhig erzählen, was tatsächlich geschehen ist, spätestens, wenn ich mich in China eingelebt habe und die Kleine auf die Welt gekommen ist. Wie gesagt: Sie wird dichthalten. Und dir wird sie glauben, wenn du ihr die Wahrheit erzählst.«

»Glaubst du denn auch, dass Wang die Wahrheit erzählt hat?«

»Du etwa nicht?«

Es gibt gute Nachrichten von der Halle am Eiweilerbach: Diese soll künftig doch nicht nur als Lager dienen, das vom Orchid Park aus verwaltet wird, sondern es wird eine kleine Abteilung eingerichtet, die für den Einkauf von Gütern für den chinesischen Markt sorgen soll. Dabei geht es auch um die Erschließung weiterer Handelsbereiche. Das bedeutet, dass doch noch ein paar Jobs für die Leute aus dem Dorf herausspringen. Sogar zwei, drei von denjenigen, die schon für Wang arbeiteten, kommen dort jetzt wieder unter. Helmut, Schnucki und Benny gehören nicht dazu. Auch die Martini nicht, und schon gar nicht Zoppo. Aber ein paar jüngere Männer und Frauen aus dem Dorf. Der Orchid Park wächst so rasch, dass der neue Besitzer froh ist, auf die vorhandene Infrastruktur, nicht weit entfernt von der Zentrale, zurückgreifen zu können. Die Halle am Eiweilerbach ist technisch auf dem allerneusten Stand. Und auch die umgebaute alte Fleischfabrik wird noch genutzt. Das Gebäude ist historisch und macht etwas daher. Chefin vor Ort ist eine junge Chinesin. Sie ist jeden Tag zehn, elf Stunden in einem der beiden Gebäude von Wangs Welthandel, auch samstags, wohnt aber im Orchid Park. Bevor sie nach getaner Arbeit dorthin zurückfährt, besorgt sie manchmal rasch noch etwas im Kaufhaus Mechels. Sie spricht passabel Deutsch, ihr Englisch ist jedoch besser. Ihre Kleidung ist stets genauso stilvoll, wie man das von Wang gewohnt war. Den vollständigen Namen der neuen Welthandel-Chefin kennt man, dennoch können manche nicht auseinanderhalten, was der Vor- und was der Nachname ist. Noch niemand konnte herausfinden, ob sie verheiratet ist oder einen Lebensgefährten hat, oder ob sie noch ungebunden ist. Man sieht sie nie in männlicher Begleitung. Heiko meint, er könne es ja mal bei ihr versuchen. Die Leute lachen. Heiko ist viel zu alt für sie. Man schätzt sie auf Ende zwanzig, höchstens dreißig. Sie wirkt ungemein kompetent.

Düsterer sieht es allerdings für die Bundeskegelbahn aus. Seit Ende der polizeilichen Ermittlungen bleibt sie verschlossen. Niemand geht davon aus, dass dort jemals wieder gekegelt wird. Obwohl die Bahn noch alle Bedingungen dafür erfüllt, ist sie nun keine Bundeskegelbahn mehr. Weil sie nicht mehr als solche genutzt wird. Rosi deponiert dort inzwischen alte Möbel. Die sind mit Plastikfolien und großen Tüchern abgedeckt.

»Meine Jasmin ist gut bei ihrem Mann angekommen. Wir haben gestern Abend lange telefoniert. ›Lass es uns kurz machen, Kind‹, habe ich ihr gesagt, ›ein Telefongespräch aus

China, das kostet doch ein Vermögen.‹ Da hat sie gelacht. Sie hat auch schon gleich am Tag ihrer Ankunft den Onkel ihres Mannes getroffen. Du, der hat sie ganz liebevoll begrüßt. Eigentlich kann er kaum noch aufstehen, aber extra für Jasmin hat er sich von seinen Pflegekräften zurecht machen und in einen Sessel setzen lassen. Er fühlte mit der Hand, wie sich das Baby bewegt hat und da sind ihm ein paar Tränchen über die Wangen gekullert. Der Arme. Die Ärzte meinen, er schafft es nicht mehr, bis das Baby zur Welt … und stell dir vor, sie wollen ihm einen chinesischen Namen geben. Ist vielleicht das Beste, wenn es in China aufwächst. Aber es soll einen zweiten Vornamen kriegen, und der ist dann deutsch. Und stell dir vor«, Andrea wirkt aufgeregt, »Wang, also der neue Wang, will mir eine kleine Pension zahlen. Auch der Onkel besteht angeblich darauf. Das müssen sie doch nicht. Damit habe ich doch gar nicht gerechnet. Sie nennen die Pension ›klein‹, aber ich finde sie recht ordentlich.«

Weder Andrea noch Johann machen Anstalten, die Unterhaltung vom Wohn- ins Schlafzimmer zu verlegen. Es gibt Kaffee und Kuchen. Beide sind sich nichts mehr schuldig. Fast nichts mehr. Manchmal stellt sich Johann vor, wie Andrea vor über 40 Jahren im grünen Bikini an ihm vorbeiging. Aber nur kurz. Denn wenn er das tut, muss er sich auch vorstellen, wie lächerlich er damals auf der Decke im Schwimmbad lag und zu ihr hinüberschielte. Manches von damals entdeckt er immer noch in ihr. Und manches von damals auch in sich. Was er ihr noch schuldet, sind ein paar Erklärungen. Jetzt noch nicht, nicht gleich. Sie haben es gerade so gemütlich. Möglicherweise würden sie nachher doch noch rüber ins Schlafzimmer gehen, oder beim nächsten Treffen. Dann wäre es leichter, ihr zu erklären, dass Jasmin wirklich den richtigen Wang geheiratet hat. Ja, Andrea wird dichthalten, dessen war auch Johann sich sicher. Wie lange das wohl noch so weitergeht mit Andrea? Jasmin braucht kein Alibi mehr. Andrea braucht ihn nicht mehr unbedingt. Es geht eben so lange wie es geht. Ein gemeinsames Ziel verfolgen Johann und Andrea nicht. Das hätten sie auch nicht gehabt, wenn sich im Teenageralter die Gelegenheit ergeben hätte, den Knoten des grünen Bikinis zu lösen, das weiß Johann.

»Bei dem Telefongespräch sagte Jasmin etwas Sonderbares. Dieser Onkel Chongan, der sich jetzt übrigens ganz närrisch auf ein Mädchen freut, obwohl er doch auf einen männlichen Erben gehofft hatte, also der soll zu Jasmins Mann gesagt haben: ›Ich bin traurig, dass ich nicht beide Neffen bei mir haben kann. Aber wenn das schon so ist, bin ich doch froh, dass du es bist, der noch da ist.‹ Ist es nicht schrecklich, so etwas zu sagen?«

Wieso erzählt das Jasmin ihrer Mutter am Telefon? Will sie forcieren, dass Andrea Fragen stellt? Johann sieht ein, dass er Andrea reinen Wein einschenken muss, sonst erzählt sie solche Sachen noch im Dorf, und es muss nicht sein, dass über die zwei Wangs, die sich an einem tragischen Tag hier trafen, weiter geredet wird. Auf dem Friedhof hat Wang ein Grab. Es wird gepflegt, dafür sorgt jetzt auch Andrea, die dort den Vater ihrer Enkeltochter vermutet. Benny erledigt bei Bedarf Kleinigkeiten, und auch Johann sieht nach dem Grab, er hat es versprochen.

»Kannst du mir etwas über diesen neuen Wang erzählen, Johann? Aus Jasmin ist ja nichts Brauchbares herauszukriegen. Wenigstens klang sie am Telefon recht zufrieden. Die werden mich doch wohl besuchen kommen, sobald meine Enkelin auf der Welt ist, was meinst du?«

Johann atmet tief durch: »Das bezweifle ich.« Als er Andreas erschrockenen Blick sieht, fügt er rasch hinzu: »Also bestimmt kommt Jasmin dich spätestens ein paar Monate nach der Geburt besuchen. Die Oma muss doch ihre Enkelin kennenlernen.« Er räuspert sich. »Aber du solltest nicht damit rechnen, dass dich die Familie Wang-Zenner vollzählig, also zu dritt besuchen kommen wird.«

»Wieso nicht?«

»Weil das Fragen aufwerfen könnte, und vielleicht sogar einen gewissen Kommissar wieder auf den Plan riefe. Und den wollen wir hier nicht wieder sehen, oder?« Johann macht sich nichts vor, er erkennt, dass es an der Zeit ist. »Andrea«, er schiebt ein halb aufgegessenes Stück Kuchen beiseite und beugt sich nach vorn, spricht leise, als könnten sie belauscht werden, »Jasmin meint, du kannst ein Geheimnis für dich behalten. Das musst du auch. Am besten beginne ich nicht gleich mit dem Kapuzenmann, sonst hörst du mir nicht mehr richtig zu. Lass mich bitte erst alles erzählen und hebe dir Fragen auf, bis ich fertig bin. Wie fange ich an? Ja, am besten mit Onkel Chongan und seiner Frau Wenyan, einem Neffen, der ihnen wie ein Sohn war, und mit einem Testament, das deinem noch ungeborenen Enkelkind ein beträchtliches Erbe verschafft. Nein, ich beginne besser mit einem Mann vor einer leerstehenden Fleischkonservenfabrik an der Mühlfelder Straße, der dort auf jemanden mit nicht zusammenpassenden Gummistiefeln und einem Eimer mit Forellen trifft. Einem Mann mit einer Vision, der in alten Gebäuden und unscheinbaren Menschen Potenziale erkennt, die wir nie gesehen haben, und der ausgerechnet mich auswählt, als Vertrauten und Freund.«

EPILOG

»Schau mal, Xiaowenyan, was der Onkel Jo Han da macht.«

Johann schmückt einen Weihnachtsbaum. Er lässt sich Zeit dabei. Bis Heiligabend sind es noch ein paar Tage, aber da der Baum nun schon mal geliefert wurde, will Wang ihn auch geschmückt sehen.

»Darf die Kleine überhaupt dabei zuschauen? Das soll doch eine Überraschung werden.«

»Ja, schon«, lacht Ya Si Min, »aber seien wir ehrlich: nicht für Wenyan, sondern für Fei. Der besteht doch auf ein waschechtes deutsches Weihnachten.«

»Ich muss mich noch daran gewöhnen, ihn endlich bei seinem richtigen Vornamen zu nennen. Für mich ist er immer noch Wang. Wenn sie zuhause von ihm sprechen, heißt er immer noch ›unser‹ Wang.«

»Sprechen sie noch oft von ihm?«

»Manchmal. Immer seltener. Es gibt andere Themen. Hat dir deine Mutter zum Beispiel schon erzählt, dass Zoppo jetzt ein Gerichtsverfahren am Hals hat, weil er angeblich …«

»Lass gut sein, Johann, ich will keinen Dorfklatsch hören. Ich habe ebenfalls andere Themen.«

Johann hält eine Christbaumkugel in der Hand, hebt sie hoch, schaut, wo am Baum sie am besten hinpasst. Die Kugel in seiner Hand pendelt ein wenig. Wenyan läuft lachend auf Johann zu, versucht nach dem glänzenden Schmuck zu greifen, stolpert, fällt hin. Johann erschrickt, sieht aber, dass Ya Si Min nicht viel Aufhebens darum macht. Wenyan stützt sich auf die Hände, steht wieder auf. »Sie fällt noch öfter mal hin. Hat schon früh laufen gelernt. Sie tut sich nicht weh dabei, meistens nicht. Rappelt sich immer wieder auf.«

»Das hat sie von … der Mutter.«

Der Weihnachtsbaum steht in einem großräumigen Apartment, mit Fenstern nach allen vier Himmelsrichtungen. Von der breiten Fensterfront aus, die nach Südwesten zeigt, hat man einen weiten Blick über die Stadt. Fast könnte man das Meer sehen und die vorgelagerte Insel, wenn nicht ein paar Wolkenkratzer die Sicht versperrten. Weit zum Meer ist es nicht. Vom Apartment aus sind es keine zwanzig Minuten zu Fuß bis zur Fähre. In den nächsten Tagen will Wang Johann die Insel zeigen. Familie Wang-Zenner wohnt, wo andere Chinesen Urlaub machen. Das Wetter hier an der Südküste ist subtropisch. »Auf Schnee zu Weihnachten darfst du hier nicht hoffen.«

»Das behauptest du«, neckt Johann Ya Si Min und sprüht, zur hellen Freuden Wenyans, künstlichen Schnee aus einer Dose über die Äste. »Wo hast du eigentlich diesen Original-Tannenbaum aufgetrieben?«

»Für Geld kriegst du hier fast alles.«

Johann sieht aus dem Fenster. »Das ist also die Partnerstadt von Trier? Was für unterschiedliche Partner!«

»Aber Trier ist auch ganz schön«, sagt Ya Si Min.

»Ja, auch.« Johann hätte Lust, mit Schnucki und Helmut die Stadt zu erkunden, obwohl Helmut manchmal nervt wie eh und je. Oder mit Benny am Strand spazieren gehen. Gestern war Johann mit Ya Si Min und der Kleinen am Strand gewesen. Wenyan liebt es im Sand zu sitzen.

Johann auch. Er und Wenyan stellen sich gleichermaßen ungeschickt dabei an, aus dem Sand aufzustehen. Johann ist barfuß im Wasser gewesen. Wie auch Ya Si Min und Wenyan. Ob man hier im Meer angeln kann? Benny würde es hier gefallen.

»Du fährst ihn also besuchen, ihn und sie?«, hatte Benny ihn gefragt, als sie sich wenige Wochen vor Johanns Abreise zufällig im Café Mörsdorf trafen. »Jetzt schon zum zweiten Mal innerhalb eines Jahres.« Benny und Johann tranken ein Bier zusammen. Danach gingen sie noch rüber ins Café Kastanienbaum. Dort fragte Benny dann: »Sag mal, was ich dich immer schon fragen wollte, Johann, was hast du eigentlich an dem Tag, als Wang starb, in der alten Fleischfabrik gemacht? Wusste gar nicht, dass du einen Schlüssel für das Gebäude hattest. Lange gebraucht hast du ja nicht. Gleich gefunden, wonach du gesucht hast?« Als Johann nicht gleich antwortete, fügte Benny hinzu: »Ich kam gerade vom Fischweiher zurück, hatte vier Forellen im Eimer. Oben vom Hügel habe ich einen guten Blick auf die Fleischfabrik. Du hattest etwas in der Hand, als du wieder rauskamst. Was war das wohl?«

Johann überlegte nur kurz: »Du vermutest richtig, Benny. Das Testament. So habe ich unter anderem dazu beigetragen, dass du schnell und unkompliziert zu deinem Benz gekommen bist. Macht sich übrigens immer noch gut, finde ich, wenn du damit durchs Dorf fährst.«

»Das mag sein. Ich frage mich nur, wieso ausgerechnet du dafür gesorgt hast, dass das Testament so schnell zum Notar kam, für dich war doch gar nichts drin. Und wann hat Wang dich beauftragt, das zu tun? Kurz vor seinem Tod?« Er lächelte. »Blöde Frage, wann denn sonst. Ich hoffe es geht den beiden gut, und der Kleinen natürlich. Sag ihnen einen Gruß von mir.«

Niemand weiß, selbst Jasmins Mutter nicht, dass Wang jetzt mehrfacher Millionär ist. Ihre Tochter verwaltet das Haushalts- und Familiengeld. Ein sehr üppiges Budget, mit dem Jasmin durchaus vernünftig wirtschaftet. Was Schmuck und Designerkleidung betrifft, ist sie nicht allzu verschwenderisch. Auch beim Autokauf hätte es durchaus teurer kommen können – Jasmin hat entschieden, dass nur ein Auto reicht und dass sie keinen Zweitwagen brauchen. Dann aber ein deutsches, hatte Wang vorgeschlagen. Jetzt haben sie einen Porsche, aber nicht »so einen Rennwagen«, wie Ya Si Min klarstellt, sondern einen, in den bequem ein Kindersitz reinpasst. Beim Apartment hatte Ya Si Min allerdings darauf bestanden, nicht auf ein paar Hunderttausend mehr oder weniger zu achten. Sie mag die von großen Glaselementen geschützte Dachterrasse. Nicht nur wegen des herrlichen Blicks. Dort ist auch genug Platz für die Kleine zum Spielen. Und sie wollen vielleicht noch ein Kind haben. Wang hat einen Sandkasten und eine kleine Rutsche auf der Dachterrasse aufgebaut. Obwohl er viel arbeitet, erledigt er solche Dinge am liebsten selbst. Es macht ihm Spaß. Er hat einen Blick für Haus- und Wohnungsausstattungen. Er müsste gar nicht so viel arbeiten, sie haben genug Geld. »Aber für Wenyan«, hatte er Johann gestern gesagt, »oder vielleicht noch für ein weiteres Kind, falls wir noch eins kriegen, kann es nicht schaden, wenn ich mich weiter in diesem Geschäft etabliere. Ich hätte gerne noch ein Kind, auch wenn es bestimmt nochmal ein Mädchen wird. Ya Si Min meint allerdings, ihr selbst wäre es als Kind lieber gewesen, wenn keine Schwester mehr dazugekommen wäre.«

Das Apartment wäre jedenfalls groß genug für ein zweites Kind. Auch fünf Leute könnten hier bequem wohnen. Johann hat ein geräumiges En-suite-Gästezimmer. Das Apartment ist riesig. Wozu ist Wang Immobilienmakler. Das macht ihm noch mehr Spaß, als mit Waren zu handeln, sagt er. Es war nicht leicht, sich in einer fremden Stadt, weit weg von dort, wo Wang aufgewachsen ist, ausgerechnet im Immobiliengeschäft zu etablieren. Eher ungewöhnlich, dass ein Neuling in einer chinesischen Stadt so etwas schafft. Aber Wang kennt sich aus mit Bausubstanz, mit Baustoffen, auch mit Baumängeln – er sieht gleich, von welchen Immobilien er besser die Finger lässt, und er hat ein Auge dafür, aus welchem Objekt sich etwas machen lässt. Sogar ein paar Lofts hat er im Angebot. Lofts sieht man neuerdings öfter in Filmen, deshalb kommen sie auch in China in Mode, vor allem bei reich gewordenen Unverheirateten. Ein weiterer Vorteil ist: Wang kann mit den Bauarbeitern und Handwerkern umgehen, kann ihnen genau erklären, was er wie haben will. Und er erkennt, wenn sie – egal ob aus Versehen oder absichtlich – Murks machen. Wang erobert sich in der neuen Stadt seinen Platz.

Aus dem internationalen Warenhandel ist er raus. Keine Elektronikkomponenten mehr, kein Babybrei oder Milchpulver, und schon gar keinen Nobelwein. Nicht einmal im Haus hat Wang Wein vorrätig, er trinkt lieber Bier. Johann ist das recht. Er und Wang trinken abends, wenn Wang nicht noch zu einem Geschäftsessen muss, noch ein Bier zusammen. Aber erst, nachdem Wang Wenyan »dududu« geknuddelt hat und nachdem er, Ya Si Min und Johann gemeinsam gespeist haben. Dann knuddelt Wang noch einmal Wenyan und nennt sie, auf deutsch, »unseres Herzens

Wonne« und fügt hinzu »die leuchtet wie die Sonne«, weil sich das so schön reimt. Das Bier trinken er und Johann dann auf der Dachterrasse und philosophieren dabei. In den nächsten Tagen nimmt Wang sich extra frei, um mit Johann rüber zur Insel zu fahren.

Für morgen steht ein ganz besonderer Termin auf Johanns Kalender. Er trifft Meigui wieder. Zum Essen, in der Stadt. Sie arbeitet inzwischen als Übersetzerin für ein anderes Unternehmen als während des Weinbauprojektes und wohnt jetzt nur eine halbe Zugstunde entfernt von dem Stadtviertel, in dem Wang und Jasmin wohnen. Seit ihrem gemeinsamen Essen beim Vorarbeiter Liu hat Johann oft an Meigui denken müssen. Und er und sie hatten per Mail Kontakt gehalten.

Heute fährt Johann mit Ya Si Min und Wenyan einkaufen. Weihnachtsgeschenke besorgen. Die liebt Wang fast genauso sehr wie den Baum und die Lieder. Johann zieht Wenyan das Jäckchen an. Ya Si Min holt den Porsche aus der Tiefgarage. Kurz darauf sitzt Johann vorne auf dem Beifahrersitz. Man sitzt schön hoch in dem Cayenne. Johann sieht sich die Stadt an. Hinten im Porsche lacht Wenyan. Ya Si Min erzählt, dass sie im kommenden Jahr mit einem Job anfängt, erst einmal nur für ein paar Stunden pro Woche. Das Geld haben sie nicht nötig. Aber sie will irgendwas machen, nicht immer nur zuhause sein. Wang möchte sowieso, dass sie bald ein Kindermädchen einstellen, eins, das unter anderem gut Englisch spricht.

»Wo wirst du denn arbeiten?«, fragt Johann.

»An einer Schule. Ich unterrichte dort Deutsch. Vielleicht gebe ich auch noch einen Deutschkurs an der Uni.«

»Dann ist es ja gut, dass Wang keine Frau aus Eiweiler geheiratet hat. Stell dir den Akzent vor!« Sie lachen beide. Im Porsche. Sie fahren in ein Spielwarengeschäft, ins Kinderparadies, wegen Weihnachten. Wang besteht darauf, dass Wenyan von Anfang an einige Traditionen aus Deutschland schätzen lernt. Die Familiensprache bei Wangs zuhause ist Deutsch. Deshalb macht Ya Si Mins Chinesisch langsamer Fortschritte als ihr lieb ist, trotz des Privatunterrichts. Wie Johann dann aber im Spielwarengeschäft mitkriegt, kommt sie schon ganz gut zurecht. Sie kennt eine der anderen Mütter, die sie dort treffen, geht zu ihr, wechselt mit ihr ein paar Worte, erst auf Chinesisch, dann auf Englisch. Johann bringt Wenyan schon mal in eine der Spielecken zum Ausprobieren. Das Personal in dem Geschäft ist nett. Auch zu Johann. Das Besondere an dem Laden ist, dass viele der Spielwarenartikel aus Europa kommen. Auch den anderen Müttern im Laden sieht man an, dass es ihnen auf ein paar Yuan mehr oder weniger nicht ankommt. Eine Verkäuferin setzt Wenyan auf eine weiche Decke und hält ihr verschiedene Spielzeuge hin, schaut, wie sie auf was reagiert. Wenyan lacht. Sie greift nach einem flauschigen Bären, dann nach ein paar bunten Klötzen. Plötzlich erweckt etwas ihre Aufmerksamkeit, was die Verkäuferin eigentlich nur neben ihr abgestellt hat, um beide Hände frei zu haben. Sie hatte dieses Spielzeug vorher einem anderen Kind gezeigt, einem Jungen, der bestimmt schon drei ist und sich nicht dafür interessiert. Wenyan schon. Es ist eines der wenigen Spielzeuge, das nicht aus Holz oder anderem hochwertigem Material ist, sondern aus Plastik: Ein Kegel-Spielset mit sechs Kegeln und zwei Kugeln. Schön bunt. Zwei Kegel sind rot, zwei gelb, zwei grün. Die Kugeln schwarz. Alles wird von einer Art Rahmen zusammengehalten, in den die Kegel eingeklinkt sind. Wenyan kriegt sie nicht alleine raus. Die Verkäuferin macht das für sie, stellt die Kegel in zwei Dreierreihen auf. Sie weiß es nicht besser. »Wir sind hier nicht auf der Bundeskegelbahn«, denkt Johann. Die Verkäuferin macht Wenyan vor, wie es geht, wirft mit einer Kugel zwei der Kegel um, stellt sie wieder auf. Wenyan nimmt die Kugel in zwei Hände, stößt sie mit unkoordinierter Armbewegung weg. Haut alle sechs Kegel auf einmal um. Ya Si Min kommt hinzu. Sie hat den Wurf gesehen. »Also das hat sie definitiv von ihrer Mutter«, kommentiert Johann Wenyans Abräumer. »Geeignet für Kinder ab einem Alter von 18 Monaten, heißt es hier auf der Verpackung, auf Englisch. Das käme für Wenyan doch fast schon hin.« Ya Si Min sagt dazu nichts. »Nein, ist wohl eher nichts für … für unter den Weihnachtsbaum. Ob das Spiel in China hergestellt wurde? So eins hatte ich als Kind auch.«

»Ich auch«, sagt Ya Si Min. Die Verkäuferin hat die Kegel wieder aufgestellt, Wenyan hebt die zweite grüne Kugel vom Boden auf, schwankt, stößt die Kugel weg, sie fliegt durch die Luft, landet wieder mitten in den aufgestellten Kegeln. Alle bis auf einen fallen um. Wenyan lacht. »Sie hat's im Blut, siehst du. Nein, du hast Recht, das ist wirklich nichts für euch, oder? Wegen Wang, stimmt's?«

»Und wegen mir«, sagt Jasmin, »es erinnert mich zu sehr an zuhause. An früher.«

»Wenn das Kegeln alles ist, was du vermisst …«

Sie locken Wenyan weg von den Kegeln. Das ist nicht so leicht. Das Spiel hat es ihr angetan. Mithilfe zweier Verkäuferinnen lotsen sie Wenyan in das Stofftierparadies. Erst als sie ihr einen Panda kaufen, der genauso groß ist wie sie selbst und den sie kaum tragen kann, vergisst sie, dass sie eigentlich die Kegel und die Kugeln haben will.

»Wang hat ein Weihnachtsgeschenk für dich, Johann.«

»Hoffentlich nichts Großes, nichts so Teures.«

»Mach dir deswegen keine Gedanken. Hast du etwas für ihn, sonst besorgen wir rasch noch etwas? Irgendetwas, Hauptsache, er findet unterm Baum auch ein Päckchen von dir.«

»Natürlich habe ich etwas mitgebracht. Eine Flasche Obstschnaps. Das neue Trikot vom VfL. Eine CD mit Weihnachtsliedern, aufgenommen im Trierer Dom. Und ein paar schön altmodische Figuren für die Krippe. Zwei Schäfer, einen Engel, einen Ochs und ’nen Esel.«

»Da wird er sich freuen. Stell dir vor, er hat extra echtes Moos bestellt. Mach dich darauf gefasst, dass du ihm Heiligabend beim Aufbauen helfen musst.«

»Mache ich gerne. Ich freue mich, dass Wang sich über die Weihnachtstage von der Arbeit freinehmen will.«

»Er legt großen Wert darauf, viel Zeit mit dir zu verbringen.«

Anmerkung

Die Anregung zum »Bundeskegelbahngesetz (BuKeG)« im Prolog verdanke ich dem Wikipedia-Artikel des Kölner Juristen Heinz Biermann, auf dessen wunderbaren satirischen Text ich bei dieser Gelegenheit ausdrücklich hinweisen möchte. Ich habe Heinz Biermann auf den ersten Seiten des Romans an mehreren Stellen wörtlich zitiert, und das »BuKeG von 1950« im Prolog in die nachfolgende Romanhandlung verwoben, die genauso frei erfunden ist, wie die von Heinz Biermann beschriebene Kegelbahn-Gesetzgebung.

Die Verantwortlichen von Wikipedia haben den Bundeskegelbahngesetz-Beitrag im »Humoristischen Archiv« gespeichert, dort ist er nachzulesen (was ich sehr empfehlen kann), mit sämtlichen Gesetzesparagraphen, die natürlich nie existiert haben. Der Politik der Bundesrepublik der 1950er Jahre (und vielleicht auch der des 21. Jahrhunderts?) wäre ein solches Gesetz – nebst dem beschriebenen Zuständigkeitsgerangel – aber durchaus zuzutrauen.

Ich danke Heinz Biermann für seine Erlaubnis, Versatzstücke seines BuKeG-Artikels für den Roman verwenden zu dürfen.

Einen besonderen Dank möchte ich auch Isabella Tegethoff und Jan Goldenstein sagen, die mir wertvolle Tipps, Anregungen und Hilfen zu chinesischen Namen und Begriffen sowie Besonderheiten der chinesischen Kultur und Kommunikation gegeben haben.

www.conte-verlag.de